Ludwig Schlegel

zwo - eins - zwo

Der Leise Tod

IMPRESSUM

ZWO-EINS-ZWO DER LEISE TOD

© 2015 Ludwig Schlegel
Cover by © 2015 sfc-media.de
Verlag: epubli GmbH, Berlin, www.epubli.de

ISBN 978-3-7375-6000-9

Bibliografische Information der Deutschen Nationalbibliothek
Die Deutsche Nationalbibliothek verzeichnet diese Publikation
in der Deutschen Nationalbibliografie; detaillierte bibliografische Daten sind im Internet über http://dnb.d-nb.de abrufbar

II

Ich möchte mich bei all den Menschen bedanken, die mich während der Zeit, in der dieses Buch entstand, durch die Höhen und Tiefen der Schriftstellerei begleitet haben und die so lange darauf gewartet haben, dass der Roman endlich fertig wird.

Mein ganz besonderer Dank aber gilt meiner Frau Hannelore. Sie musste mich in dieser Zeit öfter als einmal den Figuren im Roman und mit meinem Notebook teilen.

Mein Dank gilt auch Savina, die das, was ich ihr manches Mal zur Korrektur gegeben habe, in gutes Deutsch umwandeln musste.

ES GIBT KEINE UNSCHULDIGEN,
ES GIBT NUR UNTERSCHIEDLICHE
ABSTUFUNGEN VON
VERANTWORTUNG

Vorwort

Wer mit offenen Augen durch die Berliner Parkanlagen und Straßen schlendert, dem werden an Bäumen des öfteren mal kleine weiße Schildchen mit einer schwarzen Nummer auffallen.

Diese Schildchen sind das Ergebnis einer Maßnahme des Berliner Senats, während der einige Hundert Berliner und Berlinerinnen alle Bäume der Stadt inventarisierten.

Jeder Baum eine Nummer und im Rudolph-Wilde-Park ist der Baum mit der Nummer 212 (zwo-eins-zwo) ist eine Weide und steht im westlichen Teil des Parks am rechten Uferrand des Ententeichs.

Dieser Ententeich, der ursprünglich zum so genannten Schwarzen Graben gehörte, war ein Entwässerungskanal des Berliner Urstromtals und reichte vom heutigen Nollendorfplatz bis weit nach Wilmersdorf.

Der Schwarze Graben, den die Schöneberger wegen seiner Funktion als Abwassergraben auch Fauler Graben nannten, wurde Achtzehnfünfundsiebzig zugeschüttet.

Heute erinnern nur mehr der Ententeich und einige grabenähnliche Senken an die stinkende Existenz des Schwarzen Grabens.

DAS BUCH

Es hätte so ein schöner Novembertag werden können, wenn Jens Mander nicht beim morgendlichen Hundespaziergang im Schöneberger Volkspark über eine Leiche gestolpert wäre. Nun haben Leichen nicht die Fähigkeit zu verschwinden, aber als Jens mit der Polizei wieder zum Fundort zurückkehrt, ist der Tote verschwunden.

Die Leiche, die anderntags auf dem Friedhof an der alten Dorfkirche wieder auftaucht, wird als der vermisste Arbeitskollege seines Sohnes identifiziert.

Nun kommt ein Unglück selten allein, denn Jens Mander und sein Hund finden eine weitere Leiche.

Und jetzt mischt sich Jens Mander ein.

Parallel zu den Ermittlungen der Polizei recherchiert er im Umfeld der Toten. Als er nicht weiter kommt, nimmt er Verbindung zu dem Teil seiner Vergangenheit auf, mit dem er abgeschlossen hatte und zusammen mit ehemaligen Arbeitskollegen, seiner Jugendfreundin Rika und einem Berliner Kripobeamten arbeitet er sich durch ein Gestrüpp aus organisiertem Verbrechen, Geheimdienst, Rechtsextremismus und Bioterrorismus. Auch ein Attentat kann Jens Mander nicht stoppen und so kommt es schließlich zum Showdown auf dem Innsbrucker Platz in Berlin-Schöneberg.

DER AUTOR

Ludwig Schlegel, Jahrgang 1954, lebt und arbeitet in Berlin-Schöneberg. Als Unix-Administrator ist er im gesamten deutschsprachigen Raum unterwegs und wenn er nicht administriert, dann erstellt er als technischer Redakteur Dokumentationen und Handbücher.

„zwo-eins-zwo DER LEISE TOD" ist sein erster Roman

Disclaimer

Dieser Roman ist eine Fiktion.

Auch wenn dieser Roman teilweise auf Tatsachen basiert, sind die Firmen, Organisationen und Behörden entweder fiktiv oder wenn real, in einem fiktiven Zusammenhang verwendet. Es besteht keine Absicht, ihr tatsächliches Verhalten zu beschreiben.

Die handelnden Personen in dieses Buch sind der Fantasie des Autors entsprungen und nicht real. Ähnlichkeiten mit lebenden oder toten Personen sind zufällig und vom Autor nicht gewollt.

Namentlich genannte Personen der Zeitgeschichte werden nur in ihrer historisch belegten Bedeutung erwähnt. Für die Handlung selbst sind diese Personen ohne Bedeutung.

Marken und Produkte sind Eigentum der jeweiligen Hersteller und werden nur im funktionalen und wertungsfreien Sinn verwendet.

Montag, 4. November

Es gibt Tage, an denen lohnt es sich nicht aufzustehen.

Diese Erkenntnis war für Jens Mander nicht neu. Zeit seines Lebens hasste er solche Tage wie die Pest und dieser Montag war ein solcher Tag.

Um halb sieben, nach einer kurzen Nacht, holte ihn eine fröhliche Stimme am Telefon aus dem Schlaf um sich dann freundlich mit „Sorry - da hab ich mich verwählt" zu entschuldigen. Dazu kam, dass er schon seit mehreren Tagen Kopfschmerzen hatte. Drei-Tages-Kopfschmerzen waren nichts Neues für Jens und manchmal nannte der diese Zeit in einem Anflug von Selbstironie auch „seine Tage". An diesem Tag fiel aber auch sein Hund negativ aus ihrer Rolle. Ayla, ein grosser Schweizer Sennhund, war sonst die Langschläferin, die nicht vor Zehn aus dem Haus wollte. Ausgerechnet an diesem Morgen begann sie »ihr Herrchen« zu tyrannisieren. Das volle Programm mit Bettdecke wegziehen, die Zehen abschlabbern, mit den Pfoten aufs Bett springen.

Soviel Aufdringlichkeit war für Jens Mander dann doch zu viel und so quälte er sich aus dem Bett und floh in Richtung Bad um sich, wie er immer zu sagen pflegte, „zu hübschen" und dann anzuziehen.

Eigentlich war zuerst eine Tasse Kaffee und ein Blick in die Tageszeitung fällig, aber heute änderte sein Hund die Reihenfolge.

Nach einer nahezu sternenklaren Nacht im November war es schon ganz schön schattig, als Jens von seiner Hündin Ayla über die Straße in den Rudolf-Wilde-Park in Berlin-Schöneberg geschleppt wurde. Er hatte seine Augen zumindest soweit offen, dass er nicht blindlings über den Bordstein stolperte.

»Mal seh'n wie weit sie mich heute jagen will«, murmelte Jens vor sich hin und trottete hinter seinem Hund her. Mit der Nase knapp über dem Boden marschierte sie zielstrebig in den Park, quer über eine Wiese in Richtung Ententeich an der Carl-Zuckmayer-Brücke. Etwa fünf Meter vor einem alten Weidenbaum blieb sie wie angewurzelt stehen und fing an zu knurren.

Vielleicht war es der Dunkelheit oder den Kopfschmerzen geschuldet, dass Jens Mander erst auf den zweiten Blick die Situation richtig einschätzen konnte.

Auf dem Weg lag eine schwarze Sporttasche und eine Gestalt lag zu Füssen des Baums mit der Nummer Zweihundertzwölf.

Mit einem Schlag war Jens Mander hellwach.

Am Baum lag etwas, das wie ein Mensch aussah. Ein männlicher Mensch. Auf die Distanz und im Strahl der Taschenlampe schien der schwarz gekleidete, männliche Mensch zu schlafen.

„Ach Gott, ein besoffener Penner", murmelte Jens und wollte schon wieder an die Stelle zurück an der Ayla immer noch knurrend stand. Jens drehte sich nochmals um, stellte den Fokus seiner Taschenlampe auf Punktstrahl und leuchtete in Richtung des Mannes.

Keine Reaktion. Das war bei dem starken Licht merkwürdig.

Dieser Mensch rührte sich nicht. Er lag ausgestreckt vor dem Baum in stabiler Seitenlage. Das linke Knie angezogen, das rechte darüber gelegt, ein Arm unter dem Körper nach hinten und der andere Arm vor der Brust, den Kopf nach hinten gebeugt.

„So legt sich kein Mensch schlafen", murmelte Jens.

Trotz der hellen LED-Taschenlampe konnte Jens das Gesicht des Mannes nur teilweise erkennen. Es machte einen blassen, fast weißen Eindruck, obwohl er offenbar von dunkler Hautfarbe war. Spätestens jetzt, als er ihm direkt ins Gesicht leuchtete, hätte eine Reaktion erfolgen müssen. Nichts - keine Reaktion, kein Blinzeln, kein gar nichts - bewusstlos oder tot - auf jeden Fall war das eine Sache für die Polizei.

Vom Fundort bis zu seiner Wohnung in der Freiherr-vom-Stein-Straße waren es nur rund zweihundert Meter. Aber zweihundert Meter können mit einem unwilligen Hund an der Leine eine lange Strecke sein und so brauchte Jens Mander fast zehn Minuten bis zu seiner Wohnung.

Eins-Eins-Null - Polizeinotruf.

Sachlich und völlig unaufgeregt setzte Jens die Stimme am Notruf über die Erlebnisse der letzten Viertelstunde in Kenntnis und bekam den Bescheid, dass ein Funkwagen unterwegs sei. Jens schlug als Treffpunkt den Parkeingang Innsbrucker Straße Ecke Carl-Zuckmayer-Brücke vor.

Es dauerte nach dem Telefonat knapp fünf Minuten, Jens Mander hatte gerade den Treffpunkt erreicht, als ein Auto mit quietschenden Reifen aus der Martin-Luther-Straße kommend in die Fritz-Elsas-Straße einbog und sich seinem Standort näherte. Mit einer Vollbremsung, die nochmals einen Millimeter Gummi vom Reifen rubbelte, kam vor Jens ein VW-Passat zum Stehen.

Nun hat man ja von zivilen Polizisten so seine Vorstellung: salopp gekleidet, lässiges Auftreten. Aber die zwei aus dem Passat waren entweder keine Polizisten, die schlimmsten Penner Berlins oder hatten sich gerade aus einem Kleidersammel-Container bedient.

Der Beifahrer, der als erster bei Jens war, stellte sich als Kriminalkommissar Mäurer und mit dem Daumen über seinen Rücken zeigend den Fahrer als Kriminalobermeister Reuter vom Kriminaldauerdienst vor.

Ohne auch nur eine Sekunde Zeit zu verlieren, ließ er gleich einen Stapel Fragen ab: „Wie heißen Sie?, Wo wohnen Sie?, Kann ich Ihren Personalausweis sehen?" und „Was machen Sie um die Zeit im Park?"

Nun hatte Jens nicht ausgeschlafen, er hatte Kopfschmerzen und das ausgeschüttete Adrenalin war auch noch nicht ganz verbraucht. Mit anderen Worten, der Bürger Jens Mander war auf Krawall gebürstet.

„Kümmern Sie sich nicht um mich, kümmern Sie sich lieber um den, den ich gefunden habe", blaffte er Mäurer an. „Zirka hundert Meter von hier, im Park an einem Baum, männlich, bewusstlos oder tot und mir geht's gut."

„Na, jetzt mal cool down", mischte sich der Fahrer des Passat ein. „Wir begleiten Sie jetzt zum Fundort und dann schaung mer mal, dann wiss'mer mehr." Das »schaung mer mal« klang aus dem Mund des Fußballkaisers Franz Beckenbauer ganz witzig, aber aus dem Mund eines berlinernden Polizisten war es einfach lächerlich. Und so lachte Jens auch ganz laut. Auch der Herr Kommissar konnte sich ein Grinsen nicht verkneifen.

Die beiden holten ihre MAG-LITE-Taschenlampen aus dem Passat und dann machten sich die drei auf den Weg.

Es war keine zwanzig Minuten her, seit Jens die Entdeckung gemacht hatte, aber zwischenzeitlich hatte sich was geändert: der Mann war weg. Einfach verschwunden. Zwar lag die Sporttasche noch auf dem Weg, aber der Mann, der war weg.

Jens leuchtete mit seiner Taschenlampe auf die Stelle, an der vor knapp zwanzig Minuten der Mann lag.

„Da lag er", sagte Jens und blieb stehen, während die beiden Polizisten weiter gingen. Die beiden umrundeten den Baum, leuchteten mit ihren Lampen in und unter die angrenzenden Büsche und immer wieder auf den Boden. Nach einigen Minuten des erfolglosen Suchens kamen sie wieder zurück und Mäurer leuchtete den Baum an.

„Hatten Sie was angefasst?", fragte er und ging zu der Tasche.

„Nein", sagte Jens. „Nein, ich habe mich nur auf den Mann konzentriert."

Bevor Mäurer die Tasche untersuchte, streifte er sich Latexhandschuhe über. Vorsichtig betastete er die Tasche von außen ab. „Klamotten", murmelte er. „Mal gucken was wirklich drin ist."

Vorsichtig zog er am Reißverschluss, erst ganz behutsam und dann immer forscher.

„Klamotten", sagte er jetzt laut, als die Tasche offen vor ihm lag und es klang, als wäre ihm ein Stein vom Herzen gefallen. „Eine Reisetasche mit Klamotten", wiederholte er.

Mäurer nahm sein Funkgerät aus der Jackentasche und begann eine Meldung an die Zentrale abzusetzen. „Geh mit dem Herrn schon mal zum Wagen und nimm seine Aussage auf. Ich warte hier auf die Kollegen von der Spurensicherung."

Jens hatte den Eindruck, als solle er nicht hören, was da gesprochen wurde und so war Jens schon gut fünfzig Meter weg, als Mäurer mit gedämpfter Stimme das Gespräch wieder aufnahm.

Inzwischen war es schon fast sieben Uhr, aber es war immer noch dunkel. Reuter holte ein Klemmbrett mit Formularen aus dem Auto und setzte sich auf die Motorhaube des PKW.

„Nix für ungurd", versuchte er wieder den Bayerischen Dialekt zu imitieren. „Wir sind heute schon das dritte Mal in der Gegend. Immer mit dem gleichen Notruf, dass ein Mann im Park liegt und immer mit dem Ergebnis, dass er weg ist, wenn wir erscheinen - die Tasche ist bisher das einzige, was wir haben."

Inzwischen hatte er aus dem Formularstapel auf dem Klemmbrett das richtige Formblatt rausgezogen und an oberster Stelle neu eingeklemmt.

„Name und Anschrift", begann Kriminalobermeister Reuter die Befragung des Jens Mander, ohne den Blick von seinem Formular zu nehmen.

„Jens Mander, Freiherr-vom-Stein-Straße, Berlin."

„Nun erzählen Sie mal."

Jens legte mit seinem Bericht los - mit Uhrzeit und ziemlich ausführlich und Reuter machte sich dabei Notizen, ohne ihn aus den Augen zu lassen.

„Steno?", unterbrach Jens seinen Bericht.

Kriminalobermeister Reuter nickte und Jens berichtete weiter.

Während der Vernehmung war ein weiteres ziviles Polizeifahrzeug aus der Freiherr-vom-Stein-Straße kommend auf die Carl-Zuckmeyer-Brücke gefahren. Die gesamte Zeit, in der Jens seinen Bericht zu Protokoll gab, stand er mit dem Rücken zur Carl-Zuckmeyer-Brücke und so bemerkte er nicht, dass Kriminalkommissar Mäurer seinem Kollegen offensichtlich ein Zeichen gegeben hatte, die Vernehmung zu beenden.

Mit den Worten „Ich schreibe Ihnen die Wachbuchnummer auf, kommen Sie bitte in den nächsten Tagen aufs Revier und unterschreiben das Protokoll", beendete Reuter ziemlich abrupt die Befragung.

„Und bringen Sie Ihren Personalausweis mit", waren die letzten Worte, bevor er zu seinem Kollegen ins Auto stieg und mit quietschenden Reifen abfuhr.

Jens Mander ging nochmals auf die Brücke, von wo aus man den Fundort der Tasche und der verschwundenen Leiche einsehen konnte. Der Raum um die Tasche und den Baumstamm war zwischenzeitlich mit einem rot-weißen Band abgesperrt worden. Zwei Gestalten in weißen Schutzanzügen waren dabei Fotos anzufertigen und einige Zuschauer waren auch schon da und hatten kleine Grüppchen gebildet.

Mittwoch, 6. November

In den letzten beiden Tagen hatte Jens Mander jede Menge beruflichen und privaten Stress zu bewältigen. Ein Kollege machte mit einem Sack voll Problemen Telefonterror; sein Hund hatte „Dünnpfiff" und musste ständig „Gassi gehen"; zwei Telefoninterviews mit potentiellen Auftraggebern, auf die er sich vorbereiten musste.

Jens hatte keine Zeit für andere Sachen und so hätte er sein Erlebnis vom vergangenen Montag verdrängt.

Kurz vor zwölf rief sein Sohn Rahul an.

Jens und seine Frau hatten Rahul einige Jahre zuvor in einem indischen Restaurant kennengelernt. Irgendwann hatten sie dann festgestellt, dass sie mehr eine Vater-Sohn-Beziehung als eine Freundschaft pflegten. Jens hatte keine leiblichen Kinder, mit den angeheirateten gab es häufig Stress und so hatte er Rahul kurzerhand emotional adoptiert.

Telefonate mit Rahul liefen immer nach dem gleichen Muster ab.

Phase eins: man befragte sich gegenseitig nach dem Befinden.

Phase zwei: die Befragung über den jeweiligen Partner.

Die Phasen eins und zwei nahmen manches Mal die meiste Zeit des Telefonats in Anspruch.

Doch diesmal war es anders, Rahul kam ganz schnell zur Sache. In dem für ihn typischen Deutsch-Hindi Dialekt fragte er Jens, ob der ihm einen Gefallen tun könnte.

Bei Jens schrillten die Alarmglocken: Wenn Rahul so schnell zur Sache kam, war es meist was Wichtiges im Busch. Also fragte Jens, womit er ihm helfen könne.

Rahul erklärte ihm, dass seit Tagen einer der Köche des Restaurant spurlos verschwunden sei; er sei einfach nicht zur Arbeit erschienen und seit Montag wären auch seine persönlichen Sachen und Kleidung weg. Zur Polizei wolle man nicht, da es vielleicht Probleme mit der Ausländerbehörde geben könnte. Auch in der indischen Gemeinde war er auch nicht mehr gesehen worden.

Jens versprach, dass er sich im Rahmen seiner Möglichkeiten um die Sache kümmern würde und mit einer Verabredung zum Abendessen an seinem nächsten freien Tag beendete er das Telefonat. Noch während er überlegte, was zu tun sei, kam per eMail eine Nachricht von Rahul mit dem Bild des vermissten Kochs.

Jens musste auf das Polizeirevier um das Protokoll vom Montag zu unterschreiben. Da nahm er sich vor, mal »jaaanz dumm« nach dem verschwundenen Koch zu fragen.

Kurz nach drei machte sich Jens auf den Weg zum zuständigen Revier in der Rudolfstädter Straße und erreichte die Polizeidirektion 2 Abschnitt 26 genau zum Schichtwechsel. Er nannte dem Wachhabenden seinen Namen und die Wachbuchnummer. Nach einem Blick ins Wachbuch zog er einen Ordner unter dem Tresen hervor, blätterte kurz darin, schlug ihn auf und schob Jens den Ordner und einen Kugelschreiber hin.

„Bitte durchlesen und auf der Rückseite unterschreiben - da wo Ihr Name steht", sagte der Wachhabende und wandte sich einer anderen Aufgabe zu. Jens studierte das Protokoll. Es war die fast wortwörtliche Niederschrift seiner Aussage vom Montag und so kritzelte er seine Unterschrift auf die Rückseite, fügte noch Ort und Datum ein und schob den Ordner wieder in Richtung Diensthabenden, der immer noch mit einem anderen Dokument beschäftigt war und ihn keines Blickes würdigte.

Mit gespielter stoischer Ruhe blieb Jens am Tresen stehen und fing an, den Wachhabenden mit den Augen zu fixieren. Schon vor vielen Jahren hatte er festgestellt, dass Menschen, die so tun, als wären sie mit irgendwas beschäftigt, durch das unverwandte beobachtet werden, unruhig werden.

Auch hier war das der Fall und so fragte er Jens nach ein paar Minuten: „Unterschrieben? Gibt's sonst noch was?"

„Ja", sagte Jens, zog sein Smartphone aus der Tasche, öffnete die Datei mit dem gespeicherten Bild und schob es ihm hin. „Ich suche den jungen Mann. Er ist seit fünf Tagen spurlos verschwunden und seine Freunde machen sich schon Sorgen."

Der Wachtmeister wollte gerade zu einer Ansprache ansetzen, als Jens von hinten angesprochen wurde: „Heute ohne Hund?"

Es war der Mundart-Imitator vom Montag - Kriminalobermeister Reuter. Obwohl es offenbar freundlich gemeint war, hatte er Jens auf dem falschen Fuß erwischt und so antwortete er mit einem steifen und spitzen »Moin moin«.

Jens vermutete, dass Reuter schon eine Weile hinter Jens gestanden und dessen Frage gehört hatte, da er sofort nach dem Telefon griff und sich das Bild ansah. Mit der Zwei-Finger-Wisch-Geste vergrößerte er das angezeigte Bild und verschob die Anzeige so, dass der Kopf in der Mitte des Telefons war.

„Den kenn ich nicht, aber vielleicht die Kollegen von der Vermissten", sagte er und verschob das Bild weiter. „Aber die Tasche könnte ich kennen", meinte er und mit den Worten „und Sie auch!", gab er Jens das Handy zurück.

Erst jetzt machte es bei Jens klick. Ja, die Tasche kannte er und plötzlich war ihm klar, was ihm an dem Bild schon die ganze Zeit merkwürdig vorkam.

„Jetzt, wo Sie's sagen - stimmt, das könnte die Tasche sein."

„Mach mal das Gatter auf und sag Werner Bescheid", rief er seinem Kollegen zu und fuhr dann zu Jens gewandt fort, „Wir gehen ins Büro!"

Jens bemerke, dass sich im Nacken von Kriminalobermeister Reuter urplötzlich ein paar rote Flecken bildeten. „Gibt's Stress?", fragte ihn Jens scheinheilig, während er mit seinem unsymmetrischen Gang hinterher humpelte. Jens konnte Reuter leider nur von hinten beobachten, aber an dessen Körperhaltung bemerkte er, dass dessen Stimmung nicht mehr locker-flockig war.

Ohne eine Antwort auf die Frage, stürmte Reuter wortlos durch eine offene Tür in ein Büro; keine zehn Sekunden später kam auch sein Kollege Mäurer und knallte die Türe ins Schloss.

Mit den Worten „das ist keine Vernehmung, aber ich lass mal das Band mitlaufen", stellte er ein kleines Diktiergerät auf einen Schreibtisch. „Nun erzählen Sie mal, wie kommen Sie zu dem Bild und warum fragen Sie nach der Person?"

Vorbei war es mit dem bayerisch eingefärbten Berlinern und seiner Körperhaltung war eine aggressive Spannung zu entnehmen.

Jens Mander war aber nicht der Mensch, den man hätte so leicht beeindrucken können. Er zog seinen Presseausweis aus der Tasche, hielt Reuter die Plastikkarte vor die Nase und sagte nur „Quellenschutz". Noch bevor der ihn weiter anblaffen konnte, mischte sich sein Kollege aus dem Hintergrund ein: „Nun mal ganz langsam und keinen Stress." Reuter atmete tief durch: „Wir haben seit Montag ein Problem mit einer Leiche, die mal da ist und dann wieder weg ist. Und jetzt tauchen Sie mit dem Bild auf. Da haben wir halt ein paar Fragen und mit Höflichkeit und ohne Stress ist das ganze sicher schnell zu erledigen."

Aha, guter Polizist - böser Polizist, dachte sich Jens. Aber das kann er noch besser: ganz böser Reporter. Das ist seine leichteste Übung.

Er lehnte sich an den zweiten Schreibtisch, der im Raum stand. „Kein Problem, das Protokoll habe ich bereits unterschrieben und das Bild? Ist eine ganz andere Story!"

„Sagen Sie mir zuerst mal, was das eine mit dem anderen zu tun hat und wenn es da eine Verbindung gibt, gibt es auch von mir Informationen. Wenn nicht, dann bin ich der böse Reporter, der über einen Kriminalfall berichtet."

Die beiden sahen sich kurz an und die Zustimmung in ihren Blicken konnte man nur erahnen.

„Also gut, der Deal gilt. Aber nur unter einer Bedingung: alles was gesprochen wird, bleibt hier im Raum. Veröffentlichungen nur in Absprache mit dem zuständigen Staatsanwalt und der Pressestelle."

„Einverstanden."

„Also nochmals ganz von vorne. Ich bin Kriminalkommissar Mäurer und das ist mein Kollege Kriminalobermeister Reuter. Als wir nach Ihrer Meldung am letzten Montag ausrückten, hatten wir schon zwei Anrufe gleichen Inhalts. Immer ging es um eine männliche Person, dunkles, fast schwarzes Haar, mittleres Alter, vermutlich Ausländer, Vorderasien, schwarze oder dunkelblaue Bekleidung." Mäurer machte eine Pause. „Jedes Mal, wenn wir vor Ort eintrafen, war die Person verschwunden."

Auf dem Tisch lag eine Packung Zigaretten und Mäurer hatte angefangen damit zu spielen.

„Haben Sie einen Raucherraum?", fragte Jens. „Mir macht es nichts aus wenn wir dort weiter reden. Dann kann ich auch eine schmöken."

Reuter blickte in Richtung seines Kollegen, der als stumme Antwort die Bürotür öffnete. „Rechts in den Gang und dann die dritte Türe - immer der Nase nach", war Reuters Kommentar zu Manders Vorschlag.

Der Raucherraum war spartanisch eingerichtet. Ein Kaffeeautomat, zwei hohe Bistro-Tische auf denen Aschenbecher rumstanden und ein Cola-Automat. Durch das Fenster konnte man auf den Innenhof des Gebäudes blicken.

„Erst durch Ihrem Anruf erhielten wir eine greifbare Spur", fuhr Mäurer fort, nachdem er sich seine Pfeife angezündet hatte. „Kein Ausweis, keine persönlichen Dokumente, aber eine Tasche voll Bekleidung - Socken und Unterwäsche, Hemden, Hosen, Pullover, Toilettenartikel" und nach einem Zug an der Pfeife „und zwei Betelnüsse."

„Die anderen Zeugen beschrieben die Person als männlich, relativ jung - zwanzig bis dreißig Jahre alt, schwarzes Haar, etwa eins sechzig groß und dunkelhäutig. In der ersten Meldung wurde er am Speerwerfer-Denkmal an der Bundesallee, in der zweiten auf einer Bank liegend am Hirschbrunnen gesehen."

Seine Pfeife war ausgegangen und so trat eine Pause ein, während er das Ding wieder in Brand setzte.

„Jetzt sind Sie dran", meinte er und reichte Mander sein Feuerzeug, damit er sich seine Zigarillo anzünden konnte. Mander verlängerte die Pause, indem er mehrere tiefe Lungenzüge machte.

„Also, meiner Meldung habe ich nichts hinzu zu fügen, da habe ich Ihnen schon am Montag alles gesagt. Und zu dem Bild: es ist das Foto eines Kochs aus einem indischen Restaurant, in dem ich öfter mal was esse. Der Koch ist seit letzten Freitag spurlos mit allen seinen Klamotten verschwunden und da ich mit meinem Hund viel unterwegs bin, hat man mich gefragt ob ich ihn vielleicht gesehen habe."

„Gibt's 'ne Vermisstenanzeige?", unterbrach er Jens Mander.

„Nö, die wollen ihm keine Schwierigkeiten mit seinem Visum machen, falls er nur mal eine kurze Auszeit genommen hat", antwortete Jens. „Könnte ja auch sein, dass er nur einen kurzen Urlaub macht."

Noch bevor er Jens nach dem Foto fragen konnte, fügte er an: „Wenn Sie mir ihre Mailadresse verraten, schicke ich Ihnen das Bild per Mail."

Mäurers Pfeife war wieder aus und bevor der sie wieder in Brand setzte, nannte er die Mailadresse, die Jens sofort in sein Smartphone notierte und das Bild als Anhang auf die Reise schickte.

Mit der Frage nach der Rasse von Jens Manders Hund und dass er lange Zeit bei der Hundestaffel gewesen sei, versuchte er die unpersönliche Stimmung aufzulockern.

„Okay - is' raus", sagte Jens, „aber die Aufregung versteh ich trotzdem nicht. In Berlin gibt es mehr als einen Inder und die Tasche? Naja, auffällig ist sie schon, aber davon gibt's sicher mehr als eine in Berlin."

„Die Kollegen von der Spurensicherung haben sich der Tasche angenommen und festgestellt, dass dieses Modell in Deutschland nicht verkauft wird. Das Ding wird in Pakistan für eine Firma in England produziert und auch nur dort verkauft. Die Kollegen vom Zoll konnten jedenfalls keine Importe nach Deutschland feststellen."

„Das heißt aber noch lange nicht, dass die Tasche vom Park mit der auf dem Bild identisch ist. Ähnlich ja, aber ich würde nicht unbedingt darauf wetten." Der berühmte Detektiv Hercule Poirot hätte in der Situation gesagt, dass seine kleinen grauen Zellen angefangen hätten, aus den verschiedenen Informationen ein Bild zu erstellen.

„Wird es eine Vermisstenanzeige geben und wer wird sie

stellen?", unterbrach Reuter Jens' Denkprozess.

Jens Mander war mit den Besitzern und den Mitarbeitern des Restaurants, in dem der Koch vor seinem Verschwinden gearbeitet hatte, gut bekannt. Deshalb hielt er es für besser, Mäurers Frage erstmal zu ignorieren. Nicht, dass er sich da raushalten wollte, aber die »Grünen« hatten ihren Job und das war nun mal nicht seiner.

„Ohne Vermisstenanzeige können wir nichts unternehmen und so ohne weiteres können wir auch nicht beim Arbeitgeber aufschlagen", sinnierte Mäurer nach der Pause weiter. „Also drei Anzeigen, dreimal nichts, eine Sporttasche und niemand, dem sie gehört. Das ist mal wieder Bullshit."

Mäurer klopfte die Asche seiner Pfeife in einen großen Standaschenbecher und hielt Jens die Türe auf. „Sie waren auch keine große Hilfe. Also wenn Sie nichts mehr zu sagen haben, dann sind wir für heute mal durch." Reuter begleitete ihn noch zum Gatter und dann war Jens wieder draußen auf der Straße.

Das »für heute mal durch« verhieß nichts Gutes - »also lassen wir das mal auf uns zukommen«, dachte sich Jens, marschierte in Richtung S-Bahn und fuhr mit der Ringbahn die drei Haltestellen in Richtung Innsbrucker Platz. Während der Fahrt überlegte er sich, dass es eine gute Idee sei, heute mal wieder Chilli Chicken oder ein Fisch-Tikka zu essen.

Als Jens die Wohnungstüre öffnete, musste er mit Ayla erst mal »Party feiern«. Jens war nur drei Stunden unterwegs, Ayla begrüßte ihn, als wären er drei Tage gewesen.

Nun haben Hundemenschen eine besondere Beziehung zu ihrem Begleiter und so schob Jens den Gedanken an ein leckeres indisches Gericht nach hinten, nahm Ayla an die Leine und machte sich zu einer großen Runde auf. Sie marschierten über zwei Stunden durch den Rudolf-Wil-de-Park und den Volkspark Wilmersdorf bis zur Blisse-straße und dann über die Uhlandstraße, Berliner Straße und Badensche Straße wieder nach Hause. Ayla war nach der Runde nur noch müde und Jens hatte endgültig die Lust auf »Indisch« verloren. Er machte sich ein paar belegte Brote und wollte sich gerade auf das Sofa setzen, als das Telefon klingelte.

Es war Rahul.

Jens hob ab und meldete sich. „Hallo Rahul, wie geht es Dir?"

„Hallo Mister Jens, wie geht es Ihnen?", bekam er zur Antwort.

Es folgte wieder der übliche Dialog, in dem sie sich versicherten, dass es ihnen gut gehe.

Da es schon spät war, unterbrach Jens das Ritual und kam zur Sache: „Ich war heute bei der Polizei und habe mal nach dem Koch gefragt. Aber da war nichts bekannt. Die Jungs meinten nur, dass irgendjemand auf dem schnellsten Weg eine Vermisstenanzeige aufgeben sollte. Könnte aber auch sein, dass die im Restaurant reinschneien und nach ihm fragen werden."

Nach dieser Ansage benahm Rahul sich plötzlich merkwürdig. Während sie sonst immer über die verschiedensten persönlichen Dinge unterhielten, war Rahul diesmal recht einsilbig. Mit Floskeln wie „da kann man nichts machen" und „da werde ich mit meinem Chef reden müssen", versuchte er offensichtlich über die Zeit zu kommen, damit Jens das Gespräch beenden konnte.

Rahul hat noch nie ein Telefonat von sich aus beendet; er war immer der Ansicht, das sei unhöflich.

Jens tat ihm also den Gefallen, wünschte eine gute Nacht und beendete das Gespräch. Inzwischen hatte sich jedoch, von ihm völlig unbemerkt, sein Hund über seine Brote hergemacht. In einem zweiten Anlauf kam Jens aber dann doch noch zu seinem Abendessen.

Donnerstag, 7. November

Jens Mander hatte sich wieder mal die Nacht um die Ohren geschlagen und an seinem Roman geschrieben; sein Hund schlief bis um acht friedlich auf einer Matte vor seinem Schreibtisch. Der Blick auf das Außenthermometer sagte ihm, dass die optische und die gefühlte Temperatur stark voneinander abweichen könnten und dass es kühler sein würde, als die strahlende Morgensonne verhieß.

Noch während er sich für den morgendlichen Hundespaziergang anzog, klingelte sein Telefon. „Polizeidirektion zwei, Abschnitt sechsundzwanzig", bohrte sich eine Stimme aus dem Hörer in sein Ohr und bevor diese Stimme ihren Spruch weiter ablassen konnte, fiel Jens ihm sofort ins Wort:

„Guten Morgen Herr Reuter, was kann ich für Sie tun?"

Offensichtlich war Reuter überrascht, dass Jens ihn sofort erkannt hatte, denn erst nach einer kleinen Pause fuhr er fort: „Können Sie sofort in die Belziger Straße am Eingang zum alten Dorffriedhof kommen?" Da Jens seinen Hund schon fast an der Leine hatte, erwiderte er, dass es prinzipiell kein Problem sei, aber er erst mit seinen Hund eine Runde machen müsse. „Reicht es in zirka einer Stunde?"

„Nein", kam als Antwort aus dem Telefon. „Wir brauchen Sie sofort hier." Die Hintergrundgeräusche aus dem Telefon kamen jetzt nur mehr gedämpft aus dem Hörer, als halte Reuter die Hand über das Mikrophon. „Dann bringen Sie halt Ihren Hund mit. Wenn Sie jetzt losgehen, sind Sie in spätestens fünfzehn Minuten hier."

Reuters Stimme hatte einen gestressten Unterton und da Jens Mander zwischenzeitlich neugierig geworden war, sagte er zu.

Raus aus dem Haus, über die Freiherr-vom-Stein-Straße in den Rudolph-Wilde-Park Richtung Hirschbrunnen, die Treppe hoch, über die Martin-Luther-Strasse, Richtung Rathaus Schöneberg, über die Dominicus Strasse auf den Kennedy-Platz und in die Belziger Straße - sein Hund hatte offensichtlich heute große Lust auf Laufen und so schafften sie den Weg wirklich in fünfzehn Minuten.

Vor dem Tor zum Friedhof stand ein Polizeibus mit eingeschaltetem Blaulicht; der Eingang war mit einen rot-weißen Band abgesperrt und trotz der frühen Stunde standen ein paar neugierige Passanten rum. Jens drängte sich durch die Neugierigen an das Sperrband, was mit seinem Hund an der Leine gar nicht schwer fiel. Es passierte ihm immer wieder, dass seine große Schweizer Sennhündin mit einem Rottweiler verwechselt wurde.

Jens zog seinen Presseausweis aus der Tasche, hielt ihn der Polizistin hinter der Absperrung unter die Nase uns sagte: „Herr Reuter erwartet mich."

Jens Mander genoss die neidvollen Blicke der umstehenden Zuschauer und wie aufs Stichwort kam Reuter um die Ecke. Entweder hatte er die Szene beobachtet oder solche Auftritte, wie Jens soeben einen abgeliefert hatte, waren ihm nicht unbekannt, denn er konnte sich ein Grinsen nicht verkneifen, als er Jens mit Handschlag begrüßte.

„Schön, dass Sie doch so schnell kommen konnten", begrüßte er Jens und zu dessen Verblüffung kraulte er Ayla hinter den Ohren. Dann hob er das Band so weit an, dass Jens durchschlüpfen konnte und mit dem Hund an der Leine ging Jens hinter Reuter her; vorbei an neuen und alten Gräbern.

Vor einem Mausoleum mit einer Kuppel sah man Uniformierte und Männer in weißen Schutzanzügen an etwas rumhantieren, das er aber aus der Entfernung nicht erkennen konnte.

Etwa zehn Meter vor dem Eingang zum Mausoleum fing

Ayla, die bisher schwanzwedelnd neben Jens lief, an zu bocken: sie wollte einfach nicht mehr weiterlaufen. Ein große Schweizer Sennenhund ist im Grunde durch nichts aus der Ruhe zu bringen, aber jetzt spürte sie etwas, das ihr nicht geheuer war. Sie setzte sich hin - einfach so. Jens drückte einem neben ihm stehenden Polizisten die Leine in die Hand und noch bevor der was dagegen sagen konnte, übernahm Reuter wieder die Regie und sagte zu dem Polizisten: „Pass mal auf den Hund auf."

Sie gingen weiter und jetzt konnte Jens das schwarze etwas erkennen. Da lag ein Mensch, männlich, schwarze Bekleidung, schwarzes Haar, dunkle Hautfarbe und offenbar tot.

Noch bevor Reuter was sagen konnte, sprach Jens das Offensichtliche aus: „Jo - der lag am Montag im Park. Fast genauso, wie er jetzt hier liegt."

„So wurde die Leiche heute Morgen von einem Kirchgänger gefunden. Zum Glück hatte der sein Handy dabei - sofort die eins-eins-null gerufen und sich nicht vom Platz bewegt." Mit einer gehörigen Portion Sarkasmus in der Stimme fuhr er fort: „Sonst wäre die Leiche wahrscheinlich ein weiteres Mal aufgestanden und hätte sich woanders wieder hingelegt. Aber Leichen können nicht laufen und der ist schon so lange tot, dass die Leichenstarre durch die beginnende Verwesung wieder nachlässt. Insgesamt ist die Leiche in einem besseren Zustand, als sie eigentlich sein dürfte, wenn man davon ausgeht, dass der Tod in der Nacht zum Vierten eintrat. Außerdem hätte er auch so nicht laufen können - jemand hat ihm wortwörtlich den Kopf verdreht." Reuter machte eine kurze Pause um die Dramatik seiner Worte zu unterstreichen. „Um volle einhundertachtzig Grad."

Reuter sah Jens an, während er weiter sprach: „Aber ein solcher Anblick ist Ihnen ja nichts neues - oder?"

„Wie meinen Sie das?", erwiderte Jens. Er fixierte Jens Mander noch immer mit seinen Augen, als er wieder ansetzte: „Is' nur so'n Gefühl. Für einen normalen Staatsbürger, der seine erste Leiche sieht, sind Sie nicht genug erschrocken, die Aussage vom Montag war druckreif und auf dem Revier haben Sie mich ganz schön abblitzen lassen."

„Ach das dürfen Sie nicht so eng sehen", erwiderte Jens und grinste. „Ich hab mich meinem Hund angepasst - wir sind beide durch nichts zu erschüttern. Mein Hund ist es von Natur aus und ich bin mit meinen knappen sechzig schon zu alt um mich noch über irgendwas aufzuregen."

Er drehte seinen Kopf zur Seite, als sein Kollege Mäurer, den Jens bisher noch gar nicht bemerkt hatte, ihm etwas ins Ohr flüsterte.

Zu Jens gewandt, fing Reuter wieder an: „Wie wäre es zur Abwechslung mal mit ein paar Informationen?"

„Sorry, ich weiß auch nicht mehr. Aber ich kann ja mal meinen Adoptivsohn anrufen. Der kann ihn vielleicht identifizieren."

Jens ging einen Schritt in Richtung der Leiche um sie sich näher anzusehen. Reuter hatte recht, ein Normalo tut das nicht und er hatte auch recht mit seiner Behauptung, dass Jens nicht das erste Mal eine Leiche sah. Aber das war eine andere Geschichte aus seiner Vergangenheit und die wollte ihm Jens nicht so direkt auf die Nase binden.

„Den haben wir noch nicht erreicht und das Restaurant hat noch nicht geöffnet. Aber eine Streife steht vor dem Laden und wartet auf ihn."

„Also Herr Reuter, jetzt klopfen Sie aber mächtig auf den Putz", antwortete Jens. „Erstens habe ich Ihnen seinen Name nicht genannt und zweitens wenn Sie mich nach seiner Anschrift und seiner Telefonnummer gefragt hätten...", Jens ließ den Satz unvollendet, zog sein Smartphone aus der Tasche um aus den Kontakten Rahuls Nummer rauszusuchen.

„Ich stelle die Verbindung her und Sie sprechen mit ihm."

Plötzlich hatte er jedes Interesse an Rahul verloren. „Nö - das brauchen wir nicht. Nach meinen Unterlagen öffnet das Lokal um elf Uhr. Es reicht, wenn wir dann jemand hinschicken und dann ist es besser, wir sprechen gleich mit den Inhabern."

Ayla hatte inzwischen ihre Starre überwunden und zerrte so stark an der Leine, dass sie der Polizist fast nicht mehr halten konnte. Jens ging die paar Meter in Richtung seines Hundes und da hatte sein Hund nichts Besseres zu tun, als mit ihm »Wiedersehensparty« zu feiern.

Jens drehte sich nochmals zu Reuter um und fragte ganz scheinheilig: „Brauchen Sie mich noch?"

„Nö", kam als knappe Antwort, „wir wissen ja, wo Sie wohnen."

Jens verließ den Friedhof durch den Eingang an der alten Dorfkirche. Nach der durchgearbeiteten Nacht war er hundemüde und so machte er sich auf den Weg nach Hause und ins Bett.

Es war schon spät, als es an der Türe klingelte. Noch im Halbschlaf schnappte er sich seinen Bademantel, Ayla war schon vor ihm an der Türe und auch Jens machte sich auf den Weg. Es klingelte nochmals, aber da war Jens schon an der Türsprechanlage. „Hallo - wer stört", sprach er in den Hörer und hörte nur ein, „Ich bin's". Jens drückte auf den Türöffner, öffnete die Wohnungstüre und ging dann zurück in die Küche um sich eine Tasse Kaffee aus dem Automaten zu ziehen, während er Rahul seinem Schicksal überließ. Rahul wurde von Ayla heiß und innig geliebt und der hatte auch schon seine Erfahrungen mit tierischen Wiedersehensparties. Jens brauchte sich während der nächsten fünf Minuten nicht um die Beiden kümmern.

Mit seiner Tasse in der Hand setzte er sich auf das Sofa, griff zu seiner Zigarillobox und zündete sich eine an.

„Wenn ihr beide mit der Begrüßung fertig seid - ich bin hier", rief er in Richtung Flur. Durch einen Blick auf die Uhr erfuhr Jens, dass es sechzehn Uhr war.

„Shit", brummelte Jens, „der ganze Tag ist versaut."

Rahul hatte jetzt auch das Sofa erreicht und Jens forderte ihn zum Hinsetzen auf.

„Wie geht es Dir? Hast Du heute keinen Dienst? Wie geht es der Mutter meiner ungeborenen Enkel?"

Es begann wieder das gleiche Ritual wie es auch am Telefon stattfand und nach fünf Minuten kam Rahul dann endlich zur Sache.

„Heute war die Polizei im Restaurant, sie haben Mahavir gefunden". Jens kommentierte die Information mit einem kurzen „Ich weiß" und sah Rahul fragend an.

Während Rahul darauf wartete, dass Jens mehr sagte, gab Jens die Nummer vom Schweiger und beobachtete Rahul. Rahul war sichtlich nervös und obwohl sonst durch nichts aus der Ruhe zu bringen, rutschte er unruhig auf dem Sofa hin und her. Nachdem Rahul zu der Einsicht kam, dass von Jens keine rhetorische Hilfe zu erwarten war, fing er mit dem Erzählen an.

„Die haben den Geschäftsführer mitgenommen."

Jens nickte wieder.

„Sie haben Mahavir, unseren Koch, gefunden", wiederholte Rahul.

Jens entschied, dass es jetzt doch an der Zeit war, sich verbal zu äußern. „Okay und wo?", stellte er als Frage in den

Raum, wohl wissend, wie es weiter gehen würde.

„Er ist tot, wahrscheinlich ermordet, auf dem Friedhof."

„Ich weiß", erwiderte Jens. „Ich war mit der Polizei da und ich habe ihn gesehen."

Von dem Vorfall am Montag sagte Jens erst mal nichts. Rahul war zwar nicht dumm, aber in dem Moment war er so gestresst, dass er nicht mal auf die logische Frage kam, warum Jens am Fundort der Leiche war.

„Ich hab ihn anhand der Fotografie identifiziert, die Du mir geschickt hattest."

Obwohl Jens und Rahul schon so lange freundschaftlich und familiär miteinander verbunden waren, redete Rahul Jens immer noch mit Sie an.

„Mein Chef lässt fragen, ob Sie helfen könnten?", fragte Rahul und erhielt nur ein „Schaung mer mal, aber dann musst Du mir schon mehr erzählen", als Antwort.

In den nächsten zehn Minuten erzählte Rahul die Geschichte von Mahavir.

Mahavir sei ein entfernter Verwandter von Rahuls Chef. Um ihn nach Deutschland zu bringen, habe ihn seine Familie für drei Jahre als Koch angeboten. In dieser Zeit wollte er sich die notwendigen achttausend Euro sparen, um danach mit einem Studentenvisum in Deutschland studieren zu können. Nach seiner Einreise vor zwei Monaten bezog er ein Zimmer in der Wohnung über dem Restaurant und da sollte er auch die ganzen drei Jahre bleiben. Ein Teil dessen, was er offiziell als Lohn bezahlen würde, sollte nach Indien überwiesen und der andere Teil auf ein Sperrkonto fürs Studium einbezahlt werden.

Nun war das, was Rahul da erzählte, für Jens nichts Neues.

Rahul erzählte weiter, dass Mahavir mit dieser Vereinbarung nicht so ganz glücklich war; hätte er doch die ganze Zeit über kein eigenes Geld verfügt. Eine Woche nach seiner Ankunft wäre auch schon der erste Brief aus Indien da gewesen, in dem seine Familie wegen Geld gefragt hätten und eine Woche danach habe er angefangen jeden damit zu nerven, wie man ganz schnell zusätzliches Geld verdienen könne.

Rahul machte eine Pause, die wieder Jens für eine Frage nutzte.

„Na und? Ist da was draus geworden?"

Jens hatte nicht die Erwartungshaltung, dass Rahul ihm die volle Wahrheit sagen würde, aber er wusste auch, dass Rahul ihn nicht belügen würde.

„In einer Zeitung stand", fuhr Rahul mit seiner Erzählung fort, „dass für einen Film Leute gesucht werden. Einmal die Woche für zwölf Stunden. Ich habe für Mahavir bei der Filmfirma angerufen und einen Termin gemacht und wir sind dann an seinem freien Tag gemeinsam hingefahren. Er wurde sofort genommen. Im Restaurant haben wir erzählt, dass er an seinem freien Tag bei einem Freund Deutsch lernt."

Jens war heute bewusst unhöflich. Hatte er für Rahul sonst immer ein Glas Eiswasser auf den Tisch gestellt oder ihm ein Glas Tee oder 'ne Tasse Kaffee angeboten, machte er heute keine Anstalt da was zu machen.

„Und weiter?", drängte Jens. „Rück mit dem Rest der Story raus."

Rahul sah Jens etwas irritiert an.

„Wie meinen Sie das?", fragte er.

„Da fehlt doch noch was."

Jens lehnte sich zurück und wartete auf den Rest der Geschichte. Es dauerte dann doch fast eine Minute, bis

Rahul sich zu einer Entscheidung durchgerungen hatte.

„Zum ersten Treff habe ich Mahavir mit dem Auto gefahren. Er musste schon um sechs Uhr da sein. Und ich habe ihn auch wieder abgeholt."

Rahul machte wieder eine Pause.

„Dann beim zweiten Mal wollte er das nicht mehr und meinte, er würde auch so den Weg finden. Man hat mir aber erzählt, dass Mahavir mit einem Mercedes-Transporter abgeholt worden sei. Am Abend wäre Mahavir aber zu Fuß gekommen und sofort auf sein Zimmer gegangen, ohne noch mal ins Lokal reinzuschauen."

„Na und?", fragte Jens. „Das ist doch nichts Schlimmes. Zwölf Stunden als Komparse - das schlaucht schon gewaltig."

„Aber ... aber ... aber ...", fing Rahul plötzlich an zu stottern. „Als am Tag darauf die Frau des Geschäftsführers sein Zimmer lüften wollte, fand sie fünfhundert Euro unter seinem Kissen."

„Tante Neugier? Hat sie mal wieder gestöbert?"

„So dürfen Sie das nicht sehen, Mr. Jens", nahm er sie sofort in Schutz. „Sie meint es ja nur gut. Außerdem hat sie von Mahavirs Vater die Verantwortung übertragen bekommen."

„Papperlapapp, sie musste mal wieder alles wissen."

„Sie hat dann Mahavir zur Rede gestellt und gefragt, woher das Geld käme, was Mahavir damit erklärte, dass er das Geld beim Wetten gewonnen habe.

Die darauf folgenden freien Donnerstage von Mahavir verliefen unauffällig. Er wurde abgeholt und kam am Abend zu Fuß wieder.

Am letzten Donnerstag wurde er wieder von dem schwarzen Mercedes abgeholt, dieses Mal aber am Abend auch wieder gebracht. Mahavir kam dann auch noch mal ins Restaurant und im Vorbeigehen steckte er mir etwas in die Tasche. Ich konnte leider nicht reagieren, da ich gerade fünf Portionen Essen auf einem Tablett balancierte. In der Hektik hatte ich es auch vergessen und als ich spät am Abend dazu kam, das Zugesteckte zu untersuchen, stellte ich fest, dass es ein Briefumschlag mit zehn Fünfhundert-Euro-Scheinen war."

„Da kann ich nur sagen - guter Deal, den Mahavir da gemacht hat. Aber erzähl weiter."

„Nachdem das Restaurant geschlossen hatte, ging ich noch mit in die Wohnung und wollte mit Mahavir sprechen. Ich klopfte mehrmals an die Türe und als keine Antwort kam, trat ich einfach ein. Im Zimmer war kein Mahavir, der Schrank war ausgeräumt und die Reisetasche war weg."

„Bullshit", sagte Jens nur. „Wie ging es dann weiter?"

„Der Barmann, der das Zimmer nebenan bewohnt sagte, dass Mahavir nach oben in die Wohnung kam und ohne ersichtlichen Grund zu stänkern anfing", erzählte Rahul weiter.

„Ausbeuter, Leuteschinder, Sklaventreiber - so bezeichnete er den Chef und die Chefin. Der würde nur an sich denken und sich an seiner Arbeitskraft seiner Mitarbeiter bereichern." Und er, Mahavir, habe davon die Nase voll.

Rahul war es sichtlich unangenehm, diesen Teil der Geschichte zu erzählen. Er hätte so etwas nie freiwillig zugegeben, aber beide kannten die Wahrheit hinter Mahavirs Gefühlsausbruch. Rahul umschrieb diese Verhältnisse immer mit dem „indischen Herz", während Jens es mit „du bist immer der Diener deines Herrn", bezeichnete. Ein intimer Kenner der indischen Kultur hatte Jens mal gesagt: „Wenn Dir in Indien einer was Gutes tut, erwartet er von Dir eine lebenslange Dankbarkeit."

„Mahavir ging wieder in sein Zimmer und der Barmann guckte im Fernsehen das Kricketspiel weiter an. Was soll ich jetzt machen? Ich habe keinem was von dem Geld gesagt."

Was Rahul da von Jens wollte, war eigentlich eine Sache der Polizei. Bei Mord und Totschlag konnten nach seiner Erfahrung die »Oberförster« ganz schön biestig werden. Um die Anspannung bei Rahul etwas abzubauen, ging Jens wortlos in die Küche und holte ihm ein Glas Eiswasser aus dem Spender. Dann beschloss er, da er immer noch im Bademantel war, sich anzuziehen. Das Ganze dauerte rund fünf Minuten und diese Zeit nutzte Jens zum Nachdenken. Ja, einmischen und helfen oder nein, ablehnen - das war die Frage. Der Schreiberling in ihm witterte den Stoff für eine gute Story, aber ein kleiner Mann in seinem Ohr warnte ihn vor den Folgen dieser Hilfe. »Jede gute Tat wird sofort bestraft«, war so ein Spruch, den seine Mutter in einer solchen Situation aussprach.

Aber im Grunde hatte Jens gar keine andere Option, als sich des Problems anzunehmen: Rahul war irgendwie an der ganzen Sache beteiligt und da musste Jens die Geschichte auch zu seiner Geschichte machen.

Rahul saß zusammengesunken in seiner Ecke auf dem Sofa, als Jens angezogen wieder aus dem Bad kam.

„Okay Rahul - ich schau mal, was ich machen kann", sagte Jens und setzte sich neben ihn auf das Sofa. „Ich brauch aber noch ein paar Informationen - wie heißt die Filmfirma, wenn's geht Anschrift, Telefonnummer und einen Namen; Typ, Farbe und Kennzeichen des Mercedes und die vollständigen Personendaten von Mahavir."

Offensichtlich hatte Rahul sich auf diese Fragen schon vorbereitet. Er zog aus der Innentasche seiner Jacke einen

Briefumschlag und reichte ihn Jens. Darin enthalten ein paar Kopien - Pass, Visum, internationale Geburtsurkunde und ein handschriftlicher Zettel mit den Angaben zur Filmfirma und Auto sowie die fünftausend Euro.

„Das Geld nimm mal wieder mit und verwahre es bei Dir zuhause. Die anderen Sachen behalte ich", sagte Jens. „Heute ist es schon zu spät und am Wochenende erwische ich eh niemand, also kann ich erst am Montag aktiv werden. Aber Du kannst Deinem Chef sagen, dass ich mich drum kümmern werde."

Als hätte jemand einen Schalter umgelegt, strahlte Rahul und umarmte Jens und vor lauter Erleichterung brachte er nur ein „Danke" raus.

Nachdem er sein Anliegen an den Mann gebracht hatte, unterhielten sie sich noch ein paar Minuten über Persönliches und als Jens merkte, dass Rahul verstohlen auf die Uhr sah, fragte er ihn, ob er denn noch arbeiten müsse. Rahul bejahte das und so gab Jens ihm einen Vorwand, seinen Besuch zu beenden, indem er behauptete, dass es jetzt Zeit für Aylas Abendrunde sei.

Rahul verabschiedete sich mit dem Versprechen, Jens auf seinem Heimweg noch eine Portion indisches Essen vorbeizubringen.

Freitag, 8. November

Über Nacht war das Wetter gekippt. Es gab den ersten Nachtfrost in diesem Jahr und auf der Morgenrunde mit Ayla konnte man laut und deutlich die Kratzgeräusche der Eisschaber vernehmen.

Es gibt einen Spruch, dass Berlin niemals schläft und zwischen drei und vier Uhr nachts nur ruht. Heute galt dies aber nicht. War sonst das Rauschen von der Stadtautobahn und das Fahrgeräusch der S-Bahn im Park zu hören - heute lag eine fast tödliche Stille über dem Rudolf-Wilde-Park.

Ayla und Jens drehten ihre Runde durch den Park, liefen am Hundeauslauf vorbei und waren nach knapp zwei Stunden wieder zuhause. Es war inzwischen zehn Uhr geworden und Jens hatte seinen Guten-Morgen-Kaffee noch immer nicht gehabt. Ein rascher Blick in den Kühlschrank sagte ihm, dass es sinnvoll wäre, fürs Wochenende noch ein paar Einkäufe zu machen.

Aber zuerst ließ sich Jens aus dem Jura-Automaten eine Tasse Kaffee raus, setzte sich an sein MacBook und holte die abonnierte Onlineausgabe seiner Berliner Tageszeitung auf den Bildschirm. Ausnahmsweise blätterte er gleich zur Rubrik Berlin und war von der Schlagzeile absolut nicht überrascht: Leichenfund auf dem alten Dorffriedhof in Berlin-Schöneberg.

Zu zwei Fotos, eins zeigte das Mausoleum und das Zweite die versammelten Polizisten - einer mit einem Hund an der Leine, stand der Text, dass in den frühen Morgenstunden des siebten November von einem Spaziergänger die Leiche eines männlichen Ausländers gefunden wurde. Bisher habe die Identität nicht ermittelt werden können, aber er könnte aus dem vorderasiatischen Bereich stammen. Zu der Todesursache habe die Polizei keine

Angaben machen können, aber man werde weiter berichten.

Jens zündete sich eine Zigarillo an und zog Rahuls Zettel aus dem Umschlag. M-Face Casting-Agentur Berlin stand auf dem Zettel, eine Internetadresse und eine Telefonnummer. Er startete den Internetbrowser und gab die Internetadresse ein. Die angezeigte Seite war die einer offensichtlich normalen Casting-Agentur. Viel Brimborium um „wie gut - wie beliebt - wie erfolgreich" die Agentur sei und wer schon alles durch diese Agentur ins Film- und Model-Geschäft gebracht worden wäre.

Jens verglich die Telefonnummer auf dem Zettel mit der, die im Impressum als Kontakt angegeben war - sie war gleich. Bei der Nummer stand ein Name, den er sich notierte.

Nach einem Schluck aus der Tasse startete er am Monitor die Suchmaschine und gab bei Suchbegriff »m-face&Casting&berlin« ein. Millisekunden später hatte Jens eine volle Bildschirmseite mit Ergebnissen zu seinem Suchbegriff - insgesamt über tausend Stück. Die Ergebnisse, die schon anhand der Kurzbeschreibung nicht passten, ignorierte er, die anderen öffnete er zur Ansicht. Eine alte Regel für Suchmaschinen besagt, wenn man auf den ersten zwei Bildschirmseiten nichts Passendes findet, findet man auf den nachfolgenden Seiten auch nichts mehr.

So war es auch in diesem Fall. Also formulierte er den Suchbegriff neu: „beschwerden" AND „casting" AND „agentur" AND „m-face"

Auch in diesem Fall brachte das Ergebnis nicht den gewünschten Erfolg. Jens fand auch in den Suchergebnissen nichts Auffälliges. Zwar fand er einige Einträge, die sich darüber beschwerten, dass sie abgelehnt wurden und einige, die sich über gezahlte Gagen oder Vermittlungsgebühren beschwerten.

Jens ging in die Küche um seine Tasse nochmals aufzufüllen. Ohne auf die Uhr zu schauen, wusste er dass es zwölf Uhr war. Die Freiheitsglocke im Turm des Schöneberger Rathauses hatte ihr Geläut angestimmt. Er nahm sich vor, nach dieser Tasse Kaffee und zwei weiteren Internetaufrufen seinen Einkauf zu erledigen.

Der erste Aufruf war eine Spezialseite für Firmeninformationen. Jens Mander hatte sich vor Jahren wegen einer Recherche mal registriert und so gab er seinen Benutzernamen, sein Passwort, den gesuchten Firmennamen ein und bestätigte die Abfrage, dass die für die Auskunft anfallenden Kosten von zehn Euro von seiner Kreditkarte abgebucht werden dürfen.

Einige Sekunden später bekam er die Daten angezeigt.

Name, Rechtsform, Anschrift, Steuernummer und alles was sonst zu einer Firma gehört, deren Bonität und InfoScore wurden angezeigt und waren auf den ersten Blick auch nicht auffällig. Dann holte er sich vom elektronischen Bundesanzeiger die letzten drei veröffentlichten Bilanzen. Auch in den Dokumenten fand Jens Mander nichts, was auf irgendwelche geschäftlichen Probleme hingewiesen hätte.

„Bullshit", sagte er so laut, dass Ayla, die auf ihrer Matte vor seinem Schreibtisch schlief, erschrocken den Kopf hob und ihn anblickte. Als richtiger Hundemensch hatte Jens gleich ein schlechtes Gewissen und so murmelte er: „Is' ja gut, nichts passiert", in Richtung seines Hundes.

Nach fast vier Stunden Arbeit, die Uhr seines iPhone zeigte dreizehn-dreißig hatte er immer noch keinen Ansatz und das frustrierte ihn. Also schaltete Jens seinen Rechner aus. Er kontrollierte noch seinen Bestand an Zigarillos und befand, dass der für das ganze Wochenende ausreichend war und machte sich auf den Weg.

Der Supermarkt im U-Bahnhof Innsbrucker Platz hatte auch am Samstag bis zweiundzwanzig Uhr geöffnet, aber so lange wollte Jens mit dem Einkaufen dann doch nicht warten. Der Einkauf war schnell erledigt; schneller als der Spaziergang, den er anschließend noch mit seinem Hund machte und so war es schon fast siebzehn Uhr, als er sich wieder an sein MacBook setzen konnte.

Die einzige Quelle, die Jens bisher noch nicht angezapft hatte, war FakeBox, das Social Network. Er öffnete seinen Passwortsafe und kopierte sich die Zugangsdaten für den Entwickler-Account auf den Desktop seines Rechners.

Jens meldete sich bei FakeBox an. Diesen Zugang hatte er mal für einen Auftrag bekommen, nach Beendigung des Projekts hatten die Verantwortlichen vergessen, den Account wieder zu löschen und so hatte Jens als registrierter Entwickler relativ einfach Zugang zu den Datenbanken. Das pikante an diesem Zugang war, dass über diese Art des Zugangs die Polizeibehörden und die Geheimdienste die FakeBox Datenbanken ebenfalls für ihre Nachforschungen benutzen konnten.

Als erstes formulierte Jens eine Datenbankabfrage nur auf den Firmennamen. Die Ergebnisse von einigen tausend Datensätzen speicherte er auf seinem lokalen Rechner. Während der nächsten zwei Stunden verfeinerte und variierte er die Suchanfrage, bis am Ende zwölf Datensätze übrig blieben.

Zwölf Datensätze - zwölf Benutzer, das war das Ergebnis seiner Arbeit.

Dann erstellte er ein kleines Programm, das die Chroniken dieser zwölf Benutzer auf seinen Rechner kopierte und beendete die Verbindung zu FakeBox.

„Da hast Du heute Abend was zum Lesen", murmelte Jens, „hoffentlich schlaf ich nicht dabei ein." Er wollte gerade mit dem Lesen beginnen, als es an der Türe klingelte. Ayla war natürlich schon vor Jens an der Türe und als er sein „Wer stört?" in den Hörer der Sprechanlage donnerte, vernahm er das bekannte „Ich bin's, Rahul."

Jens drückte den Türöffner, öffnete die Wohnungstüre und fasste Ayla am Halsband. Ayla machte sich schon für die Willkommensparty fertig um Rahul zu begrüßen. Der aber machte Ayla einen Strich durch die Rechnung. Er drückte Jens eine Plastiktüte in die Hand und war mit den Worten „Ein Freund wartet im Auto" gleich wieder verschwunden.

Während Jens Mander sich über sein Abendessen hermachte, plante er in Gedanken seine weiteren Schritte. Danach setzte er sich an seinen Mac und begann die Chroniken zu lesen.

FakeBox war eigentlich ein faszinierendes Medium: da geben Menschen Informationen von sich preis, die sie nur ihren intimsten Freundinnen und Freunden erzählen würden. Doch jeder der mit dem Medium umgehen kann, sei es legal oder illegal, kann diese geheimsten Geheimnisse mitlesen. Es gibt aber auch Menschen in Fake-Box, die ihre wahre Identität verschleiern um sich als die Besten, die Größten und die Schlauesten darzustellen, so dass man sich fragt, warum man in seriösen Recherchen noch nicht auf diese Intelligenzbestien gestoßen war.

Sei's drum. Es war nicht seine Aufgabe, die Sinnhaftigkeit von FakeBox zu analysieren und so nahm er sich ein Protokoll nach dem anderen vor. Nebenbei machte er sich Notizen, sprang von einem zum anderen Profil, verglich und verwarf seine Notizen wieder.

Nach mehreren Stunden Recherche im Internet, er wollte gerade aufhören und mit seinem Hund die Nachtrunde machen, stieß er auf eine Seite, bei der seine Alarmglocke heftigst bimmelte: kein Impressum, nur eine Seite mit einer Weiterleitung auf eine neue Seite.

Jens folgte den Verknüpfungen und hatte schon mindestens ein dutzendmal die Seite gewechselt, als er schließlich auf der Internetseite einer russischen Domain landete.

Jens ließ sich den Text der Internetseite von Google übersetzen. Die Übersetzung war so grottenschlecht, dass er den Text mit Unterstützung eines Wörterbuchs nachbearbeiten musste. Aber auch dann musste er sich den Inhalt noch zusammenreimen: für ein internationales Filmprojekt in Berlin wurden weltweit junge Männer im Alter zwischen zwanzig und dreißig Jahren gesucht und in Deutschland wird die Firma durch die m-Face-Casting Berlin vertreten.

Das allein wäre noch sich nichts Anrüchiges gewesen; weltweit werden solche Castings tausendfach im Internet ausgeschrieben. Was ihn aber in eine gewisse negative Grundstimmung versetzte war der Umstand, dass die m-Face-Casting auf ihrer Internetseite die russische Firma nicht als offiziellen Partner verlinkt hatte.

Jens Mander startete auf seinem MacBook einen neuen Desktop, bemühte erneut seine Benutzerkennung um sich bei FakeBox in die Datenbank zu hacken und formulierte eine neue Abfrage: Anzeige aller Benutzer, die der russischen Castingfirma folgen. Auch diese Ergebnisse speicherte er auf seinen Rechner. Mit der nächsten Abfrage eliminierte er die FakeBox-Benutzer, die ihren Wohnsitz nicht in Deutschland hatten und begann sofort mit der Kontrolle.

„Bingo", raunte Jens. „Da ist ja unser toter Koch. Lesen wir doch mal sein Journal und vielleicht kriegen wir noch ein paar Fotos."

Anschließend schrieb Jens aus der Tabelle die Benutzernamen aller Follower, die als Wohnort Berlin eingetragen hatten. Dann beendete er den Zugriff auf FakeBox und schaltete seinen Rechner aus.

Aus den Kontaktdaten der russischen Internetseite hatte Jens Mander sich schon vorher die Name, Anschrift und die Namen der Geschäftsleitung der russischen Partnerfirma notiert. Dann begann er seine Recherchen auszuweiten. In einer Suchmaschine für Personen begann er alle Namen zu überprüfen. Er notierte sich in einer Tabelle die Namen und Ergebnisse der Suchmaschine. In zwei Fällen erteilte er einen Suchauftrag, dessen Ergebnis er vermutlich an einem der nächsten Tage in seinem eMail-Postfach vorfinden würde.

Samstag, 9. November

Es war mal wieder eine kurze Nacht als Jens von seinem Hund aus dem Bett geholt wurde. Ohne seine obligate Tasse Kaffee machte er sich auf den Weg in den Rudolf-Wilde-Park. Ayla voraus, trabte er mit nicht ganz offenen Augen hinterher.

Zeit seines Lebens hatte sich Jens immer gefragt, woher der Mensch wusste wohin der Hund gehen wollte. Aber irgendwann bekam auch Jens mit, dass »Herrchen« und »Frauchen« einfach nur dem Hund hinterher liefen. Wie jeden Morgen ging es über die Carl-Zuckmeyer-Brücke, die Fritz-Elsas-Straße in Richtung RIAS, den Fußweg entlang der Kufsteiner Straße und auf die Freiherr-vom-Stein-Straße. Neben einer alten Villa im Gründerstil stand, teilweise durch Bäume und Büsche verdeckt, ein gemauertes Trafohäuschen.

Bisher hatte Ayla dieses Bauwerk meistens ignoriert. An diesem Morgen erweckte es ihr besonderes Interesse. Sie lief in Richtung Trafohäuschen und blieb bellend vor einer, auf der Bank kauernden Person stehen.

Jens konnte seinen Hund kaum beruhigen und nahm ihn an die Leine. Erst dann konnte er sich mit der sitzenden Person beschäftigen. „Bullshit", murmelte er und in Erinnerung an einen Kinofilm fügte er hinzu, „da trifft die gleiche Scheiße den selben Mann zum zweiten Mal."

War es Intuition oder einfach nur Gewohnheit, dass er dieses Mal sein iPhone eingesteckt hatte. Aus dem Adressbuch suchte er sich die Nummer vom Kriminalobermeister Reuter, wählte und als dieser sich mit seinem Namen meldete, legte Jens sofort mit seinem Bericht los. „Mander. Im Volkspark Schöneberg liegt schon wieder eine Leiche. Es würde Sinn machen, wenn Sie ihren Kollegen, die Spurensicherung und einen Leichenwagen mitbringen würden. Ich erwarte sie in der Freiherr-vom-Stein-Straße Ecke Kufsteiner Straße auf der Parkseite. Und - machen Sie schnell, mir ist lausig kalt."

Offensichtlich hatte Reuter einen guten Tag, denn er stellte keine Fragen, murmelte nur ein „Okay. Wir sind in fünf Minuten da" ins Telefon und beendete das Gespräch.

Dieses Mal war Jens etwas gründlicher. Er machte mit seinem Smartphone mehrere Fotos von der Leiche, bevor er zum vereinbarten Treffpunkt ging um auf die Polizei zu warten.

Mit Blaulicht und Martinshorn kamen Polizei und Rettungswagen fast gleichzeitig angerast. Keine Minute später kam auch der bekannte Passat der Kripobeamten Mäurer und Reuter mit quietschenden Reifen zum Stehen.

„Wo?", fragte Reuter ohne ein Wort der Begrüßung und Jens zeigte mit dem Arm nur in Richtung Trafohäuschen.

„Tatort absperren, die Jungs von der Spurensicherung kommen auch gleich", rief Mäurer den beiden uniformierten Polizisten zu, die zuerst am Tatort waren. Dem Rettungssanitäter, der sich auf Jens Mander zu bewegte, rief er zu: „Um den brauchen Sie sich nicht kümmern, das erledigen wir", und folgte seinem Kollegen Reuter. Der zweite Sanitäter trabte mit einem Rettungskoffer in der Hand den beiden Polizisten hinterher.

Jens Mander nutzte die Zeit, um sich mit seinem Hund zu beschäftigen, der gelangweilt zu seinen Füßen lag und vor sich hindöste. „Arme Ayla, jetzt wird es wieder nichts mit einem langen Spaziergang", murmelte er. „Wir zwei brauchen jetzt Unterstützung."

Er fingerte sein Smartphone aus der Tasche und wählte eine Nummer.

„Hallo mein Schatz - wie geht es Dir? Hab ich Dich auf-

40

geweckt?"

Ohne auf eine Antwort zu warten legte er gleich los: „Kannst Du Dich mal ein paar Tage um Ayla kümmern? Ich hab da eine grosse Sache am Laufen."

Die Antwort aus dem Telefon war offensichtlich positiv, denn er beendete das Telefonat mit einem „Okay - bis später" und beugte sich zu seinem Hund. Mit einem „heute Nachmittag geht's zu Frauchen", streichelte Jens über den Kopf seines Hundes.

Das Problem mit Ayla hatte Jens Mander erstmal entledigt und so setzte er sich auf eine, in der Nähe stehende Parkbank und harrte der Dinge, die da noch kommen würden.

Noch während er seinen Gedanken nachhing und sich nichts sehnlicher als eine Tasse Kaffee und eine Zigarillo wünschte, kam Reuter aus den hinter der Bank wachsenden Büschen.

„Herr Mander, ist Ihnen am Fundort irgendwas aufgefallen? Haben Sie was berührt oder verändert?"

Jens antwortete mit einen schnoddrigen „Nö, hab' alles so gelassen wie's war."

Reuter winkte einen uniformierten Kollegen zu sich und mit einem „Kümmern Sie sich mal um den Hund", nahm er Mander die Hundeleine aus der Hand und reichte sie dem Polizisten. „Der tut nix", grinste er Mander an, „Nur kraulen, dann hast Du eine Freundin fürs Leben." Dann forderte er Jens auf, ihm zu folgen.

„Sind Sie auf Leichen spezialisiert", versuchte Reuter einen fast kollegialen Ton anzuschlagen. „Es ist so was von unwahrscheinlich, dass ein Mensch innerhalb weniger Tage eine Leiche findet, sie wieder verliert und dann erneut auf eine andere Leiche trifft." Sie hatten den Fundort fast erreicht, als Reuter plötzlich stehen blieb, Jens anblickte und fortfuhr: „Das stinkt doch zum Himmel - oder sind Sie da anderer Meinung?"

„Wie meinen Sie das?", erwiderte Jens. „Das erste war keine Leiche - oder haben Leichen die Angewohnheit vom Fundort zu verschwinden? Und der da?" Er deutete in Richtung des Trafohäuschens. „Was glauben sie, wie viele Besoffene und Kiffer in diesem Park rumliegen und nur ihren Rausch ausschlafen wollen?"

Jens ging einfach weiter, während Reuter noch sinnierend stehen blieb.

Kriminalkommissar Mäurer hatte die Szene beobachtet und auch den Wortwechsel gehört. Er ging auf die beiden zu. „Der Sani meint, dass der Tod schon vor einigen Stunden eingetreten ist. Die Leichenstarre hat schon eingesetzt", informierte er seinen Kollegen Reuter. „Frank Stein von der Gerichtsmedizin hat heute Dienst. Der Leichenwagen ist schon unterwegs und Frank wird heute noch eine Leichenschau vornehmen."

Er wandte sich zu Mander. „Nun zu Ihnen. Wie kommt es, dass Sie schon wieder am Fundort einer Leiche sind?", fragte Mäurer.

„Also jetzt mal langsam mit den jungen Pferden. Ich habe gestern mein Horoskop für heute gelesen und da stand: Geh in den Park und Du wirst eine Leiche finden", höhnte Jens. Mander war inzwischen merklich gereizt: kein Kaffee, keine Zigarillo und dann noch solche dämlichen Fragen - das war zu viel für ihn.

„Sie dürfen sich bei meinem Hund bedanken, der hat die Leiche gefunden. Ich hab nur bei Euch angerufen. Das kann mein Hund noch nicht - hat nämlich keinen Daumen um das Telefon zu halten und ich hatte heute noch keinen Kaffee und auch keine Lust mich schräg anquatschen zu lassen", polterte Jens los.

Mäurer und Reuter sahen sich verblüfft an. Reuter fing

sich als erster. Um Jens zu beruhigen, meinte er in seinem grausamen Bayerisch-Imitat: „Ned daß ma redt, ma sagt ja bloß..."

Inzwischen war der Fundort der Leiche und die nähere Umgebung mit Scheinwerfern ausgeleuchtet. Männlich, zwischen zwanzig und dreißig Jahre alt, schlank, schon fast unterernährt, dunkle Hautfarbe, schwarzes Haar und fürchterlich tot. Den Kopf hatte er zwar noch auf den Schultern, der aber saß oder besser gesagt hing in einem merkwürdigen Winkel an der Wirbelsäule. Am Hals waren einige dunkelblaue Druckstellen zu sehen. Außerdem war eine dünne schwarze Linie auf der Vorderseite des Halses zu erkennen.

Der linke Arm war durch den Körper verdeckt und damit nicht sichtbar ohne die Leiche zu bewegen. Am rechten Arm, der auf seinem Oberschenkel lag, war jedenfalls keine Spur einer Fesselung zu erkennen. Aber Jens wusste, worauf er achten musste und entdeckte am Daumen der rechten Hand tiefe Einschnitte, die nach seiner Meinung von einer Daumenfessel hätten herrühren können.

Der Tote trug nur ein schwarzes T-Shirt und eine mittelgraue Hose - keine Socken, keine Schuhe. Im Schritt der Hose bemerkte Jens einen dunklen Fleck, fast wie bei unkontrolliertem Urinieren.

Jens war noch immer ziemlich gereizt. „Der hat wohl seine Rechnung nicht bezahlt und da hat ihm jemand von der Luftzufuhr getrennt" kommentierte er seine Beobachtungen. Als würde er die Blicke von Mäurer und Reuter nicht bemerken fuhr er fort: „Saubere Arbeit - so etwas lernt man in der Legion, beim Special Air Service, den US Special Operations Forces, der GSG 9 und beim KSK."

Unvermittelt drehte sich Jens Mander um und grinste die beiden Kriminalbeamten an. „Ich vermute mal, im Nacken werden Sie eine großflächige Druckstelle finden.

Dafür dürften aber mindestens zwei Nackenwirbel nur mehr undefinierbares Knochenmehl sein."

Jens setzte sich wieder in Bewegung - Richtung Freiherr-vom-Stein-Straße, wo sein Hund zwischenzeitlich innigste Freundschaft mit dem Polizisten geschlossen hatte und Jens erst bemerkte, als dieser sich neben den Beiden auf die Bank setzte.

Kriminalobermeister Reuter war hinter Jens Mander her gestapft und setzte sich ebenfalls auf die Bank.

„Da haben Sie ja gerade einen gucken lassen", sagte Reuter, fingerte eine Zigarette aus der Packung und zündete sie an. „Woher wissen Sie das alles?"

„Als Journalist lese ich viel und wenn ich Zeit habe, lese ich auch privat", bequemte sich Jens nach einer kurzen Pause zu einer Antwort. „Und alles Andere können Sie auch Allgemeinbildung nennen."

„Jetzt mal Butter bei die Fische, Mander. Wer oder was sind Sie?"

CURRICULUM VITAE JENS MANDER

Jens Mander wurde im Januar Vierundfünfzig in einer bayerischen Kleinstadt geboren. Etwa zwei Jahre nach seiner Geburt beging seine Mutter Selbstmord. Ein Selbstmord, den Jens Zeit seines Lebens anzweifelte.

Sein Vater, ein notorischer Kleinkrimineller gab ihn zur Adoption durch seine Großeltern frei.

In seiner Art tiefzustapeln sagte Jens immer: „Ich gehöre nicht zu den Menschen, die den Geschichten aus der Kindheit besonders große Bedeutung zumessen und alle Welt ausführlich und in allen Einzelheiten langweilen wollen. Ich erinnere mich selten an einzelne Ereignisse und die, an die ich mich erinnere, sind meist langweiliger als mein Leben."

Objektiv gibt es über seine Kindheit und Jugend auch wirklich nicht viel zu berichten, außer dass der kleine Jens sich wegen seiner anfälligen Gesundheit häufig in der großelterlichen Wohnung aufhielt.

Sein Erzeuger hatte danach mit seiner zweiten Frau noch zwei Kinder, einen Sohn und eine Tochter, zu denen Jens aber nie ein familiäres Verhältnis entwickelte und nach den Gründen gefragt, musste er zugeben, dass es von beiden Seiten einfach nur »mangelnde Gelegenheit« war.

Volksschule und Realschule absolvierte Jens ebenfalls erfolgreich und ohne großen Stress für seine Adoptiveltern, von kleinen Ausrutschern mal abgesehen.

Schon während seiner Schulzeit entwickelte Jens eine Vorliebe für Technik und den Berufswunsch des Tontechnikers. Einem Praktikum beim Sender RIAS in Berlin verweigerte sein Vater die Zustimmung und so begann Jens auf Drängen seiner Eltern Einundsiebzig eine Ausbildung zum Berufsbeamten. Diese Ausbildung beendete Jens erfolgreich und so war ihm der Aufstieg in die höhere Laufbahn möglich. Er konnte seine weitere Ausbildung in der Landeshauptstadt fortsetzen.

Eigentlich war sein Berufsweg vorgezeichnet und mit etwas Geduld hätte Jens Mander eine ausgezeichnete Karriere in der Behörde haben können. Aber da gab es einen Tag im Oktober Dreiundsiebzig, an dem die Weichen für ein anderes Gleis gestellt wurden.

Jens war an diesem Tag mit dem Auto nach München gefahren um sich da einer letzten Prüfung für den Aufstieg in die gehobene Laufbahn zu unterziehen.

Von den drei im Raum anwesenden Menschen waren ihm zwei schon aus bisherigen seiner Ausbildung bekannt, aber den dritten Mann sah er an diesem Tag zum ersten Mal. Und genau dieser Mensch sollte sein späteres Leben maßgeblich beeinflussen.

Nach zwei Stunden Befragung, Jens nannte es später nur mehr »die Inquisition«, war alles für seinen Wechsel klar und im November Dreiundsiebzig bekam er dann seine Versetzungsurkunde nach München.

Jens empfand es nie als aufregend, wenn er im Leben der Menschen rumschnüffelte, um die Berechtigten von den Unberechtigten zu unterscheiden, aber nach einer gewissen Zeit entwickelte er das, was andere als das »›Dritte Auge« bezeichneten. Seine Trefferquote war so gut, dass er äußerst selten eine ablehnende Entscheidung revidieren musste. Auffallend war, dass er in der Folgezeit immer solche Aufgaben zugeteilt bekam, an denen sich seine Kollegen bereits die Zähne ausgebissen hatten und die er erfolgreich abschließen konnte.

Seine Vorgesetzten schickten ihn auf die verschiedensten Seminare - Datenverarbeitung, Journalistische Recherche, Kryptographie, Psychologie, Geschichte und Zeitgeschichte. Je mehr Seminare er besuchte, umso größer wurde sein Ehrgeiz. An einem Teil dieser Seminare nahmen einige Kollegen seines Ausbildungsjahrgangs teil, meistens aber war er der einzige Vertreter seiner Behörde in diesen Veranstaltungen.

Sechsundsiebzig, nach knapp drei Jahren, bestand er dann auch die letzte Prüfung. Bis hierher verlief nach Ansicht von Jens Mander alles so »unspannend« und normal, dass er sich keine größeren Gedanken machte. Zwar fragte er sich manchmal, wofür die ganzen Seminare eigentlich gut waren, aber sie brachten Abwechslung in das tägliche Einerlei des Aktenstudiums.

Die Prüfung dauerte fünf Tage. Am fünften Tag, er hatte gerade seine Arbeit abgegeben und war auf dem Weg in den Innenhof des Gebäudes um eine Zigarette zu rauchen, als er den dritten Mann aus seiner Inquisition wieder traf.

Er begrüßte Jens, obwohl der zirka zwanzig Jahre jünger war, wie einen alten Freund und lud ihn auf ein Bier ein - quasi zur Feier des Tages und auf die bestandene Prüfung. Dann stellte er sich als Albert Wirner vom Bundesliegenschaftsamt vor. Seine Behörde hätte eine Niederlassung in der Münchner Luisenstraße und er sei der Büroleiter.

Noch bevor Jens wegen des Spruchs von der bestanden Prüfung nachfragen konnte, lieferte Wirner schon mal eine plausible Erklärung.

„Jens? Ich darf Sie doch Jens nennen", und ohne auf eine Erwiderung zu warten, „Jens, wir sind auf der Suche nach geeigneten neuen Kollegen und da habe ich Ihren Ausbildungsleiter um einen Gefallen gebeten: Korrektur und Bewertung Ihrer Prüfungsarbeiten außerhalb der Prüfungsordnung durch einen Verwaltungsjuristen unserer Behörde. Zusätzlich und vor allen anderen Prüfungsteilnehmern", er grinste Jens an.

„Der Kollege ist der Ansicht, dass die vier Prüfungen so gut gewesen seien, dass Sie in der fünften Prüfung auch mit einem leeren Blatt bestehen würden und deshalb bin ich hier."

Jens war sprachlos und auf höherem Niveau verwirrt.

„Jens, ich will ganz offen mit Ihnen reden: wir suchen neue Mitarbeiter mit speziellen Fähigkeiten, die zusätzlich zu ihrer Arbeiten für uns bestimmte Sachen erledigen. Vertraulich und ohne Aufsehen."

Jens war noch immer platt, hatte sich aber doch soweit im Griff, dass er so was wie ein „Womit kann ich Ihnen helfen?" über seine Lippen brachte. „Gesinnungsschnüffelei? Kollegen ausspionieren?"

Albert Wirner begann zu lachen. „Nö", meinte er nur. „Viel einfacher und weniger aufregend. Einfach Ihrer Arbeit nachgehen und und das tun, was Sie sonst auch machen: die Hintergründe und Zusammenhänge rausfinden."

Jens Mander fiel ein Stein vom Herzen, obwohl er immer noch ein mulmiges Gefühl in der Magengegend hatte. Zwischenzeitlich hatten sie Manders Stammkneipe ›Zum Clown‹ in der Schellingstraße erreicht, sich in eine Ecke gesetzt und ihr bestelltes Bier erhalten.

Nach dem ersten Schluck aus dem Glas beruhigte sich auch Jens' Magennerven und auch sein Selbstvertrauen kam wieder.

„Wie haben Sie sich das vorgestellt?", wollte Jens wissen.

Albert Wirner hatte offensichtlich mit dieser Frage gerechnet und begann Jens das Vorhaben ausführlich zu erklären. Seine Dienststelle würde Jens als Mitarbeiter in verschiedene Firmen vermitteln. Dort solle er dann die Augen offen halten und checken, ob alles legal abläuft.

„Um Deine Karriere brauchst Du Dir keine Sorgen machen, da haben wir ein Auge drauf", dozierte Wirner weiter. „Wir steuern Deine Einsätze und Deinen Aufstieg."

Jens Mander bekam urplötzlich Kopfschmerzen. Die wildesten Gedankenfetzen jagten ihm durch den Kopf und das Bedürfnis nach einem Schnaps wurde immer größer. Genauso überraschend, wie das Gespräch begonnen hatte, endete es auch: Albert Wirner winkte die Kellnerin an den Tisch, verlangte die Rechnung und bezahlte.

„Du kannst es Dir ja nochmals überlegen", meinte er. „Komm am Sonntag an den Chiemsee zu einer Veranstaltung der LASSEN HEDIN Stiftung. Bis dahin hast Du Zeit, Dir die Sache zu überlegen und uns Deine Entscheidung mitzuteilen. Und - ", er machte eine bedeutungsvolle Pause, „häng's nicht an die große Glocke."

Nachdem Albert Wirner das Lokal verlassen hatte, saß Jens noch ziemlich lange vor seinem Bier. »Ja, Nein, vielleicht oder doch«, murmelte er vor sich hin. Plötzlich stand er auf, kramte zwei Zehnpfennigstücke aus seiner Hosentasche, ging zur Musikbox, warf das Geld in den Schlitz und wählte die neunundvierzig. Er hatte den Ausgang noch nicht ganz erreicht, als die Musik einsetzte. Zu den ersten Takten von »Gimme some lovin'« der Spencer-Davis-Group verließ er das Lokal.

Als Jens Mander zwei Tage nach dem Gespräch mit Albert Wirner auf dem Parkplatz des Schulungsheims der Stiftung stand, hatte er seine Entscheidung getroffen.

Das Schulungsheim bestand aus einer alten Villa und einem modernen Neubau und passte so gar nicht in die idyllische Umgebung des Chiemsees. Nachdem Jens sich orientiert hatte, meldete er sich am Empfang. Wirner hatte ihm keine Informationen darüber gegeben, nach wem er fragen sollte oder mit wem er verabredet war. Offensichtlich waren aber am Empfang entsprechende Instruktionen hinterlegt worden, denn man schickte ihn in den Altbau ins Kaminzimmer.

Das Kaminzimmer war für seine Begriffe beeindruckend riesig. Um einen freistehenden Kamin in der Mitte des Raums waren mehrere Ledersofas und Sessel drapiert. Riesige, vom Boden bis zur Decke reichende Fenster ermöglichten dem Besucher einen herrlichen Blick auf die Landschaft. Auf einem der Sessel hatte eine Person Platz genommen; im Gegenlicht konnte Jens aber nur die Umrisse erkennen.

„Hallo Jens. Schön dass Du gekommen bist", hallte die Stimme des Unbekannten entgegen. „Komm und setz Dich zu mir."

Jens kam die Stimme bekannt vor, konnte Sie aber nicht sofort zuordnen und so ging er auf die Schattengestalt zu. Je näher er der Gestalt kam umso mehr ließ der Gegenlichteffekt nach und kurz, bevor er die Person erreichte, blieb Jens wie angewurzelt stehen.

„Du? Du hier?", kam es verblüfft über die Lippen von Jens. „Was machst Du denn hier?"

Mit allem hatte Jens Mander gerechnet, nur nicht mit seinem Cousin Germut Kärmeren. Germut war der Sohn des Bruders seiner Adoptivmutter. Jens wusste nicht viel über ihn, außer dass er bei der Bundesmarine war, irgendwo an der Nordsee wohnte, verheiratet war und drei Söhne hatte. Achja - und dass er in seiner Paradeuniform einen starken Eindruck auf seine Umgebung machte.

„Na was soll ich denn hier schon machen?", erwiderte Germut. „Ich bin Deine Sonntagsverabredung. Aber jetzt setz Dich erst mal."

Auf einem kleinen Beistelltisch standen eine Flasche Mineralwasser und zwei Gläser. Germut füllte ein Glas, schob es in Richtung Jens und nahm dann einen Schluck aus seiner Kaffeetasse.

„Jens, lass es uns kurz machen", begann Germut seine Rede. „Wie hast Du dich entschieden?"

Eigentlich war Jens wieder mal auf Krawall gebürstet und wollte dem Kerl seine Meinung sagen. Sagen dass er, Jens, in so eine Scheiße nicht reingezogen werden wolle. Aber die Anwesenheit seines Cousins hatte ihn seine vorbereitete Rede vergessen lassen und so antwortete er kleinlaut: „Naja, eigentlich möchte ich ja nicht, aber ...", Jens ließ den Satz unvollendet und nahm einen Schluck aus seinem Glas.

„Ich weiß nicht, ob das so das richtige für mich ist."

„Also ich will Dich nicht überreden, aber Du sollst zumindest wissen, warum wir an Dich herangetreten sind", nahm Germut seine Rede wieder auf.

„Wir sind auf Dich aufmerksam geworden, als Du um Haaresbreite eine unserer Quellen enttarnt hättest. Du erinnerst Dich an den Fall Gerhardinger? Überzeugter Nazi und Antikommunist, Holocaust Leugner, ein Judenhasser der übelsten Art und brutaler Gestapo Scherge?"

Jens konnte bei der Erinnerung an den Fall nur mit dem Kopf nicken.

„Alles was ich Dir jetzt sage darf diesen Raum nicht verlassen. Das ist die einzige Bedingung, die ich stelle. Ansonsten kannst Du Dich frei entscheiden ob Du mit an Bord kommst oder nicht."

Um die Wirkung seiner letzten Worte zu verstärken machte Germut eine längere Pause.

„Wir konnten damals nur Schadensbegrenzung betreiben - den Ball flach halten. Gerhardinger konnten wir zu einem Umzug in ein anderes Bundesland überreden, Du wurdest im Rahmen Deiner Ausbildung ans Sozialgericht abgeordnet und die Abteilung personell umstrukturiert."

Jens entschlüpfte ein „Aha"

„Nach diesem Vorfall hatten wir ein Auge auf Dich geworfen und schnell festgestellt, dass Du eine natürliche Begabung für das Erkennen von Zusammenhängen hast. Gleichgültig, wie weit die einzelnen Teile eines Falls auseinander lagen, wie belanglos die Information war, Du konntest die Verbindung herstellen. Und das haben wir dann gefördert, indem wir Dir konstruierte Fälle untergeschoben.

Auch bei Deiner Versetzung nach München hatten wir die Finger im Spiel. Der Kollege, den Du als Albert Wirner kennst, sollte Dich genau unter die Lupe nehmen.

Vielleicht hast Du Dich gewundert, warum Du während Deiner Ausbildung trotz der komplizierten Fälle und den vielen Zusatzaufgaben in keinem Fall unter Zeitdruck gesetzt wurdest. Wir wollten Dich für unsere Zwecke gründlich ausbilden lassen und so haben wir Dir trotz der auf drei Jahre beschränkten Ausbildungsdauer alle Zeit der Welt gegeben.

Wenn Du jetzt zu uns kommst, wird das zwar anders, aber ich glaube dass Deine Fähigkeiten so ausgeprägt sind, dass Du auch mit Zeitdruck klar kommst."

Germut machte wieder eine längere Pause.

„Du wirst Dich vielleicht schon gefragt haben, was Deine Aufgabe sein wird. Nun - ganz einfach: Du musst nicht viel tun." begann Germut mit seiner Erklärung. „Du musst nur für uns die Augen offen halten".

„Augen offen halten? Wonach?"

„Hast Du schon mal den Begriff COCOM gehört?"

„COCOM?" erwidertert Jens. „Nö - sagt mir nichts."

„COCOM, Coordinating Committee on Multilateral Export Controls. Auf gut Deutsch heisst das Koordinationsausschuss für multilaterale Ausfuhrkontrollen, und dient zur Regulierung des Exports westlicher Technologie in die Staaten des Ostblocks."

„Okay und was hab ich damit zu tun?"

„Noch nichts, aber wir werden Dich da hin schicken, wo wir befürchten, dass unsere Technologien Gegenstand von illegalen Geschäften mit dem Ostblockstaaten sind oder über Drittländer dahin gelangen. Unsere Spezialisten haben in den letzten drei Jahren für Dich eine Legende erstellt, die es Dir ermöglichen wird völlig unauffällig mit uns zu arbeiten."

An dieser Stelle unterbrach ihn Jens.

„Wie habt Ihr Euch das vorgestellt? Tarnkappen gibt es nicht und eine Behörde ist wie ein kleines Dorf. Da gibt es Klatsch und Tratsch. Kollegen, die einander bespitzeln."

„Eigentlich ganz einfach: Ab nächste Woche wirst Du offiziell für vier Monate an das zuständige Ministerium abgeordnet, wo Du aber nie ankommen wirst. Stattdessen machst Du in dieser Zeit eine zusätzliche Ausbildung. Drei Monate zu unseren Freunden nach Grafenwöhr und einen Monat nach Haar in die ›Weberei‹. Nach dieser Zeit wirst Du in die Krankenhausverwaltung versetzt. Danach haben wir Deinen Wechsel zur Stadtverwaltung vorgesehen. In spätestens zwei Jahren wirst Du den Öffentlichen Dienst dann ganz verlassen.

Vielleicht müssen wir den Plan an der einen oder anderen Stelle noch korrigieren, aber Ziel ist es, dass Du innerhalb der nächsten drei Jahre soweit bist, dass wir Dich unauffällig zu den verschiedensten Firmen schicken können."

„Um dort zu spionieren. Das wolltest Du doch sagen?", platzte Jens dazwischen.

„Wenn Du es so siehst? Ich finde spionieren ist ein hässliches Wort. Ich meinte eher Recherchen vor Ort durchzuführen", bekam Jens als Antwort.

Jens war zwischenzeitlich aufgestanden und startete eine Runde durch den Raum. Er wusste, dass er keine einfache Entscheidung zu treffen hatte. Verschiedenste Gedanken jagten durch seinen Kopf. Von einer Entscheidung war er weiter denn je weg.

Germut saß schweigend in seinem Sessel, nippte nur an seinem Wasserglas und beobachtete Jens.

Nach rund einer halben Stunde setzte sich Jens wieder in den Sessel, fixierte seinen Cousin Germut und sagte: „Ich weiß nicht, ob ich es einmal bereuen werde, aber ich mach mit."

Als hätte Germut mit dieser Antwort gerechnet, nickte er nur und bestätigte dieses Nicken mit einem „Okay".

Unvermittelt wechselte Germut das Thema.

„Wie geht es Tante Lisbeth und meinem Lieblingsonkel? Gesund die beiden?"

Jens hatte nach dieser Vorstellung aber keine Lust großartig über die Familie zu reden und so antwortete er kurz angebunden mit einem „Gut. Den Altersumständen entsprechend Gut." In einen Anfall von Höflichkeit fügte er noch hinzu: „Und wie geht's Deiner Familie?"

Die Antwort registrierte Jens nicht mehr und auch Germut schien plötzlich jede Lust an der Fortsetzung des Gesprächs verloren zu haben. Sie schwiegen sich noch ein paar Minuten an und dann verabschiedete sich Germut auffallend schnell, nicht ohne Jens vorher noch einmal an die Verschwiegenheit und die nächsten Schritte zu erinnern.

Bereits am Tag nach diesem Treffen wurde Jens Mander durch seinem Abteilungsleiter ein Schreiben ausgehändigt, in dem er für vier Monate dem zuständigen Ministerium zugeteilt werden würde. Noch am selben Abend bekam er einen Anruf von Albert Wirner, dass er sich reisefertig machen solle und er in einer viertel Stunde abgeholt werde. Fünfzehn Minuten später klingelte es an der Türe und bevor eine Stunde vorbei war, saß Jens in einem BMW 2000 und war auf dem Weg nach Grafenwöhr zum ›2nd Cavalry Regiment‹.

Innerhalb von drei Monaten lernte Jens den Umgang mit Waffen und Sprengstoff, wie man tote Briefkästen erkennt, mit Funkgeräten umgeht oder Sprengfallen baut und entschärft. Man brachte ihm bei, andere Menschen unauffällig zu überwachen und wie er selbst eine Überwachung erkennen und verhindern konnte.

Normalerweise sind drei Monate eine lange Zeit, aber das zu absolvierende Pensum war so umfassend, dass Jens jeden Abend in einen traumlosen Schlaf fiel. Jens' Ausbilder waren mit seiner Leistung zufrieden und dem entsprechend war die Verabschiedung auch in Maßen herzlich.

Kaum zurück in seinem alten Umfeld, es war nicht einmal eine Woche vergangen, wurde er schon an eine Klinik versetzt. Hierbei wäre fast etwas schief gegangen: der Dienststellenleiter äußerte überdeutlich, er habe „den Mander gegen seinen Willen aufgedrückt bekommen".

Ein Jahr später wechselte Mander zur Kommunalverwaltung und nach etwas mehr als einem Jahr vom Krankenhaus zu einer Münchner EDV-Firma als Anfangsprogrammierer. Die M.B. Personalberatung, die als Tarnfirma fungierte, hatte die Steuerung von Jens Mander übernommen und schickten oder vermittelten ihn in die verschiedensten Firmen, um dort bestimmte Recherchen auszuführen. Auf diese Weise bereiste Jens Mander die ganze Bundesrepublik, die Schweiz und Österreich, aber auch Teile der Niederlande, Belgien und der Schweiz.

Zweiundneunzig kam es zu einem Vorfall, der die Zusammenarbeit mit der M.B. Personalberatung beendete.

Die NATO musste zugeben, dass sie in Europa illegale paramilitärische Einheiten aufgebaut, ausgerüstet und unterhalten hatte. Der Kalte Krieg war vorbei und Germut Kärmeren war der Ansicht, dass die Dienste von Jens im Amt für Wehrkunde besser nutzbar wären. Sechsundneunzig führte Jens seinen letzten Auftrag im Tschechischen Kernkraftwerk ‹Jaderná elektrárna Dukovany› durch. Ein heftiger Streit mit Germut entbrannte über das Ergebnis des Auftrags. Von diesem Augenblick an war es eine ausgemachte Sache, dass die beiden sich feind waren. In den folgenden Jahren schlug sich Jens als freier IT-Berater und Administrator durchs Leben und übernahm nur mehr Aufträge, die nicht mit Germut Kärmeren in Verbindung standen und Zweitausendvier schied er endgültig aus dem Dienst aus.

Jens Mander hatte Reuters Frage schlichtweg ignoriert, was dieser aber offenbar nicht krumm nahm.

So wie Mander und Reuter in aller Gemütsruhe zum Passat gingen, um nicht zu sagen schlenderten, hätte für den unbeteiligten Beobachter der Eindruck entstehen können, dass hier zwei Freunde unterwegs waren.

Sie nahmen im Auto Platz und Reuter erledigte den Schreibkram.

Die Freiheitsglocke im Schöneberger Rathaus begann gerade ihr tägliches Mittagsläuten, als Jens die Türe zu seiner Wohnung öffnete.

Für Jens Mander war der Tag gelaufen. Am Nachmittag brachte er seine geliebte Schweizer Sennenhündin zu seiner Frau, die sich bei der Tochter in Brandenburg aufhielt und war am Abend wieder in seinem Appartement in Berlin.

Sonntag, 10. November

Jens Mander lag immer noch auf seinem Sofa, als ihn um neun Uhr der Kalender seines Smartphone's durch sein aufdringliches piepsen an Rahuls Geburtstag erinnerte. Während er damit haderte, dass er schon wieder eine Nacht durchgemacht hatte, machte er sich seine erste Tasse Kaffee. Dann griff er zum Telefon um Rahul zum Geburtstag zu gratulieren. Sie plauderten schon ein paar Minuten als Rahul plötzlich sagte: „Ich habe gestern noch unserem Chef gesprochen und habe da noch etwas erfahren. Vielleicht ist es ja wichtig." Jens hatte plötzlich das Gefühl, dass jetzt was wirklich Wichtiges kam.

„Mahavir war sonst immer ein Spaßvogel; hat viel gelacht. Aber unser Chef hat mir erzählt, dass Mahavir am Tag vor seinem Verschwinden so komisch war. In der Küche war er unkonzentriert, hat nur Fehler gemacht. Als er ihn kritisierte, hat Mahavir gleich geweint und nachdem die Küche geschlossen war, ging er entgegen seiner sonstigen Angewohnheit schweigend auf sein Zimmer."

„Interessant", erwiderte Jens. „Das tönt ja wirklich interessant."

Jens stellte Rahul noch ein paar Fragen, aber dem waren keine weiteren Antworten zu entlocken und so beendeten sie ihr Telefonat mit der Verabredung, sich nach achtzehn Uhr zum Essen zu treffen.

Mit einer frischen Tasse Kaffee setzte sich Jens wieder an sein MacBook und zog seine Notizen zurate. Zwischenzeitlich waren die Benachrichtigungen zu seinen Anfragen bei der Personen-Suchmaschine eingegangen und so machte Jens Mander sich wieder ans Werk.

Zuerst überprüfte er nochmals alle Kontaktdaten der m-Face-Casting - Namen, Telefonnummern, Mail-Adressen. Diese Prozedur wiederholte er mit den Kontaktdaten, die er vom russischen Server geladen hatte. Zu einigen Namen fand er in Xing und zu anderen in LinkedIn Profile, ohne jedoch eine Verbindung zwischen den einzelnen Personen herstellen zu können.

Einem plötzlichen Einfall folgend, nahm er sich nochmals die Namensliste der russischen Firma vor. Akribisch übersetzte er jeden Namen ins Deutsche, zuerst wörtlich und zusätzlich unter Zuhilfenahme eines Thesaurus-Wörterbuchs.

Vier der fünf gefundenen Namen hatte er bereits auf diese Art bearbeitet, ohne dass sich mit dieser Methode eine Verbindung zur m-Face-Casting hätte herstellen lassen. „Das ist heute nicht mein Tag", sagte Jens zu sich selbst. Als letzter Name stand noch Alexej Melnikow auf der Liste.

Alexej entspricht dem Deutschen Alexander und ein Alexander stand als fünfter Name auch auf der m-Face Liste. „Eins zu Null für den Gasmann", dozierte Jens zu sich selbst. „Jetzt musste nur noch der Familienname irgendwie passen." Müller - er schlug im Wörterbuch nach, fand aber keine Übersetzung. Müller? Jens spielte verschiedene Varianten und Anagramme des Namens durch, aber immer gab der Vergleich mit der russischen Namensliste keine Übereinstimmung.

Jens spielte immer neue Varianten der deutschen und russischen Namen durch, ohne auch nur einen winzigen Schritt weiter zu kommen.

Immer wieder blieb er bei dem Namen Alexander Müller hängen; wie von einem Magneten angezogen - Müller. Ganz langsam kam aus der untersten Schublade seines Gedächtnisses das ans Licht, was ihn schon die ganze Zeit an dem Namen irritierte. Einen Alexander Müller hatte er mal überprüft: Russe, um genau zu sein geborener Tschetschene oder Nochtcho, wie die Tschetschenen sich selbst bezeichnen. Brüderchen Alexej war Major bei der russischen Armee und von Neunundsiebzig bis Fünfundachtzig mehrmals in Afghanistan stationiert.

Anfang Neunzig zauberte Alexej urplötzlich einen deutschen Vorfahren auf seine Ahnentafel und beantragte die Einreise in das Land seiner Vorfahren. Kurz darauf erhielt er die Deutsche Staatsangehörigkeit. Irgendein Neider hatte aber dem Verfassungsschutz die Information zugespielt, dass Alexej nicht der unbescholtene Russland-Deutsche sei und damit kam die Akte zu Jens Mander.

Nach drei Monaten intensiver Recherche konnte dann Jens den Antragsteller Alexander Müller als Alexej Melnikow identifizieren - Major bei der 103. ,Witebsker Luftlandedivision', einer russischen Eliteeinheit, die im Dezember Neunundsiebzig zusammen mit KGB-Spezialkräften den Tajbeg-Palast und weitere strategische Punkte in Kabul erstürmten und Machthaber Amin töteten. Jens musste sich durch jede Menge KGB-Dreck, verdeckte Operationen und Brutalitäten wühlen. Dann stand fest: Brüderchen Alexej hatte mit seiner Ahnentafel geschummelt - nix deutsche Uroma.

Eben jener Alexander Müller, dem Jens im Jahr Zweitausendsieben während eines Projekts nochmals begegnete.

Die Recherchen hatten Jens fast den ganzen Tag gekostet und als er auf die Uhr blickte, war es schon sechzehn Uhr. Außer Kaffee und Zigarillos hatte Jens nichts konsumiert. Jens beendete seine Arbeit, begann sich ausgehfertig zu machen und begab sich auf den Weg zum verabredeten Restaurant um dort auf Rahul zu warten.

Rahul traf dann auch mit fast einstündiger Verspätung ein, aber das war Jens schon gewohnt und Lalita, Rahuls Frau, verspätete sich nochmals um eine viertel Stunde. Küsschen links und Bussi rechts und ein ›Happy Birthday‹ gleich zur Begrüßung. Dann ging es schon mit dem Essen los. Während des Essens und auch danach wurde das Thema Mahavir mit keinem Wort erwähnt, aber man merkte, dass Rahul noch etwas sagen wollte, sich aber in Lalitas Gegenwart nicht traute.

Gegen dreiundzwanzig Uhr verabschiedeten sie sich und Jens strebte wieder seinem Appartement in der Freiherr-vom-Stein-Straße zu.

Montag, 11. November

Das Telefon klingelte um acht Uhr.

In all den Jahren, in denen er ein Doppelleben führte, hatte er sich gewissen Unarten angewöhnt und eine davon war, sich nur mit einem „Ja - bitte" am Telefon zu melden.

„Polizeipräsidium Berlin, Abschnitt sechsundzwanzig - Reuter", klang die bekannte Stimme aus dem Lautsprecher des iPhones. „Ich hole Sie in dreißig Minuten ab! Wenn's recht ist?" Noch bevor Jens auch nur den Hauch einer Chance zu einer Erwiderung hatte, war das Gespräch beendet.

„Bullshit", schimpfte Jens, sprang aus dem Bett, ging ins Bad, erledigte seine Morgentoilette und schlüpfte in seine Klamotten. Er wollte sich gerade eine Tasse Kaffee eingießen, als es an der Türe läutete. Jens meldete sich und mit einem „Ich komme gleich", schlüpfte er in seine Weste, steckte sein Smartphone und die Zigarillos ein.

„Nur keine übertriebene Hast", murmelte er, nahm seinen Schlüssel und verließ das Appartement.

Vor dem Haus stand der schwarze Passat; Reuter saß schon am Steuer, als Jens Mander sich auf dem Beifahrersitz niederließ.

„Moin moin - was ist denn so dringend, dass Sie zu nachtschlafender Zeit vor meiner Türe stehen?" Jens versuchte den Kriminalobermeister zu provozieren. „Sagen Sie nicht, dass Ihnen schon wieder eine Leiche abhanden gekommen ist - das würde ich mehr als irritierend finden."

„Müssen Sie mich eigentlich immer provozieren, Herr Mander?", blaffte ihn Reuter an. „Ich habe immer noch keine Ahnung wer Sie sind, aber Sie sind kein Otto-Normalo. Der ist nämlich nach zwei Leichenfunden mit den Nerven fertig.

Ich habe Ihren Namen auf unserem Computer durch alle Datenbanken gejagt. Laut INPOL sind Sie freiberuflicher EDV-Berater, technischer Redakteur, Freizeit-Journalist; in zweiter Ehe verheiratet, fünf Kinder und einen Adoptivsohn. Sie wohnen abwechselnd in Berlin, wo Sie auch arbeiten und im Ruhrpott. Sie fahren ein BMW Cabrio und haben einen Schweizer Sennenhund. Und ...." Reuter machte eine Pause.

„Von Neunundsiebzig bis Sechsundneunzig gibt es über Sie keine Daten - nichts - nada - njet. Keine PKW-Zulassung, keinen Strafzettel, keinen Eintrag ins Melderegister - absolut keine Daten.

Ich habe versucht, NADIS anzuzapfen, aber da halten sich die Jungs vom Nachrichtendienst bedeckt und rücken keine Informationen raus.

Also nochmals - wer und was sind Sie?"

Jens wollte die Frage wieder mit Schweigen kommentieren, aber besann sich dann doch eines Anderen.

„Vergessen Sie das Was - sagen wir einfach: ich gehöre zu den Guten und belassen Sie es dabei. Sie verschwenden keine Energien und für mich wird es einfacher, Ihnen zu helfen."

Der Passat hatte inzwischen den Großen Stern überquert und fuhr in Richtung Moabit weiter, als Jens Mander seine Frage nach dem Ziel der Fahrt wiederholte. Sein Gefühl sagte ihm zwar, dass sie sich dem Gerichtsmedizinischen Institut der Charité in der Turmstraße näherten, aber er wollte Reuter nicht vorgreifen.

„Wir fahren in die Gerichtsmedizin", rückte Reuter nach endlosen Minuten des Schweigens raus. „Wir haben einen Termin mit dem Pathologen."

Jens Mander konnte eine gewisse Neugier nicht verbergen. „Gerichtsmedizin?", fragte er mit ganz unschuldiger

Stimme. „Geht es um die beiden Leichen?"

Reuter nahm sich Zeit für seine Antwort.

„Jo - und um eine Besonderheit in diesen beiden Fällen."

Den Rest der Fahrt absolvierten sie schweigend. Reuter fuhr auf den Innenhof und stellte seinen PKW auf einem freien Parkplatz ab. Ohne ein Wort zu sagen betrat Reuter das Gebäude durch einen Seiteneingang. Offensichtlich kannte sich Reuter in dem Gebäude aus und nach ein paar Minuten standen sie vor geschlossenen Bürotüren. Reuter klopfte und trat ein, ohne eine Antwort abzuwarten.

Mit einem knappen „Grüß Gott" begrüßte er den anwesenden Weißkittel. „Jens Mander", er deutete auf seinen Begleiter, „der die beiden gefunden hat."

Jens beeilte sich eines gleich richtig zu stellen. „Jens Mander - freier Journalist - und ich habe nur die zweite Leiche gefunden."

Der Weißkittel sah sich nicht bemüßigt, sich vorzustellen und auch Reuter schien aus dem Namen ein Geheimnis machen zu wollen.

„Okay - ich hab's kapiert", meinte Reuter und hatte wieder sein unverschämtes Grinsen im Gesicht. „Also Doc, was gibt es so wichtiges, dass es nicht in den Obduktionsbericht passt und auch nicht durch das Telefon wollte?", Reuter zwinkerte Mander zu.

„Also ganz einfach - es gibt nichts." Der Weißkittel machte jetzt ein betrübtes Gesicht. „Beide Leichen weisen die gleiche Art von Verletzungen auf - Strangulation und Distorsion des vierten und fünften Halswirbels. Aber das war nicht die Todesursache, diese Verletzungen waren den beiden kurz nach dem Eintritt des Todes beigebracht worden - quasi nach dem letzten Atemzug. Wir haben ein Screening auf alle bekannten Drogen und Gifte durchgeführt - negativ. Unsere ACA-Analyzer sind heiß gelaufen;

wir haben jeden Test gemacht, der uns bekannt ist - alles negativ. Magen und Darminhalte geben auch nichts her und Einstichstellen von Injektionsnadeln haben wir auch nicht gefunden; nicht zwischen den Fingern, den Zehen, unter keinem Finger oder Fußnagel. Auch im Bereich der Nackendistorsionen waren keine Veränderungen des Gewebes zu finden, von dem man auf eine Injektion hätte schließen können."

Der Weißkittel ging um seinen Schreibtisch und setzte sich auf seinen Bürostuhl.

„Das einzige, von dem wir momentan ausgehen können, ist die zwingende Annahme, dass in beiden Fällen der Tod nicht auf natürlichem Weg eingetreten ist.

Wenn Du mich fragst Reuter, dann geht hier ein ganz linkes Ding ab. Wenn ich das mal so völlig unwissenschaftlich sagen darf, dann waren die beiden mit einer Daumenfessel an beiden Händen fixiert und mit einem dünnen Seil irgendwo festgebunden.

Aber das ist momentan reine Spekulation.

Ich habe einen Satz Präparate per Kurier zu einem Kollegen in die Staaten geschickt, aber noch keine Ergebnisse erhalten."

Der Weißkittel holte tief Luft und seufzte dann laut.

„Ach ja, falls es Dich interessiert Reuter: der Fundort und der Ort, an dem der Tod eingetreten sein muss, sind nicht identisch. Den Leichenflecken nach zu urteilen, wurde der erste Tote mehrfach, der zweite aber nur einmal umgelagert."

Reuter und Mander hatten aufmerksam zugehört, sich aber jeglichen Kommentars enthalten und so herrschte jetzt ein bedrücktes Schweigen im Raum.

Mit den Worten „Hier hast Du den vorläufigen Obduktionsbericht für die Akten", überreichte der Weißkittel Reuter einen schmalen Aktendeckel. „Tod durch multiples Organversagen unbekannter Genese mit postmortalem Trauma im HWS-Bereich durch Fremdeinwirkung! Damit kannst Du zumindest mal Deinen Job weitermachen. Ich bleib dran!"

„So und jetzt schwirr ab, ich habe gleich eine Vorlesung" und in Richtung Jens grummelte er ein „Guten Tag Herr ?? Mander war doch der Name?" Dann verschwand er wie ein Geist und ließ die beiden Besucher im Büro zurück.

Während Mander sich auch weiterhin mit Kommentaren zurück hielt, konnte man bei Reuter eine gewisse Gereiztheit bemerken. „Scheiße - Scheiße. Was soll das denn?", grummelte Reuter, klemmte sich den Aktendeckel unter den Arm und verließ mit Jens im Schlepptau das Büro, marschierte mit stampfenden Schritten zum Ausgang und zum Auto.

Als sie beide im Auto saßen, fragte Reuter: „Was halten Sie von der Sache?"

Jens Mander hatte altersbedingt, er ging stramm auf die Sechzig zu, schon einiges erlebt. Hinzu kam, dass er was das Töten betraf schon immer ausgefallene Ideen hatte.

Jens Mander gab sich einsilbig, obwohl er eine vage Idee hatte. „Keine schöne Sache. Und ich verstehe immer noch nicht, warum Sie mich hier dabei haben wollten. Letztlich kannten Sie die doch den Befund schon vorher."

„Sind Sie so begriffsstutzig oder tun Sie nur so?

Ich wollte mit Ihnen reden; unter vier Augen und ohne unliebsame Zuhörer. Vertraulichkeit gegen Vertraulichkeit. Abgemacht?"

„Dann Reuter, fangen Sie mal an. Sie haben mich ja schon überprüft. Diese Chance hatte ich mangels Möglichkeit nicht", antwortete Mander. „Sie haben momentan einen Wissensvorsprung und den sollten wir doch mal ganz schnell ausgleichen."

„Ich glaube, wir waren mal für den gleichen Verein tätig. Nur dass es bei mir einige Jahre später war", fing Reuter an zu erzählen.

„Ich war bei der Marine und in Wilhelmshaven stationiert - Z12. Nach ein paar Jahren hat man dann bei mir gewisse investigative Fähigkeiten entdeckt. In der Weberei in München Haar erhielt ich eine Druckbetankung mit allem nötigen und unnötigen Wissen. Dann wurde ich an das Amt für Wehrkunde weitergereicht und war zuletzt in der Hauptstelle für das Befragungswesen am Hohenzollerndamm in Berlin. Als neunundneunzig die ORG auf den Betrüger Rafid Ahmed Alwan reinfiel und so in den Ausbruch des Irak-Kriegs verstrickt wurde, kündigten viele Kollegen. Auch ich beantragte damals meine Entlassung. Über den BerufsFörderungsDienst bekam ich eine Ausbildungsstelle bei der Polizei und Kriminalpolizei."

Reuter machte eine Pause.

„So, da wären wir", meinte er. Dieser Ausruf könnte sich sowohl auf das Ende seiner Geschichte wie auch auf das Ende der Fahrt bezogen haben, denn der Passat stand vor dem Wohnhaus von Jens Mander.

„Meine Kollegen wissen nichts von meiner Arbeit für den Dienst und ich möchte auch, dass es so bleibt. Es wird sowieso schon genug getuschelt", schloss Reuter endgültig seine Beichte.

Jens Mander schwieg. Was hätte er auch sagen sollen? „Hallo Kollege" oder „da haben wir was gemeinsam?"

Jens war nach seinem Ausscheiden ausdrücklich zu absolutem Stillschweigen verpflichtet worden. Und er wollte sich auch daran halten, denn rückblickend war Jens Mander auf diesen Teil seiner Vergangenheit nicht besonders stolz. „Schmutzige Jobs erfordern schmutzige Methoden" war ein Leitspruch in seiner Ausbildung in Grafenwöhr gewesen und schmutzige Methoden kannte Jens Mander viele.

Aber Jens wollte die Offenheit von Reuter zumindest soweit erwidern, wie es ihm möglich war und so antwortete er: „Ich darf nicht drüber sprechen, das müssen Sie akzeptieren." Dann ergriff Mander die Initiative.

„Was wissen wir im Moment?

Wir haben zwei Leichen indischer Abstammung; beide weisen die gleichen Verletzungen auf, die aber nicht die Todesursache sind.

Von einem kennen wir den Namen, seine letzte Anschrift und da müssten wir auch noch etwas mehr erfragen können. Der zweite Tote ist noch nicht identifiziert." Jens machte eine Pause, sah Reuter an und schickte sofort die Frage hinterher: „Warum eigentlich nicht, der ist doch Ausländer und da hat ihn doch sicher die Bundespolizei bei der Einreise registriert. Und.." Jens unterbrach seinen Monolog erneut. „... Wenn er legal eingereist ist, müsste er doch auch bei der Ausländerbehörde registriert sein."

Mander hatte den Eindruck, dass Reuter immer noch Informationen zurück hielt. Deshalb sprach er auch nicht weiter.

Mit einem „Sorry" rückte Reuter nach einem kurzen Moment des Zögerns mit weiteren Informationen raus. „Tut mir leid, aber das stimmt so nicht; der zweite Tote ist auch identifiziert. Pandit Nehru." Er lachte kurz. „Ist kein Scherz, der heißt wirklich so. Wir haben's über die Botschaft in Neu Delhi nachgeprüft. Eingereist mit einem Besuchervisum - Einladung - und verbürgt durch die Inhaber des Restaurants, in dem der erste Tote als Koch tätig war.“

Jens konnte seine Überraschung nicht verbergen und kommentierte Reuters Worte mit einem herzhaften „Bullshit“. Er hatte schon immer das ungute Gefühl, dass in dem Restaurant nicht ganz legale Sachen abgingen, aber aus Rücksicht auf Rahul, der dort seinen Lebensunterhalt verdiente, war er seinem Verdacht nie großartig nachgegangen.

„Was heißt hier Bullshit?“, ging Reuter sofort auf Manders Ausruf ein. „Das ist gequirlte Scheiße. Wir haben zwei Leichen und keine Ahnung, in welche Richtung wir ermitteln sollen. Das Restaurant ist derzeit die einzige Verbindung zwischen den beiden Leichen.

Wir haben den Laden überprüft, aber außer ein paar Unregelmäßigkeiten wegen Visa-rechtlichen Sachen, Verstöße gegen das Ausländergesetz und Arbeitsrechtliche Bestimmungen hatten wir nichts gefunden. Die Lebensmittelkontrolle hätte den Laden fast mal zugesperrt. Auch die Kollegen von der Drogenfahndung hatten den Laden schon mal unter die Lupe genommen - leider erfolglos.“ Reuter lehnte sich frustriert im Fahrersitz zurück.

„Wenn wir nicht bald einen Ansatz finden, steigt uns der Chef aufs Dach und das bedeutet Stress ohne Ende. Kollege Mäurer ermittelt im Ausländermilieu, aber da ist mit einem Durchbruch auch nicht zu rechnen.“

Jens hasste das Gefühl, wenn er für eine Recherche so gar keinen Anfang fand und sich immer nur im Kreis drehte. Vielleicht war das auch der Grund, warum er sich zu einer Vermutung hinreißen ließ: „Sagen Sie Ihrem Weißkittel, er soll mal einen vergleichenden DNA-Test bei den beiden durchführen. Ich habe da so ein merkwürdiges Bauchgefühl, dass es da doch eine Verbindung gibt.“

Reuter blickte Jens erstaunt an. „Wie kommen Sie da

drauf? Verwandtschaft? Die Botschaft hat das verneint."

„Is' nur so ein Bauchgefühl - nichts bestimmtes", erwiderte Mander.

Reuter hatte es plötzlich eilig und drängte zum Aufbruch, was Mander nicht ganz ungelegen kam.

In seinem Appartement angekommen zündete sich Jens zuerst mal eine Zigarillo an während er eine Tasse Kaffee aus dem Kaffeeautomaten zog. Ein Blick auf die Uhr verriet ihm, dass es inzwischen dreizehn Uhr war.

Gleich nach dem Aufstehen startete Jens Mander sein MacBook, öffnete sein Passwort-Programm, markierte den Eintrag für confidential und wählte dann eine der angezeigten Telefonnummern.

„M.B. Personalberatung, Servicedesk", meldete sich nach ein paar Sekunden eine weibliche Stimme. „Was kann ich für Sie tun?"

Mander nannte eine achtstellige Nummer und bat mit Herrn Roger J. Schwiele verbunden zu werden. Wie er erwartet hatte, teilte ihm die freundliche Stimme am Telefon mit, dass Herr Schwiele im Moment nicht erreichbar sei, aber verständigt werde und ob sie dem Herrn Schwiele schon mal was ausrichten könne.

Jens sagte, sie könne Herrn Schwiele ausrichten, es ginge um ein neues Projekt. Ein Nachbar brauche in seiner Firma einen Analytiker und er würde gerne mit Herrn Schwiele ein Angebot ausarbeiten. Ohne ein weiteres Wort legte er auf.

Seit seinem Ausscheiden aus dem Dienst hatte es Mander immer vermieden, die alten Kontakte abbrechen zu lassen, hatte diese Kontakte bis zu diesem Tag aber nie wieder genutzt.

Er kannte aus seinem früheren Leben das Prozedere, das er mit seinem Anruf in Bewegung gesetzt hatte. Wie erwartet kam nach einigen Minuten der Kontrollanruf und nach weiteren zehn Minuten ein weiterer Anruf, in dem ihm mitgeteilt wurde, dass Herr Schwiele zufällig in seiner Nähe sei und ob er nicht in einer Stunde in die Berliner Niederlassung kommen könne.

Am Hohenzollerndamm in Berlin befindet sich die Hauptstelle für Befragungswesen, einer Tarnorganisation des Bundesnachrichtendienstes und dort würde Jens

Mander einen Kontaktmann treffen. Jens beschloss, da der Treffpunkt nicht weit von einer S-Bahn-Station entfernt war und er eine ganze Stunde Zeit hatte, sein Auto stehen zu lassen und machte sich mit der S-Bahn auf den Weg.

Pünktlich, sechzig Minuten nach dem Rückruf, betrat Mander das Haus am Hohenzollerndamm in Berlin und bat an der Rezeption bei Herrn Roger Schwiele angemeldet zu werden. Bereits zwei Minuten später kam ein älterer Mann mit ausgestrecktem Arm auf Jens zu.

Mit den Worten „Herr Mander? Jens Mander? Herr Schwiele hat Ihren Besuch angekündigt. Bitte folgen Sie mir.", reichte er Mander die Hand zum Gruß.

Jens behielt seinen freundlich, geschäftsmäßigen Gesichtsausdruck, erwiderte den Händedruck und nickte kurz. Dann folgte er dem Mann zur Treppe. Jens wollte schon sagen, dass Treppensteigen nicht so optimal sei, da sein linkes Knie nach einem Unfall nicht mehr zu gebrauchen wäre, als sich sein Führer zu ihm umdrehte und ganz beiläufig äußerte, dass das Büro in der ersten Etage sei.

Am Ende des Korridors hielt der Mann einen Ausweis vor einen Kartenleser. Eine Diode am Lesegerät sprang von rot auf grün, dann öffnete sich die Türe mit einem leisen Klick.

„Folgen Sie mir bitte", sagte der Mann und ging voraus. „Waren Sie schon einmal hier?"

Nachdem die beiden den Raum betreten hatten, schloss sich die Türe automatisch. Jens sah sich in dem Raum um. Die Wände waren mit Aktenschränken vollgestellt. In der Mitte stand ein alter Schreibtisch, dahinter ein moderner Bürostuhl. Auf dem Schreibtisch stand ein Computerbildschirm, davor eine Tastatur und eine Mouse, daneben ein

Gerät, das wie ein Flachbettscanner aussah.

„Ihren Personalausweis bitte", verlangte der Mann. Nachdem Jens das gute Stück aus seiner Geldbörse gefingert hatte, legte der den Ausweis auf den Scanner und drückte er eine Taste. Mit einem leisen Surren wurde der Ausweis eingelesen, dann erhielt Jens seinen Ausweis wieder zurück.

Der Mann warf einen kurzen Blick auf den Monitor, sagte „Okay" und mit den Worten „Sie können jetzt eintreten", öffnete er eine weitere Türe, schob ihn durch den Türrahmen und schloss hinter ihm.

„Hallo Jens, Du hast den Schwiele-Code ausgelöst und da ich gerade in Berlin war, haben sie mich geschickt. Willkommen zu Hause."

Die Stimme kam ihm bekannt vor, die Person passte aber nicht zu seinen Erinnerungen.

„Holger, Holger Stadla. Ist schon ein paar Jahre her und wir sind alle älter geworden."

Bei der Nennung des Namens Holger gab sein Gedächtnis die Erinnerungen frei.

„Hallo Holger, ich hätte Dich nicht wieder erkannt. Du hast Dir einen ganz schönen Wohlstandsbauch zugelegt. Früher hattest Du auch mal mehr Haare auf dem Kopf."

„Der Bauch kommt vom vielen sitzen - Innendienst und die wenigen Haare? Macht der saure Regen!" Holger grinste Jens dabei an. „Aber Du bist auch nicht hübscher geworden. Für eine Gimpelfalle bist Du auch nur mehr bedingt geeignet."

Jens hatte Holger während seiner Beamtenausbildung kennen gelernt. Holger war zwei Jahre älter, einen Kopf größer und athletischer als Jens. Irgendwie hatten die beiden sofort einen guten Kontakt zueinander und bald wurden sie im Kollegen- und Freundeskreis nur mehr die siamesischen Zwillinge genannt; wo der eine war, war der andere nicht weit. Als Jens dann anfing für den Dienst zu arbeiten, verloren sie sich aus den Augen um dann Jahre später anlässlich eines beruflichen Zusammentreffens festzustellen, dass sie für den gleichen Verein arbeiteten. Holger als Koordinator und Jens an der Front.

Holger bot Jens eine Tasse Kaffee an und setzte sich an seinen Schreibtisch und forderte Jens auf sich zu setzen.

„Nun Jens, was kann ich für Dich tun?", fragte Holger.

Jens Mander begann die Ereignisse mit den zwei Leichen zu erzählen. Dabei ließ er die Beichte von Kriminalobermeister Reuter aus, blieb aber mit seinem Bericht nah an den Tatsachen. Einige Informationen aber behielt er für sich »need-to-know-Prinzip« hatte ihm seine Ausbilder eingetrichtert.

Holger hörte ihm mit entspannter Mimik zu, machte sich ein paar Notizen, unterbrach Jens aber kein einziges Mal. Nachdem Jens seinen Bericht beendet hatte, nahm Holger einen Schluck aus seiner Kaffeetasse.

„Und wo ist das Problem? Was soll ich jetzt machen?"

„Du kannst Dich doch noch an den Fall Alexej Melnikow erinnern? Russland-deutscher Afghanistankämpfer und Major einer russischen Spezialeinheit mit Verbindung zum KGB."

„Was ist mit ihm?"

„Eben jener Alexej, Alexander Müller, ist Geschäftsführer der Castingagentur, bei der die beiden Toten unter Vertrag waren."

Holger brachte die Tastatur seines Rechners in die richtige Position und begann im Ein-Finger-Suchsystem die Tasten zu drücken. Es dauerte einige Zeit bis Holger die

Eingaben abgeschlossen hatte und die Sendetaste drücken konnte.

„Aha, das ist ja interessant", murmelte Holger und nach ungefähr einer Minute nahm Holger das Gespräch wieder auf.

„Unser kleiner Kasache, dieser Schlingel", begann Holger.

„Einen definitiven Beweis für seine Zugehörigkeit zum KGB konnten wir nie führen. Wir haben ihn auch nie mit den Fingern in der Registrierkasse erwischt. Seit seiner Einbürgerung keine Auffälligkeiten, keine Strafzettel, nichts.

Die Kollegen vom Verfassungsschutz überwachen ihn in unregelmäßigen Abständen, aber er scheint sauber zu sein.

Sein Privatleben läuft nicht so glatt. Zwei Jahre nach seiner Einbürgerung verließ er Frau und Kind und tat sich mit einer viel jüngeren Studentin der Biologie zusammen. Fünf Jahre in wilder Ehe und dann, holter die polter ging es zum Standesamt. Die Familie wohnt heute in Dresden und Brüderchen Alexej fliegt regelmäßig von Dresden nach Moskau und kommt dann über Berlin wieder zurück. Manchmal fliegt er auch von Berlin nach Moskau."

Holger nahm einen Zettel aus dem Zettelkasten.

„Ich schreib Dir eine Adresse in Dresden auf, mehr kann ich nicht für Dich tun." Holger reichte Jens den Zettel. „Aber vergiss sofort, woher Du die Information hast. Out-of-Record. Verstehst Du?"

„Er hat keinen Kontakt zur Botschaft, man könnte fast sagen, er meidet die Botschaft wie der Teufel das Weihwasser. Er kauft nicht mal russische Lebensmittel im Supermarkt, keine russische Zeitung, keine Bücher, keine Filme.

Aber genau diese antirussische Haltung macht ihn für uns verdächtig.

Unsere Freunde von der NSA haben ihn, seit seine wahre Identität bekannt wurde, auch aufs Korn genommen, das volle Programm - Bewegungsprofile, E-Mails, Telefon- und Faxverkehr. Aber auch hier ist das Ergebnis frustrierend. Interessant ist nur, dass die zweite Frau Müller, inzwischen Frau Professor ist und Dozentin für Humangenetik an der Uni in Dresden lehrt."

„Seid ihr nicht auf die Idee gekommen, dass die gute Frau vielleicht die Rolle des Boten übernommen hat?", warf Jens dazwischen. „Wäre doch ganz einfach im Rahmen von Symposien und Gastvorlesungen auf der ganzen Welt.

Sie sammelt alles ein, er macht handliche Datenpäckchen draus, verschlüsselt sie und bringt das Zeug dann auf einer MicroSD Karte in seinem Handy oder so nach Hause."

„Pfui Jens, Du hast 'ne ganz schmutzige Phantasie" grinste Holger. „Aber auf die Idee sind wir auch schon gekommen - haben sogar seinen Computer gehackt und während er einen seiner mächtigen Räusche in seinem Berliner Appartement ausschlief, haben wir auch sein Handy manipuliert. Aber entweder ist der Junge sauber oder zu gerissen."

Holger war aufgestanden und hatte sich aus einer Thermoskanne frischen Kaffee eingegossen.

„Du auch?", fragte Holger und nachdem Jens mit dem Kopf schüttelte, setzte sich Holger Stadla wieder hinter seinen Schreibtisch.

„Jetzt mal ernsthaft." Er nahm einen Schluck aus seiner Tasse. „Ich schlage Dir einen Deal vor."

Jens Mander hatte sein Pokerface aufgesetzt und blickte

Holger unverwandt an.

„Ich versorge Dich mit Informationen für Deinen Fall und Du gibst mir alles, was Du zu Brüderchen Alexej Melnikow alias Alexander Müller rausfindest. Hat er Dreck am Stecken, dann will ich das als erster wissen."

Jens Mander war von Holgers Angebot überrascht, ließ sich aber nichts anmerken. Das war mehr, als er erwartet hatte und so verkniff er sich einen sarkastischen Kommentar und nickte nur, bevor er ein „Okay - damit kann ich leben" über die Lippen brachte.

Obwohl die Beiden sich schon sehr lange kannten und viel erlebt hatten, kam keiner auf die Idee über die alten Zeiten zu quatschen und Jens hatte plötzlich das Bedürfnis, das Büro ganz schnell zu verlassen. Mit einen „Abgemacht, ich ruf Dich an" war er aufgestanden und hatte Holger die Hand zum Gruß gereicht.

Holger drückte schweigend die angebotene Hand, vielleicht etwas zu lang, sagte noch ein „Ich bring Dich raus" und schob Jens Mander durch die beiden Türen in den Vorraum, wo er von dem selben Mann, der ihn am Empfang abgeholt hatte, schon erwartet und zum Ausgang begleitet wurde.

Als Jens wieder auf der Straße stand beschlich ihn ein merkwürdiges Gefühl. Er konnte es nicht in Worte fassen, aber sein anerzogenes Misstrauen mahnte ihn zu äußerster Vorsicht.

MITTWOCH, 13. NOVEMBER

Am frühen Morgen hatte Rahul per SMS endlich das amtliche Kennzeichen des Mercedes Transporters geschickt, ein weiteres Steinchen im Mosaik.

Jens griff zum Telefon und wählte aus dem Gedächtnis eine Nummer in der Schweiz. Die Nummer gehörte einem Schweizer Versicherungskonzern und der Apparat stand im Leitstand des Rechenzentrums.

„Gruezi Christian, comment ça va mon ami?"

Es dauerte ein paar Sekunden, bis Christian gemerkt hatte, wer ihn da anrief.

„Moin moin Jens, Du lebst auch noch?"

Wie Jens war auch Christian Freelancer und sie hatten in der Vergangenheit in mehreren Projekten zusammengearbeitet. Im Gegensatz zu Jens hatte Christian sich auf seine alten Tage eine Festanstellung als Betriebsführer geangelt.

In den folgenden Minuten tauschten sie sich über ihre jeweiligen Lebenssituationen aus und versprachen sich den obligaten gegenseitigen Besuch für den Fall, dass der eine mal in der Nähe des anderen sei.

„Jens, Du rufst doch nicht nur an um mit mir Smalltalk zu machen. Was kann ich für Dich tun?"

Jens versicherte Christian, dass er in erster Linie wegen ihrer Freundschaft angerufen habe. „Aber wenn Du mich so direkt fragst, kannst Du mal über Deine Verbindung ein PKW-Kennzeichen checken?" Jens nannte ihm das Berliner Kennzeichen. „Ein schwarzer Mercedes Vicano."

„Das tönt harter Arbeit. Wie schnell brauchst Du eine Antwort?", kam aus dem Telefon zurück und wie unter den beiden üblich sagte er: „So schnell wie möglich, aber nicht gestern."

Seine Antwort dauerte wieder ein paar Sekunden.

„Ich schau mal, was ich machen kann. Wenn ich was habe, schicke ich Dir eine E-Mail. Wird aber ein paar Stunden dauern. Und jetzt halt mich nicht von meiner Arbeit ab."

Das war für Jens das Zeichen, dass er tunlichst aus der Leitung verschwinden solle und so verabschiedeten sich die beiden mit den zwischen ihnen üblichen scherzhaften Grobheiten.

Nachdem Jens aufgelegt hatte, zog er sein MacBook aus der Tasche und schaltete es ein.

„Okay, das ist erledigt. Jetzt wollen wir mal sehen, dass wir Informationen über den Pandit Nehru ran kriegen."

Reuter hatte ihm auf einem Zettel die vollständigen Personendaten des Pandit Nehru geschrieben und Jens startete seine Recherchen wieder in FakeBox. Offensichtlich war Pandit Nehru ein sehr gebräuchlicher Name und so konnte er erst durch eine Einschränkung auf das Geburtsdatum die Daten des Verstorbenen ausfiltern.

Immer wenn er Recherchen in FakeBox machte fiel ihm auf, wie sorglos doch die meisten Menschen mit ihren Daten umgingen. Die Sorglosigkeit reichte von der Eintragung des Klarnamens bis hin zu Preisgabe von Informationen, die man nicht mal seinem besten Freund oder Freundin anvertrauen würde.

Mander untersuchte das Journal des Pandit Nehru und wurde sofort fündig - es gab eine Verbindung zwischen Mahavir und Pandit. Außerdem bestand eine Verbindung zur m-Face-Casting Berlin.

Unvorsichtigerweise hatten die beiden Verstorbenen auch ihre Twitter-Accounts in ihren Profilen hinterlegt und so konnte Mander auch deren Tweets lesen.

Neben einigen persönlichen Nachrichten von und an

Freunde und Bekannte fand Jens eine Reihe von Tweets die m-Face-Casting betreffend. Nichts wirklich informatives, aber insofern interessant, als Mahavir und Pandit nicht ganz blauäugig an die Sache ran gegangen waren, sondern schon im Rahmen ihrer Möglichkeiten versucht hatten, die Firma zu überprüfen oder besser formuliert Leute gesucht hatten, die vielleicht was Negatives zu berichten hatten. Interessanterweise kamen viele Antworten von Menschen, deren Namen und Nicknames auf eine indisch pakistanische Abstammung deutete.

Mit den Erkenntnissen aus Twitter nahm sich Mander nochmals die FakeBox-Journale von Mahavir und Pandit vor. Über ihre Arbeit bei der Castingfirma war da wenig zu lesen. Einen Eintrag in Mahavirs Journal hätte Jens beinahe überlesen. Da stand, dass sie vor jedem Drehtag von einer Krankenschwester eine Spritze in den linken Oberarm bekommen hätten und am Ende des Tages eine Urinprobe abgeben mussten. Erst dann bekamen sie ihre Tagesgage ausbezahlt.

Jens pfiff mit den Zähnen. Er ärgerte sich über sich selbst, dass er diesen Eintrag überlesen hatte. „Jens, Du Vollpfosten - wie kannst Du nur so dämlich sein?", schimpfte Jens über seine eigene Nachlässigkeit. „Das wirft ein ganz neues Licht auf die Sache."

Seit er den Eintrag im Journal gelesen hatte, drängte aus seinem Unterbewusstsein ein Wort immer mehr in sein Bewusstsein.

„Läuft da ein Organhandel mit Lebendspendern?", fragte sich Jens halblaut.

In seinem Bücherschrank befand sich ein Pschyrembel - medizinisches Wörterbuch. Jens zog es aus dem Regal, setzte sich in seine Sofaecke und begann bei verschiedenen Stichwörtern nachzuschlagen: Transplantation, Organspende, Abstoßungsreaktion und so weiter. Nebenher machte er sich Notizen zu solchen Themen, die er später im Internet weiter recherchieren wollte.

Nacheinander gab er die notierten Stichwörter bei den Suchmaschinen Google, Bing und Yahoo ein. Er quälte sich durch hunderte von Internetseiten, machte sich immer wieder neue Notizen und speicherte interessante Dokumente in einem speziellen Ordner auf seinem Rechner.

Jens war so in seine Arbeit vertieft, dass er kein einziges Mal auf die Uhr sah und erschrak förmlich, dass es schon achtzehn Uhr war, als er seine Recherche unterbrach um sich einen Kaffee zu holen.

Jens Mander war durch das Ergebnis seiner Nachforschungen über Organtransplantation zwar nicht zum Mediziner geworden, aber er verstand zumindest die Grundlagen, die Techniken und die Risiken dieser Thematik. Außerdem hatte er mehrere Texte gefunden, die interessante Informationen über den verbotenen Organhandel enthielten.

Die Summe der Informationen bestätigten sein Rechtsgefühl, dass es in Europa und speziell in Deutschland nahezu ausgeschlossen war, eine Klinik zu finden, die eine Lebendspende eines Organs machen würde. Dafür war die Gesetzgebung zu restriktiv und außerdem gab es zu viele Kontrollen. Aber was für Deutschland galt, galt nicht unbedingt im Ausland und im Raum der ehemaligen UdSSR schon gar nicht.

„Geld regiert die Welt", dachte Jens „und die russischen Oligarchen haben davon jede Menge." Im gleichen Atemzug schimpfte er sich als einen „vorurteilsbehangenen Schubladendenker."

Für Jens war zu dem Zeitpunkt nur klar, dass die m-Face-Casting die möglichen Spender ausfindig machte und die Selektion vornahm und einer Organ-Mafia zuführte.

Aber wie um Himmelswillen wurde das eigentliche Geschäft eingefädelt und vor allem wo wurde es abgewickelt, die Organentnahme und die Transplantation durchgeführt?

Über der Grübelei kam Jens plötzlich eine Idee.

Er öffnete das Adressbuch auf seinem Mac und suchte einen Namen, griff zum Telefon und wählte die angezeigte Nummer.

Jens hatte Glück, denn aus dem Hörer vernahm er die bekannte Stimme seines ehemaligen Kollegen Günni.

„Hey Günni, tut mir leid, dass ich mich schon lange nicht mehr gemeldet habe, hier ist Jens. Jens Mander."

„Hallo Jens, schön von Dir zu hören. Was gibt's denn?", kam als Antwort aus dem Telefon. „Du rufst mich doch nicht an, weil Du Langeweile hast und einfach mal meine Stimme hören wolltest", höhnte Günni.

Günni, wie Jens ein Freiberufler, hatte ihn einige Jahre zuvor in ein Projekt geholt um im Auftrag der Lufthansa-Network-Service die Datenbanken des Ticket-Abrechnungsservice zu konsolidieren. Während Jens sich nach dem Ende des Projekts einer neuen Aufgabe zuwandte, war Günni geblieben und hatte die Leitung der Betriebsführung und des Servicedesks übernommen.

„Günni, Du alter Tütenkleber, Du bist mal wieder verdammt direkt. Aber leider kann ich Dir nicht widersprechen", antwortete Jens. „Kannst Du mal für mich auskundschaften, welche männlichen Personen mit indischen oder pakistanischen Namen in den letzten neunzig Tagen von Berlin, Leipzig oder Dresden nach Moskau geflogen sind?"

„Da verlangt Du aber ganz schön was von mir. Das kostet Dich mindestens zwei Gefallen", konterte Günni. „Wenn nicht sogar drei."

„Ach ja und wenn Du schon dabei bist, wann ist ein Alexander Müller oder Alexej Melnikow das letzte Mal in Richtung Moskau geflogen?", fügte Jens noch schnell hinzu.

Es herrschte einige Minuten Schweigen.

„Bist Du noch dran?", fragte Jens und war erleichtert, als er Günnis Stimme vernahm.

„Ich hab schon mal nachgeschaut; es wird etwas länger dauern, bis ich die Liste fertig habe. Ich schick sie Dir per E-Mail, vorausgesetzt Du hast noch die alte Mailadresse? So - und jetzt verschwinde aus der Leitung - ich hab zu tun", blaffte Günni noch ins Telefon und dann war die Leitung tot.

DONNERSTAG, 14. NOVEMBER

Ohne Wecker schlief Jens Mander fast den ganzen Vormittag und erwachte erst gegen elf Uhr. Am Abend zuvor war er erschöpft zu Bett gegangen; den ganzen Tag hatte er nur geraucht und Kaffee getrunken und nun hatte er einen Bärenhunger.

Wenn ich nicht bald einkaufen gehe, habe ich keinen Kaffee mehr, dachte Jens, zog eine Tasse Kaffee aus seinem Automaten und setzte sich wieder an seinen Computer um seine Mails zu lesen. Günni hatte zwischenzeitlich eine Liste mit Flugnummern, Namen und Flugdaten geschickt. Die Liste umfasste die Buchungen der letzten neunzig Tage, die Moskau als Ziel oder als Zwischenstopp hatten. In einem zweiten Teil hatte sein Kumpel auch noch die Buchungen mit Ziel Minsk angefügt; das weißrussische Minsk war der Zwischenstopp für Moskauflüge.

„Günni - Du gerissener Hund", brummte Jens vor sich hin und machte sich wieder an die Arbeit. Aus seinen gesammelten Unterlagen hatte er eine Liste von Freunden der m-Face-Casting erstellt, um sie nun mit Günnis Aufstellungen abzugleichen.

Als erstes eliminierte Jens jene Buchungen, bei denen Abflug in Berlin und Rückflug nach Berlin nicht mehr als sieben Tage auseinander lagen. Seit seinen Nachforschungen wusste er, dass es nahezu ausgeschlossen war, einen Organspender in einer Woche reisefertig zu machen. Selbst wenn man auf den Zustand des Spenders keine besondere Rücksicht nehmen würde, wäre so eine OP nicht unter einer Woche zu machen. Außerdem, so vermutete Jens, wäre es dem Geschäft abträglich, wenn zu viele Leichen von Spendern auftauchen würden.

Im zweiten Schritt sortierte er jene Fluggäste aus, die

mehrfach die Ziele angeflogen hatten, denn die waren als Spender genauso unwahrscheinlich wie die Gäste, die ihren Flug mit einer Kreditkarte bezahlt hatten.

Über blieben elf Namen, die er jetzt mit seiner Liste aus FakeBox und Twitter abglich.

Gopal Chadda, Kamal Singh und Samant Khan waren die Namen, die letztlich alle Bedingungen erfüllten: es waren indisch-pakistanische Namen, sie waren einmal nach Russland und zurück geflogen, die Flüge waren bei der Buchung bar bezahlt worden und die Reise dauerte vierzehn Tage. Besonders interessant war, dass bei zwei Flügen ein Alexander Müller mit an Bord war.

Jens Mander griff zum Smartphone und wählte Rahuls Nummer in der Hoffnung, dass der gerade nicht zu beschäftigt war. Rahul meldete sich auch sofort. Ohne sich an das übliche Ritual zu halten, legte Jens gleich los.

„Rahul, was sagen Dir die Namen?" und zählte die drei gefundenen Namen auf.

Aus dem Lautsprecher kam erstmal nichts außer ein betroffenes Schweigen. Dieses Schweigen dauerte fast eine Minute und Jens wollte schon fragen, ob Rahul vor lauter Schreck aufgelegt habe, als Rahul dann doch noch mit der Bitte zu hören war, ob er nicht in einer Stunde zurückrufen dürfe. „Sag jetzt nur Ja oder Nein. Kannst Du nicht reden? Bist Du nicht alleine?"

Von Rahul kam nur ein zögerliches „Ja" über die Leitung und Jens erinnerte nochmals an den versprochenen Rückruf, bevor er das Gespräch beendete.

„Bingo", murmelte er. „Da ist was oberfaul."

Aus den FakeBox-Journalen wusste Jens, dass Gopal Chadda und Samant Khan aus dem indischen Neu Delhi und Kamal Singh aus Khulna in Bangladesch stammten. Alle drei arbeiteten schon länger beim „indischen Paten" in dessen verschiedenen Restaurants, Gopal Chadda als Barmann, Kamal Singh und Samant Khan als Köche.

Jens Mander zog die Journale der drei Kandidaten nochmals zurate um sie auf zusätzliche Gemeinsamkeiten zu untersuchen. Er fand aber nichts, was ihm hätte weiterhelfen können. Während Jens Mander vor sich hin grübelte, kam von Rahul eine SMS, dass er sich erst nach seinem Dienst melden würde und so beschloss Jens auf den Anruf von Rahul zu warten.

Da sein Kühlschrank ziemlich leer und sein Hunger groß war, machte er sich auf den Weg in den nahegelegenen Supermarkt, um ein paar Lebensmittel einzukaufen.

Jens wohnte seit mehr als drei Jahren in der Freiherr-vom-Stein-Straße und war nicht zuletzt wegen seiner Hündin im Kiez kein Unbekannter. Er war aber auch ein guter Beobachter und hatte ein elefantöses Gedächtnis. Deshalb bemerkte er sofort, nachdem er das Haus verlassen hatte und die Innsbrucker Straße in Richtung Bayerischer Platz ging, dass in der Parkharfe zwischen den beiden Richtungsfahrbahnen der Straße ein PKW abgestellt war, der da nicht hin gehörte und das er hier auch noch nicht gesehen hatte. Ein schwarzer Mercedes Vicano mit einem Berliner Kennzeichen - dem Berliner Kennzeichen, das er bereits kannte.

Ohne seine Erfahrung wäre Jens das Fahrzeug wahrscheinlich nicht aufgefallen. Und wenn, dann hätte er sich sicher anmerken lassen, dass ihm das Auto aufgefallen war. So aber ließ er sich nichts anmerken und während er weiter ging, war nur an seiner Augenbewegung zu erkennen, dass er das Fahrzeug beobachtete.

Im Auto saßen zwei Männer. Auf Grund des Blickwinkels und der Entfernung konnte er nur die helle Hautfarbe und dunklen bis schwarzen Haare erkennen und dass beide dunkel-graue oder schwarze Bekleidung trugen.

Jens verwarf sofort seinen Plan mit dem Einkaufen.

„Mal schaung wie gut die beiden sind", dachte er und ging in Richtung Badensche Straße weiter. Um den beiden im Mercedes die Möglichkeit für eine Verfolgung zu geben, verlangsamte er seinen Schritt. So erreichte er die Ampel über die Badensche Straße zu einem Zeitpunkt, als sie gerade auf Rot umschaltete.

Während er auf die nächste Grünphase wartete, zeigte der das Bild eines Fußgängers, der gelangweilt an der Ampel stand, vorbeifahrenden Autos hinterher blickte und auf das nächste Grün wartete. Leider war keine spiegelnde Fläche in der Nähe, weshalb er seine möglichen Verfolger nicht direkt beobachten konnte.

Die Ampel schaltete auf Grün und Jens ging los. „Wenn die Jungs gut sind, dann ist einer direkt hinter mir und der zweite folgt ihm mit einigen Abstand", dachte er. „Wenn ich jetzt einen Haken schlage oder unerwartet stehen bleibe, geht der Erste an mir vorbei und der zweite rückt auf."

Während seiner zweiten Ausbildung in der Weberei in Haar wurde Jens auch beigebracht, wie eine Observation geplant und durchgeführt wird, aber auch, wie man sich einer Überwachung erfolgreich entziehen kann.

Nachdem er die Straße überquert hatte, ging Jens nach rechts, auf der linken Straßenseite der Badenschen in Richtung Martin-Luther-Straße. Bei diesem Manöver hatte er die Möglichkeit einen unauffälligen Blick auf seine Verfolger zu werfen. Offensichtlich hatten zwei Männer in grauen Hosen und dunkelblauen Jacken, sowie eine Frau in einen dunkelblauen Jogginganzug mit ihm die Straße überquert. „Aha - ein Dreierteam", dachte Jens, der einfach mal annahm, dass er verfolgt wurde.

An der Einmündung der Salzburger Straße wechselte

Jens wieder in aller Gemütsruhe die Richtung und setzte gemütlich seinen Weg auf der Salzburger Straße in Richtung Bayerischer Platz fort. Er hatte sich überlegt, dass das Eiscafé am Bayerischen Platz eine gute Möglichkeit sei, seinen potentiellen Verfolgern ein paar Steine in den Weg zu werfen; zumindest bot sich hier die Gelegenheit, das Team zu identifizieren.

Mario, der Kellner und die meiste Zeit auch der Chef des Eiscafés begrüßte Jens mit einer herzlichen Umarmung und machte sich dann sofort ans Werk seinen Super Cappuccino zu zaubern. Da das Café leer war, suchte sich Jens einen Platz, von dem aus er durch die großen Fenster die Salzburger Straße und einen Teil des Bayerischen Platzes beobachten konnte.

„Anfänger", dachte Jens, als er die beiden Männer und die Frau ausmachte, die er schon an der Badenschen Straße gesehen hatte. Die Frau stand an der Ecke des Deutsche-Bank-Gebäudes, einer der Männer ging in Richtung der Treppe zur U-Bahn und der zweite Mann marschierte in Richtung der Ampel über die Grunewaldstraße.

Da Jens der einzige Gast im Café war, begann Mario ein Gespräch mit Jens. Er erkundigte sich nach Jens' Frau, wo er den Hund gelassen habe und warum er in der letzten Zeit so selten da gewesen sei. Jens gab ihm bereitwillig Auskunft; seine Frau sei bei der Tochter, ebenso der Hund und er, Jens, habe jede Menge zu arbeiten.

„Von nichts kommt nichts", meinte Jens und egal wo man hingehen würde, überall würde ihm nur das Geld aus der Tasche gezogen. Auf die Gegenfrage von Jens, wie es denn Mario, dessen Frau und den Kindern gehe, eröffnete der ihm, dass er Mitte Dezember für sechs Wochen nachhause fahren würde und es wäre eh' das letzte Mal für so einen Urlaub, da seine Große im nächsten Jahr in die Schule kommen würde.

Der Frau aus dem Observationsteam schien es zu langweilig geworden zu sein, oder sie hatte eine Anweisung erhalten, denn sie überquerte die Salzburger Straße, betrat das Eiscafé und setzte sich auf einen Stuhl in der Nähe des Ausgangs.

Vor solchen Fehlern hatten ihn seine Ausbilder immer gewarnt. „Wenn Du observierst, dann bleibe unsichtbar, sonst bist Du verbrannt - wertlos für eine weitere Verfolgung. Außer, Du willst dem Objekt wissen lassen, dass Du es verfolgst."

Jens hatte inzwischen seinen Cappuccino getrunken, kramte aus seiner Hosentasche einen Fünf-Euro-Schein heraus, stand auf und ging an den Tresen. Mit den Worten „Der Rest ist für Dich. Grüße Deine Frau und meine Kinder und arbeite nicht mehr solange", drückte er Mario den Schein in die Hand und mit einem „Mach's gut. Ich komme jetzt wieder öfter", verabschiedet sich Jens und verließ das Café in Richtung Grunewaldstraße.

Jens hatte geplant, beim Betreten des Supermarkts an der Martin-Luther-Straße die Observanten nochmals zu überprüfen. Während er umständlich mit dem Einkaufswagen hantierte, sah er sich unauffällig um und da waren sie wieder und diesmal war auch der Mercedes dabei. Zum einen beunruhigte es ihn, dass er verfolgt wurde. Aber es beruhigte ihn auch, dass er keiner paranoiden Phantasie aufgesessen war.

„Wer die Gefahr kennt, kommt nicht darin um", dachte sich Jens und schob seinen Einkaufswagen durch die Regalreihen und erledigte seinen Einkauf. Als er zwanzig Minuten später den Supermarkt mit seiner vollen Einkaufstasche wieder verließ, war das Observationsteam verschwunden.

Zuhause angekommen verstaute er seinen Einkauf im Kühlschrank, machte sich ein paar Stullen mit Leberwurst und setzte sich wieder an seinen Computer und checkte sein Postfach. Von Christian war immer noch keine Nachricht eingegangen, dafür fand er eine Nachricht von seiner Frau vor, in der sie sich darüber beklagte, dass er sich nicht bei ihr gemeldet habe. Da er immer noch auf den Rückruf von Rahul wartete, entschloss er sich ein längeres Telefonat mit ihr zu führen.

Es war kurz vor dreiundzwanzig Uhr als endlich der Anruf von Rahul kam. Rahul entschuldigte sich wortreich und kam überraschenderweise sehr schnell zum Thema.

„Ja, ich kenne die drei. Gopal Chadda ist der Neffe von meiner Chefin. Er und die beiden anderen arbeiten im einem Restaurant in der Akazienstraße", erklärte Rahul. Seine ihm angeborene oder noch besser anerzogene Höflichkeit verbot ihm die Nachfrage, warum Jens das wissen wolle.

Bevor Jens seine nächste Frage stellte, zog er die Liste der Flugdaten zu rate. „Hatte Gopal Chadda im Februar dieses Jahres Urlaub und wenn ja, wie lange?"

Sogar durch's Telefon konnte man Rahuls Verblüffung bemerken, denn seine nächsten Worte waren auf Hindi. Menschen, die überrascht werden, fallen immer in ihre Muttersprache zurück.

Als Rahul seinen Lapsus bemerkte, kam nur ein „Ja" über die Leitung. Jens ließ ihm keine Chance zum Nachdenken und setzte sofort nach: „Wie lange hatte er Urlaub, wo war er und ist Dir nach seiner Rückkehr etwas Besonderes an ihm aufgefallen?"

Leider konnte Rahul nicht viel zu den letzten Fragen sagen und so leitete Jens das Gespräch zu den etwas privateren Dingen, bevor er sich mit den liebsten Grüßen für Lalita verabschiedete.

Freitag, 15 November

Es war der elfte Tag seit dem Jens Mander die herrenlose Tasche im Rudolf-Wilde-Park gefunden hatte.

Über Nacht war die erwartete Nachricht von Christian eingetroffen und Jens Mander war nicht schlecht überrascht, als er den Inhalt las. Der Halter des schwarzen Mercedes war eine Detektei im nordrhein-westfälischen Essen.

Jens kannte den Namen dieser Detektei und wusste, dass der Inhaber mehrfach als V-Mann für den Dienst tätig war. Es gab außerdem Gerüchte, dass der Inhaber in einige wirklich schmutzigen Geschäften verwickelt war oder deren Abwicklung vermittelt hatte. Auch wurde ihm eine Verwicklung in die Barschel-Affäre nachgesagt. Es konnte ihm nie etwas nachgewiesen werden und er persönlich hatte immer wieder seine Beteiligung an solchen Aktionen abgestritten.

Leider verwirrte Jens diese Information mehr, als dass er sie als nützlich hätte bezeichnen können. Er ging davon aus, dass ein siebzigjähriger mit einer geheimnisumwitterten Vergangenheit auch in diesem Alter seine Geschäftsfelder nicht so einfach ändern würde. Aber für wen könnte diese graue Maus gearbeitet haben?

Jens konnte nicht davon ausgehen, dass der Kunde in den Auftragsbüchern der Detektei zu finden sei. Holger Stadla konnte er auch nicht fragen ohne dass gleich überall die Alarmglocken geläutet hätten und dem Kriminalobermeister Reuter vertraute er noch nicht so richtig. Über die Jahre hatte Jens in seinem Adressbuch Namen und Telefonnummern gesammelt, die ihm für seine Hilfe einen Gefallen schuldeten oder mit denen er zusammengearbeitet hatte. Aber es fiel ihm keiner ein, der ihm in der Angelegenheit hätte weiterhelfen können.

Urplötzlich vermisste Jens seine Hündin Ayla. Immer, wenn er schwierige Probleme zu wälzen hatte, ging er mit ihr stundenlang spazieren, setzte sich zwischendurch auf irgendwelche Parkbänke und ließ dabei die Gedanken schweifen.

Schweren Herzens entschied er sich für die althergebrachte Methode, belästigte Google mit einer Anfrage über die Detektei, fand die Adresse der Homepage und rief diese im Browser auf. „Schickes Design", murmelte er und schalte sich sofort seine alten senilen Knochen, dass er wieder angefangen hatte Selbstgespräche zu führen.

Systematisch arbeitete er sich durch die aufwändig, aber dezent elegant gestalteten Seiten. Impressum, über uns, Geschäftsfelder, unsere Referenzen - alle Informationen die er aus diesen Internetseiten zog, waren wenig nützlich. Jens notierte sich die Adresse des Berliner Büros, zog sich schnell eine Jacke an und verließ die Wohnung.

Von dem Überwachungsteam, das ihn am Vortag auf Schritt und Tritt verfolgt hatte, war keine Spur zu sehen und auch sonst war ihm nichts Besonderes aufgefallen. Jens ging zur U-Bahn-Station Rathaus Schöneberg, löste ein Ticket und hatte das Glück, dass sofort eine Bahn der Linie U4 mit dem Ziel Nollendorfplatz in die Station einfuhr.

Jens stieg in den letzten Wagen ein. So konnte er unauffällig die anderen Fahrgäste beobachten. Am Nollendorfplatz fuhr er mit der Rolltreppe eine Ebene nach oben und strebte dem Ausgang entgegen. Als würde im plötzlich etwas einfallen, drehte er auf dem Absatz um und ging auf die zum Bahnsteig der U2 führenden Rolltreppe zu. Während Jens sich gegen den Strom der Fahrgäste drängte, suchte er nach bekannten Gesichtern.

Zusammen mit dem einfahrenden Zug erreichte er den Bahnsteig, stieg sofort ein und wartete darauf, dass sich die Bahn in Bewegung setzen würde. Obwohl er noch immer keine Verfolger bemerkte, fuhr Jens mit der Bahn zur Station Gleisdreieck. Da um diese Tageszeit an der Station kaum Passagiere ein- und ausstiegen, aber auch wegen der übersichtlichen Bahnsteige hätte er hier mögliche Verfolger am ehesten identifizieren können.

Nichts - keine Verfolger.

Beruhigt setzte Jens seinen Weg zum Ausgang fort. Am Ausgang angekommen winkte er ein Taxi heran. „Berlinale Palast", sagte er dem Fahrer beim Einsteigen. Jens hatte keinen Kinobesuch geplant; eigentlich wollte er in die Spielbank Berlin, aber das musste ja nicht jeder wissen. Außerdem konnte er so nachmals prüfen, ob er verfolgt wurde. „Scheiß Paranoia", dachte sich Jens, zahlte und machte sich auf den Weg.

Das Outfit, in dem Jens unterwegs war, konnte man nicht als große Garderobe bezeichnen, aber selbst für eine Stippvisite bei den Slot-Machines war Jens noch overdressed. Vor Jahren hatte er mal im Spieler-Milieu recherchiert. Seit dieser Zeit besaß er eine PlayerCard der Spielbank. Damit ersparte er sich das lästige und zeitraubende Anmelden am Eingang.

Er zog die Karte aus seiner Geldbörse, hielt sie dem Türsteher unter die Nase, murmelte ein „Moin" und entschwand auf dem roten Teppich in das Innere des Gebäudes in Richtung Automatensaal. Jens Mander war schon länger nicht mehr in der Spielbank und so war er von der Atmosphäre und der Geräuschkulisse wieder beeindruckt.

Normalerweise hätte Jens die Eindrücke auf sich wirken lassen, aber an diesem Tag hatte er keine Zeit für irgendwelche Milieustudien. Jens blickte sich um und ging dann zu einer Fruit Slots Machine im hinteren Bereich des Saals.

Vor dem Spielautomaten saß ein etwa sechzigjähriger Mann, schlank um nicht zu sagen dürr, ganz in schwarz gekleidet und mit einem Basecap der »San Francisco forty niners« auf dem kantigen Schädel. Er war in sein Spiel vertieft und bemerkte Jens erst, als dieser ihn ansprach.

„Hallo Suresh, bist Du mal wieder auf der Gewinnerspur?"

„Halt die Klappe und lass mich in Ruhe", bekam Jens zu hören.

Jens kannte Suresh schon seit annähernd dreißig Jahren und beide verband eine innige Hassliebe. „Ich hasse ihn von ganzem Herzen", hatte Suresh mal über Jens gesagt und wenn die beiden aufeinander trafen konnte es passieren, dass innerhalb von fünf Minuten die Fetzen flogen.

Dagegen harmonierten die beiden, wenn es um berufliche Belange ging. Suresh war ein begeisterter Administrator und begnadeter IT-Forensiker und wenn sie als Team Sicherheitslücken in Rechenzentren aufs Korn nahmen, dann verteidigten sie ihre Maßnahmen bis aufs Messer, sogar gegen Prokuristen, Geschäftsführer oder Vorstände. Wurden Jens oder Suresh über den Grund ihrer Feindseligkeiten gefragt, bekam jeder ein „Es ist halt so" zur Antwort.

Ohne auf die abweisende Antwort einzugehen, sagte Jens: „Danke, mir geht es auch gut", und fuhr dann nach einer kurzen Pause fort: „Ich brauch mal ganz dringend Deine Hilfe."

„Nicht wirklich", höhnte Suresh ohne Jens anzublicken. „Der feine Herr Jens Mander braucht meine Hilfe? Ich fass es nicht." Als wäre er ein Roboter, warf Suresh einen fünf-Euro-Jeton in den Schlitz des Spielautomaten, zog am Hebel und starrte weiter auf die Räder mit den Früchten.

Wahrscheinlich spielte Suresh schon länger, denn Jens konnte bei Suresh keine weiteren Jetons ausmachen und so wartete er bis die Räder zum Stillstand kamen. Kirsche - Banane - Ananas, Suresh hatte offensichtlich mal wieder sein ganzes Geld verspielt. Wie recht Jens mit seiner Annahme hatte, bestätigte sich sofort. Suresh drehte sich zu Jens und sah ihn das erste Mal an. Dabei unterdrückte er den Impuls auf den Automaten einzuschlagen und sagte nur: „Verpiss Dich Du Ratte, ich hatte heute einen Scheißtag."

Suresh war spielsüchtig. Alle wussten das, Kunden, Dienstleister und Kollegen - einfach alle. Aber keiner außer Jens hatte sich je die Mühe gemacht, ihm zu helfen. Am Anfang ihrer Feindschaft, als Jens die Spielsucht von Suresh bemerkte, hat er versucht auf ihn einzuwirken, hatte ihn, der ständig pleite war, eine Therapie bei seiner Ex-Schwägerin vermittelt. Er hatte ihn in seine Wohnung aufgenommen, wenn er mal wieder wegen Mietschulden aus seiner Wohnung geflogen war. Für die anderen war Suresh nur der begnadete Spinner. Solange er im Projekt nützlich war, wurde seine Spielsucht toleriert. Aber so wollte keiner was mit ihm zu tun haben. Wie ein Kunde mal sagte: „Haben wir ein Problem, dann bucht mir den Suresh, aber sorgt dafür, dass er mir nicht über den Weg läuft."

„Wenn ich Dich schon nicht abschütteln kann", stänkerte Suresh weiter, „dann gib mir einen braunen damit ich weiter spielen kann. Ich knacke heute den Jackpot. Ich spürs beim Pissen."

„Nein Suresh, wir gehen jetzt an die Bar, bestellen uns zwei Bier und dann reden wir", erwiderte Jens, fasste Suresh am Arm und zog ihn vom Automaten weg in Richtung Ausgang zur Bar.

Suresh begann auf portugiesisch zu reden und für Jens

hörte es sich so an, als würde er fluchen. Jens ließ sich nicht abhalten und so kamen sie nach einer Weile dann auch in der Bar an. Jens wählte einen Tisch in der hinterstem Ecke der Bar und signalisierte dem Barmann, dass er zwei Bier haben wolle.

„Komm runter von Deiner Dröhnung - Du hast heute verloren. Lass es gut sein", nahm Jens das Gespräch wieder auf.

Was viele nicht wussten, Suresh war schon als Sicherheitsexperte unschlagbar, aber als Hacker hatte er Weltruhm. Leider konnte er mit dem Weltruhm nicht viel anfangen, da die meisten seine Aktionen so illegal waren, dass sogar das FBI ein Kopfgeld auf ihn ausgesetzt hatte. Vor einer strafrechtlichen Verfolgung schützten ihn nur seine Anonymität und die kollektive Verschwiegenheit der Community, die über seine Nebenbeschäftigung Bescheid wussten.

Der Barmann stellte zwei Flaschen Jever Pils und zwei Gläser auf den Tisch und verschwand wieder hinter seinem Tresen. Jens machte die beiden Gläser voll, gab Suresh eins und prostete ihm zu, bevor er seine Rede wieder aufnahm.

„Jetzt krieg Dich mal wieder ein, Suresh. Ich brauche Deine Hilfe."

Widerwillig trank Suresh einen Schluck aus seinem Bierglas, stellte es wieder auf den Tisch und lümmelte sich in seinen Sessel. Offensichtlich hatte er sich soweit beruhigt, denn er richtete seinen Blick auf Jens.

„Wenn Du ein Projekt hast, dann vergiss es. Ich stecke gerade mitten drin und ich habe keine Lust, was anderes anzufangen. Außerdem zahlen die gut - ist in Berlin und ich habe keine Kosten für Übernachtung und Fahrt. Da bleibt mehr ..."

„Fürs Zocken", fiel ihm Jens ins Wort.

Suresh zuckte mit den Achseln. „Wenn Du das so siehst?"

Sie redeten noch ein paar Minuten über Belanglosigkeiten, übers Wetter und so. Dann winkte Jens dem Barmann, verlangte die Rechnung für sich und seinem Begleiter und bezahlte. Beide verliessen die Spielbank in Richtung Taxistand. Beim Einsteigen nannte Mander dem Fahrer als Ziel die Hauptstraße hundertzwölf in Schöneberg - eine Trattoria.

Suresh hatte es sich auf dem Rücksitz bequem gemacht. Er döste während der Fahrt vor sich hin, während Jens sich mit dem Taxler angeregt unterhielt. Die Fahrt führte über die Potsdamer Straße - Kleistpark in die Hauptstraße. Am Ziel angekommen bezahlte Jens, legte noch ein kräftiges Trinkgeld drauf und zerrte Suresh aus dem Auto und weiter ins Lokal. Jens war in dem Restaurant Stammgast. In der Vergangenheit hatte er mehrfach vertrauliche Besprechungen mit Kollegen abgehalten. Beim Betreten des Lokals hatte Jens dem Kellner signalisiert, dass sie ungestört bleiben wollen.

Suresh und Jens setzten sich an einen Tisch in der Ecke des Restaurants und Jens achtete darauf, dass der von seinem Sitzplatz aus sowohl den Eingang des Lokals als auch durch die Terrassentüre Teile der Hauptstraße und der Kreuzung Dominicusstraße überblicken konnte.

Jens gab dem Barmann ein Zeichen für zwei kleine Bier. Als der Kellner die beiden Biergläser auf dem Tisch abgestellt hatte, nahm Jens das Gespräch wieder auf.

„Suresh, ich brauche Deine Hilfe." Suresh blickte Jens verständnislos und mit glasigen Augen an und schwieg.

„Suresh, Du Kiffer, stell mal Deine Augen gerade und schau mich an", sagte Jens und sein Tonfall wurde schärfer. „Hast Du Deinen Verstand schon versoffen, verkifft oder verzockt?", provozierte Jens weiter, hatte aber keinen Erfolg.

Jens Mander lehnte sich zurück. Einfach mal abwarten, dachte er und hoffen, dass er aufwacht. Jens' Smartphone signalisierte eine eingehende E-Mail und dieser Ton war auch für Suresh das Zeichen aus seinen Gedanken wieder aufzutauchen.

„Was willst Du?", blaffte er Jens an. „Mach's kurz und schmerzlos, ich will nämlich ins Bett."

„Ich brauch den Zugang zu zwei Servern. Hier .." Jens schob ihm einen Zettel mit dem Kundennamen, der Adresse der Internetseite und den whois Daten des Registrars zu. „Du hast das ganze Wochenende Zeit. Ich will einen Account auf den Servern." Jens machte eine Pause.

„Hast Du das mitgeschnitten?", setzte Jens nach. „Wo erreiche ich Dich, wenn Du nicht gerade in der Spielbank Deine letzte Kohle verzockst?"

„Ich wohne jetzt in der Wiebestraße in Berlin-Moabit", antwortete Suresh und hängte die Hausnummer dran. Er war jetzt wieder voll da. „Was springt für mich dabei raus?", wollte er wissen. „Du weißt doch, nichts ist umsonst", fügte er mit einem breiten Grinsen an.

„Ich weiß und deshalb werde ich Deine kleinen Hacker-Geheimnisse auch für mich behalten", antwortete Jens. „Das müsste doch für Deine Aufwendung mehr als genug sein - oder?"

„Das ist aber verdammt wenig für verdammt viel Arbeit", begehrte Suresh auf. Als er dann aber den Blick von Jens einfing, fügte er noch an: „Is' schon gut, man wird doch noch fragen dürfen."

„Ruf mich an, wenn Du was hast, meine Telefonnummer kennst Du ja und wenn Du eine E-Mail schickst, dann vergiss nicht - doppelte Verschlüsselung. Und wenn es ganz schnell gehen muss, benutze Signal und Threema."

Ohne einen Gruß stand Jens Mander auf und ging zum Ausgang. Am Tresen drückte Jens dem Kellner unauffällig einen Hundert-Euro-Schein in die Hand und flüsterte: „Bring ihm noch einen Teller Paglia e Fieno, er hat sicher seit gestern nichts mehr gegessen. Es geht auf meine Rechnung und gib ihm auf den Hunderter raus."

Der kürzeste Weg zu Manders Wohnung wäre gewesen, der Dominicusstraße zu folgen, zum Schöneberger Rathaus und dann in die Freiherr-vom-Stein-Straße zu gehen. Aber bei Jens hatte sich eine Verfolgungsparanoia entwickelt und so machte er einen Umweg über den Innsbrucker-Platz, die Wexstraße entlang bis zum Zollamt in der Kufsteiner Straße, quer durch den Rudolph-Wilde-Park auf die Freiherr-vom-Stein-Straße. Auf der ganzen Strecke konnte er aber nichts entdecken, was auf die lässige Unauffälligkeit eines Observationsteams hindeutete.

An der Ecke zur Innsbrucker Straße wartete er darauf, dass aus der U-Bahn wieder eine größere Anzahl von Fahrgästen die Innsbrucker Straße in Richtung Bayerischer Platz gingen, mischte sich unter die Gruppe und erreichte unauffällig den Hauseingang.

Mit müden Beinen schleppte sich Jens die vier Treppen zu seinem Appartement hoch; auf der Mitte der letzten Treppe blieb er aber abrupt stehen, denn an seiner Wohnungstüre prangte das Siegel des Polizeipräsidenten der Stadt Berlin. Außerdem war die Türe mit zwei rot/weißen Plastikbändern über Kreuz gesperrt.

Jens ging noch die letzten Stufen hoch, als er über sich ein „Hallo Herr Mander" hörte. Obwohl der Nachhall im Treppenhaus die Stimme verändert hatte, wusste er sofort wer ihn da angesprochen hatte.

„Moin Herr Reuter. Was ist mit meiner Wohnung los?",

fragte Jens. Reuter hatte sein schiefes Grinsen im Gesicht, als er „eingebrochen" erwiderte.

„Das Pärchen ist aber von der Nachbarin gestört worden und so wie es aussieht, mussten die unverrichteter Dinge abhauen" und mit einer vor Zynismus triefenden Stimme fuhr er fort: „Is'ja ziemlich neugierig, die Dame - wollte unbedingt mehr als einen Blick in die Wohnung werfen."

Jens Mander ließ sich trotz seiner Überraschung nicht aus der Ruhe bringen.

„Kann ich rein, oder hat der Herr Polizeipräsident was dagegen?"

„Ich mach das Siegel weg. Ein wenig Farbe, ein neues Schloss und die Türe ist wieder wie neu. Die Jungs vom Einbruch meinten, dass da Profis am Werk waren. Wenn nicht die Nachbarin mit ihrem Dackel in den Park hätte gehen wollen, wär's nicht mal aufgefallen.

Nur der Schließzylinder musste dran glauben."

Jens hatte inzwischen die Türe mit dem Fuß aufgestoßen und betrat sein Appartement. Auf den ersten Blick konnte er keine Veränderungen feststellen. Ohne Reuter zu beachten kontrollierte er seine kleinen Fallen: Klebstreifen an den Schranktüren.

Wortlos beobachtete Reuter Jens Mander bei seinen Kontrollen, aber an seinem Gesichtsausdruck konnte man seine Verwunderung ablesen.

„Fast wie im Lehrbuch für den kleinen Spion." Diese Bemerkung wollte er sich dann doch nicht verkneifen. „Wollen Sie mir immer noch nicht sagen, was da gespielt wird?"

Wie von einer Feder angetrieben, drehte sich Jens blitzschnell zu Reuter um und sah ihn an.

„Ich weiß es auch nicht und wenn Sie es nicht wissen ..."

Jens ließ den Satz unvollendet und setzte seine Inspektion fort.

„Nichts", murmelte er, öffnete den Kleiderschrank und zog einen silbernen Metallkoffer heraus. Ohne Reuter großartig die Gelegenheit zu geben einen Blick in den Koffer zu gewähren, nahm er ein schwarzes Kästchen raus. Nachdem er eine Teleskop-Antenne aus dem Gehäuse gezogen hatte, sah das Ding wie ein alter Transistorempfänger aus. Mit dem Teil in der Hand schritt er nochmals systematisch die Wohnräume ab, ohne dass ein Geräusch aus dem Gerät gekommen wäre.

„Sauber", murmelte Jens wieder und ärgerte sich auch gleich, dass er wieder gegen eine gelernte Regel verstoßen hatte: „Keine Selbstgespräche", hatten ihn seine Ausbilder immer eingebläut. „Einfach mal die Schnauze halten."

Jens zog sein iPhone aus der Tasche und entsperrte den Bildschirm. Dann suchte er eine App und startete sie.

„Wann ist das passiert?", fragte er Reuter, ohne den Blick vom Handy zu nehmen.

"Vor zwei Stunden", bekam Jens zur Antwort. Jens warf einen Blick auf seine Armbanduhr. Dann tippte er auf dem Smartphone einige Zahlen ein, steckte einen Kopfhörer an das Smartphone und konzentrierte sich auf den kleinen Bildschirm seines Telefons. Nach ein paar Minuten sah er Reuter an und sagte, dieses Mal bewusst laut: „Auch die Videokamera hat nichts aufgezeichnet."

„Videokamera? Sie haben hier eine Videoüberwachung installiert?", fragte Reuter staunend und man sah ihm an, dass ihn im Umgang mit Mander nur mehr wenig überraschen konnte.

„Darf ich die Aufzeichnung sehen?"

„Nein", erwiderte Jens barsch, „und ich erstatte auch keine Anzeige, wenn Sie mich das als nächstes fragen wollen. Einbruch ist kein Offizialdelikt. Wie Sie schon gesagt haben: ein neues Schloss und ein wenig Farbe. Damit hat sich der Fall."

Ein unbeteiligter Zuschauer hätte spätestens jetzt bemerkt, dass das Verhältnis zwischen den beiden Männern merklich kühler, um nicht zu sagen feindschaftlich war.

Reuter, dem inzwischen bewusst geworden war, dass er mit jeder weiteren Forderung nach dem Video nur noch mehr Schaden hätte anrichten können, legte plötzlich eine fast hektische Eile an den Tag. Mit einen „Da kann man nichts machen, is' Ihre Entscheidung" verließ er das Appartement. Auf der Treppe drehte er sich nochmals um. „Wenn Sie sich's anders überlegt haben - Sie wissen ja, wie Sie mich erreichen." Dann war er auch schon die Treppe runter. Jens hörte nur noch das Schließgeräusch der Haustüre. Ohne Zögern griff Jens erneut zu seinen iPhone, wählte und beendete nach dem ersten Klingeln die Verbindung. Nicht mal eine Minute später klingelte sein Handy. Nach einem Blick auf die angezeigte Rufnummer öffnete Jens die Verbindung, wartete einige Sekunden während er auf die Ansage im Kopfhörer lauschte, gab eine ziemlich lange Zahl ein, wartete wieder einige Sekunden, drückte mehrfach verschiedene Zifferntasten im Display und beendete die Verbindung.

Einige Stunden später, Jens Mander hatte es sich auf seinem Sofa bequem gemacht, klingelte es an der Haustüre. Jens meldete sich mich einen „Ja bitte" an der Sprechanlage.

„Der Schlüsseldienst", klang es durch den Lautsprecher.

Jens drückte den Türöffner, öffnete die angelehnte Wohnungstüre und wartete auf den, der sich angemeldet hatte. Bepackt mit einem Rucksack und einer Werkzeugtasche in der rechten Hand schleppte sich ein zirka sechzigjähriger, grauhaariger und leicht übergewichtiger Mann die Treppe hoch.

„Mein Chef schickt mich, ich soll hier ein Schloss reparieren", sagte der Fremde und reichte Jens die Hand zu Gruß. „Holger, der mein Chef ist, meinte ich sollte auch mal die Alarmanlage überprüfen."

Jens ging einen Schritt zur Seite und ließ den Handwerker in die Wohnung.

„Ich kümmere mich zuerst mal um's Schloss", setzte seinen Rucksack und die Werkzeugtasche ab. So schwerfällig sich der Alte auf der Treppe bewegt hatte, so flink bewegte er sich jetzt in der Wohnung. Mit seinem kleinen grauen Kästchen in der Hand - Jens hatte nicht gesehen, woher der Alte das Ding plötzlich hatte - huschte er durch die Wohnung. Dann schloss er das Fenster und zog die Vorhänge davor und legte das Kästchen in seinen Koffer. „Die Wohnung ist sauber. Keine ungebetenen Zuhörer." Erst jetzt begann er das ausgehebelte Schloss an der Wohnungstüre auszutauschen. Nach weniger als fünf Minuten hatte der Alte auch ein neues Schließblech montiert. Jens, der die ganze Aktion schweigend beobachtete, fiel auf, dass das neue Schließblech etwas dicker war.

„Jetzt können Sie wieder abschließen", sagte der Handwerker und ließ die Wohnungstüre ins Schloss fallen. „Wenn Sie künftig die Wohnung verlassen, stecken Sie das auf die beiden Kontakte." Er gab Jens ein kleines Kästchen von der Größe einer Streichholzschachtel. „Wenn wieder einer ohne Anmeldung die Wohnungstüre öffnet, wird der ungebetene Besucher mit künstlicher DNA besprüht. Außerdem wird in unserer Zentrale ein Alarm ausgelöst. Das Ding aktiviert sich automatisch und ausschalten können Sie es über eine App auf Ihrem Smartphone." Er reichte Jens eine kleine Karte mit den Downloadinformationen.

Samstag, 16. November

Mitternacht war schon vorbei und nachdem der Handwerker gegangen war, setzte sich Jens auf sein Sofa, zog einen Stuhl zu sich heran und stellte sein MacBook vor sich. Obwohl er hundemüde war, wollte Jens noch einige Sachen erledigen.

Als Jens die Augen wieder öffnete, war es bereits nach fünf Uhr morgens. Es war noch stockdunkel und trotz der geschlossenen Fenster konnte er das Geräusch der Kehrmaschine der Berliner Stadtreinigung hören. „Bullshit", schimpfte Jens mit sich selbst. „Schlafen kannst Du auch, wenn Du mal tot bist." Jede Faser seines müden Körpers schrie nach Schlaf, aber Jens wollte dem Bedürfnis nicht weiter nachgeben.

In seiner kleinen Küche machte er sich eine Tasse Kaffee, stellte sein MacBook wieder auf den Schreibtisch und machte sich erneut an die Arbeit. In seinem Beruf als Computerfachmann hatte er mehrere Methoden kennengelernt, um Probleme zu analysieren und Lösungen zu erarbeiten. Jetzt öffnete er das Programm OpenMind und begann ein MindMap zu kreieren.

Im Zentrum positionierte Jens die Namen der beiden toten Inder. Einen Zweig betitelte er mit Personen, einen weiteren mit Interessen. Zuletzt legte er noch eine Sektion mit der Bezeichnung Orte an. Danach trug er in den verschiedenen Zweigen die Namen, Orte und Interessen ein und hatte nach einer Stunde Arbeit seine bisherigen Erkenntnisse in die verschiedenen Kategorien der MindMap eingetragen.

Noch ergab sich für Jens kein klares Bild. Er ordnete seine Eingaben neu und führte im Zweig Personen neue Kategorien ein: Personendaten, Abstammung, familiärer und beruflicher Hintergrund, aber das Ergebnis war wieder nicht berauschend.

Getreu seiner Devise »nicht verbissen auf ein Ergebnis hinarbeiten, wenn es noch kein Ergebnis gibt« speicherte Jens das Diagramm und verschlüsselte die Datei mit seinem persönlichen Code.

Jens wollte sich gerade eine neue Tasse Kaffee aus der Küche holen, als das Telefon klingelte. „Wer will denn um diese Zeit was von Dir?", grummelte er in seinen Drei-Tage-Bart. Er griff zum Hörer und meldete sich mit einem grimmigen „Ja, bitte".

„Hallo Jens", kam die fröhliche Stimme von Holger Stadla durch den Hörer. „Ich habe von Deinem Missgeschick mit dem Einbruch gehört. Schöne Scheiße, wa? Ich hoffe, unser Techniker konnte Dir helfen?" Jens, der immer noch nicht ausgeschlafen hatte, ging Holgers Fröhlichkeit tierisch auf den Geist. „Was willst Du? Dich an meinem Unglück weiden? Du kannst beruhigt sein - es ist nichts geklaut worden." Jens holte Luft. „Aber wenn Du um diese Tageszeit schon auf den Beinen bist, dann bist Du entweder alt geworden oder Du hast was auf der Pfanne."

Es entstand ein kurzes Schweigen und dann hörte er wieder Holgers Stimme aus dem Telefon: „Ich bin in Deiner Nähe. Können wir uns in fünfzehn Minuten in der Bäckerei am Kennedy Platz zum Frühstück treffen?"

Bei dem Wort Frühstück merkte Jens, dass er seit mehr als vierundzwanzig Stunden nichts mehr gegessen hatte und mit der Aussicht auf ein Frühstück und in Erwartung von Neuigkeiten, besserte sich Jens' Laune und mit vielleicht etwas überzogener Freundlichkeit stimmte er dem Treffen zu. „In fünfzehn? Ich werde da sein." Dann legte er den Hörer wieder auf.

Jens schlüpfte in seine Jacke, machte die Alarmanlage scharf, ließ die Wohnungstüre hinter sich ins Schloss fallen, schloss ab und machte sich auf den Weg zur Bäckerei.

Obwohl die Bäckerei keine fünfhundert Meter von Jens' Wohnung entfernt war, sah er Holger schon von weitem durch das Schaufenster winken. Vor Holger standen zwei Tassen Kaffee und ein Teller mit mehreren belegten Brötchen.

Holger begrüßte Jens wie einen Freund, den er seit Jahren nicht mehr gesehen hatte. „Hallo Jens, schön Dich zu sehen", sagte Holger in einer fast schon übertriebenen Lautstärke. „Ich habe schon mal Kaffee und ein paar Brötchen für Dich bestellt."

Es war kurz nach Sieben und in der Bäckerei war jede Menge Laufkundschaft. Keine Chance für ein vertrauliches Gespräch, dachte Jens, trank aus der angebotenen Tasse und schnappte sich ein Brötchen.

„Was treibt Dich denn um diese Zeit aus dem Bett?"

Holger blickte durch das Fenster auf die Straße. „Es gibt Neuigkeiten vom Genossen Alexej, die Du wissen solltest." Ohne den Kopf zu wenden fuhr Holger fort: „Alexej und seine Frau sind verschwunden - spurlos, als hätte der große Copperfield die beiden weggezaubert."

Jens blieb der Bissen seines Brötchens fast im Hals stecken.

„Verschwunden", echote er, „so ganz einfach verschwunden?"

„Schnipp, einfach so!"

Jens nahm einen Schluck aus seiner Kaffeetasse. „Wollen wir uns jetzt über Einzelschicksale unterhalten?", murmelte Jens.

„Jetzt bist Du aber mal wieder sehr ironisch", kommentierte Holger die Bemerkung, die von Jens eigentlich gar nicht als Kommentar gedacht war.

„Nö Holger, ich bin nur grob."

„Gibt es irgendetwas, das in Verbindung zu meinem Auftrag steht und das ich wissen müsste", fragte Jens nach einer kurzen Pause, „Oder ist er seinem Kindermädchen so einfach entwischt?"

„Jens, Du weißt doch, dass Alexej nicht unter Dauerüberwachung stand. Nur ab und an, wenn es die dünne Personaldecke bei den Observanzen zuließ - und das war vielleicht alle drei bis vier Monate mal für ein paar Tage." Holger grinste Jens an. „Aber ich habe doch was für Dich." Holger trank seine Tasse leer. „Lass uns eine Runde durch den Park machen."

Jens schnappte sich das belegte Brötchen, das noch auf einem Teller vor ihm lag und trottete hinter Holger Stadla her. Sie überquerten die Martin-Luther-Straße in Richtung Schöneberger Rathaus, dann die Freiherr-vom-Stein-Straße, vorbei am Milchhäuschen und betraten den Rudolf-Wilde-Park. Wer die beiden so sah, hätte nicht vermutet, dass sie irgendwelche gemeinsamen Geschäfte gehabt hätten.

Holger im tadellosen Freizeitlook, schwarze Jeans mit Bügelfalte, schwarze Schuhe, weißes Hemd und anthrazitfarbenen Lederblouson, stand im krassen Gegensatz zu Jens Manders „Schlamper"-Outfit: ausgewaschene, an den Beinen fransige Jeans, verschossenes Sweatshirt, ungekämmte Haare und jede Menge Bartstoppeln im Gesicht.

Nachdem Holger sich prüfend umgesehen hatte, setzte er sich auf die Einfassung des Hirschbrunnens. Jens gesellte sich im Abstand von etwa einem Meter zu ihm, blieb aber dem Brunnen zugewandt stehen und stellte nur sein linkes Bein auf die Brüstung.

„Na dann lass mal die Katze aus dem Sack, was hast Du

denn Interessantes?"

„Ich lass mal den ganzen Sermon von wegen geheim und so weg", begann Holger. „Wenn was rauskommt, dann weiß ich, dass nur Du geplaudert haben kannst."

„Brüderchen Alexej", begann Holger, „wurde das letzte Mal gesehen, als er seine Frau abgeholt hatte. Das war in Dresden vor der Uni. Er stieg aus einem schwarzen Mercedes Vito aus, umarmte sie zur Begrüßung, öffnete ihr die Türe, stieg auf der Beifahrerseite wieder ein und sie fuhren weg. Der Mercedes wurde später nochmals auf der Autobahn beobachtet als er die A4 in Richtung Flughafen fuhr." Holger machte eine Pause.

„Und dann nochmals, als er auf den Parkplatz die Bezahlschranke auslöste."

Holger griff in seine Tasche und zog einen Umschlag heraus.

„Hier ist der vollständige Bericht. Als Handakte gibt es den nur einmal und keiner weiß, dass ich den Bericht kenne."

„Bericht?", fragte Jens. „Wenn es einen Bericht gibt, gibt es auch eine Akte in der der Bericht abgelegt wurde. Also was erzählst Du da für'n Mist?", hakte Jens ein.

„Nun ja, eigentlich ist es kein Bericht, sondern nur eine Sichtmeldung, dass eine zu überwachende Person im Bereich des Flughafens beobachtet wurde. Und da Alexej doch öfter mal das Flugzeug benutzt wird diese Sichtmeldung zu seiner Akte geheftet ohne dass sich jemand weiter drum kümmert."

„Ist ja nichts aufregendes, passt in sein bisheriges Bewegungsmuster wird der Computer sagen. Da Alexej bisher meist fünf bis zehn Tage unterwegs war, wird der Computer erst dann Alarm schlagen."

Jens wusste, wie das Geschäft mit den Bewegungsprofilen funktionierte. Wenn Alexej abgeflogen wäre, gäbe es bei einem Ziel im Inland eine Bordkartenbuchung oder im Ausland eine Sichtkontrolle der Bundespolizei. In beiden Fällen wären die Flugnummer und das Flugziel bekannt gewesen.

„Und wie kommst Du auf die Idee, dass er verschwunden und nicht verreist ist?", fragte Jens obwohl er schon eine Vermutung hatte.

„Zum einen habe ich Alexej in meinem persönlichen Fokus und erhalte alle Änderungen in seiner Akte. Zum anderen Bauchgefühl: es folgte keine Bordkartenbuchung und keine Sichtung bei der Ausweiskontrolle. Außerdem gibt es keine Sichtung beim Verlassen des Flughafens."

„Aber Du weißt, auf wen der Mercedes zugelassen ist?", bohrte Jens weiter.

„Auf eine Detektei aus Essen, die in der Vergangenheit mal ein paar Geschäfte mit uns gemacht hat."

Jens hätte beinahe „Bingo" gerufen, verkniff es sich aber in letzter Sekunde. „So wird ein Schuh draus", dachte er sich.

Ohne eine Regung zu zeigen, nahm Jens den Umschlag.

„Ich ruf Dich an, wenn ich was habe."

Jens lies Holger einfach sitzen und machte sich in Richtung U-Bahn davon.

Noch während Jens seiner Wohnung zustrebte, fasste er einen Plan. Er würde heute mal seine Frau besuchen. In seiner Wohnung angekommen entledigte er sich zuerst mal seiner Klamotten und stellte sich unter die Dusche. Frisch geduscht, Haare gewaschen und rasiert sah er wieder ganz ordentlich aus und in seinem Trojer, schwarzer Gardeurhose und schwarzen Schuhen fühlte er sich auch besser.

Beim Verschließen des Appartements machte er die Alarmanlage scharf und verließ das Haus. Dann holte er seinen BMW aus der Tiefgarage in der Meraner Straße.

Obwohl es nicht regnete, ließ er das Verdeck geschlossen. Durch seine Vergangenheit vorbelastet, war der BMW immer vollgetankt. Auch hatte er immer eine gepackte Reisetasche im Kofferraum, deren Inhalt er alle sechs bis acht Wochen austauschte.

Während Jens den BMW in Richtung Innsbrucker Platz lenkte, überlegte er, dass er sich nächste Woche wohl bewaffnen sollte. Im Bankschließfach einer spanischen Privatbank in der Badenschen Straße hatte er seit Jahren eine Glock siebzehn und mehrere bestückte Ladestreifen mit je siebzehn Schuss vom Kaliber .375 deponiert. Bei dem Gedanken an seine Waffe musste Jens unwillkürlich schmunzeln. Was gab es nicht für Gerüchte über die Glock und insbesondere die Glock Seven. Das Ding war nur eine Erfindung der Hollywood-Filmer. Immer wieder wird in Filmen behautptet, das eine Glock Seven wegen ihres vollkeramischen Körpers angeblich von Metalldetektoren nicht aufspürbar sei.

Für seinen heutigen Ausflug brauchte er keine Waffe und so lenkte Jens den Wagen auf die A100 in Richtung Dresden. Während der neunzigminütigen Fahrt ließ er seinen Gedanken freien Lauf - kein Plan, keine Strukturierung, keine Konzepte. Geistigen Urlaub bezeichnete Jens diese Situation und am Ende einer solchen Fahrt hatte sein Unterbewusstsein in den meisten Fällen eine Idee für sein Problem ins Bewusstsein gespült.

Jens erreichte völlig entspannt sein Ziel. Noch bevor er das Auto verlassen konnte, kam sein Hund auf ihn zugelaufen und es begann ein Ritual, das er scherzhaft als „Begrüßungsparty" bezeichnete, meist zwischen zehn und fünfzehn Minuten dauerte und vereinzelt mit Kratzern und Rissen an Hand und Unterarmen endete. Die Begrüßung durch seine Frau, die das Spektakel aus rund fünf Metern Entfernung grinsend beobachtete, fiel deutlich weniger stürmisch, aber genauso herzlich aus.

Arm in Arm gingen sie ins Haus und Jens begrüßte den Rest der anwesenden Familie und machte es sich auf dem Sofa im Wohnzimmer bequem.

„Feierabend für heute", war sein letzter Gedanke, bevor er in seiner Sofaecke einschlief.

Sonntag, 17. November

Jens Mander wusste nicht wie lange er geschlafen hatte, aber als er die Augen wieder öffnete, war es noch oder vielleicht auch schon wieder hell. Irgendjemand hatte ihn mit einer Wolldecke zugedeckt. Sein Hund Ayla hatte sich neben ihm eingerollt und schnarchte leise vor sich hin.

Jens hatten die Geräusche aufgeweckt, die so entstehen, wenn der Frühstückstisch gedeckt wird.

Ein „Guten Morgen Maus" und ein Kuss auf die Stirn holten ihn endgültig aus dem Reich der Träume. „Ich hab' schon mal den Tisch gedeckt. Willst Du Deinen Kaffee hierher oder …?" Seine Frau ließ die Frage unvollendet im Raum stehen.

„Nö, ich komme schon", antwortete Jens. „Wo ist der Rest der Familie?"

„Die Kinder sind draußen im Hof, Anja ist mit Stefan bei dessen Eltern und Bastian kommt erst zum Nachmittagskaffee rüber."

Er schlürfte aus seiner Kaffeetasse. In der Vergangenheit hatte er im Umgang mit seiner Frau die Erfahrung gemacht, dass es wenig Sinn machte, sie über seine Aktivitäten im Dunklen zu lassen und so berichtete er ihr die Ereignisse seit dem vierten November. Nicht alles und auch nicht in epischer Breite, aber genug, um ihre Neugier zu befriedigen. Dass er dabei auch die neu belebte Verbindung zu seiner Vergangenheit ausließ, war für ihn zwingend logisch.

„Schöne Scheiße, was wirst Du tun?", war ihr einziger Kommentar. „Wirst Du Rahul helfen?"

„Ja, wenn ich kann", antwortete Jens. „Aber zuerst kannst Du mir helfen." Mit diesen Worten umarmte er sie. Dies rief wiederum Ayla auf den Plan, die sich eifersüchtig dazwischen drängte um die Schmuserei zu unterbinden.

„Schatz, Du hast mir doch mal von einem Labor in Dresden erzählt. Du weißt doch, das Labor, das getarnt im Innenhof eines Häuserblocks gebaut wurde."

Seine Frau hatte ihm vor Jahren einmal erzählt, dass einer ihrer Verehrer sie dahin mitgenommen hatte. Vermutlich wollte er Eindruck schinden und damit angeben, wie wichtig seine Arbeit sei.

Das mit dem geheimen Labor war Jens eingefallen, als er am Vortag auf der Autobahn unterwegs war. Zu oft war in dem Fall der Name Dresden gefallen und irgendwie wurde er das Gefühl nicht los, dass diese Informationen für ihn wichtig werden könnten.

Seine Frau sah ihn ganz verdutzt an und konnte es sich nicht verkneifen zu fragen wie er ausgerechnet jetzt drauf gekommen sei. Dann erzählte sie Jens das, an was sie sich noch erinnern konnte. Sie erzählte von getarnten Aufzugstüren in dem Haus, von Sicherheitsschleusen, dass man das Laborgebäude über einen Flur erreichen konnte, der auch der Zugang zu einer Geschäftsstelle einer Krankenkasse war.

Jens hörte konzentriert zu und vermied es, seine Frau in ihren Schilderungen zu unterbrechen. Erst, nachdem ihre Erzählung zu Ende war, begann er seine Fragen zu stellen.

In welchem der Stadtteile Dresdens war dieses Gebäude, war etwas auffälliges, war da ein Firmenschild oder etwas anderes, das dieses Gebäude identifizierbar machte und gab es da Sicherheitseinrichtungen, Ausweisscanner und so weiter.

Zwischenzeitlich waren Anja und ihr Mann eingetroffen und auch die Enkelkinder hatten keine Lust mehr, auf dem Hof zu spielen und so nahm das Gespräch eine Wendung zum einem harmlosen Smalltalk.

Als dann am Nachmittag Bastian mit seiner Freundin zu Kaffee und Kuchen kam, hatte Jens sein weiteres Vorgehen bereits geplant.

Ganz entspannt genoss Jens den Sonntagabend im Kreise seiner Familie; die Nacht verbrachte er mit seiner Frau im Gästezimmer.

MONTAG, 18. NOVEMBER

Nach einem ausgiebigen Frühstück machte Jens sich wieder auf den Weg nach Berlin. Obwohl sie vor Neugier fast platzte, blieb Jens eine „Hochnotpeinliche" Befragung durch seine bessere Hälfte erspart. Gerade deshalb und wegen der langen räumlichen Trennung, die für Jens und seine Frau ungewöhnlich war, war das Wochenende äußerst harmonisch verlaufen und Jens fühlte sich erholt, wie nach einem zweiwöchigen Urlaub.

Jens befand sich gerade in einer hundertzwanziger Zone vor dem Spreewalddreieck der A15 als sein iPhone klingelte.

Er nahm das Gespräch über sein Headset an, meldete sich aber nur mit „Ja Bitte?".

„Ich erwarte Dich in einer Stunde in der Redaktion", drang die Stimme von Holger Stadla in sein linkes Ohr. Der Satz und wie er von Holger ausgesprochen wurde ließen bei Jens keinen Zweifel aufkommen, dass er nicht zum Kaffeeplausch bestellt wurde: das war ein Befehl.

Jens wollte noch etwas erwidern, das ihn eine spätere Entschuldigung für ein zu-spät-kommen eröffnen sollte, aber bevor er überhaupt noch Luft holen konnte, hatte Holger das Telefonat schon beendet.

Aus Erfahrung wusste Jens, dass die Strecke speziell am Montagmorgen stark befahren war und häufig von Zoll und Polizei überwacht wurde. Allgemeine Verkehrskontrollen und Geschwindigkeitskontrollen waren da ein beliebtes Instrument, mit denen man die Autofahrer an der Sanierung der Staatskassen beteiligen konnte und ab und an erwischten die Blauen auch einen Schmuggler, der sich mit einigen Stangen unverzollter polnischer Zigaretten die Kosten für die Unterkunft während der bevorstehenden Arbeitswoche erwirtschaften wollte.

Immer noch den Kommandoton von Holger Stadla im Ohr, trat Jens wenig begeistert aufs Gaspedal seines BMW. „Wenn sie mich erwischen, dann hab ich zwar den Ärger, aber Holger ein Problem", murmelte Jens.

War sein Fahrstil sonst eher defensiv und von Rücksichtnahme geprägt, explodierte er jetzt förmlich. Er wechselte auf die linke Fahrspur der A13 und hatte nicht vor, diese Spur vor erreichen seines Ziels wieder zu verlassen.

„Rote Linie Siebentausend" hieß ein Film mit Paul Newman über die Autorennen in den Vereinigten Staaten, die auf Rundkursen abgehalten wurden und auch Jens hielt die Nadel des Drehzahlmessers seines BMW immer nahe an dieser Grenze. Selbst auf der A100 der Stadtautobahn von Berlin nahm Jens seinen Fuß nicht vom Gaspedal und obwohl die letzte Teilstrecke der Fahrt noch durch die Stadt führte, stand Jens fünf Minuten vor Ablauf der Zeitspanne auf einem Parkplatz in der Zimmerstraße in Berlin.

Man hätte fast sagen können „Holger is watching you" klingelte das iPhone von Jens, kaum als er die Zündung ausgeschaltet hatte.

„Komm nicht hoch - ich komme runter", tönte die Stimme aus dem Kopfhörer, nachdem Jens das Gespräch angenommen hatte.

Jens machte es sich im Fahrersitz bequem, zündete sich eine Biddies an und holte sich neben anderen Giftstoffen eine Ladung Nikotin, Teer und Kohlenmonoxid in die Lungenflügel.

„Mann, Mann, Mann - die Fahrt könnte teuer werden", grummelte Jens gerade, als sich die Türe der Beifahrerseite öffnete und sich Holger auf den ledernen Sitz zwängte.

„Etwas mehr Platz zum Einsteigen hättest Du schon lassen können", maulte Holger anstelle einer Begrüßung.

„Aber jetzt Fahr mal los, stadteinwärts, Behrenstraße. Wir haben da eine Verabredung."

Jens wusste aus Erfahrung, dass er von Holger, wenn er in dieser Stimmungslage war, keine Erklärungen erwarten durfte und so drehte er wortlos den Zündschlüssel; der Motor sprang an; der Wagen rollte aus der Parkbucht und Jens reihte sich in den fließenden Verkehr ein.

Jens hatte es nie akzeptiert, wenn er als Befehlsempfänger behandelt wurde und als ganz kommentarlos wollte er sich auch diesmal nicht geben.

„Hallo Holger! Schön Dich zu sehen. Wie geht es Dir? Wo brennt's denn?" In diese Begrüßung legte Jens den sarkastischsten Tonfall, zu dem er fähig war.

„Halt die Klappe und fahr. Fahr einfach und halt den Rand", zischte Holger. Jens lenkte den BMW die Zimmerstraße in Richtung Wilhelmstraße, um von dort auf die Leipziger Straße zu kommen.

Am Leipziger Platz bemerkte Jens, der durch die gereizte Stimmung Holgers ebenfalls ziemlich angespannt war, dass hinter ihm ein schwarzer Mercedes Vicano fuhr. Obwohl Jens flott unterwegs war, hatte der Mercedes schon mehrfach die Chance für ein Überholmanöver nicht genutzt. Seine Ausbilder hatten ihm immer wieder eingetrichtert, dass im Straßenverkehr, oder das was sie damals so nannten, sich die Abstände zwischen Fahrzeugen immer wieder veränderten und selten gleich waren. Ein folgendes Fahrzeug, das immer den gleichen Abstand halten würde, wäre deshalb äußerst verdächtig. Polizei oder Observanten - eines von beiden oder vielleicht wirklich nur harmlose Verkehrsteilnehmer.

„Holger - ich glaube, wir werden verfolgt", sagte Jens und fügte hinzu: „Seit wir von der Wilhelmstraße auf die Leipziger Straße abgebogen sind. Mercedes Vicano, schwarz - ich kann nur den Fahrer sehen. Das Kennzeichen kann ich nicht erkennen. Aber es könnte der gleiche Mercedes sein, der vor meinem Haus geparkt hat und der mir schon mal gefolgt ist."

„Bist Du sicher?"

„Ist der Papst katholisch?", antwortete Jens flapsig.

„Okay! Fahr die Ebertstraße bis zum Tor, dann links in den Siebzehnten Juni und rauf bis zum Ernst-Reuter. Lass Dir Zeit, aber trödel nicht. Dann sehen wir schon." Holger nahm sein Mobiltelefon aus der Innentasche seiner Jacke und wählte eine Nummer.

„Wir fahren in einem technoblauen BMW Cabrio gleich den Siebzehnten Juni in Richtung Ernst Reuter Platz. Überprüfe mal einen schwarzen Mercedes Vicano, der uns seit einiger Zeit folgt. Wenn es sein muss, zieh ihn aus dem Verkehr." Holger gab noch das amtliche Kennzeichen des BMW durch und beendete das Gespräch.

Dann wählte er eine andere Telefonnummer. „Wir sind in dreißig Minuten da."

Jens fuhr inzwischen die Straße des Siebzehnten Juni und er fuhr auf der äußersten rechten Spur. Der Mercedes folgte ihn in einigem Abstand, mal direkt dahinter, dann wieder mit einem anderen Auto dazwischen, aber immer darauf bedacht, dass das Kennzeichen nicht erkennbar war.

Nur einmal war der Mercedesfahrer etwas unvorsichtig und so konnte Jens zufällig einen Blick auf den Ortsbuchstaben erhaschen.

„B wie Berlin. Das ist die Karre", rief er Holger zu.

Noch ehe Holger diese neue Information kommentieren konnte, gab Jens plötzlich Gas, wechselte auf die mittlere Fahrspur und beschleunigte weiter.

War es eine Ahnung, oder hatte Jens Mander den, wie er zu sagen pflegte „vollen Durchblick". Zeitgleich mit seinem Ausbruch kam auf der Mittelspur von hinten aus Richtung Brandenburger Tor ein dunkelblauer BMW angerauscht. Der Fahrer hielt sich kurz auf gleicher Höhe mit dem Mercedes. Der Beifahrer hielt die „Rote Kelle" aus dem geöffneten Wagenfenster um den Mercedes auf den Seitenstreifen zu dirigieren.

Jens hatte inzwischen den Großen Stern mit der „Gold Else" erreicht. Er unterdrückte den Impuls, den Kreisverkehr an der Siegessäule zum Umkehren zu benutzen und fuhr zum Ernst-Reuter-Platz weiter.

„Könnte ja sein, dass da noch ein zweites Fahrzeug hinter uns herdüst", murmelte Jens.

Da sowohl Jens als auch Holger mehr auf den Verkehr hinter dem BMW konzentriert waren, hätte Jens vor der Einfahrt auf den Ernst-Reuter-Platz beinahe einen Auffahrunfall verursacht. Nur mit Mühe und Not und einer Vollbremsung brachte er das Auto zum Stehen.

„Was fährst Du den für'nen Scheiss?", höhnte Holger Stadla. „Das kann ja mein Goldfisch besser."

„Nun krieg Dich wieder ein. Du bist doch auch Deine alten Tage nicht zu einer Heulsuse geworden", kommentierte Jens Holgers Ausspruch und fuhr auf der Straße des Siebzehnten Juni wieder in Richtung Brandenburger Tor.

„Rechts rum, dann gleich links und durch das Gittertor", kam jetzt die Regieanweisung von Holger, als Jens den Wagen vor der Ampel am Brandenburger Tor abbremste.

Wie ein Magier hatte Holger einen kleinen schwarzen Gegenstand hergezaubert und drückte auf einen roten Knopf. Jens konnte ohne Behinderung durch das sich öffnende Tor der Botschaft der Vereinigten Staaten rollen.

„Unsere Brüder aus Übersee haben etwas für uns, das wir

uns gemeinsam anhören sollten", ließ sich Holger Stadla herab. „Ich werde reden und Du hältst die Klappe - verstanden?", sprach Holger weiter. „Wenn Du was gefragt wirst, weißt Du von nichts. Du bist nur ein Analytiker der mich begleitet."

Nach einer kurzen Pause fuhr Holger fort: „Deine Bio-Kenndaten und Deine NATO-Sicherheitseinstufung wurden schon von meinem Büro übermittelt und hier hast Du Deinen Ausweis."

Just in diesem Augenblick klingelte Holgers Iphone. Holger nahm das Gespräch an, hörte einige Sekunden der Stimme am anderen Ende der Leitung zu und murmelte etwas, das wie ein „Okay" klang.

„Was hast Du mit einer Detektei in Essen zu tun?", fragte er Jens und sah ihn von der Seite an. „Gibt es da etwas, was ich wissen müsste?"

Jens ließ sich durch diese Frage nicht aus der Ruhe bringen, lenkte den BMW auf einen freien Parkplatz. Dann legte er sein Telefon auf die Mittelkonsole. Erst jetzt blickte er Holger gerade in die Augen.

„Du kennst mich doch", erwiderte Jens.

„Eben - weil ich Dich kenne", blaffte Holger zurück.

Sie verließen das Auto und wurden am Eingang zum eigentlichen Gebäude von einem Zivilisten in Empfang genommen und im Gebäude bis zum Aufzug begleitet. Ohne ein Wort zu sprechen, streckte er Jens und Holger seine rechte Hand entgegen, was Holger veranlasste, dem Begleiter seinen Dienstausweis auszuhändigen. Auch Jens rückte den Ausweis raus, den er selbst erst vor ein paar Minuten erhalten hatte.

Der Wachmann steckte die Ausweise nacheinander in einen Leser, drückte ein paar Tasten auf einer auf dem Tisch befindlichen Tastatur. Dann gab er die Ausweise wieder zurück.

In einem fehler- und akzentfreien Deutsch gab er seine Anweisungen.

„Zweites Tiefgeschoss, Flur 2, Raum 2091. Ihre Ausweise sind für die Türen auf diesem Weg freigeschaltet. Ihr Ausweis öffnet die Schleusen. Wird innerhalb von Zehn Sekunden der zweite Ausweis nicht am gleichen Terminal eingelesen, gibt es Alarm und die Schleuse wird automatisch gesichert."

Während dieser Ansprache hatte er den Bedienknopf des Aufzugs gedrückt. Jetzt öffnete sich die Aufzugstüre und während Jens und Holger die Kabine betraten, verabschiedet sich der Wachmann mit den Worten „Ich wünsche Ihnen einen erfolgreichen Tag." Danach schloss sich die Kabinentüre und der Aufzug setzte sich in Bewegung.

„Zweite Tiefgeschoss - Kinderabteilung", spöttelte Jens und machte damit seinem Unmut Luft.

„Halt den Rand", herrschte Holger ihn an.

Tatsächlich öffnete Holgers Ausweis alle Türen und infolge der guten Kennzeichnung hatten beide ganz schnell ihr Ziel erreicht - Raum 2091.

Die Türe stand einen Spalt breit offen und aus dem Inneren hörten sie ein „Kommt schon rein; Kaffee steht schon bereit."

Jens war nicht schlecht überrascht, als er den hinter einem Schreibtisch in einem Chefsessel lümmelnden Germut Kärmeren erkannte.

„Oh nein, ich will hier raus", war die erste Reaktion von Jens.

„Hallo Jens - Du bist alt geworden", begrüßte ihn Germut, „aber vergessen hast Du nicht."

„Stimmt - ich habe nicht vergessen und wenn wir uns

wieder erst in fünfzehn Jahren über den Weg laufen, habe ich immer noch nicht vergessen."

Jens sah sich in dem Raum um. Ein runder Besprechungstisch und einige Stühle, mit mehr war das Zimmer nicht ausgestattet - kein Fenster, kein Bild, keine Blumen. „Ich wusste ja schon immer, dass Du zum Lachen in den Keller gehst, aber dass Du jetzt auch im Keller lebst?", stänkerte Jens. „Geben Dir die US-Boys auch regelmäßig Futter?"

Holger hielt sich wie schon in der Vergangenheit aus den gegenseitigen Beleidigungen raus. „Familienangelegenheiten" nannte er mal den verbalen Krieg zwischen Jens und Germut, „Da kann ein Fremder nur unter die Räder kommen."

Germut erwiderte Jens Beleidigungen mit Schweigen.

Jens angelte sich mit dem Fuß einen Stuhl, zog ihn zu der Stelle in dem Raum, die exakt gegenüber der Türe und am weitesten von Germut Kärmeren und Holger Stadla entfernt war und setzte sich.

„Was liegt an? Brauchtet Du am Montagmorgen einen Babysitter, der Dir das Fläschchen gibt?", höhnte Jens im Sitzen weiter.

Germut schwieg noch immer; Holger hatte sich abgewandt aber Jens vermutete, dass er dadurch nur sein Grinsen verbergen wollte.

Germut zog aus einer Aktentasche, die unter dem Tisch stand, einen Plastikhefter und legte ihn vor sich auf den Tisch.

Jens konnte aus der Distanz das Behördensiegel des Bundeskriminalamtes erkennen.

„Bist Du jetzt mit Deinen Beleidigungen fertig oder kommt da noch was?", fragte Germut, nach mehrminütigem Schweigen.

„Bevor Du weiter mit Beleidigungen um Dich schmeißt, sag ich Dir nochmals, dass es mir leid tut, was damals passiert ist. Es tut mir leid, aber ich würde in der gleichen Situation wieder so handeln."

Nach einer kurzen Pause fuhr Germut fort.

„Hat Holger Dir erzählt, dass ich seit einigen Jahren für unsere amerikanischen Freunde als Berater und Kontaktkoordinator unterwegs bin?"

Holger schüttelte fast unmerklich den Kopf und Jens murmelte nur ein kaum hörbares „Nö".

Germut schob den Ordner in Richtung Jens. „Ich habe hier eine BlueNotice von Interpol. Holger meint, Sie würde Dich interessieren oder könnte Dir sogar weiter helfen."

Jens musste ganz tief in seiner Gedächtniskiste kramen, bis er sich wieder erinnern konnte. Als eine BlueNotice wurde im Polizeijargon eine Sammlung von zusätzlichen Informationen über die Identität oder Aktivitäten einer Person in Bezug auf ein Verbrechen bezeichnet.

Jens wollte sich gerade auf seinem Stuhl nach vorne beugen und nach der Akte greifen, als Germut Kärmeren seine Hand darauf legte.

„Du kannst die Akte hier lesen. Keine Kopien, keine Notizen. Du weißt nicht, woher diese Information kommt und außerdem war ich nicht hier." Dann zog er die Hand zurück. Jens angelte sich die Akte und begann zu lesen.

Jens pfiff leise durch die Zähne, als er die drei Blätter in der Akte überflogen hatte. Bevor er die Akte schloss, las der die Seiten nochmal in aller Ruhe, dann legte er den Hefter wieder auf den Tisch.

Mit einen „Interessant" kommentierte Jens das, was er soeben gelesen hatte, „Da ist ja bei unserem Brüderchen Alexej die Kacke voll am Dampfen. Die halbe Welt versucht herauszufinden, ob und wie er seine Geschäfte macht und ob die was mit dem Handel von Organen zu tun haben. Ausgerechnet unsere Nachbarn in Moskau schreien am lautesten nach frischen Informationen und Du", er fixierte Germut mit den Augen, „und Du bekommst ganz zufällig diese BlueNotice in die Finger."

Jens schüttelte den Kopf und machte eine Pause.

„Brüder und Freunde im Geiste - ich hab da zufällig was am Laufen, ich kann euch zwar nicht viel sagen, aber ich hab da jemand an der Hand, der holt uns die fehlenden Infos ran ohne dass wir unser Nest mit der Angelegenheit beschmutzen müssen."

Jens holte tief Luft.

„An der Sache interessiert mich nur, wer den beiden Indisch People das Lebenslicht ausgeblasen hat. Nicht mehr und nicht weniger.

Wenn es da sonst noch etwas gibt und ich die Beweise dafür habe, werde ich die Staatsanwaltschaft darüber informieren und dann bin ich raus aus der Nummer."

Nach dieser Ansprache herrschte im Zimmer angespanntes Schweigen. Jeder versuchte den Blickkontakt zu den anderen zu vermeiden.

„Und, Germut, ich sage Dir auch, wenn Du und Deine Brüder in Christo, wenn ihr da eure schmutzigen Finger im Spiel habt, dann interessiert mich das überhaupt nicht. Dieses Mal kannst Du das Ding selber ausbaden."

Jens stand auf, ging an Holger Stadla vorbei in Richtung Türe und öffnete sie mit einem „Bring mich hier raus".

Den ganzen Weg zurück, an der Wache vorbei bis zum Auto sprach Jens keinen Ton. Einzig daran erkannte man, dass er innerlich auf Zweihundert war. Erst als sie das

Botschaftsgelände verlassen hatten und Jens den Wagen in Richtung Potsdamer Platz lenkte, blaffte er Holger an.

„Du Stinktier, was hast Du mir da für eine schiefe Story erzählt. Von wegen amerikanische Brüder, wichtige Information. Wenn ich gewusst hätte, dass Germut dahinter steckt, hätten mich keine zehn Pferde hierher gebracht. Außerdem, wenn Du immer noch für oder mit ihm arbeitest, dann hätte er das Material auch Dir geben können. Das hätte uns viel Zeit und Ärger erspart."

„Ach Jens, komm mal wieder runter", erwiderte Holger. „Germut ist in den letzten Jahren ziemlich sentimental geworden. Nicht mehr der knallharte Hund, der er mal war. Und trotz eures Streits hatte er immer ein Auge auf Dich - Familienbande oder so hatte er es immer genannt."

„Außerdem bist Du der einzige seiner Familienangehörigen, vor dem er seine Tätigkeit und seine Vergangenheit nicht verbergen muss."

Äußerlich gab Jens sich ganz cool, aber in seinem Innersten rumorte es immer noch heftig.

„Germut war vor meiner Zeit ein Stinkstiefel, er war während meiner Zeit ein Stinkstiefel und er wird nach meiner Zeit ein Stinkstiefel bleiben. Da kannst Du mir nicht erzählen, dass er sich ausgerechnet jetzt geändert hat", höhnte Jens. „Oder glaubst Du, wenn man einen Esel nach Afrika schickt, dass man dann ein Zebra zurück bekommt?"

„Wo kann ich Dich absetzten?", fragte Jens, als er an der Ampel zum Potsdamer Platz stand.

„Fahr mich wieder zurück, ich habe noch eine Besprechung, bevor ich Berlin verlasse." Holger sah ihn von der Seite an. „Wenn Du mit ins Büro kommst, kannst Du noch einen Blick in mein Dossier über unsere Freunde aus Essen werfen."

Jens nickte nur. Als die Ampel auf Grün schaltete, beschleunigte er und bog nach links in die Leipziger Straße ein. Diesmal fuhr er bis zur Kreuzung Axel-Springer-Straße und erreichte ohne größere Verkehrsprobleme die Zimmerstraße. Zu seiner Überraschung fand er sofort einen Parkplatz und im Schlepp von Holger betrat er das Gebäude, über dessen Eingangstüre die Worte „Sie betreten jetzt den Boden der Tatsachen", prangten.

Erst als Holger die Türe zu seinem Büro geschlossen hatte, nahm Jens das Gespräch wieder auf.

„Essener Freunde? Ist es das, was ich vermute?"

Diesmal war Holger an Reihe zu nicken.

„Der mausgraue Hamster, der bis in die Achtziger Jahre für die Firma als V-Mann und freischaffender Künstler tätig war?"

Jetzt war an Holger ein verblüfftes ›Upps‹ auszustoßen. „Was weißt Du denn darüber?"

„Nichts was nicht in der Zeitung stand." Dass sie sich einige Male im Schulungsheim der Stiftung gesehen hatten, behielt Jens lieber für sich.

„Okay, dann kann ich Dir nicht viel Neues erzählen, außer, dass das meiste davon richtig war."

Holger Stadla hatte es sich zwischenzeitlich auf seinem Bürostuhl gemütlich gemacht, seinen Rechner eingeschaltet und sein Anmeldepasswort eingegeben. Jens setzte sich auf den Stuhl, der vor dem Schreibtisch stand. Nach einigen Minuten, Holger hatte einige Tasten gedrückt und mehrmals ein „mach schon" gemurmelt, drehte er den Bildschirm so, dass Jens vollen Blick auf die Anzeige hatte.

„Lies das mal, dürfte Dich interessieren."

Jens Mander begann zu lesen. Er hatte zwar kein fotografisches Gedächtnis, aber sein Gedächtnis war so trainiert, dass es neue Informationen sofort in vorhandenes Wissen integrieren konnte.

Er brummte einige Male „weiter" und Holger öffnete jedes Mal eine neue Bildschirmseite mit neuen Informationen.

Nach rund fünf Minuten hatte er alles gelesen, was Holger ihm gezeigt hatte und Jens fragte sich insgeheim, ob das auch alles war, was Holger zur Verfügung stellte.

DIENSTAG, 19. NOVEMBER

Jens hatte sich sehr schnell von Holger verabschiedet und war nachhause gefahren. Er hatte zwar einige Neuigkeiten erfahren, irgendwie hatte er aber das Gefühl, dass die einzelnen Informationen nicht zueinander passten.

In der Hauptstraße in Schöneberg unterbrach er seine Fahrt und holte sich bei Max & Moritz noch einen Dönerteller, den er in seinem Appartement mit einer Flasche Cola runterspülte. Als dann die Verdauung einsetzte, fielen ihm die Augen zu und binnen Sekunden war er, voll bekleidet, auf seinem Sofa eingeschlafen.

In seiner besten Zeit konnte Jens auf Befehl einschlafen, er konnte aber auch bis zu zweiundsiebzig Stunden durchmachen und das ohne „Hallo-Wach-Pillen". Aber die Zeit war doch schon vorbei. Geblieben war aber, dass sein Unterbewusstsein die Zeit des Schlafens nutzte um seine persönlichen Checklisten abzuarbeiten.

Und so wachte Jens nach zirka zwei Stunden auf, weil er davon geträumt hatte, er habe seine Frau nicht angerufen, dass er gut in Berlin angekommen sei. Ein Blick auf die Uhr sagte ihm, dass es kurz vor Mitternacht und damit für einen Anruf noch nicht zu spät sei.

Nachdem Jens sein MacBook eingeschaltet hatte, startete er das Kommunikationsprogramm Skype. Als er sah, dass seine Frau auch noch angemeldet war, stellte er eine Audioverbindung her.

Nach einigen allgemeinen Sätzen und der Halbwahrheit, dass er den ganzen Tag mit einen ehemaligen Kollegen unterwegs gewesen sei, verabschiedete er sich und ging, ohne den Rechner auszuschalten, ins Bett.

Als er das nächste Mal aufwachte, er hatte vergessen den Wecker zu stellen, war es draußen hell. Einer von jenen sonnigen Tagen, von denen Jens immer zu sagen pflegte, dass die »Sonne in Strömen scheinen« würde. In dieser Terminologie gab es dann im Gegenzug »strahlenden Regen«. Aber heute schien die Sonne und es war bereits zehn Uhr. Frühstück war aus Zeitgründen gestrichen. Jens stellte sich unter die Dusche und in der Küche spuckte sein Kaffeeautomat eine große Tasse Kaffee aus. Während er sich in frische Klamotten schmiss, seinen Rechner stoppte, auf seinem iPhone die eingegangen Mails überflog, trank er seinen Kaffee. Beim Verlassen der Wohnung schaltete er die Alarmanlage ein und schimpfe sich einen ›Vollpfosten‹, dass er am Abend vorher die Videoaufzeichnung nicht angesehen hatte. „Hätte ja ein Problem geben können", murmelte er.

Jens hatte sich vorgenommen seine Glock siebzehn aus dem Bankschließfach in der Badenschen Straße zu holen. Geladen und mit zwei Ladestreifen hatte er dann neununddreissig Schuss. Das sollte reichen sich seiner Haut zu wehren und in einer Stadt wie Berlin machte eine wilde Schießerei sowieso keinen Sinn; zu viele Menschen, die im Weg rumstanden. Beim Schießen hatte man Jens und den anderen Kursteilnehmern beigebracht: immer zwei Schuss abzufeuern: was der erste nicht schafft, erledigt der Zweite, war die Devise des Ausbilders und „Munition ist billiger, als eure Ausbildung", lieferte er gleich als Begründung hinterher.

Wegen der Umwege, die Jens machte um mögliche Verfolger abzuschütteln, wurde aus der kurzen Strecke ein Marsch von einer Stunde. Er hatte sich vorgenommen einen möglichen Observanten „zu verbrennen". Jemand zu verbrennen war im Jargon der Ausdruck dafür, den oder die Verfolger zu identifizieren, öffentlich bloßzustellen und damit für weitere Aktion unbrauchbar zu machen.

Aber heute gab es nichts zu verbrennen - Jens Mander wurde nicht beschattet.

Nachdem er seine Waffe aus dem Schließfach der Bank geholt hatte, genehmigte er sich in einem Straßencafé ein kleines Frühstück. Normalerweise genoss er es, seine Gedanken schweifen zu lassen, seine Umgebung zu beobachten, dabei ein Croissant zu essen und von seinem Milchkaffee zu schlürfen. Aber jetzt steckte er mitten in einer Geschichte, mit der er nichts zu tun haben sollte und verkehrte wieder in Kreisen mit denen er abgeschlossen hatte.

Während er so seinen Gedanken nachhing, bimmelte sein iPhone: „Vierzehn bitte Zwoundzwanzig", tönte es aus dem Lautsprecher. Jens wollte gerade sein Telefon aus der Tasche ziehen, als er an der linken Schulter berührt wurde. Jens war darauf trainiert, in einer solchen Situation entweder gar nicht oder genau verkehrt rum zu reagieren.

Im Trainingscamp hatte man ihnen immer wieder eingetrichtert: „Wenn euer Gegner so nah ist, dass er euch auf die Schulter klopfen kann, dann ist er auch nahe genug um euch zu töten."

Also reagierte Jens nicht und dann hörte er auch schon die bekannte Stimme von Holger Stadla.

„Du wirst unvorsichtig alter Freund."

Jens zuckte nur mit den Achseln.

„Man hat Suresh in seiner Wohnung gefunden; mehr tot als lebendig", dozierte Holger Stadla. „Er liegt im Auguste-Victoria-Krankenhaus auf der neurochirurgischen Intensiv und wenn er Glück hat, wacht er nicht wieder auf."

Nach einer kurzen Pause fügte er hinzu: „Sie haben ihm fast seine Seele aus dem Leib geprügelt."

Jens ließ sich nicht anmerken, wie sehr ihn diese Mitteilung getroffen hatte.

„Warum erzählst Du mir das? Ist zwar traurig, aber als

Spieler musste er mal damit rechnen, eins auf die Mütze zu kriegen", entgegnete Jens. „Außerdem habe ich ihn schon lange nicht mehr gesehen."

„Erzähl doch nicht so'nen Scheiß. Es gibt ein Video, als ihr in trauter Zweisamkeit vor ein paar Tagen die Spielbank verlassen habt."

Holger setzte sich neben Jens.

„Willst Du nicht kucken, wer Dir da eine Nachricht geschrieben hat?"

Jens wusste, was das für eine Nachricht war, aber das ging Holger Stadla nichts an und so erwiderte er, dass das nach dem Klingelton nur seine Frau gewesen sei und da würde er sich später drum kümmern.

„Hast Du Deine Zimmerflak aus dem Tresor geholt?", nahm Holger das Gespräch wieder auf.

Jens überlegte, wie er Stadla auf schnellsten Weg wieder loswerden könnte und so versuchte er es mit einsilbigen Antworten.

„Yep", bestätigte er Holgers Frage.

„Hast Du einen Waffenschein für das Ding?"

„Yep."

„Munition?"

„Yep."

„Ich merke schon, Du willst mich loswerden."

„Yep."

„Okay - denn mogt me dat." Mit dieser Floskel leitete Holger seinen Rückzug ein und verabschiedete sich von Jens.

Allein mit seinen Gedanken und der Nachricht über Suresh blieb er noch einige Minuten regungslos vor seinem angebissenen Croissant sitzen.

Jeder andere Mensch wäre in einer vergleichbaren Situation in Hektik verfallen und hätte weiß-der-Teufel-was gemacht.

Nicht so Jens Mander. Jens blieb ganz cool. In mehreren Seminaren des Pantomimen Samy Molcho hatte er gelernt, seine Körpersprache teilweise bewusst zu steuern und so versuchte er für einen mögliche Beobachter den Eindruck eines geschockten Menschen zu erwecken.

Er unterdrückte den Impuls, die Nachricht auf seinem iPhone zu lesen. Nach Holgers Auftritt wusste er sowieso, was diese Nachricht zu bedeuten hatte. Der Klingelton hatte es ihm schon verraten: es war eine Benachrichtigung von einem Postfach, in dem nur vertrauliche Nachrichten eintreffen - out-of-the-record wird das im Jargon der Journalisten bezeichnet.

Zurzeit erwartete Jens für dieses Postfach nur eine Nachricht von Suresh.

Abgesehen von der Tatsache, dass eine vertrauliche Nachricht eingetroffen war, irritierte es Jens, dass diese Nachricht ausgerechnet dann eintraf, als Holger aufgetaucht und ihn über den Gesundheitszustand von Suresh informiert hatte.

Hatte Suresh geplaudert?

„Eher unwahrscheinlich, aber nicht ausgeschlossen", dachte Jens.

Jens Mander verließ das Straßencafé und schlenderte gemütlich, als ginge ihn das alles gar nichts an, die Badensche Straße in Richtung Kennedy Platz. Sollte er, von wem auch immer, observiert werden, würde ihm das auffallen. Kurz vor dem Kennedy Platz, wo die Innsbrucker Straße die Badensche Straße kreuzt, hielt neben ihm ein schwarzer VW Passat. Aus dem heruntergelassenen Fenster auf der Beifahrerseite grinste ihm das Gesicht von Kriminalo-

131

bermeister Reuter entgegen.

„Um diese Tageszeit schon zu Fuß unterwegs? Wie kommt's?", eröffnete Mäurer die Konversation. „Kann ich Sie mitnehmen?"

Hinter dem Passat hatte sich inzwischen ein kleiner Stau gebildet und ein Taxifahrer machte seinem Unmut über die Verzögerung mit einem Hupkonzert Luft. Jens, der sowieso vorhatte, mit Reuter ein vertrauliches Gespräch zu führen, nutzte sofort die Gelegenheit und stieg auf der Beifahrerseite in den Wagen ein.

„Wo darf ich Sie absetzen?", fragte Reuter und beschleunigte den Wagen. „Sophie-Charlotte-Platz", antwortet Jens knapp und ließ den Sicherheitsgurt einrasten.

„Das liegt aber nicht auf dem Weg", grinste Reuter und schweigend fuhren die beiden in Richtung Charlottenburg. Reuter gehörte nicht zu der Klasse der defensiv-Fahrer und so war die Fahrt ziemlich schnell zu Ende.

„Vielen Dank für's mitnehmen. Darf ich mich mit einer Einladung zu einer Portion Cevapcici revanchieren?", fragte Jens. Reuter, der offensichtlich ebenfalls mit Mander sprechen wollte, nickte nur und suchte sich einen Parkplatz.

„Wo geht's denn hin?", fragte Reuter. „Dragan's", erwiderte Jens, ging voraus und betrat nach wenigen Schritten das Lokal.

Obwohl Jens nicht zu den regelmäßigen Gästen des Restaurants gehörte, begrüßte Zdravko Jens Mander wie einen alten Freund.

Jens wählte einen Tisch in der Ecke, von wo aus er das ganze Restaurant und den Eingangsbereich überblicken konnte und deutete Reuter ebenfalls Platz zu nehmen.

Um diese Zeit waren die beiden die einzigen Gäste.

„Wie heißen Sie eigentlich mit Vornamen?", eröffnete Jens das Gespräch. „Ich könnte Sie über meine Verbindungen überprüfen lassen, aber ich finde es besser, wenn Sie mir alles unter vier Augen sagen."

„Axel - Axel Reuter. Kriminalobermeister - sechsundzwanzigster Abschnitt - Kriminaldauerdienst. Fünfundvierzig. Verheiratet. Zwei Kinder."

Nach einer kurzen Pause fügte er hinzu: „Wenn's nicht stört, wir können uns auch duzen. Zumal wir ja beim gleichen Verein waren."

Jens nickte nur und hielt Reuter die Hand hin. „Jens, aber das weißt Du schon. Und bevor Du Dich wunderst, Zdravko war zu Titos Zeiten beim jugoslawischen Staatssicherheitsdienst UDBA. Der kann nicht nur kochen, der kann auf schweigen und", er grinste Zdravko an, „er ist mir noch was schuldig. Als Verzinsung komme ich ab und zu zum Essen und bringe auch mal Gäste mit."

„Dobro", kommentierte Zdravko das Gesagte und grinste zurück. „Glauben Sie nicht alles, was Jens so erzählt. Das einzige was stimmt ist, dass ich auf einer der vielen Jagdhütten von Marschall Tito als Koch arbeitete."

„Was darf's denn sein?", fragte Zdravko.

„Für mich ein Viertel Roten, Cevapcici vom Grill, Weißbrot und scharfe Zwiebeln und Du Axel?"

„Ich schließ mich an", erwiderte Axel. „Du bist hier Stammgast und kennst Dich aus."

Als Zdravko in der Küche verschwunden war, legte er los.

„Alles was ich Dir jetzt sage hast Du nicht von mir und wir haben uns heute nicht getroffen." Reuter war schon wieder am Grinsen.

„Erstens, Kollege Mäurer hat Dich im Visier. Er vermutet, dass Du über die beiden Morde mehr weißt, als Du zugibst und vielleicht sogar darin verwickelt bist.

Zweitens ist er fast am Ausrasten, weil er über Dich nichts rausfinden kann. Zitat: ›so weiß ist nicht mal ein Blatt Papier.‹"

„Da muss Dein Kollege durch, oder wollen wir uns über Einzelschicksale unterhalten?", höhnte Jens. „Außerdem hat er sich das selbst zuzuschreiben, schließlich hatte er sich die Rolle des ›bösen Cop‹ an Land gezogen."

„Hast ja Recht, aber übertreibe es nicht. Füttere ihn ab und zu mit ein paar Informationen und dann lässt er Dich auch in Ruhe."

„Aber das ist doch nicht alles, über das Du mit reden willst", bohrte Jens weiter ohne auf Reuters Einwand einzugehen.

„Nep, da gibt es noch zwei Sachen und eine davon macht mich ganz wuschig.

Heute Morgen, Null-Sieben-dreißig erhielt ich einen Anruf. Die Anruferin teilte mir mit, dass ein gewisser Suresh auf der Unfallintensiv im Auguste-Viktoria-Krankenhaus liegt und dass ich Dich gegen Zehn auf der Badenschen Straße finden würde."

Jens setzte sein ›ich-habe-Fragezeichen-in-den-Augen-Gesicht‹ auf.

„Keine Telefonnummer in der Anzeige und kein Name und bevor ich so richtig nachfragen konnte, war die Verbindung auch schon beendet. Die Daten von Suresh habe ich schon durch den Computer laufen lassen: IT-Spezi, Fachmann für Server und Netzwerksicherheit, registrierter Spieler und mehr Schulden als meine Katze Flöhe hat.

Keine Vorstrafen, keine nachweislichen Verbindungen zum Milieu.

Und jetzt liegt der Kerl wirklich im Krankenhaus; ich habe

es nachgeprüft und jetzt habe ich Dich auch aufgelesen."

„Is'ja merkwürdig", brummte Jens. „Hast Du eine Carrieranfrage gemacht?"

„Yep", antwortete Reuter, „aber die Info bekomme ich frühestens heute Nachmittag."

„Ist das Opfer positiv identifiziert, oder nur anhand seiner Papiere?", bohrte Jens Mander weiter.

„Nep - nur Papiere, die er bei der Einlieferung mit sich führte und die Tatsache, dass auf dem Klingelschild der Name stand."

Noch bevor Jens die nächste Frage abfeuern konnte, meldete sich sein Smartphone wieder. „vierzehn bitte dreiundzwanzig."

Im Stillen ärgerte sich Jens, dass er seinen ›sprechenden Knochen‹ nicht stumm geschaltet hatte. Just in dem Moment kam Zdravko, stellte zwei Weingläser, eine Flasche Rotwein und ein Körbchen mit geschnittenem Weißbrot auf den Tisch, nickte Jens unmerklich zu und begann das Ritual mit der Weinverkostung.

Jens nutzte die Ablenkung, quälte sich aus seinem bequemen Stuhl und mit einem „Sorry, ich muss mal" verschwand er in Richtung Toilette, betrat sie aber nicht, sondern schlüpfte durch die Türe mit der Aufschrift ›Privat‹ in Zdravko's Büro.

Als er die Türe hinter sich geschlossen hatte, zog er sein Telefon aus der Tasche, gab sein Passwort ein und öffnete das Mitteilungsfenster.

Drei ungelesene Nachrichten.

Die erste Nachricht war von seiner Frau, die ihm eine erfolgreiche Woche wünschte. Die zweite und dritte Nachricht kam von seinem ›out-of-the-Record-Postach‹ und besagte, dass neue Nachrichten eingegangen waren.

Über eine gesicherte Verbindung, die er von seinem Iphone zu seinem Rechner aufbauen konnte, startete er ein Programm, mit dem er die beiden Nachrichten lesen konnte.

Beide Nachrichten waren codiert und Jens musste sie erst durch ein spezielles Verschlüsselungsprogramm in Klarschrift übersetzen lassen. Nach dem ersten Programmlauf war klar, dass der Absender Suresh war und erst nach dem zweiten Lauf mit einem Schlüssel, den Suresh als Steganogramm in einem Bild versteckt hatte, konnte er die Nachrichten lesen.

Die erste Nachricht hatte den Inhalt »die Grafik wie gewünscht, Pangim« und eine Grafik als Anlage, von der Jens annahm, dass darin die Zugangsdaten des Servers in Essen verschlüsselt waren.

Die zweite Nachricht, die erst vor ein paar Minuten eingegangen war, versetzte ihn in Alarmstimmung. Der Text war, wie bei Suresh üblich, kurz und bündig »Pequeno almoço em Tiffany para nove, Pangim«. Wörtlich übersetzt war es der Titel eine Filmklassikers ‚Frühstück bei Tiffany' und als Zeitangabe ‚um Neun'. Pangim war der portugiesische Name des Geburtsorts von Suresh im indischen Goa. Hätte Suresh den englischen oder indischen Namen benutzt, wäre das ein Zeichen gewesen, dass die Nachricht eine Fälschung oder unter physischem Druck entstanden war. Der Begriff ‚Frühstück' eins vom mehreren Synonymen für ein Treffen. Bei ‚Tiffany' musste Jens schmunzeln, Tiffany war das gleichnamige Bordell in der Ritterstrasse.

Jens warf einen Blick auf seine Armbanduhr, beendete alle Programme und kappte die Verbindung zum Server und ging wieder zurück in den Gastraum. Zdravko und Axel Reuter unterhielten sich angeregt über Diocletian-Palast in Split und dass der die Kriegswirren im ehemaligen Jugoslawien relativ gut überstanden habe.

Zdravko zog sich mit der Bemerkung, die Cevapcici wären gleich soweit, in die Küche zurück.

„Bevor Du an Herzdrücken stirbst, muss ich Dich erstmal richtig einnorden:

Suresh ist einer meiner ältesten Freunde aus dem Beginn meiner Tätigkeit in der Datenverarbeitung. Er hat mir bei meinen ersten Schritten in der EDV geholfen. Später, als er dann wegen seiner Zockerei in Schwierigkeiten kam, hab ich mich revanchiert.

Zdravko kenn ich seit Zweiundsiebzig, als ich mit zwei Freunden in Jugoslawien Urlaub machte. Unglücklicherweise wurden wir in Rijeka unschuldig in einen Unfall verwickelt. Unzureichende Sprachkenntnisse auf beiden Seiten riefen dann Zdravko auf den Plan. Damals wusste ich noch nicht, dass Zdravko bei der UDBA war.

Nach Titos Ableben Achtzig und noch vor Ausbruch der Balkankrise nutzte Zdravko seine Verbindungen und wanderte nach Deutschland aus. Seither betreibt er das ‚Dragan's'. Fünfundachtzig habe ich ihn dann zufällig wieder getroffen, als ich beruflich in Berlin zu tun hatte. Achtundachtzig hatte ich seine Vita überprüft, als er seinen Antrag auf Einbürgerung stellte. Seither sind wir befreundet und sehen uns öfter mal."

Jens wusste, dass Zdravko ein spezielles Auge auf den Tisch hatte, an dem er und Reuter saßen. Zwar verneinte Zdravko immer wieder, dass er die Gespräche an diesem Tisch abhören würde, aber irgendwie wusste er immer, was hier gesprochen wurde.

Wie aufs Stichwort kam Zdravko mit zwei Tellern und einem Brotkörbchen. Die scharfen Zwiebeln hatte er schon vorher gebracht. Mit einem ›guten Appetit' verschwand er wieder in der Küche.

Während des Essens hingen Jens Mander und Axel Reuter schweigend ihren Gedanken nach.

Jens grübelte darüber, wie einer, der angeblich auf der Intensivstation eines Krankenhauses liegt, Mail-Nachrichten verschicken und dann auch noch um ein Treffen bitten kann. An der Urheberschaft der Nachrichten bestand kein Zweifel: doppelte Codierung, steganografische Verschlüsselung und WortCode. Mit dem portugiesischem Wort ›Pangim‹ war auch die Urheberschaft zweifelsfrei belegt. Also, alles war so wie es sein sollte. Aber wer war dann der Mensch auf der Intensiv?

Zdravko kam aus seinem ‚Hobbyraum‘, wie er seine Küche liebevoll bezeichnete. „Alles Okay mein Freund?“

„Alles Bestens und wenn Sie nichts dagegen haben: ab heute haben Sie einen neuen Stammgast“, erwiderte Axel Reuter.

Zdravko grinste. „Freunde von Jens sind auch meine Freunde und Freunde sind immer willkommen.“

„Axel, jetzt mal Butter bei de Fische“, nahm Jens das Gespräch mit Reuter wieder auf. „Das war doch noch nicht alles, was Du von mir wolltest. Außerdem, dass Mäurer mich nicht ausstehen kann, weiß ich schon seit längerer Zeit.

Also, da ist doch noch was anderes im Busch.“

„Hm“, räusperte sich Reuter. „Gestern kam der vorläufige Autopsiebericht. Nichts, was Du nicht schon weißt. Außer …“

Reuter machte eine Pause um die Spannung zu erhöhen.

„Die beiden wurden vergiftet.“

Mit dieser Feststellung hatte Jens nicht gerechnet und so kommentierte er die Information nur mit einem „Achja?“

„Dem Pathologen waren in beiden Fällen massive Veränderungen der Leber aufgefallen. Sein Anfangsverdacht, es handle sich um eine akute Hepatitis, wie sie in tropischen Gegenden häufig vor kommt und durch Viren oder Parasiten verursacht wird, wurde nicht bestätigt. Nur durch einen Zufall fanden die Chemiker Aflatoxin B1 im Blut der beiden Leichen."

„Und? Weiter?", Jens platzte vor Ungeduld.

„Naja, vereinfacht ausgedrückt, ein Mykotoxin, das von dem", er zog einen Zettel aus der Tasche seiner Jeansjacke, ›Aspergillus flavus‹ einem Schimmelpilz produziert wird."

Reuter machte eine Pause.

„Zerstört bei längeren Disposition und höhere Konzentration die Leber und führt zum Leberversagen - sagt der Pathologe. Und er sagt auch, dass im Verdauungstrakt nichts gefunden wurde, was auf eine Kontamination mit einem Schimmelpilz hindeuten würde."

Reuter sah Jens erwartungsvoll an und als dieser nur anerkennend nickte, sprach Reuter weiter.

„Nach diesem Befund haben sich die Hämatologen nochmals die Blutbestandteile vorgenommen und eine leicht erhöhte Konzentration eines Bakteriums Namens Escherichia coli gefunden", er las wieder von seinem Zettel ab, „ein gramnegatives, säurebildendes, stäbchenförmiges und peritrich begeißeltes Bakterium, das im menschlichen Darm sein Unwesen treibt und vor allem das Vitamin »K« produziert. Zumindest der gefundene Bakterienstamm scheint ansonsten ein friedlicher Zeitgenosse zu sein." Reuter nahm einen Schluck aus seinem Weinglas. „Die, wie hast Du zynisch gesagt? Die Weißkittel versuchen jetzt rauszufinden, wie die hohe Dosierung von Aflatoxin B1 in dem Körper der beiden gelangte.

Außerdem haben wir herausgefunden, dass die Beiden

von der m-face-casting für ein Projekt unter Vertrag genommen waren. Aber das überprüfen wir momentan noch. Die Visa sind insoweit Okay, als es sich um sogenannte Studentenvisa handelt. Ob damit eine Arbeitserlaubnis verbunden ist, wissen wir noch nicht, ist aber Sache der Ausländerbehörde. Eingeschrieben sind die Beiden an der Uni in Magdeburg, aber das wird auch noch überprüft."

Man merkte Axel Reuter an, dass er mit den letzten Worten seinen Bericht, oder besser gesagt das was er preisgeben wollte, beendet hatte, denn er blickte jetzt Jens Mander erwartungsvoll an.

Jens ließ sich mit einer Erwiderung Zeit. Es war ihm klar, dass er jetzt auch mit ein paar Informationen raus rücken musste. Ein paar Asse wollte er aber doch noch im Ärmel behalten.

„Also Axel, da hast Du mich ja ganz schön geplättet", grinste Jens. „Die Verbindung zu der m-face-casting hatte ich auch schon rausgefunden. Deren Geschäftsführer, ein Alexander Müller, ist seit einigen Tagen spurlos verschwunden. Vielleicht deshalb, weil zu seiner Person bei Interpol eine BlueNotice vorliegt."

Jetzt war es an Axel Reuter, ein erstauntes „Aha" von sich zu geben.

„Außerdem waren unsere beiden Leichen, als sie noch daselbst und höchst lebendig waren, einige Male per Flugzeug in Russland - Zielflughafen Moskau."

„Aber hallo, diese Informationen bekommt man nicht aus der Zeitung, mein Freund", kommentierte Axel Reuter nun seinerseits das Gesagte.

Jens war sich der Tatsache bewusst, dass er jetzt mit einer Erklärung kommen musste, die so wahr wie möglich, aber doch nicht allumfassend war.

„Unter uns ›out-of-the-record‹: wir waren für den gleichen Verein tätig. Du direkt und ich indirekt. Quasi als freier Mitarbeiter."

„Ich hab's doch gewusst", unterbrach in Reuter.

„Nun halt mal die Füße still, Axel", übernahm Jens wieder das Gespräch. „Meine Aktivitäten für den Dienst waren undramatisch und höchst langweilig. Ich habe mehr oder weniger Bürokram erledigt. Ansonsten bin ich meinem Beruf als EDVler nachgegangen. Außerdem bin ich schon seit knapp zwanzig Jahren aus dem Geschäft.

Einzig, weil mein Adoptivsohn mich gebeten hat, nach dem verschwundenen Koch zu forschen, hab ich die alten Kontakte wieder aufgewärmt."

„Für welche Org-einheit warst Du aktiv?".

„Anfangs bei 12CC, später für SI und OSINT aber immer freischaffend."

„Sicherheitseinstufung?"

„Ü3 - streng geheim". Dass Jens Mander NATO CTS zertifiziert war, verschwieg er vorsichtshalber. „Und Du?", wollte Jens jetzt von Axel Reuter wissen.

„Abi mit Neunzehn, dann zum Bund. Z-acht bei den Blauen Jungs. Ich brauchte eine schicke Uniform um den Mädl's zu imponieren und", Reuter grinste, „und dann wollte ich eigentlich beim Bund studieren. Nach ein paar Jahren kam einer auf die Idee, mich für den MAD zu rekrutieren. Mit dem Studium war's damit vorbei - keine Lust mehr auf Schulbank drücken. Die letzten drei Jahre meiner Dienstzeit habe ich mich dann bei der NATO rumgetrieben - Italien, Türkei, USA. Überall in Europa, wo die Bundeswehr bei der NATO Personal geparkt hatte, da war ich auch."

Offensichtlich hatte Axel Reuter nur gute Erinnerungen

an diese Zeit, denn er grinste über das ganze Gesicht.

„Und dann kam das Angebot zur Ermittlung bei der Eigensicherung zu wechseln. Nach meiner Zusage wurde ich zum Amt für Militärkunde versetzt. Zwotausendundacht habe ich dann meinen Dienst quittiert und bin jetzt seit fünf Jahren bei der Berliner Polizei."

Er machte eine lange Pause und nahm einen großen Schluck Wein.

›Gute Story, klingt logisch‹, dachte Jens Mander, aber er würde Axel Reuters Geschichte über eigene Quellen nochmals überprüfen. Für den Moment aber akzeptierte er aber Reuters Legende, obwohl die jetzige Geschichte nicht unwesentlich von dem abwich, was Axel Reuter ihm vor ein paar Tagen im Auto erzählt hatte.

„Okay Kollege, dann lass uns mal unseren Job machen", sagte Jens laut. Mit einer Handbewegung holte er Zdravko an den Tisch. „Schreib's auf meine Rechnung und schreib Dir ein kräftiges Trinkgeld dazu." Jens quälte sich aus dem Stuhl, drückte Zdravko die Hand und ging zur Türe.

„Axel, kommst Du? Wir haben noch einen Job zu erledigen."

Während Mander und Reuter zum geparkten Auto gingen, dozierte Jens, man müsse zuerst einmal rausfinden, wer wirklich im Krankenhaus auf der Intensivstation läge, denn er, Jens, hätte da so seine Zweifel. Dann wäre es auch interessant zu wissen, wer Axels geheimnisvolle Anruferin gewesen war.

„Jens, Du weißt aber schon, dass ich nicht mehr für den Dienst arbeite und dass der Berliner Polizeipräsident mein Chef ist. Diese Nachforschungen kann ich nicht offiziell machen. Wenn ich sie in den Fall der beiden toten Inder einbringe, muss ich auch erklären, wie ich dazu gekommen bin und ob mir eventuell ein kleines Vögelchen da was gezwitschert hat."

Jens blieb abrupt stehen und blickte Reuter an. „Jammer nicht rum, verlass Dich auf Deinen Instinkt und mach's einfach. Ich bin heute Nachmittag zuhause." Er grinste seinen Begleiter an. „Leider bin ich kein Beamter; ich muss für mein Geld arbeiten. Und jetzt nehme ich die U-Bahn. Ruf mich an, wenn Du was hast. Du kennst ja die Prozeduren, keine Anrede, keine Namen. Nur den üblichen Wortcode für eine Kontaktaufnahme. Genauso, wie es uns in der ›Weberei‹ beigebracht wurde."

Ohne Gruß und ohne ein weiteres Wort verschwand Jens in einem der vielen Zugänge zum U-Bahn-Bahnhof Sophie-Charlotte-Platz. Für den Rückweg hatte sich Jens vorgenommen, einen Stopp am Ernst-Reuter-Platz einzulegen. In dem EDV-Projekt, für das er momentan tätig war, war eine Zwangspause eingelegt worden. Sprich: es war mal wieder kein Budget vorhanden, mit dem man die Projektmitarbeiter hätte bezahlen können. Aber Jens war sich sicher, dass es im nächsten Jahr weitergehen würde und so versuchte er in mäßigen, aber regelmäßigen Abständen Kontakt zu halten.

MITTWOCH, 20. NOVEMBER

Der Kundenbesuch am Vortag hatte wider erwarten länger gedauert und so war es schon nach zwanzig Uhr gewesen, als er in seinem gemütlichen Appartement ›vor Anker ging‹. Alle Sicherungsmaßnahmen einschließlich der Alarmanlage waren Okay. Ohne Licht einzuschalten, hatte er sich einen Kontrollblick aus den Fenstern seiner Wohnung genehmigt. Aber alles hatte normal ausgesehen - er registrierte nichts Auffälliges.

Jens Mander wachte an diesem Morgen mal wieder mit Kopfschmerzen auf. Ein Blick auf die Uhr verriet ihm, dass er bis zu seinem Treffen um Neun noch drei Stunden Zeit hatte. Er griff zum Telefon und bestellte für Acht-Uhr ein Taxi für eine Stadtfahrt.

Kaffee kochen - duschen - anziehen - Kaffee trinken, genau in dieser Reihenfolge spulte er sein morgendliches Programm ab. Dann verließ er sein Appartement. Fast hätte er vergessen, die Alarmanlage einzuschalten. Eigentlich ärgerte er sich darüber, dass die Alarmzentrale immer wusste, wann er jetzt seine Wohnung verließ. Außerdem, wer gab ihm die Garantie, dass seine Bude nicht doch verwanzt war. Nicht gerade vom ‚Feind' aber vielleicht vom ‚Freund'. Holger Stadla war da einiges zuzutrauen. „Dieser Frage werde ich als nächstes nachgehen müssen", brummte er vor sich hin.

Jens überquerte die Straße vor seinem Haus und wartete auf das bestellte Taxi. Die Zeit bis zur Ankunft benutzte er, unauffällig seine Umgebung zu inspizieren. ›Alles Okay‹, dachte er, ›da gibt es nichts, was aussah, als würde es nicht hingehören‹. Jens wusste aber auch, dass dies zur hohen Kunst der Observation gehört, sich nahtlos einzufügen, mit der Umgebung zu verschmelzen.

Jens sah das Taxi ankommen, ging wieder zum Hauseingang und stieg sofort in den Wagen, kaum dass dieser zum Stehen gekommen war.

„Ritterstrasse 11", sagte Jens zu dem Fahrer, nachdem er die Autotüre geschlossen hatte. „Ins Tiffany."

Jens bemerkte ein Grinsen des Fahrers. Insgeheim amüsierte er sich ebenfalls. Um Acht mit dem Taxi ins Bordell, zu einer Zeit wo andere ins Büro gehen, das hatte Comedy-Potential.

Die Fahrt dauerte eine knappe halbe Stunde. Wie üblich hatte sich zwischen Jens und dem Fahrer sofort ein angeregtes Gespräch entwickelt. Jens nannte das sein »dem Volk aufs Maul schauen« und dafür gab er immer ein gutes Trinkgeld zusätzlich zum Fahrpreis.

Jens verließ den Wagen auf der, dem Eingang gegenüberliegenden Straßenseite. Zum Glück waren hier zwei Transporter hintereinander geparkt. Jens wollte vor dem Treffen noch die Umgebung sondieren und so stellte er sich zwischen die beiden Fahrzeuge.

Achtfünfundvierzig zeigte seine Armbanduhr an. Jens Mander vermutete, dass Suresh schon im Gebäude war. Suresh hatte zur käuflichen Liebe immer schon eine besondere Beziehung. Jens konnte sich nicht erinnern, dass Suresh jemals Beziehungen zu Frauen außerhalb des Rotlicht-Milieus hatte, aber genau so wenig hatte Jens es jemals erlebt, dass er für die Liebesdienste bezahlt hätte. „Zwei verlorene auf dem Weg in den Abgrund", dachte Jens.

Punkt Neun verließ Jens Mander seinen Beobachtungsposten, überquerte die Straße, betrat das Haus Nummer elf und machte sich auf den Weg in die vierte Etage. Er wollte gerade an der Eingangstüre klingeln, als er auf seiner rechten Schulter eine Berührung spürte.

„Komm mit, eine Etage höher." Es war Suresh.

„Ich werde alt", murmelte Jens. „Früher wärst Du nicht näher als zwei Meter an mich rangekommen."

Gemeinsam stiegen sie die letzten Stufen zur fünften Etage. Suresh öffnete die Türe und Jens folgte ihm wortlos.

„Ich habe hier für ein paar Tage das Gästezimmer bezogen", grinste Suresh. „Freie Kost, freie Logis und freie Liebe."

„Du hast Dich nicht geändert", erwiderte Jens. „Also was liegt an?"

Suresh lotste Jens in ein Zimmer am Ende eines langen Flurs. Das Zimmer war hotelmäßig ausgestattet - ein Doppelbett, ein Schrank, ein Tisch und zwei Stühle. Suresh setzte sich auf das Bett, das aussah, als wäre es Ort einer ausgiebigen „sportlichen" Betätigung gewesen. Jens zog sich einen Stuhl ans Bett und ließ sich ebenfalls nieder.

„Auf was für'n Scheiß hab ich mich da eingelassen", fing Suresh an zu jammern. „Ich hatte einem Freund aus Israel für die Zeit seines Europatrips meine Wohnung überlassen und bin hierher gezogen und jetzt liegt er halbtot im Krankenhaus. Bullshit."

„Tut mir leid", erwiderte Jens, „aber das habe ich nicht vorausgesehen." Jens machte eine Pause. „Dein Part war ja eigentlich ein ganz einfacher Job. Ich glaube Du hast Dich schon in brisantere Server gehackt."

„Stimmt", bestätigte Suresh, „aber da waren keine, die in einem Datencenter in den Vereinigten Staaten laufen und wo Pentagon draufsteht." Bei den letzten Worten hatte Suresh wieder sein spitzbübisches Grinsen aufgesetzt.

„Die whois-Recherche führte mich zu »Pistol Managed Service« in das Datacenter Hamburg. Für einen Tomcat-Server hatte mir das Ding zu viele offene Eingänge. Ich bin dann jeder nachgegangen und nach einigen Stunden und diversen Umwegen war ich dann im Pentagon.

Für den Hack habe ich zwar einen root-Server in Russland benutzt, aber die haben offensichtlich doch meine Adresse rausgefunden und dann meinen Kumpel platt gemacht."

Jens saß schweigend auf seinem Stuhl. Obwohl ihm diese Information verblüffte, verzog er keine Mine. Als Jens Suresh's Worte nicht weiter kommentiert fuhr Suresh fort.

„An der Stelle wollte ich vorerst mal nicht weiter machen. Ich habe dann noch den Daten-Server und das SAP-System ausfindig gemacht und mich da noch etwas umgesehen. Alles, was Dich interessieren könnte, Dokumente und Passworte habe ich in einer Cloud abgespeichert. Die Adresse und die Zugangsdaten findest Du als verschlüsseltes Steganogramm in der ersten Mail."

Man konnte Suresh anmerken, dass er damit seinen Auftrag vorerst als erledigt betrachtete.

„Als ich gestern Vormittag meinen Freund zum Sightseeing abholen wollte, war die Straße vor meinem Haus voll mit „Oberförstern". Überall war abgesperrt. Hab dann scheinheilig einen der Polizisten gefragt und der meinte, da hätten »die« einen fast die Seele aus dem Leib geprügelt‹."

Suresh stand auf und ging zum Tisch. Jens musste sich umdrehen, um mit Suresh weiterhin Blickkontakt halten zu können. „Und was jetzt?", übernahm Jens das Gespräch. „Was hast Du vor?"

„Keine Ahnung. Zuerst muss ich mal rauskriegen, ob das was mit Deiner Anfrage zu tun hat oder ob er bei irgendjemand ins Fettnäpfchen getreten ist." Er setzte sich auf den zweiten Stuhl. „Da rechne ich ganz stark mit Deiner Unterstützung. Außerdem werd ich 'ne Woche abtauchen. Kein Telefon, kein Handy und kein Internet. Ein paar Kumpels kümmern sich um meinen Freund."

„Suresh, wie kann ich Dir helfen, wenn Du mir keine Info über Deinen Freund gibst. Muss ja nicht seine Vita sein, aber Name und Geburtsdatum wären schon nützlich."

Jens hatte noch jede Menge anderer Fragen, aber er wusste, dass er in dieser Stimmungslage bei Suresh nicht weiter kommen würde.

„Avi, Avi Vashkover, siebzehnten zwölften Zweiundfünfzig. Wo und wie kann ich Dich erreichen?"

„Leg einfach einen verschlüsselten Text in meinen Cloud-Drive. Die Daten hast Du ja schon bekommen. Wenn's ganz wichtig ist, dann ruf diese Nummer an." Er nannte Jens eine Telefonnummer, die mit der Vorwahl Null-Siebenhundert begann „Und hinterlasse Deine Nachricht für den Hausmeister Willi."

Mit den Worten „Gib mir fünfzehn Minuten Vorsprung" war Suresh aufgestanden und wie ein Geist durch die Türe verschwunden.

Eigentlich konnte Jens nichts oder wenn, dann nur mehr sehr wenig überraschen, aber Suresh hatte es geschafft. Er hatte Suresh immer für einen leicht verschrobenen IT-Nerd gehalten, den man vor sich und seiner Spielerleidenschaft beschützen musste. Jetzt hatte er aber ein Verhalten gezeigt, dass er bei ihm niemals vermutet hätte.

Entweder hatte Suresh in seinem Leben zu viele Agenten-Filme geguckt oder er stand auch im Dunstkreis eines Dienstes. Jens nahm sich vor, diese Frage bei nächster Gelegenheit zu klären.

Als die fünfzehn Minuten um waren, holte Jens sein Smartphone aus der Tasche, startete die Taxi-App und bestellte einen Fahrer zur Ritterstrasse 11. Danach verließ er das Zimmer, fuhr mit dem Aufzug ins Erdgeschoss und wartete im Hausflur auf den Wagen.

Auf dem Display seines Smartphones konnte er verfolgen, wie sich sein bestelltes Taxi näherte und so verließ er den Hausflur exakt in dem Moment, in dem der Wagen vor dem Eingang stoppte. Während er einstieg nannte er dem Fahrer die Rudolfstädter Straße 81 als Ziel, dann machte Jens es sich auf dem Rücksitz des Mercedes bequem.

Jens war mit seiner Frau erst vor ein paar Jahren nach Berlin gezogen; quasi als letzte Station einer bundesweiten beruflichen Umzugstätigkeit. Aber auf den Straßen von Berlin kannte er sich schon sehr gut aus und so bemerkte er, dass der Fahrer nicht die kürzeste Strecke über die Yorkstraße, sondern über die Stadtautobahn A100 fuhr.

In Höhe der Ausfahrt Grazer Damm entschied Jens sich neu. „Nehmen Sie bitte die Ausfahrt Innsbrucker Platz und halten bitte an der Bank", sprach er den Fahrer an. Der nickte nur, wechselte auf die Ausfahrtspur überquerte den Platz und hielt an der Bushaltestelle direkt neben der Berliner Bank.

„Soll ich warten?", wollte der Fahrer wissen und als Jens ihm sagte, dass die Fahrt schon hier enden würde, nannte er Jens nach einem Blick auf das Taxameter den Preis, den Jens, wie üblich um ein Trickgeld aufgestockt, bezahlte und ausstieg.

Eigentlich hatte Jens vorgehabt, den Kommissar Mäurer auf dem Revier zu besuchen und die Probleme, die Mäurer mit ihm hatte, auszuräumen. Damit hätte er aber Reuter bloßgestellt und als ›Whistleblower‹ entlarvt. Da brauchte er eine andere Strategie. Aber zuerst wollte er mal die Fakten prüfen und seine ›Mindmap‹ aktualisieren.

Im Moment war es ihm gleichgültig, ob und von wem er überwacht wurde und so ging er den kürzesten Weg entlang der Innsbrucker Straße und über die Carl-Zuckmayer-Brücke zu seinem Appartement.

Er öffnete die Türe, schaltete die Alarmanlage aus und sah sich in seiner Wohnung um, entdeckte aber keine Veränderungen. Nachdem er seine bequemen ‚ich-lümmle-nur-zuhause-rum-Klamotten' angezogen hatte, fing Jens an, die Versäumnisse der letzten Tage aufzuarbeiten.

Nachdem er sein MacBook gestartet hatte, schob er eine Musik-CD in den entsprechenden Schlitz seines Notebooks. 'Isao Tomita - Snowflaces are dancing' stand auf dem Label, aber da kam keine auf einem Synthesizer interpretierte Musik von Claude Debussy aus dem Lautsprecher. Vielmehr beendete sein Rechner alle Programme und startete mit dem Betriebssystem der CD neu. KALI-Linux stand auf dem Monitor und nun fing Jens an, über die Tastatur verschiedene Befehle einzugeben, auf Monitorausgaben zu warten, um dann neue Zeichen einzutippen.

Nach etwas mehr als einer Stunde war Jens sich sicher: sein Rechner war nicht mit Schad-oder Spionagesoftware kontaminiert. Anschließend testete Jens den Router und die Netzwerkeinstellungen in seinem lokalen Netzwerk. Auch hier war alles Okay und so startete er sein MacBook erneut, ohne die eingelegte CD. Mit einem Programm stellte er eine gesicherte Verbindung zu einem Anonymisierungsserver her und verband sich von dort zu seinem Rootserver in der Cloud. „Sicherheit ist nie absolut", dachte er, aber wer auch immer versuchen würde, seine Leitung abzuhören, hätte es ziemlich schwer.

Zuerst lud er die Mailnachricht von Suresh, extrahierte das Steganogramm aus der Grafik und entschlüsselte diese. Am Ende der Prozedur sah er eine Liste von Internetadressen, Servernamen, Benutzernamen und Passworten - genau wie Suresh es angekündigt hatte.

Jens vermutete, dass der erste Server in der Liste der CloudServer von Suresh war. Mit den gelisteten Daten verband sich Jens zu dem Server.

In seinem Homeverzeichnis waren einige PDF-Dateien, Tabellen und Textdateien abgelegt. Jens übertrug den ganzen Ordner auf seinen RootServer und beendete die Verbindung wieder.

Als nächstes öffnete er das Verzeichnis mit den Videoaufnahmen seiner Überwachungskamera. Die Aufzeichnungen der letzten Tage ergaben nichts: kein Eindringling.

Zuletzt nahm er sich die Videoaufzeichnung vom sechszehnten November vor. Er hatte zwar am Tag des Einbruchs in sein Appartement einen kurzen Blick darauf geworfen, aber keine umfassende Auswertung vorgenommen.

Er spulte die Aufnahme bis zu der Stelle vor, die mit dem Verlassen seiner Wohnung begann. Da die Kamera sowohl auf optische, wie auch auf akustische Veränderung des zu überwachenden Bereichs eingestellt war, wurde anschließend wieder der Überwachungsbereich angezeigt, obwohl zwei Stunden und fünfunddreißig Minuten vergangen waren. Aus dem Lautsprecher des Notebooks ertönte das Klingeln des Telefons. Veränderungen im Bild wurden aber keine aufgezeichnet.

Das Spiel wiederholte sich nach sechzig und dann nochmals nach dreißig Minuten. Jedes Mal hörte Jens das Telefon, ohne dass sich das aufgezeichnete Bild verändert hätte. Kurz nach dem letzten Anruf hatte die Kamera erneut eine Sequenz aufgezeichnet, als durch die Haussprechanlage ein Hupton erklang.

Jens wusste aus Erfahrung, was jetzt als Nächstes kommen würde: der Einbruch. Alles was die Kamera bisher registriert hatte, war die systematische Ausspähung seiner An- oder besser gesagt Abwesenheit und prompt, auf dem nächsten Abschnitt der Aufzeichnung war eine junge Frau zu erkennen. Jens machte ein Standfoto. Dann ließ er die Aufzeichnung weiter laufen. Eine weitere Person war an der Türe zu erkennen. Ein Mann, von Kopf bis Fuß schwarz gekleidet. Der Mann hielt sich immer im Hintergrund, als wisse er, dass eine Videokamera die Aktion aufzeichnen würde. Das weitere Filmmaterial brachte nichts Besonderes ans Tageslicht. Nur von der Frau konnte er noch einige bessere Standbilder machen. Danach folgten die Szenen mit der Störung des Pärchens, die neugierige Nachbarin, die eintreffende Polizei und die Schnüffeleien von Reuter.

Jens stoppte die Wiedergabe und nahm sich die Standbilder vor. Bei dem ganz in schwarz gekleideten Mann war beim besten Willen nichts zu machen. Mit keinem Bildbearbeitungsprogramm konnte er etwas extrahieren, das einem Gesicht auch nur ähnlich kam. Nach einer Stunde des erfolglosen filtern, vergrößern, schärfen und verstärken, wandte Jens sich den Bildern der Frau zu.

Bereits bei der ersten Betrachtung am Tag des Einbruchs, war es ihm, als würde er die Frau kennen. Als er die Bilder erneut betrachtete, war dieses Gefühl immer noch vorhanden. Jens wandte bei den Bildern die gleichen Techniken an, die er schon bei den anderen Aufnahmen benutzt hatte.

Zwar verstärkte sich während der Bearbeitung der Bilder sein Eindruck, die Frau schon mal gesehen zu haben, aber irgendwie wollte ihm dazu dann doch nichts einfallen.

Frustriert beendete er seine Arbeit und begann nun an dem MindMap weiter zu arbeiten. Auch nachdem er die neuen Fakten einsortiert hatte, ergab sich für Jens kein grundlegend neues Bild.

Zwar verstärkte sich das Gewicht der Personen Alexander Müller, alias Alexej Melnikow, aber eine handfeste Tendenz war nicht zu erkennen.

Jens konnte später auch nicht mehr erklären, warum er seinen Freund Suresh und dessen jüdischen Freund Avi Vashkover in dem Map einsortiert hatte.

Jens holte eine Flasche Bier aus dem Kühlschrank und machte es sich auf seinem Sofa bequem. Seine Gedanken kreisten immer noch um das Bild, das sich inzwischen aus den Recherchen gebildet hatte.

›Ich muss nochmals mit Zdravko reden‹ war sein letzter Gedanke, bevor er in seiner Lieblingsecke einschlief.

DONNERSTAG, 21. NOVEMBER

Über Schöneberg hatte sich eine undurchdringliche Nebelglocke gelegt. Das sonst weithin sichtbare Schild über dem Zugang zur U4 war an diesem Morgen nur schwach zu sehen.

Undurchschaubar war aber auch der Fall, in dem er jetzt steckte.

Zwei Leichen indischer Abstammung, ein ehemaliger sowjetischer Militär mit Verbindungen zum russischen Geheimdienst, eine Essener Detektei mit Kontakten zum Nachrichtendienst, ein Freund an dessen Stelle ein anderer im Krankenhaus liegt, ein guter und ein böser Polizist sowie zwei Schatten aus seiner Vergangenheit.

Jens hatte lausig geschlafen. Deshalb war er an diesem Morgen ganz besonders übellaunig. Auch die erste Tasse Kaffee konnte diesen Zustand nur marginal verbessern. Jens schlüpfte in seinen Trainingsanzug. Wehmütig dachte er dabei, dass er eigentlich zu seinem Sechzigsten Geburtstag einen Marathon laufen wollte. Aber ein Unfall zwotausendsechs, bei dem einige Bänder seines linken Knies gerissen waren, beendeten seine Ambitionen und sorgten für eine erhebliche Gewichtszunahme und in zwei Monaten würde er Sechzig. „Ende Gelände - Shit happens", murmelte Jens und ging zum Briefkasten, der im Erdgeschoss angebracht war und holte seine Zeitung.

Während er die Titelseite und die Headlines der verschiedenen Beiträge überflog, startet er sein Notebook. Seine Mails hatte er schon am iPhone gelesen; nur das übliche: zwei Projektangebote, für die er sich nicht interessierte, das Protokoll seiner Videoüberwachung und eine Einladung zu einer Veranstaltung in München.

Auf der zweiten Seite des Tageszeitung wurden mal wieder einige Zeilen über den Whistleblower geschrieben. Wer mit wem gegen wen was ausspioniert hat. Jens stellte sich bei diesen Artikeln, insbesondere dann wenn der Herr von der Presse und der öffentlichen Entrüstung schon fast heilig gesprochen wurde, die Frage: „Qui Bono? Wem nutzt es?"

Jens Mander hätte da schon einige Antworten parat gehabt. »Aber das ist eine andere Geschichte« dachte sich Jens und vermied es die Worte laut auszusprechen.

Inzwischen hatte sein Rechner die verschiedenen Programme gestartet und sich ‚betriebsbereit' gemeldet. Das Studium der Zeitung und des Artikels über den NSA-Skandal hatte ihn auf eine Idee gebracht.

Er war sich nicht sicher, ob seine Zugangsdaten zu NA-DIS und INPOL noch Gültigkeit hatten, schließlich war er schon einige Jahre aus dem Geschäft raus. Sollte es nicht klappen, müsste er sich eine andere Quelle suchen.

Er öffnete den Passwort-Tresor, ein Programm in dem man Passwörter und ähnliches speichert, sodass man sich nur mehr ein einziges Passwort merken muss, während alle anderen verschlüsselt in einer Datenbank auf dem Computer liegen.

Jens fand schnell die Verbindungs- und Zugangsdaten, startete ein Programm das gesicherte Verbindungen zu anderen Computern herstellt und gab die Daten ein. Eigentlich hätte er als freier Mitarbeiter die Daten so gar nicht besitzen dürfen, aber ›zwölftes Gebot - nicht erwischen lassen‹ dachte sich Jens.

Es dauerte bereits fünf Minuten, Jens hatte schon die Befürchtung, dass die Zugangsdaten gelöscht worden seien. Zu seiner Überraschung wurde aber das Logo von NA-DIS WN auf dem Bildschirm angezeigt, er solle seine Benutzerkennung eingeben.

›Okay‹ dachte Jens und begann mit seiner Recherche. Aus

seiner Zeit als Entwickler wusste Jens, dass NADIS ihm keine detaillierten Informationen sondern nur Hinweise auf Dienststellen geben würde, bei denen es Akten über die betreffende Person gebe. Mit diesen Informationen musste er dann nach die verschiedenen Einzelsystemen und Datenbanken durchforsten, außer er konnte sich auf NADIS WN, der neueren Version von NADIS verbinden.

Nacheinander gab er die Namen Alexej Melnikow, Alexander Müller und Suresh ein. Bei Melnikow/Müller brachte die Recherche nichts was er nicht schon wusste. Ein Großteil der Informationen über Suresh waren Jens schon bekannt. Neu war ihm aber, dass es beim Bundeskriminalamt von Suresh eine Personalakte gab. Suresh - ein geborener Inder, naturalisierter Amerikaner, mit portugiesischem Pass im Dienst des BKA? Das war eine bemerkenswerte neue Information.

Avi Vashkover - Jens ärgerte sich, dass er Avi nicht zuerst über seine Quellen im Internet überprüft hatte. NADIS spuckte die Information aus, dass seit Zwotausendzwo Akten beim Verfassungsschutz Nordrhein-Westfalen vorliegen. Jens schloss aus dieser Information, dass Avi einer Ü2- oder gar einer Ü3-Sicherheitsüberprüfung unterzogen wurde.

Jens Mander beendete die Verbindung zum NADIS-Server und wollte sich bei INPOL anmelden, aber da geschah genau das, was er befürchtet hatte: Access denied - Zugang verweigert. Seine Zugangsdaten waren deaktiviert worden.

Wie gewohnt begann Jens die Recherche per Internet mit einer Suchanfrage bei 123people, yasni und bei google. Sehr schnell hatte er einen Überblick über die Person Avi Vashkover: Gründer und Geschäftsführer eines kleinen, aber scheinbar bedeutenden Unternehmens, das sich mit Netzsicherheit und Verschlüsselungstechnik einen weltweiten Ruf gemacht hat. Seit den frühen Neunzigern hatte die Firma auch Kunden in Deutschland wie die Telekom und das BKA. Jens griff zum Smartphone, wählte die Nummer von Axel Reuter und als dieser sich meldete, sagte Jens nur: „Kannst Du mal Avi Vashkover überprüfen?" Jens buchstabierte den Namen und gab Reuter noch das Geburtsdatum und die Anschrift, die er aus dem Internet geholt hatte. „Mach's bitte dringend." Eigentlich wollte Jens Axel Reuter über das Gespräch mit Suresh informieren, hatte sich aber dann kurzfristig für eine Strategie des Verschweigens entschieden und beendete das Telefonat, noch bevor Reuter irgendwas erwidern konnte. „Mal sehen, wie plietsch der Herr Reuter ist", dachte Jens.

Jens Mander hatte den ganzen Morgen vor seinem MacBook verbracht und war doch keinen Schritt weiter. Es ging ihm tierisch auf den Zeiger, dass er mit seinen Recherchen nicht vorwärts kam. Außerdem beschlich ihm der Gedanke, dass da verschiedene Gruppen ihr ‚Süppchen' am Kochen hielten.

Jens packte die Wut.

Aus dem Adressbuch seines Smartphone wählte er die Telefonnummer von Dr. Rika Sehlert. Wenn ihm jetzt jemand weiterhelfen konnte, dann war es Rika. Nicht nur, dass sie seine Jugendliebe war, als forensische Pathologin war sie ein Superhirn; Dozentin an der Uni in München und fast schon ein Universalgenie.

„Hallo Rika, mein Spatz'l, Liebe meines Lebens", säuselte Jens Mander ins Telefon, als sich die Teilnehmerin am anderen Ende der Leitung meldete. „Wie geht es Dir? Versteckst Du Deinen Luxuskörper noch immer in dem weißen Arztkittel?"

„Jens? Jens Mander?", kam ihm aus dem Lautsprecher seines Telefons entgegen und nach einer kurzen Pause. „Du traust Dich hier noch anzurufen? Verschwindest einfach, lässt mich auf einem Haufen Problemen sitzen und tauchst einfach ab, Du Schuft und dann - urplötzlich ein ›Hallo Rika‹ aus dem Telefon."

„Asche auf mein Haupt. Kann ich Dich vielleicht mit einem Strauß Veilchen und einer Einladung ins ‚Rusticana' etwas gnädiger stimmen, liebste aller Ex-Freundinnen?"

„Oh Jens, Du hast es immer noch drauf, Du alter Charmeur. Eigentlich wollte ich nie wieder ein Wort mit Dir reden, Du Schuft."

„Okay Rika. Nachdem wir das geklärt haben hole ich Dich morgen Abend um Fünf in der Thalkirchner ab. Und lass den Kittel im Büro."

Jens beendete das Telefongespräch noch bevor sie seiner Einladung widersprechen konnte. Danach buchte Jens Mander über das Internetportal der Air Berlin einen Flug nach München und einen Mietwagen. Leider war in der Morgenmaschine nur mehr Platz in der ersten Klasse, aber sein Reisekonto gab's noch her. Den Wagen hatte er OneWay gebucht; München war nur eine Station auf seiner geplanten Reise.

Jens hatte gerade seine Buchungen abgeschlossen, als sein Smartphone den Klingelton für einen Anruf abspielte. Nach einem Blick auf die Anzeige meldete sich Jens mit einem ›Ja - bitte‹. Die Telefonnummer war ihm nicht bekannt und war auch nicht in seinem Adressbuch gespeichert.

„Spreche ich mit Jens Mander?", tönte es ihm aus dem Laufsprecher entgegen.

„Wer will das wissen?", antwortete Jens.

„Ich soll Sie von Alexander Müller grüßen."

„Wer sind Sie?" Jens war verblüfft. „Was wollen Sie?"

„Ich kontaktiere Sie im Auftrag der ›Institution M‹. Halten Sie sich von Alexander Müller fern. Es kann Ihrer Gesundheit nur gut tun." Dann wurde die Verbindung unterbrochen.

In den vergangenen Jahren hatte es Jens häufig geärgert, wenn er von Kollegen unter vorgehaltener Hand als ›Nerd‹, als technik-verliebter Sonderling bezeichnet wurde, aber heute hatte sich seine Affinität zu Technik wieder mal gelohnt. Die meisten seiner Telefonate führte er mit einem Headset und das Ding hatte es in sich. Aufnahmefunktion, DVP - Digital Voice Protection und DVP-XL, damit konnte Jens seine Gespräche am Mobiltelefon verschlüsseln und die Gespräche speichern.

Jens transferierte die Aufzeichnung auf sein MacBook und legte die Datei auf seinem verschlüsselten Cloud-Laufwerk ab, wobei er als Dateiname die Telefonnummer des Anrufers verwendete. »Über diesen Anruf muss ich doch mal mit Holger sprechen« dachte Jens. Dann folgte er seiner Planung für die nächsten Tage weiter.

Nicht nur, dass es schön war, mal wieder mit Rika Zeit bei einem romantischen Abendessen zu verbringen, Rika war als forensische Pathologin eine Koryphäe und pflegte ausgezeichnete Beziehungen zum BKA, Interpol und, was sie nie zugeben würde, zu verschiedenen Nachrichtendiensten. Sie hatten sich vierundsiebzig kennen gelernt und zu dem Zeitpunkt zog sie mit Holger Stadla durch die Neonaziszene in München. Jens holte sie da raus und dabei verliebte er sich. Aber nach drei Jahren, Rika war gerade achtzehn geworden, trennten sie sich. Rika wollte sich ›finden‹ und Jens wollte nicht warten. Danach verloren sie sich aus den Augen. Erst Jahre später, trafen sie sich zufällig auf einem Flug von Frankfurt nach Barcelona wieder. Rika, inzwischen Frau Professor und Jens, verheiratet, frischten ihre Liebe wieder auf, wenn auch nur platonisch. Als Rika anfing laut über eine Beziehung mit gemeinsamen Wohnsitz nachzudenken, nahm die Anzahl der gemeinsamen Abendessen ab und am Schluss blieb nur der Anruf zu Weihnachten, zu Neujahr und zum Geburtstag.

Als nächstes rief er seine Frau an um ihr mitzuteilen, dass er ›ein paar Tage‹ nach München fahren würde. Seine Frau wusste um die Person Rika Sehlert und so sah er keinen Grund, das Treffen mit Rika zu verschweigen. Außerdem kannten sich die beiden Frauen, wenn auch nur telefonisch.

„Vierzehn bitte dreiundzwanzig", tönte es aus seinem Smartphone-Lautsprecher. Es war eine Nachricht von Axel Reuter: „Um fünf am Platzhirsch - Axel", war auf der Anzeige zu lesen.

Entsetzt stellte Jens mit einem Blick auf die Uhr fest, dass er den ganzen Tag vor dem Bildschirm verbracht hatte und er nur mehr dreißig Minuten Zeit hatte. Er zog sich eiligst um, zog seine Lederjacke und die Camelboots an und verließ die Wohnung. Fast hätte er vergessen, die Videoüberwachung und die Alarmanlage zu aktivieren.

Der Platzhirsch ist der Name des Biergartens und einer vergoldeten Figur über einem Brunnen im Rudolf-Wilde-Park und zum Glück auch nicht weit weg von seiner Wohnung.

Eingemummelt in einen grauen Dufflecoat wurde Jens schon von Axel Reuter erwartet. Ohne ein Wort der Begrüßung polterte Reuter sofort los. „Ich hab den Namen überprüft. Das ist ein harmloser Geschäftsmann aus Israel, momentan auf Geschäftsreise bei der Telekom in Essen. Den Schwerverletzten, der auf der Intensiv des AVK liegt und eigentlich Suresh heißen sollte, konnten wir als Moshe Liebsmann identifizieren. Wissenschaftlicher Mitarbeiter am Weizmann-Institut für Wissenschaften - irgendwas mit Biologie oder Biochemie. Ist erst seit einer

Woche in Berlin; hat eine Ferienwohnung in der Grevestraße in Kreuzberg gemietet. Beide, Vashkover und Liebsman haben keine Einträge in INPOL; die NADIS-Anfrage läuft noch."

„Und dafür hast Du einen ganzen Tag gebraucht?", grinste Jens Reuter freundschaftlich an. „Lass uns auf'n Bierchen ins Narkosestübchen gehen."

Seite an Seite trotteten die beiden schweigend über die Martin-Luther-Straße in Richtung Belziger Straße und betraten das Lokal. Jens war kein Kneipengänger, aber durch die Spaziergänge mit seiner Schweizer Sennenhündin doch ziemlich bekannt. Deshalb wurde Jens auch wie ein alter Bekannter begrüßt. Jens bestellte zwei Bier. Schweigend hing jeder seinen Gedanken nach.

„Axel - ich fliege morgen für ein paar Tage nach München. Eine alte Freundin besuchen. Dann mache ich noch einen Abstecher in die Schweiz. Basel. Vielleicht gibt's da ein neues Projekt für mich."

Jens hatte sein unschuldigstes Lächeln auf sein Gesicht gezaubert.

„Ich bin Anfang nächster Woche wieder in Berlin."

Freitag, 22. November

Jens Mander und Axel Reuter verbrachten noch einige Stunden in der Kneipe, bevor sie sich trennten und jeder seinen Wegen folgte.

In der ganzen Zeit hatten sie nichts Dienstliches oder den Fall betreffendes gesprochen. Sport, Autos, Reisen und Hunde - das waren ihre Themen und die boten reichlich Stoff für tiefgründige Sophistereien.

Gegen Mitternacht hatte sich Jens verabschiedet und auf den Weg in seine Wohnung gemacht. Um seine Reisetasche brauchte er sich keine Gedanken machen, die war immer gepackt und enthielt alles, was man für eine Woche so brauchte.

Die Glock Siebzehn deponierte er im Möbeltresor seines Kleiderschranks. Macbook, Ladegeräte und Kabel für sein iPhone und das iPad verstaute er im Aktenkoffer.. Schliesslich bestellte er für sechs Uhr ein Taxi. Sein Wecker würde ihn um Vier aus dem Reich der Träume holen.

Das einzig Aufregende an dem Flug nach München war eine kurze aber herzhafte Auseinandersetzung mit einem Mitarbeiter an der Sicherheitsschleuse. Dreimal musste Jens durch die Schleuse und dreimal gab das Ding Alarm und dreimal wurde mit dem Handscanner erfolglos nachgeprüft. Nach dem dritten Mal platzte Jens der Kragen. Er fing an sich vor allen Leuten wortlos auszuziehen. Die Leute in der Warteschlange hinter ihn kicherten zuerst. Aber mit jedem Kleidungsstück, das Jens ablegte, wurde die Stimmung frivoler. Einige feuerten ihn an und begannen eine Melodie aus dem Bühnenprogramm der »Chippendales« zu grölen.

Gänzlich verunsichert, machten die Sicherheitsleute während der Show noch einen manuellen Check und winkten Jens dann unter dem Applaus der Warteschlange durch

162

die Schleuse.

Der Checkout in München verlief problemlos und so stand er relativ schnell am Schalter der Autovermietung. Hier gab es ebenfalls keine Probleme und so war Jens Mander bereits dreißig Minuten nach der Landung mit seinem Fahrzeug, einem Opel Insignia, auf dem Weg nach München. Zwar hatte er sich GPS freischalten lassen, aber seine Ortskenntnis war nach all den Jahren immer noch gut. ›Vielleicht sogar besser‹ als das eingebaute Navigationssystem.

Bevor Jens sich mit Rika traf, wollte er noch einige Points-of-Interest seiner Vergangenheit abklappern. Lazarettstraße, Heßstrasse, Lothstrasse, Stiglmaierplatz, Königsplatz - obwohl Jens mehr als dreizehn Jahre in München lebte und wirkte, wollte sich kein Heimatgefühl bei ihm breit machen. Über die Sonnenstraße fuhr Jens Richtung Viktualienmarkt, parkte sein Auto auf einem freien Platz, der eigentlich für Taxi reserviert war. Wild entschlossen würde er diesen Platz gegen jeden noch so renitenten Taxler verteidigen. Am Liesl-Karlstadt-Brunnen fand er einen Blumenhändler, der für die Jahreszeit untypisch, Veilchen anbot.

Vom Viktualienmarkt in die Thalkirchner Straße war es keine Weltreise und Jens musste unwillkürlich lachen: das Institut für forensische Pathologie der Ludwig-Maximilians-Universität befand sich im Schlachthofviertel der Stadt.

Pünktlich um Fünf stand Jens vor dem Eingang des Hauses Nummer sechsunddreissig.

Er zog sein Smartphone aus der Tasche und wählte die Nummer von Dr. Rika Sehlert. Offensichtlich hatte sie ihn schon erwartet. Noch bevor er einen seiner Sprüche loslassen konnte, vernahm er nur ein „Gib mir noch zehn Minuten" aus seinem Headset. Dann war die Verbindung tot.

Jens stieg aus, schlüpfte in seine Winterjacke und stellte sich mit dem Veilchenstrauß in der Hand neben sein Auto.

Und dann kam sie.

Als er Rika kennenlernte, war sie ein hübscher Teenager. Als er sie das letzte Mal sah, war sie eine hübsche Frau, aber jetzt? ›Umwerfend‹ war das einzige Attribut, das Jens seinen Stimmbändern entlocken konnte.

Ein vorbei eilender Passant, vermutlich ein Student, hatte offensichtlich Jens Bemerkung und die Szenerie erfasst, denn er warf ihm einen verschwörerischen Blick zu, kommentierte mit einem Blick auf den Veilchenstrauß das Ganze mit einem geflüsterten „Vergiss es, die ›Mona Lisa‹ ist für uns tabu."

Rika war gerade noch fünf Meter von Jens entfernt, als sie wie ein kleines Mädchen los lief und Jens um den Hals fiel. Der Passant, der die Szene mitgeschnitten hatte, war so verblüfft, dass er mit einem Vorfahrt-achten-Verkehrsschild kollidierte.

„Mona Lisa? Die geheimnisvolle Schönheit?"

„Du gemeiner Schuft, Du niederträchtiger Herzensbrecher." Ihre Stimme vibrierte leicht. „Schön Dich wieder zu sehen."

„Sind die Blumen für mich oder brauchst Du etwas, an dem Du Dich festhalten kannst?" Sie lächelte verschmitzt. „Zum Festhalten wüsste ich was Besseres - Du Wüstling."

Jens drückte der Frau Professor einen Kuss auf die Wange. „Entschuldige Rika, aber Du hast mich total aus dem Konzept gebracht."

Er drückte ihr die Blumen in die Hand und öffnete die Autotüre.

„Bitte Platz nehmen Frau Professor, Ihr persönlicher Fah-

164

rer nimmt sofort seinen Dienst auf." Dann stieg auch Jens ein, startete den Motor und fuhr los.

„Können wir noch schnell in meine Wohnung? Es war heute ein stressiger Tag und ich möchte mich noch schnell duschen und umziehen?"

„Aber gerne - hast Du immer noch die Wohnung an der Münchner Freiheit?" Obwohl Rika nur bejahend nickte, wusste Jens, dass dies ein ›ja‹ war. Einer alten Gewohnheit folgend lenkt Jens den Wagen in Richtung Lindwurmstraße, weiter auf die Sonnenstraße und über den Stachus und Lenbachplatz zur Maximilian- und dann weiter auf die Ludwigstraße.

Ein Blick auf seine Beifahrerin ließ ihn vermuten, dass sie seine Motive für die Auswahl der Fahrtstrecke verstand. Als sie seinen Blick bemerkte sagte sie nur: „Wir hatten damals eine schöne Zeit miteinander."

Am Siegestor war mal wieder Feierabendstau.

„Hast Du ein Hotel?", fragte Rika urplötzlich.

Jens schüttelte den Kopf.

„Nö, aber im Holliday Inn ist immer was frei."

Leise, so leise wie ein Flüstern, hörte er Rika sagen: „Ich habe ein Gästezimmer."

Jens steckte in einer Zwickmühle. Auf der einen Seite seine Frau, mit der er seit Jahren eine anstrengende, aber insgesamt glückliche Ehe führte und Rika, seine große Liebe.

„Wenn ich Dich nicht störe, nehme ich Dein Angebot gerne an", erwiderte Jens.

„Wie lange bleibst Du?"

„Ich möchte am Montag mit dem Auto nach Basel - nach einem Projekt fischen. Es gibt zwar keinen konkreten Termin, aber Du weißt ja wie das funktioniert."

Für ihr sonst so kontrolliertes Auftreten passierte etwas, womit Jens im ewigen Leben nie gerechnet hätte. Sie juchzte so laut, dass Jens fast das Lenkrad verrissen und einen parkenden PKW gestreift hätte.

„Dann haben wir das ganze Wochenende für uns!"

Sie wandte sich Jens zu. „Sag mir bitte nicht, warum Du wirklich nach München gekommen bist. Sei gnädig mit mir. Sag einfach, dass Du mich sehen wolltest."

„Ich wollte nach den vielen Jahren einfach mal wieder ein Wochenende mit Dir verbringen."

Der Parkplatz, auf dem Jens in früheren Jahren sein Auto abgestellt hatte, war inzwischen zum Park mutiert, aber Rika lotste ihn zur Tiefgarage des Hauses, gab ihm die Einfahrtkarte und ließ ihn auf einen der nummerierten Stellplätze parken.

Montag, 25. November

Rika und Jens hatten es das ganze Wochenende über vermieden, über den eigentlichen Grund des Wiedersehens zu sprechen um nicht den Zauber des Augenblicks zu zerstören.

Sie hatten in diesen Tagen viel geredet, über die Vergangenheit, über gewesene Freunde. Über gewesene Freuden und vergangene Leiden. Nur nicht über die Gegenwart oder die Zukunft. Obwohl es der Jahreszeit entsprechend kalt war, hatten die beiden lange Spaziergänge durch den Englischen Garten unternommen, hatten auf den Stufen zu Füssen des Monopteros gesessen und sie hatten gere-deten und geredeten.

Und nun war es Montag und sie saßen am Frühstückstisch.

Noch in ihrem weißen Flauschbademantel hatte sie Jens strahlend eröffnet, dass sie keine Vorlesungen habe und deshalb den ganzen Tag frei hätte.

„Jetzt lass es raus - Du hast Dich doch nicht auf den weiten Weg von der Hauptstadt in die Provinz gemacht, nur um mit mir zu Frühstücken. Da steckt doch mehr dahinter."

„Okay Spatz'l, da muss ich wohl die Hose runter lassen." Jens sah sie an und für einen kurzen Augenblick bemerkte er einen verträumten Schimmer in ihren Augen und Jens musste über die Zweideutigkeit des Satzes grinsen. „Ich wollte Dich eigentlich nicht so plump anbaggern, aber ich brauche Deine Hilfe."

Jens erzählte ihr die Ereignisse um die beiden toten Inder und was er bisher recherchiert hatte. Natürlich verzichtete er darauf, seine Quellen zu benennen. Dann zog er aus seinem Koffer die Mappe mit dem vorläufigen Abschlussbericht des Berliner Pathologen und schob ihn über den Tisch zu.

Mit einem Schlag war die Stimmung verflogen und mit der Geschäftsmäßigkeit einer Wissenschaftlerin nahm Rika Sehlert den Aktenordner und begann den Inhalt zu studieren.

„Okay Jens, was willst Du wissen? Wie kann ich Dir helfen?"

Ohne die im Umgang miteinander üblichen Kosenamen zu benutzen, sagte Jens: „Sag mir, was Du von der Sache hältst?"

„Also - ich kann mich täuschen, aber das sieht gottverdammt nach illegalen Organhandel mit Lebendspendern aus." Sie machte eine Pause.

„Ich versuche es Dir mal in einfachen Worten und ohne Medizinmann-Deutsch zu erklären." Rika Sehlert hatte schon immer den Hang zu einer drastischen und bildlichen Sprache, die auch mal unter die Gürtellinie abrutschte.

„Vor einigen Jahren gab es mal eine wissenschaftliche Abhandlung zum Thema Abstoßungsreaktionen bei genetisch bedingten Gewebsunverträglichkeiten. Sinnigerweise berief sich der Kollege auf die Zwillingsforschungen, die während der Nazi-Diktatur in den Konzentrationslagern durchgeführt wurden. Dies allein genügte schon, ihn als Wissenschaftler zu diskreditieren und seine Theorien als unsinnige Spinnerei abzutun. Dabei hat er nur das beschrieben, was heute wissenschaftlicher Standard ist: je näher der Grad der Verwandtschaft zwischen Spender und Empfänger eines Organs ist, umso geringer und beherrschbarer sind die Abstoßungsreaktionen.

Eigentlich war der Artikel für ›The Lancet‹ eingereicht, wurde aber von der Redaktion wegen des Bezugs auf die NS-Forschungen als unwissenschaftlich abgelehnt. Trotzdem bekam der Autor seine Presse - er bot den Artikel der Boulevardpresse an. Die veröffentlichten ihn zwar auch nicht, diskutierten aber auf den Titelseiten darüber, ob nicht hier die etablierte Wissenschaft ihren Machtanspruch zuungunsten neuerer Erkenntnis zementiert."

Rika nahm einen Schluck aus ihrer Kaffeetasse, zündete sich eine Zigarette an und dozierte weiter.

„Ein paar Jahre später, man hatte gerade die ersten Erfolge in der Genforschung verzeichnet, meldete sich wieder ein Wissenschaftler zu dem Thema Gewebsunverträglichkeiten zu Wort. Genau wie sein Kollege einige Jahre zuvor berief er sich auf Forschungen an Zwillingen, unterließ aber jeden Hinweis auf die Verbrechen der NS-Zeit.

Seine These war, dass es mit geeigneten gentechnischen Manipulationen möglich sein könnte, Organe von Verstorbenen so zu verändern, dass sie am Ende der Behandlung zu einem hohen Prozentsatz, er ging von neunzig Prozent und besser aus, mit dem Empfänger kompatibel und damit verträglich wären. Man müsse den Spender nur lange genug an den Lebenserhaltungssystemen belassen."

„Bist Du noch bei mir?", fragte sie Jens. „Oder muss ich Dich einsammeln?"

„Nö Rika, Du machst das gut. Das versteht sogar ein ›Vollpfosten‹ wie ich", grinste Jens.

„Die grundsätzliche Idee wäre sogar akzeptabel gewesen, auch wenn sie die Kosten pro Transplantation nach oben getrieben hätte, da die ›Umprogrammierung‹ von Zellen auch seine Zeit dauert. Aber in seinem letzten Absatz beging er dann doch einen Fehler: Er schlug vor, dass dies auch am lebenden Organspender machbar wäre.

Obwohl er keine Hinweise auf die in diesem Fall anzuwendenden Methode und Verfahren gab, riefen alle Ethiker ›das geht ja nun gar nicht‹ und damit verschwand auch dieser Artikel in der Versenkung.

Technisch nicht machbar und ethisch nicht vertretbar.

Das Thema als solches aber war nun in aller Munde. Immer, wenn eine neue Methode publiziert wurde, in der entweder Gendefekte oder Organdefekte mit gentechnischen Methoden korrigiert werden, landete man bei der Diskussion über die quasi Umprogrammierung von nicht kompatiblen Spenderorganen."

Rika lehnte sich in ihrem Stuhl zurück ohne darauf zu achten, dass sich der Bademantel leicht öffnete und Einblicke auf ihre wohlgeformten Brüste zuließ.

„Interessant ist auch ein Experiment aus dem Jahr Zweitausendacht. An der Cornell University in New York haben die Forscher einen menschlichen Embryo gezielt genetisch verändert. Das Experiment wurde zwar nach fünf Tagen durch die Zerstörung der Zellen beendet, aber der Beweis war erbracht, dass die Programmierung von Zellen, insbesondere von Keimzellen, möglich ist."

„Uff - da bin ich aber geplättet." Jens nahm nach einer kurzen Pause den Gesprächsfaden auf. „Da lässt ja Doktor Frankenstein grüßen. Aber wie kommst Du auf die Idee, dass da meine beiden toten Inder rein passen?"

„Nun ja, was willst Du für eine Antwort hören? Die offizielle Antwort der Frau Professor oder meine?" Obwohl sie die Antwort schon kannte, gab sie Jens die Chance für eine Entscheidung.

„Deine, wenn's Dir nichts ausmacht", grinste Jens sie an.

„Oh Jens, das wird aber teuer. Das kostet Dich ein verlängertes Wochenende in Venedig mit einen Abstecher nach Verona zu den Opernfestspielen in der Arena", feixte sie.

„Nö, ist schon gut. Ich will mein Glück nicht überstrapazieren", fuhr sie fort. „Ich hatte vor zwei Jahren einen ähnlichen Fall auf dem Tisch und war damals genauso ratlos wie Du heute. Habe damals das ganze Programm rauf und runter gespult - Drogen, Gifte und alles was Du Dir vorstellen kannst. Eine nahezu total zerstörte Leber, eine hohe Dosis Aflatoxin B1 im Blut, aber keine Spur des ›Aspergillus flavus‹, dafür aber ›Escherichia coli‹.

Ich hatte mir einen Wolf geärgert, weil jede meiner grauen Zelle mir sagte, dass da kein natürlicher Tod vorlag. Aber ich konnte es nicht beweisen und so musste ich im Schlussbericht die Frage nach einer Fremdeinwirkung unbeantwortet lassen."

Rika hatte während der letzten Worte rote Flecken am Hals bekommen, was ein untrügliches Zeichen für ihre immer noch vorhandene Verärgerung war.

„Und jetzt zur inoffiziellen und damit zu meiner privaten Theorie." Sie holte tief Luft, als würde sie bis zum Ende ihrer Ausführungen das Atmen einstellen wollen.

„Du hast ja sicher schon gehört, dass man in der Gentherapie defekte Gene quasi repariert, indem man die krankhaften DNA-Sequenzen, sofern man sie kennt, durch gesundes DNA-Material austauscht.

Auf die Art und Weise versucht man den Diabetes zu heilen. Nehme eine Zelle und sorge mit neuer DNA dafür, dass sie Insulin produziert.

Bislang hat das die pharmazeutische Industrie anhand mit extracorporalen Zellkulturen gemacht und das so gewonnene Insulin als Humaninsulin verkauft. Ein Milliardengeschäft!

Dann kam einer auf die Idee, das in vito mit der Bauchspeicheldrüse zu versuchen; im Labor versteht sich und natürlich zuerst im Tierversuch an Schweinen. Alte DNA-Sequenz raus und neue rein und dann den Turbo eingeschaltet. Mit einer kritischen Masse an neuer DNA verschwindet der Diabetes und die ›Sau‹ ist geheilt. Soweit die Theorie.

„Kannst Du mir noch folgen?" Jens nickte nur.

„Escherichia coli ist nun das Arbeitstier für die Gentechniker. Jeder Mensch trägt dieses Bakterium mit sich rum, es ist sehr robust und wenig allergenpotent und vor allem, das Genom ist vollständig entschlüsselt. Escherichia coli kommt in der menschlichen Darmflora vor und ist der Allgemeinheit als Produzent von Vitamin ›K‹ bekannt. Es gehört zur Familie der Enterobakterien."

Rika war jetzt voll in ihrem Element.

„Jetzt stell Dir mal vor, Du hast einen Virus, der darauf spezialisiert ist Bakterien zu killen." Sie grinste Jens an.

„Nennen wir den mal Bacterius Phagus. Und jetzt stell dir weiter vor, Du kannst diesen Virus so umprogrammieren, dass er anstelle seiner viralen DNA dem Bakterium das mitgibt, was Du vorher als DNA-Sequenz implantiert hast und das Bakterium nach dieser quasi Infektion nicht abstirbt, sondern sich weiter vermehrt…"

„Dann könnte dieses veränderte Bakterium ohne weiteres zum Beispiel Insulin produzieren", nutzte Jens die Atempause für seinen Einwurf.

„Bingo", kommentierte Rika die Bemerkung.

„Jetzt lass mich mal weiter machen", sprach Jens. „Wenn es also gelänge, die DNA einer Zelle entsprechend zu manipulieren, könnte die dann auch körpereigene Immunsuppressiva produzieren?"

„Wieder Bingo, mein Lieber. Und wenn Du einen Schritt weitergehst, ist es durchaus denkbar, dass die Zelle so verändert wird, dass das Immunsystem diese Zellen eines fremden Organs als eigene Zellen akzeptiert. Quasi eine Tarnkappe gegen die T-Zellen des Immunsystems und das schönste: es geht schneller, als wenn Du einen embryonalen Klon oder Organe aus Stammzellen züchten musst."

Rika hatte sich mit ihrem Vortrag so in Rage geredet, dass sie, obwohl sie sonst nicht in ihrer Wohnung rauchte, bei den letzten Sätzen eine »Camel-ohne« anzündete.

„Rika - Liebste, komm mal wieder runter! Keep cool."

DIENSTAG, 26. NOVEMBER

Mit den Informationen von Rika ergaben einige seiner bisherigen Recherchen jetzt mehr Sinn. Nach den einführenden Erklärungen hatten sich beide noch'ne ganze Zeit unterhalten, wobei Jens seine Fragen stellte, die Rika ihm beantwortete und ihm zusätzliche Informationen und Kontakte gab.

Es war schon später Nachmittag, als Jens sich von Rika verabschiedete.

„Vielen Dank liebe Rika für die Zeit, die Du mit mir verbracht hast und für die vielen Informationen, die Du mir gegeben hast", begann Jens Mander seine Abschiedsrede. „Aber eins möchte ich zum Abschied noch wissen", sagte Jens, wobei er sie in den Arm nahm. „Warum hast Du nie geheiratet?"

Rika löste sich aus seiner Umarmung und für einen Moment sah es aus, als würde sie jeden Moment heulen.

„Weißt Du Jens, als Du angefangen hast, mir den Hof zu machen, hatte ich zu wenig Verstand um es zu verstehen. Als ich unsere Beziehung beendete, war ich zu egoistisch um den Verlust zu begreifen. Mit dem Studium kam die Überheblichkeit, die es mir verbot den Fehler einzugestehen. Auf der Karriereleiter war dann auch kein Platz für Emotionen. Und heute?"

Jens konnte das Fragezeichen laut und deutlich hören.

„Hau bloß ab, bevor ich mich jetzt total lächerlich mache."

Mit diesen Worten hatte sie Jens mitsamt seiner Reisetasche aus der Wohnung geschubst und die Türe zugeknallt.

Jens fuhr mit dem Aufzug in die Tiefgarage. Rikas heftige Reaktion hatte ihn doch überrascht, obwohl er mit so etwas Ähnlichem gerechnet hatte.

Er wollte gerade auf die Leopoldstraße stadtauswärts abbiegen, als sein Smartphone läutete. „Jens - sei vorsichtig und pass auf Dich auf", tönte Rikas Stimme aus seinem Headset „Ich liebe Dich."

Dann war die Leitung tot.

Jens unterdrückte den Impuls umzukehren. Er fuhr die Leopoldstraße bis zum Holliday Inn, parkte in der Auffahrt und betrat die Lobby des Hotels. An der Rezeption fragte er nach einem Einzelzimmer für eine Nacht, bezahlte mit seiner Kreditkarte und gab dem Pagen die Autoschlüssel, damit der Wagen in die Tiefgarage gebracht werden konnte. Zusätzlich hatte er ihm noch einen Zwanziger in die Hand gedrückt und gebeten, das Gepäck aufs Zimmer zu bringen.

Jens genehmigte sich in der Bar einen Torres 10 Brandy und setzte sich in eine Ecke, von der aus er die Bar und die angrenzende Lobby des Hotels überblicken konnte. Außer der Barfrau waren um diese Zeit, es war sechzehn Uhr, keine weiteren Gäste anwesend.

Jens wählte aus dem Adressenverzeichnis seines Smartphones eine Nummer und sofort nach dem ersten Klingelzeichen vernahm er das bekannte „M.B. Personalberatung, Servicedesk" eine weibliche Stimme. „Was kann ich für Sie tun?" Wie schon einige Tage zuvor nannte er eine achtstellige Nummer und bat wieder mit Roger J. Schwiele verbunden zu werden. „Einen Moment, ich verbinde." Während der Wartezeit klang die übliche Musik aus seinem Kopfhörer.

„Was treibt Dich ›armen aber sexy Hauptstädter‹ in das Zentrum der bayerische Provinz?", vernahm Jens überraschend die Stimme von Holger Stadla. „Bist Du privat oder geschäftlich unterwegs?"

Jens Mander war nicht überrascht, dass Holger seinen

momentanen Aufenthalt kannte. Einzig die Geschwindigkeit, mit der die Funkzellenabfrage zur Standortbestimmung erfolgte, verblüffte ihn.

„Geschäftlich auf dem Weg in die Schweiz. Ich habe hier nur Station gemacht um einen alten Freund zu treffen." ›Lügt was das Zeug hält, aber bleibt in wesentlichen Teilen immer so nah wie möglich an der Wahrheit‹ war die Formel, die ihm während seiner Ausbildung immer wieder eingetrichtert wurde.

„Ausserdem war ich schon lange nicht mehr in der Hauptstadt der Bewegung." Jens bereitete es ein tierisches Vergnügen Holger mit der Bemerkung über die brauner Vergangenheit der Stadt München anzuschiessen.

„Okay, was kann ich für Dich tun?", fragte Holger und ihm war nicht anzumerken, ob er die Lüge erkannt hatte.

„Ich muss Dich so schnell wie möglich treffen. Wo bist Du?"

Jens wusste, dass er keine konkrete Information über den momentanen Aufenthaltsort Holgers erhalten würde, aber für einen zufälligen Zuhörer entstand so der Eindruck, als würden sich zwei Geschäftsleute unterhalten.

„Ich bin morgen ab Neun in Landsberg. Wenn Du willst, können wir uns da treffen." Mit einem „Okay" beendete Jens das Telefonat.

Auf dem Weg zum Zimmer erfragte Jens noch bei der Barfrau, ob er bis Dreiundzwanzig Uhr noch ein kleines Dinner im Restaurant des Hotels bekommen könnte.

Sein Gepäck war bereits auf dem Zimmer, aber Jens nahm nur seinen Kulturbeutel aus der Reisetasche und ging ins Bad um sich zu erfrischen. Einer alten Gewohnheit gemäß hatte er sein iPad in einer Tasche, die immer in seiner Reichweite war. Getreu seiner Devise, dass die Welt aus Menschen und Leuten bestand und die Leute immer Böses planten, hatte er die Tasche mit einem Sender ausgestattet. Entfernt sich der Sender mehr als fünf Meter von seinem iPhone, spielte das iPhone einen Klingelton ab.

Jens zog das iPad und sein mobiles WLAN aus der Tasche und schaltete beides ein. Leider gab es keine Raucherzimmer mehr; er öffnete das Fenster und zündete sich eine Zigarillo an. Nach seinem letzten Zug, er ließ das Fenster trotz der kalten Luft geöffnet, setzte er sich an seinen Tablet-Computer.

Zwar hatte das Hotel kostenloses WLAN, was heißt kostenlos? Die Kosten waren schon im Zimmerpreis enthalten, aber er misstraute den lokalen Installationen und so reiste er immer mit einem eigenen mobilen WLAN.

Jens hatte, seit er in München gelandet war, seine Emails nicht mehr abgerufen. Daher war seine Postbox auch entsprechend gefüllt, weshalb er auch nur die Betreff-Zeile las und nur wichtige Nachrichten sofort bearbeitete. Zum Glück waren keine wichtigen Nachrichten dabei und Jens war sehr schnell durch mit dem Thema.

Als nächstes öffnete er das verschlüsselte Cloud-Laufwerk, startet seine Textverarbeitung und begann alle Informationen, die er von Rika erhalten hatte, aus dem Gedächtnis zu protokollieren. Bei einigen Fachausdrücken musste er zwar im Wikipedia-Online-Lexikon nachlesen, aber auch hier ging ihm die Arbeit flüssig von der Hand. Als er auf die Uhr schaute, war es Einundzwanzig-dreißig. Da er keine Lust hatte, sein Zimmer nochmals zu verlassen, wählte er die Telefonnummer des Zimmerservice und bestellte sich einen Salat mit Putenstreifen und eine Flasche Mineralwasser aufs Zimmer.

Erst jetzt, da er die Arbeit unterbrochen hatte, merkte er, dass das Fenster immer noch offen stand. Er war gerade im begriff, das Fenster zu schließen, als es an der Türe klopfte. Jens öffnete die Türe bekam er einen Lachanfall.

Vor der Türe stand, in voller Kellnermontur und hinter einem Servierwagen: Holger Stadla.

„Bin ich jetzt in einem schlechten Film oder was soll diese Schmierenkomödie?"

„Jetzt beruhig Dich wieder und lass mich rein", forderte Holger Jens auf. „Wir haben hier eine Observation laufen. Ich war nicht schlecht erstaunt, als die Beobachter Dein Bild übermittelten, auf dem Du an der Rezeption einge-checkt hast." Holger hatte sein dämliches Grinsen wieder übergestreift. „Als Du beim Zimmerservice bestelltest, habe ich die Chance genutzt und gleich ein Treffen mit Dir gemacht."

Jens hatte sich zwischenzeitlich wieder etwas gefangen, wobei das Kellner-Outfit Holgers ihn immer noch amü-sierte.

Holger liess sich in einem Ledersessel nieder. „Was kann ich für Dich tun? Warum hast Du über die Agentur ein Treffen bestellt?"

Jens wusste, dass er jetzt ganz vorsichtig agieren musste.

„Welches Interesse hat der Dienst an einem abgehalf-terten russischen Ex-Militär mit Verbindungen zum Ge-heimdienst?"

Jens war sich sicher, dass er ein kurzes Zucken von Hol-gers Augenlider bemerkt hatte.

„Du hast die Informationen doch nicht aus rein humanis-tischen Gründen gegeben und die Nummer mit Germut in der amerikanischen Botschaft hatte doch auch einen Grund. Also spuck's aus - was ist der Grund für so viel Hilfe unter Ex-Kollegen?"

Wieder hatte Holger für den Bruchteil einer Sekunde sei-ne Mimik nicht unter Kontrolle.

„Jens, Du kennst mich doch: unter Kollegen immer gerne

178

zu Diensten", wollte Holger abwiegeln. Doch da erwischte er Jens auf dem verkehrten Fuß.

„Du warst, bist und bleibst ein scheinheiliger Arsch", polterte Jens los. „Du weist doch wie das mit der Presse ist: alles was Du mir erzählst, kannst Du als vertraulich oder geheim klassifizieren und ich muss die Schnauze halten. Aber alles was ich selbst rausfinde, kann ich auch publizieren. Also Herr Holger Stadla, Sie haben die Wahl." Durch geänderte Form der Anrede signalisierte Jens Mander, dass es ihm sehr ernst war und dass er von dieser Aussage keinen Deut abrücken würde.

Für einen Moment war die extrem feindschaftliche Spannung zwischen den beiden Männern fast körperlich zu spüren.

„Wie Du meinst", antwortete Holger Stadla nach einigen Minuten des Schweigens. „Germut hatte schon immer von Dir behauptet, dass ›Vernunft in Deinem Kosmos eine relative Größe und Unberechenbarkeit die einzige Konstante.‹ ist."

Auf dem Servierwagen, mit dem Holger das bestellte Essen für Jens gebracht hatte, lag eine Mappe, die er an Jens weiter reichte.

„Lies es durch und unterschreibe oder lass es."

Jens öffnete die Mappe und las die wenigen Textzeilen. Dann griff er zu seinem Kugelschreiber, setzte Datum und Unterschrift auf das Dokument, klappte die Mappe wieder zu und gab sie Holger wieder zurück.

„Du weißt, was Du gerade unterschrieben hast?", fragte Holger.

„Yep."

„Jens Mander, jetzt bist Du Geheimnisträger."

„Okay und jetzt? Wie geht's weiter?" Jens ignorierte Holgers letzte Bemerkung.

„Komm morgen in die Welfenkaserne in Landsberg. Melde Dich bei der Wache als Ethan Hunt und dass Du einen Termin mit Oberst Riedel hast." Er verzog das Gesicht zu einem breiten Grinsen. „Von der Fahrbereitschaft wird Dich dann jemand in mein Büro bringen."

Es war kurz vor dreiundzwanzig Uhr, als Jens wieder alleine war. Holger hatte sich schnell verabschiedet. Erst jetzt konnte Jens Mander sein bestelltes Essen zu sich nehmen.

Eigentlich hatte Jens vorgehabt, seine Notizen zu aktualisieren. Rikas Informationen hatte er schon eingetragen, bevor Holger Stadla auftauchte. An der Mindmap zu dem Fall hatte er auch noch Ergänzungen einzupflegen, aber seine Konzentrationsfähigkeit war beim Teufel. Jens speicherte seine geöffneten Dokumente und schloss die Verbindung zum Cloud-Laufwerk und zum Internet.

Mittwoch, 27. November

Jens hatte eine unruhige Nacht hinter sich. Sein Unterbewusstsein hatte die ganze Nacht die Massen an neuen Informationen verarbeitet. Mehrfach war er aufgewacht, weil ihm im Traum eine Frau im weißen Kittel sein Herz entfernen wollte.

Um sechs Uhr morgens erklärte Jens die Nacht für beendet.

Er stellte erneut die Verbindung zu seinem Cloud-Speicher her und ergänzte die Daten seiner Mindmap. Je mehr Informationen er erfasste, desto mehr ergaben die einzelnen Bausteine ein Gesamtbild.

Jens beendete seine Arbeit am iPad und packte es in die Tasche. Dann stellte er sich unter die Dusche, zog sich an. Wenn er unterwegs war, verzichtete er normalerweise auf das Frühstück. Da er aber nach seinem Treffen mit Holger noch in die Schweiz weiterreisen wollte, wollte er doch mal eine Ausnahme machen.

Kurz nach neun Uhr checkte er aus. Der Hotelpage, motiviert durch ein nicht gerade kleines Trinkgeld, hatte Jens Wagen aus der Tiefgarage geholt und so machte er sich auf den Weg nach Landsberg; die Leopoldstraße, stadteinwärts. Auf Höhe Münchner Freiheit zögerte er einen Moment, als seine Gedanken bei Rika waren, doch er setzte seine Fahrt fort.

Eine Stunde oder achtzig Kilometer später stellte er seinen Leihwagen auf dem Besucherparkplatz ab und meldete sich bei der Wache. Wie Holger angekündigt hatte, kam nach rund zehn Minuten ein Wagen des Bundeswehrfuhrparks und bat Jens Mander im Fonds des Fahrzeugs platz zu nehmen. Jens war verwundert, wie einfach er auf das Gelände der Kaserne kam, kein Check der Personaldaten, keine Kontrolle seiner Computer-Tasche.

Eigentlich hätte Jens die Strecke bequem laufen können, denn bereits nach einer Minute Fahrtzeit stoppte der PKW vor einem dreistöckigen Gebäude und die Autotüre wurde geöffnet.

„Würden Sie mir bitte folgen", sprach ihn ein Zivilist an. „Wenn Sie mir bitte ihre Tasche und Mobiltelefon aushändigen würden. Ich werde beides für Sie aufbewahren, bis die Besprechung zu Ende ist." Weitere zwei Minuten später saß Jens auf einen Besucherstuhl vor dem Schreibtisch von Holger Stadla.

„Hallo Jens, schön dass Du kommen konntest", hatte ihn Stadla begrüßt und Jens antwortete zynisch, dass er letztlich nicht freiwillig hier sei.

„Also Jens, was willst Du wissen?"

„Ist doch ganz einfach - wie hängt der Dienst in dem Fall drin?"

„Welcher Fall?", provozierte Holger.

„Okay Holger, schön dass wir darüber gesprochen haben. Wenn Du jemand verarschen willst, dann such Dir 'nen anderen. Ich komm schon noch an meine Informationen, aber die unterschriebene Erklärung ist damit passé."

Jens war aufgestanden und noch bevor er das Büro verlassen konnte, ruderte Holger wieder zurück.

„Okay, Okay. Beruhige Dich wieder. War ja nicht so gemeint. Setz Dich wieder hin und hör mir jetzt gut zu, denn ich sag's nur einmal. Es gibt darüber keine Protokolle, keine Aktennotizen oder sonstiges. Alles ist nur im Kopf von Germut und mir."

Bei diesen Worten bekam Jens ein mulmiges Gefühl in der Bauchgegend. Das war wieder einmal so eine Nummer mit einer verdeckten Operation.

„Zwotausendsechs wurdest Du über unsere M.B. Personalberatung in ein Projekt in Berlin platziert, um einen gewissen Alexander Müller auf den Zahn zu fühlen."

Jens nickte bedächtig mit dem Kopf.

„War 'ne gute Arbeit. Wir hätten den Fall über unsere Quellen zwar auch recherchieren können, dass er als Alexej Melnikow ein hoch dekorierter russischer Militär mit besten Verbindungen zum Geheimdienst war. Aber das war kontraproduktiv. Nachforschungen über die normale Prozedur hätten zu viel Staub aufgewirbelt. So aber wussten nur wir drei Bescheid."

„Wer ist ›wir drei‹?", warf Jens ein, obwohl ihm die Antwort bereits im Vorhinein bekannt war.

„Germut, Du und ich", war die von Jens erwartete Antwort. „Germut ist immer noch der alte Kommunistenjäger und auf der Suche nach dem Maulwurf, nach dem Doppelagenten. Mit dem Ergebnis Deiner Analyse ging Germut aber nicht zum ACC, sondern legte es zu seinen Unterlagen in seinen Tresor."

„Aber was hat das jetzt mit mir zu tun. Das sind doch olle Kamellen - Schnee von gestern."

„Darauf wollte ich gerade zu sprechen kommen", erwiderte Holger. „Germut vermutet seit Jahren einen russischen Maulwurf im Kanzleramt. Aber er kann's nicht beweisen und seit der NSA-Whistleblower-Affäre schauen sowieso alle nur mehr den Amerikanern auf die Finger." Holger grinste, als er weiter sprach. „Manchmal glaube ich, dass dieser Milchbubi nur das Ablenkungsmanöver in einer geheimdienstlichen Operation gigantischen Ausmaßes ist. Ein Katz-und-Maus-Spiel, aber wir wissen nicht wer die Katze und wer die Maus ist."

„Aber zurück zu Deiner Frage. Es ist doch klar, dass auch die ›Nachbarn‹ ihre ausgebildeten Leute genauso ungern verlieren und dass der Junge noch mit seinem Verein verbunden bleibt, ist auch nur logisch.

Als Du mit Deiner Geschichte bei mir aufgetaucht bist, waren Germut und ich sofort der Überzeugung, dass wir dadurch den Hebel bekommen könnten um Alexej für uns nutzbar zu machen. Wie ich Dir ja schon gesagt hatte, Alexej hält sich von allem fern. Die personifizierte Unauffälligkeit - zu Deutsch um Deutsch zu sein."

„Okay Holger - die Story kenn ich schon, hast's mir ja schon mal vorgebetet. Für diese alte Leier hätte ich meine Tour nicht unterbrechen müssen. Also nochmal: was hat der Dienst mit den zwei toten Indern und dem Alexander Müller zu tun?"

„Ich hab's versucht. Germut hat es prophezeit. Also ›Butter bei de Fische‹. Die Indischen Leute interessieren uns überhaupt nicht. Es geht ausschließlich um Alexander Müller, alias Alexej Melnikow. Germut glaubt, dass unser Freund eine Quelle betreut, eine hochrangige. Wir haben es in den letzten Jahren schon mehrfach mit einer ›Gimpelfalle‹ versucht. Hat aber nie funktioniert. Wir haben unsere Aktionen nie über die internen Kanäle laufen lassen. Gefälligkeiten unter Kollegen - Du verstehst? Germut hätte sonst zu viel erklären müssen und das wollte der alte Geheimniskrämer nicht.

Dass da etwas Schmutziges läuft, wissen wir seit ein paar Monaten. Seine Frau ist eine namhafte Wissenschaftlerin und unterrichtet an der Uni in Dresden. Sie ist eine Internationale Größe im Bereich Genetik, Gene und Gentechnik. Wenn sie nicht unterrichtet, keine Vorträge hält oder nicht auf Reisen ist, dann verschwindet sie in einem Gebäude in der Dresdner Neustadt. Wir haben fast drei Wochen gebraucht um rauszufinden, dass sich in dem Gebäude ein inoffizielles Labor mit der Klassifizierung BSL-4 befindet. Unsere Spezialisten haben uns gesagt, dass für das Forschungsgebiet der Frau Professor Müller höchstens ein Labor der Schutzstufe drei, aber nie und nimmer der Stufe vier erforderlich sei."

Jens wollte gerade eine bissige Bemerkung loswerden, als Holger weiter dozierte.

„Was wir auch versuchten, nie konnten wir einen Blick in die Räumlichkeiten des Labors werfen. Selbst den Vertretern des Bundesgesundheitsamtes, als Genehmigungsbehörde für Labore dieser Ausstattungsart, wurde der Zugang unter Berufung auf das Geschäftsgeheimnis verweigert.

Offizieller Betreiber ist eine US-Amerikanische Firma für Genforschung und technische Anwendung und dahinter steckt eine amerikanische Foundation, die sich der Förderung der Volksgesundheit mittels Gentechnik verschrieben hat. Die Jungs betreiben weltweit solche Einrichtungen und bieten offiziell Gentests für die verschiedensten Zwecke an. Außerdem sind diese Labore in das Genom-Projekt eingebunden. Mehr aber ist da nicht rauszukriegen."

Als Holger mit der Beschreibung des Gebäudes fortfuhr und die Adresse nannte, wären bei Jens beinahe die Gesichtszüge entgleist. Zum Glück hatte Holger sich abgewandt und so bemerkte er die Reaktion von Jens nicht.

„Unsere anglo-amerikanischen Brüder in Christo halten sich da auch bedeckt und gehen mit Informationen äußerst sparsam um. Auch wir haben schon mehrfach versucht, eine unserer Quellen da zu platzieren. Ging aber alles in die Hose. Kaum eingeschleust, waren sie auch schon wieder draußen.

Obwohl nur Germut und ich über diese Operationen Bescheid wussten, flog offensichtlich die Tarnung unserer Leute immer wieder auf. Trotz super Qualifikation, ausgezeichneter Reputation und einer passenden Vita - keiner kam an die inneren Räume der Labore.

Du siehst also, wir brauchen Frischfleisch; wir brauchen einen Externen."

Holger hatte sich wieder umgedreht und blickte in Jens Richtung.

„Also - wie isset ? Kann ich Germut sagen, dass Du jetzt dabei bist?"

Jens wog im Stillen die Vorteile gegen die Nachteile ab.

„Ja verdammt nochmal."

Was mit dem Auffinden einer Leiche in Rudolph-Wilde-Park in Berlin begann, nahm jetzt eine völlig neue Dimension an - er war wieder im Geschäft.

Jens war zufrieden mit dem Ergebnis des Gesprächs. Holger hatte ihm noch die Zugänge und Passworte für NADIS-WN und INPOL, sowie eine Telefonnummer gegeben, über die er Holger ständig erreichen könne. Holger wollte von Jens noch dessen nächsten Schritte wissen, aber Jens hielt sich da bedeckt. Er blieb auch gegenüber Holger bei seiner Geschichte, dass er in Basel bei einem Ex-Kollegen reinschauen wolle und vielleicht ein neues Projekt abstauben könne.

Neunzig Minuten nach Ende des Gesprächs mit Holger überschritt Jens die Schweizer Grenze und erreichte nach weiteren sechzig Minuten Sankt Gallen. Im Gasthof Mohren hatte Jens gleich nach seiner Abfahrt aus Landsberg ein Einzelzimmer für zwei Nächte gebucht.

Ursprünglich hatte Jens nicht vor in die Schweiz zu fahren und dieses Ziel nur als Ablenkungsmanöver ins Spiel gebracht. Erst durch die Informationen, die er von Rika Sehlert und von Holger Stadla bekam, sah er für sich die Notwendigkeit seinen Freund Patrick in der Schweiz zu besuchen.

Donnerstag, 28. November

Jens war gleich nach seiner Ankunft ins Bett gefallen und hatte die ganze Nacht traumlos durchgeschlafen. Mit der besten Laune, zu der der Morgenmuffel Jens Mander fähig war, setzte er sich an den Frühstückstisch. Bei einer Tasse Schümli-Kaffee und zwei Croissants plante er in Gedanken seine Strategie für den Tag und machte sich nach dem Frühstück an die Umsetzung.

An der Grenze zu Österreich hatte Jens sein iPhone ausgeschaltet, die Sim-Karte entfernt und das Gerät in eine Metallbox in seinen Koffer gelegt. Er hatte zwar von Holger die Zusicherung erhalten, dass er völlig autonom agieren könne und niemand sonst über ihn und seine Aktivitäten informiert sei, aber er kannte die beiden lange genug um zu wissen, dass sie ihn nur an der langen Leine laufen ließen. Im Zeitalter der modernen Kommunikation war Silent-SMS so ein Zauberwort. SMS, eine Nachricht an ein Mobiltelefon schicken, ohne dass am Gerät der Eingang einer Kurznachricht sichtbar wird. Aber, und das ist der Trick, das Gerät antwortet mit einer Bestätigung in der eingebuchten Funkzelle und über eine Providerabfrage kann diese Position abgefragt werden.

Also besorgte sich Jens als erstes eine Prepaid-SIM-Karte der Swisscom und ein billiges Smartphone. Nachdem er seine Kontakte und Notizen mit der Cloud synchronisiert hatte, wählte er aus seinem verschlüsselten Adressbuch eine Schweizer Telefonnummer.

„Hallo Patrick, ich bin's - Jens. Wie geht's der Frau und den vier Musketieren?" Mit dem dritten Kind hatte Patrick den Begriff ›drei Musketiere‹ eingeführt. Als dann das vierte Kind geboren wurde, sind die Musketiere geblieben. Es wurde nur die Anzahl angepasst.

Jens merkte an Patricks Zögern, dass ihm der Anruf nicht

gelegen kam.

„Kannst Du mich in einer Stunde nochmals anklingeln. Ich bin gerade in einer Besprechung."

Mit einem „Okay, bis später" beendete Jens das Gespräch.

Als nächstes holte er den Mietwagen aus der Hotelgarage, fuhr zum Bahnhof und gab dort den Wagen zurück. Mit einem Taxi ließ er sich zu seinem Hotel bringen. Zwischenzeitlich war die Stunde rum. Jens wählte erneut Patricks Nummer.

„Grüezi Patrick, tut mir leid, dass ich Dich vorhin gestört habe. Wie geht es Deiner Familie?"

„Grüezi Jens, ich sehe eine hiesige Telefonnummer im Display. Wo bist Du?"

„Könnte Dein Familie etwas dagegen haben, wenn ich Dich in dreißig Minuten abhole und wir ein Wiedersehensbierchen trinken?"

„Bist Du bescheuert mich so etwas zu fragen?", schimpfte Patrick durch das Telefon. „Da haben wir uns über fünf Jahre nicht gesehen. Dann tauchst Du plötzlich hier auf und ich soll jetzt meine Frau fragen, ob ich einen Abend frei kriege? Jens, Du bist zu dämlich."

Jens war über Patricks Verbalattacke erschrocken.

„Sag mir wo Du wohnst und ich bin in dreißig Minuten bei Dir."

„Gasthof Mohren", erwiderte Jens und im Stillen ärgerte er sich über sich selbst, dass er Patrick wieder mal auf den Leim gegangen war.

Jens hatte Patrick an der Universität in Lausanne kennen gelernt. Beide hatten dort ein Seminar über die sogenannte Russenmafia belegt. Während Jens in diesem Thema ziemlich neu war, schien Patrick da auf wesentlich mehr Vorwissen zurückgreifen zu können. In den folgenden

Jahren hatte sich so etwas wie eine Freundschaft zuerst zwischen den beiden Männern und später dann auch zwischen den Familien entwickelt. Man besuchte sich gegenseitig, wenn der eine oder der andere in der Nähe war.

Dieses Mal wollte Jens weniger über die Familien reden.

Jens verließ sein Zimmer und setzte sich an die Bar des Hotels. ›Pünktlich wie ein Mauerer‹ kam Patrick durch die Lobby marschiert. Die beiden begrüßten sich und verzogen sich dann in die hinterste Ecke der Bar.

Nachdem sie die ersten Höflichkeiten ausgetauscht hatten, kam Jens sehr schnell auf sein Anliegen zu sprechen.

„Patrick, 'tschuldige bitte, ich bin da in etwas reingeschlittert und brauche ganz dringend Deine Hilfe", eröffnete Jens das Gespräch und legte dann auch schon mit seiner Geschichte los, die Informationen von Rika, ebenso die von Holger. Die Quellen verschwieg er vorsichtshalber.

Patrick hörte geduldig zu, stellte keine Fragen und trank ab und zu von seinem Bier, das der Ober inzwischen auf den Tisch gestellt hatte.

„So, jetzt kennst Du die Story", beendete Jens seinen Bericht. „Ich habe nur eine mäßige Vorstellung von Organspende, Transplantation und Abstoßungsreaktionen. Schulwissen und das was man plakativ so alles in Film, Funk und Fernsehen serviert bekommt." Jens versuchte etwas verlegen zu grinsen.

„Okay, und wie kann ich Dir jetzt helfen?", fragte Patrick.

„Erzähl mir was über die Russenmafia."

„Wie kommst Du drauf, dass ich da was wissen könnte?", parierte Patrick die Frage. „Hier in der Schweiz leben auch viele Russen, aber Mafia? Herrje! Und warum soll ausgerechnet ich was drüber wissen?"

„Weil Du ein Universalgenie bist, mein lieber Patrick",

spöttelte Jens.

„Wie kommst Du überhaupt darauf, dass Deine Geschichte mit der Russenmafia zu tun hat?" Patrick wollte offensichtlich Zeit gewinnen.

„Nun, das liegt doch auf der Hand. Alexej Melnikow, alias Alexander Müller ist ein ehemaliger Militär und Geheimdienstler. Sein Geschäft ist typischerweise ein Tarngeschäft für Prostitution, Schleuser und Geldwäscher, er hält sich auffällig unauffällig von allen Aktivitäten der Exilrussen fern und er ist für meinen Geschmack zu oft in Russland. Außerdem gibt es bei Interpol eine BlueNotice. Das mit der Tarnfirma muss ich zwar noch überprüfen, aber das ist über meine alten Verbindungen auch kein Problem."

Bei der Erwähnung der ›alten Verbindungen‹ froren Patrick die Gesichtszüge ein.

„Bist du wieder bei der Truppe?"

„Nein und Ja. Nimm es wie Du's willst. Ja, ich rede wieder mit Germut und nein, ich arbeite nicht mit ihm", schönte Jens die Wahrheit. „Schließlich sind wir verwandt und im Alter nivellieren sich Ansichten." Jens grinste wieder verlegen. „Hinzu kommt, dass ›this case‹ ausschließliche meine und die Angelegenheit meines Sohnes und dessen Arbeitgebers ist.

„Du weißt, ich mag ihn nicht und seinen Adlatus Holger mag ich noch weniger. Also wenn, dann helfe ich Dir und nur Dir. Wenn ich was anderes höre, dann bin ich raus und Du brauchst mich nie mehr anrufen. Nur, dass das klar ist."

Jens wusste, dass es in der Vergangenheit zwischen Patrick und Germut einmal heftig geknallt hatte, aber er wusste nicht, worum es dabei gegangen war. Keiner von beiden hatte je ein Wort über den Vorfall verloren und

Jens hatte auch nie gefragt.

Mit einem „Okay" kommentierte Jens Patricks Aussage. „Das ist Eure Sache, da häng ich mich nicht rein. Ich habe mit Germut auch meine eigenen Auseinandersetzungen und die reichen mir."

Nach einer mehrminütigen Pause, in der jeder dumpf vor sich hin brütete, nahm Patrick das Gespräch wieder auf.

„Ich glaube nicht, dass ich Dir über die Russenmafia noch viel Neues erzählen kann, schließlich hast Du ja selbst jahrelang in dem Sumpf rumgerührt." Patrick sah Jens zweifelnd an. „Außerdem ist in Deinem Fall die Verbindung zur Russenmafia ziemlich dünn - um nicht zu sagen extrem dünn. Zugegeben, in den letzten Jahren haben sich die Jungs an neuen Geschäftsfeldern versucht, aber irgendwie konnten sie sich da nicht etablieren."

„Wie meinst Du das? Welche Geschäftsfelder?", unterbrach Jens.

„Handel mit waffenfähigen Plutonium zum Beispiel. Da hat doch erst vor einigen Monaten ein vierzehnjähriger Schüler in Amerika einen Preis dafür bekommen, dass er ohne riesigen Aufwand eine Kernspaltung durchgeführt hat. Wenn man bedenkt, wie viele arbeitslose Wissenschaftler es in der ehemaligen UdSSR gibt, die sicher besser qualifiziert sind als ein vierzehnjähriger Amerikaner …" Patrick ließ seinen formulierten Gedanken unvollendet im Raum stehen.

„Der Handel mit Kindern und Leihmutterschaften für illegale Adoptionen oder kinderpornografische Zwecke ist auch so ein Geschäftsfeld. Oder Organhandel. Aber das sind alles Geschäfte, die nicht unbedingt das ganz große und risikoarme Geld einspielen, auch wenn da einige Gruppen innerhalb der großen Organisationen manchen guten Dollar machen."

„Organhandel, erzähl mir mehr darüber", unterbrach ihn Jens erneut.

„Was soll ich Dir da erzählen?

Dass es ein ganz mieses Geschäft mit der wirtschaftlichen Not der Spender ist?

Dass es für die Spender häufig ein tödliches Geschäft ist?

Nö, das weißt Du selbst.

Du weißt doch auch, wie aufwändig es für einen Empfänger ist einen passenden Spender, in der Fachsprache auch Donor genannt, zu finden. Dazu kann Dir Deine Freundin sicher einiges mehr sagen.

Okay, für diese Art von Business gibt es keinen Käuferschutz. Deshalb spielt hier die Mundpropaganda eine große Rolle. Aber eklatante und vor allem ständige Misserfolge machen da nicht gerade eine positive Werbung. Oder denkst Du, dass einer zur Transplantation nach Irgendwo fliegt, sich da unters Messer legt und kaum, dass er wieder zuhause ist, an den Folgen der Transplantation abnibbelt? Schlechte Werbung fürs Geschäft!

Außerdem, wie erklärst Du Deinem Arzt oder dem Krankenhaus, dass Du jetzt nicht mehr zweimal die Woche zur Dialyse kommst, obwohl Du in den Jahren vorher ständig da warst, aber dafür auf einmal Immunsuppressiva wie Cyclosporin oder ähnliches benötigst. Ganz zu schweigen davon, dass jederzeit Abstoßungsreaktionen auftreten können und behandelt werden müssen.

Das sind alles Probleme, die nur ein Mensch mit einem ganz dicken Konto meistern kann und das schränkt den Kundenkreis für das Geschäft auch ziemlich ein.

Also international ist der Organhandel nicht unbedingt ein Massenphänomen.

Anders ist es in den Ländern wie Indien und China. Nach

einer Studie der WHO wären in Indien sechsundneunzig Prozent der armen Bevölkerung bereit, für tausend Dollar eine Niere zu verkaufen. Es gibt zwar seit vierundneunzig ganz strenge gesetzliche Regeln für Organtransplantationen, aber Du weißt doch: ›alle Menschen sind käuflich, für manche ist der Preis nur höher‹.

In der »Medanta Medicity« in Neu Delhi erhalten Patienten aus dem Westen beste medizinische Versorgung zu Preisen, die nur etwa ein Achtel von dem ausmachen, was in Europa oder den USA fällig wäre. Fünfundvierzig Operationssäle, über tausend Betten und insgesamt fünfzehn Institute, geleitet von indischen Ärzten, die an den besten Universitäten der Welt ausgebildet wurden, das ganze Haus ausgestattet mit der besten Technik.

Wenn ich Dir sage, dass die Medizintouristen und superreiche Inder und Chinesen diesem und ähnlichen Häusern über zwei Milliarden Dollar Umsatz im Jahr einbringen, was zählen da ein paar illegale Transplantationen. Und wenn man das Ganze noch richtig darstellt und dann an den richtigen Stellen noch ein paar Geldgeschenke platziert…"

Wieder ließ Patrick das Ende seines Monologs offen im Raum stehen.

„Und glaub nicht, dass es in China viel anders ist", fügte er nach einer kurzen Atempause an und setzte seinen Vortrag fort.

„Die Russen versuchen seit einigen Jahren, sich auch ein Stück von dem Kuchen des Medizintourismus abzuschneiden. Aber so richtig kommt das System nicht zum Laufen. Zwar ist das Geld für die Kliniken und die Technik vorhanden, aber den Ärzten fehlt die Reputation einer Ausbildung im Westen. Also ich glaube, Du jagst da einen falschen Hasen." Patrick grinste bei dem Wortspiel.

„Entweder bist Du auf der total falschen Spur oder die Russen haben da was, von dem das Department noch nicht den Hauch einer Ahnung hat."

Freitag, 29. November

Jens hatte sich nach dem Gespräch mit Patrick immer mehr von der Vorstellung distanziert, dass er im Fall der beiden toten Inder auf einen Fall von Organhandel gestoßen sei. Reden kann hungrig machen und Patrick kannte ein erstklassiges Restaurant in der Nähe des Hotels und so hatten sie beschlossen, sich da noch ein Steak zu genehmigen, bevor sich ihre Wege trennten.

Das Bild, das sich Jens Mander von dem Fall gemacht hatte, war durch die Informationen von Patrick in Schieflage geraten. Mangels einer Alternative klammerte er sich noch an die These vom Organhandel, auch wenn ihm jetzt die hundertprozentige Überzeugung fehlte.

Er wollte und musste nochmals mit Rika sprechen.

Aus seinem Adressbuch wählte er die bekannte Telefonnummer in München und nahm erstaunt zur Kenntnis, dass sich eine männliche Stimme meldete.

„Hier spricht Jens Mander, ich hätte gerne Frau Professor Sehlert gesprochen. Es ist wichtig."

„Jens Mander? Der Jens Mander?", sagte die Stimme am anderen Ende der Leitung und Jens war so verblüfft, dass er seinerseits mit einem knappen ›Ja‹ antwortete.

„Wir kennen uns zwar nicht persönlich, aber Rika hat schon viel von Ihnen erzählt."

„Ich hoffe, nichts schlechtes", erwiderte Jens und da er sich wieder gefangen hatte, „und außerdem bin ich unschuldig."

„Das wollen wir mal so im Raum stehen lassen. Rika macht gerade eine Autopsie. Soll ich ihr was ausrichten?"

„Sagen Sie ihr, dass ich unter dieser Nummer auf ihren Anruf warte."

Dann beendete Jens das Gespräch.

Keine dreißig Sekunden später klingelte Jens' Telefon.

„Nicht, dass Sie auf falsche Gedanken kommen: ich bin nur ein ehemaliger Student und wissenschaftlicher Mitarbeiter vom Frau Professor Sehlert. Nicht weniger, aber auch nicht mehr." Nach diesen Worten war die Leitung tot und Jens noch mehr verwirrt.

Jens wollte sich jetzt zu irgendwelchen Beziehungskisten keine Gedanken machen. „Dazu ist immer noch Zeit", brummte er vor sich hin.

Um wieder mobil zu sein, ließ er sich vom Portier die Telefonnummer der Autovermietung geben, bei der er am Tag zuvor seinen Mietwagen angeben hatte und bestellte dort einen neuen Wagen.

Es war schon fast Mittag, als Jens Telefon klingelte und er die Stimme von Rika Sehlert hörte.

„Meinen Assistenten hast Du schon am Telefon kennen gelernt. Also was kann ich noch für Dich tun?"

„Hast Du Lust auf ein Wochenende in Sankt Gallen?"

„Hätte ich schon, aber ich fliege am Sonntag für eine Woche in die Staaten." Und schnell fügte sie noch hinzu: „Zu einem Kongress. Das wird mir etwas zu hektisch. Ausserdem ist das Ticket für München gebucht."

Jens hörte eine Spur des Bedauerns aus ihrer Stimme.

„Dann komme ich nochmals nach München. Wenn es klappt, bin ich gegen sieben da." Bevor die Verbindung abbrach glaubte Jens Mander ein gehauchtes ›Okay‹ gehört zu haben, aber ganz sicher war er sich da nicht.

Es war zehn Uhr fünfzehn. Seit einer Woche hatte Jens immer nur ganz kurz mit seiner Frau telefoniert. Nach seiner Berechnung erwartete er, den Freitagsverkehr mit einberechnet, eine Fahrzeit von rund vier Stunden. Da blieb im genug Zeit für ein ausgiebiges Telefonat.

Anschließend packte er seine Reisetasche, gab an der Rezeption die Codekarte seines Zimmers ab und bezahlte die Rechnung.

›Qui bono‹

Dieser Frage beschäftigte Jens Mander während seiner Fahrt auf Schweizer Staatsgebiet. Die Kontrolle am Grenzübergang Lustenau beschränkte sich auf Österreichischer Seite auf die Frage nach deklarationspflichtigen Waren und Währungen sowie den Grund der Einreise. Jens erklärte, er sei beruflich zum Zweck der Geschäftsanbahnung in der Schweiz gewesen und würde nun nach Deutschland zurückkehren.

Während der Befragung durch die österreichische Grenzpolizei wurde auf der nebenliegenden Fahrspur ein schwarzer Mercedes Vicano mit deutschem Kennzeichen abgefertigt. Obwohl Jens das Kennzeichen des Fahrzeugs nicht mehr erkennen konnte, brachte er den Mercedes sofort mit der Detektei aus Essen in Verbindung. Entsprechend stellte er sich sofort darauf ein, überwacht zu werden. Zum Glück hatte er ausreichend Zeit eingeplant, damit er im Falle einer Verfolgung diverse Ablenkungsmanöver ausführen konnte und trotzdem noch pünktlich zu seinem Treffen mit Rika Sehlert kam.

Gemütlich, als hätte er alle Zeit der Welt, durchquerte Jens Österreich. Man hätte fast den Eindruck gewinnen können, Jens Mander sei auf einer Urlaubsreise. Die Entschleunigung hatte aber noch einen Nebeneffekt: es hatte in den letzten Tagen geschneit und die Straßen waren teilweise schneebedeckt und hätten ihn sowieso zu einer ›Schleichfahrt‹ gezwungen.

Dem „Schengener Abkommen" sei Dank, blieb Jens Mander ein Aufenthalt bei der Einreise nach Deutschland erspart und so startete Jens ein erstes einfaches Ablenkungsmanöver. Gleich nach dem Grenzübergang änderte

Jens Mander seine Fahrtroute und steuerte Lindau am Bodensee an. Wurde er von einem oder mehreren Autos verfolgt, müssten die ihm jetzt folgen. Jens kannte sich in der näheren und weiteren Umgebung des Bodensees gut aus und, so war seine Überlegung, würde er auf den verschiedenen Nebenstrecken das oder die Fahrzeuge identifizieren können. Kurz vor Lindau bog er auf die Bundesstraße zwölf und einige Kilometer später auf die Bundesstraße einunddreißig ab. Aber entweder die Verfolger waren so gut oder Jens hatte alles verlernt - er konnte keine Verfolger feststellen.

Jens befürchtete fast, dass er von einem Gespenst getrieben sei, aber bisher konnte er sich immer auf sein Bauchgefühl verlassen. Eine Möglichkeit gab es noch. Die Überwacher kannten das Fahrziel und ließen ihn an der langen Leine laufen. Es war ihm zwar ein Rätsel, wie sie an diese Information gelangen konnten, aber ausgeschlossen war dies nicht. Vorläufig interessierte es ihn auch nicht, denn wenn was dran war, dann war Rika Sehlert in Gefahr.

Jens beschleunigte den Wagen; er trat das Gaspedal bis zum Bodenblech durch und war jetzt froh, dass der gemietete Passat so gut motorisiert war und so erreichte Jens trotz des Umwegs über Lindau schon nach einer knappen Stunde München. Über die Garmischer Straße, Trappentreustraße und die Donnersberger Brücke erreichte er die Arnulfstraße. In der Nähe des ehemaligen Postamts am Steubenplatz stellt er den Passat ab, schlüpfte in seine Winterjacke - in München war es kälter als in Sankt Gallen - nahm seine Computertasche aus dem Kofferraum, sein Handy und ging zur Straßenbahnhaltestelle Richtung Hauptbahnhof. In der Straßenbahn zog er am Automaten eine blaue Streifenkarte und stempelte zwei Streifen. Rikas Wohnung an der Münchner Freiheit war gut mit der U-Bahn zu erreichen und so bot sich für Jens erneut die Möglichkeit irgendwelchen Verfolgern ein Schnippchen zu schlagen.

Am Hauptbahnhof aus der Straßenbahn und zu Fuß über den Bahnhofsvorplatz Richtung Stachus, dann im Untergrund mit der U-Bahn zum Marienplatz, umsteigen in die Olympia-Linie und an der Haltestelle Martiusstraße über die Kaulbachstraße - Nikolaiplatz und Siegesstraße in Richtung Münchner Freiheit.

Langsam wurde zwar die Zeit knapp, aber Jens wollte sicher gehen, dass er jeden möglichen Verfolger abgeschüttelt hatte. Sein iPhone hatte er auch noch nicht wieder aktiviert und in dem, in der Schweiz gekauften Samsung steckte noch die Simkarte der Swisscom. Jens wählte Rikas Telefonnummer, landete aber nur auf der Mailbox. Ein Blick auf seine Armbanduhr sagte ihm, dass er noch vor der verabredeten Zeit war und so nutzte er die Zeit sich umzusehen. Obwohl Jens Mander in den Siebziger und Achtziger Jahren in München lebte und in Schwabing quasi seine Nächte verbrachte, war ihm die Stadt fremd geworden. Deshalb tat er sich auch schwer, irgendwelche ›Fremdkörper‹ in der Straße zu erkennen, aber Jens versuchte mit seiner Beobachtungsgabe herauszufinden, wer oder was sich auffällig in der Straße vor Rikas Wohnung verhalten würde.

Jens ärgerte sich, dass er sein Headset bereits ausgeschaltet hatte, denn das Läuten seines Telefons schien in der Dunkelheit der Straße doch einiges Aufsehen zu erregen. Ein Pärchen, das gerade noch verliebt Hand-in-Hand an ihm vorbeigegangen war, blieb stehen und blickte in seine Richtung. Als Jens sich am Telefon mit seinen obligatorischen ›Ja‹ meldete, nahmen die Beiden keine weitere Notiz von ihm.

„Ich stehe im Hauseingang gegenüber", informierte er Rika. „Und wenn Du runter kommst, dann lade ich Dich zum Essen ein."

„Ach, komm lieber rauf. Ich drücke den Öffner, wenn Du mir ein ›L‹ morst." Während seiner Ausbildung musste Jens auch das Morsen lernen und damit man sich die Morsezeichen besser merken konnte, gab es Eselsbrücken für jeden Buchstaben. Der Buchstabe L war kurz-lang-kurz-kurz oder ich liebe dich, wobei die Silbe lie ganz lang gezogen wurde. In launiger Runde hatte Jens das mal zum Besten gegeben und Rika hatte das freudig aufgenommen.

Jens sah sich nochmals um, bevor er die Straße überquerte und auf den Hauseingang zusteuerte, Rikas Klingel an der Tafel identifizierte und das L morste.

Er war schon im Treppenhaus und auf dem Weg zum Aufzug, als auf seinem Hinterkopf etwas niedersauste, das ihn augenblicklich, begleitet von einer riesigen Anzahl von Sternchen, von den Beinen holte und in das Land der Träume schickte.

Das Nächste was Jens wieder wahrnahm waren leichte Schläge im Gesicht. Rika kniete neben ihm und hatte ihn mit leichten Ohrfeigen wieder ins Diesseits geholt. „Jens - wach auf; hörst Du mich? Wach auf." Rikas Stimme durchdrang immer intensiver die Barriere zwischen seinen Kopfschmerzen und seinem Bewusstsein.

„Wenn Du mich weiter so schlägst, brauch ich für den Rest meines Liebeslebens eine Domina." Obwohl in seinem Schädel ein ganzes Hornissennest schwirrte, brachte er ein schräges Grinsen zustande. „War das Dein Liebhaber oder …?"

„Du Spinner, glaubst Du, ich gebe mich mit Menschen ab, die auch nur im entferntesten zu Gewaltausbrüchen neigen?", konterte Rika. „Aber jetzt mal im Ernst. Geht's wieder oder soll ich Dich ins Schwabinger bringen?"

Rika Sehlert war jetzt ganz die Ärztin und der Profi, der sich um einen Verletzten zu kümmern hatte. Jens verneinte das und um der nächsten Frage Rikas vorzubeugen: „Ich will auch keine Polizei hier haben."

Jens tastete nach seinem Handy, das er in der rechten Außentasche seiner Jacke hatte. Zu seiner Überraschung war es noch da. Auch seine Computertasche mit dem iPad und einer separaten Tastatur lag neben ihm. „Was sollte das denn? Ein Überfall ohne Beute aber mit grausamen Kopfschmerzen - das ist ja ein Ding."

Jens, der jetzt dank Rikas Hilfe auf seinen schwankenden Beinen stand, lehnte sich gegen die Wand. „Gehen wir zu mir oder doch besser zu Dir?"

Statt einer Antwort schnappte sich Rika Jens' Tasche, griff ihn am Arm, zog ihn zum Aufzug und sie fuhren zusammen in Rikas Wohnung.

„Du hast richtig Schwein gehabt. Ich wollte uns noch eine Pizza besorgen und kam Dir im Aufzug entgegen. Als sich die Aufzugstüre öffnete, sah ich Dich am Boden liegen und eine schwarzbekleidete Gestalt war gerade dabei Deine Taschen zu durchsuchen. Als ich mich bemerkbar machte, ich habe wie am Spieß geschrien, verschwand die Gestalt durch die Haustüre." Rika hatte inzwischen die Platzwunde gereinigt. Irgendwoher hatte sie Nadel und Faden gezaubert, mit Xylocain, einem lokalen Betäubungsmittel, die Stelle betäubt und die Wunde genäht.

„Hast Du gesehen, wohin die Gestalt verschwunden ist, war da noch jemand, hörtest Du ein Auto wegfahren?"

Nachdem Jens keine Antwort auf seine Fragen bekam, er aber Rika nicht sehen konnte nahm er an, dass sie verneinend den Kopf schüttelte.

„Pack Deine Sachen, auch die, die Du für Deinen Kongress brauchst. Ich bestelle uns ein Zimmer im Holliday

Inn. Kann sein, dass ich zu misstrauisch bin, aber ich weiß nicht, ob das nur ein Fall von Beschaffungskriminalität ist oder mit meinem Fall zu tun hat."

Ohne weitere Fragen verschwand Rika im Schlafzimmer und als sie zwanzig Minuten später mit einem gepackten Koffer vor der Türe stand, hatte Jens das Zimmer und ein Taxi organisiert. Rika verschloss die Türe und Jens, der in Rikas Bad einige der langen, blonden Haare geklaut hatte, klebte diese an drei Stellen der inzwischen verschlossenen Türe in den Falz. „Wenn Du von Deinem Kongress kommst und eins der Haare ist nicht mehr an seinem Platz, dann geh nicht in die Wohnung. Ruf mich an und ich besorge Dir einen Babysitter, der Dich in die Wohnung schafft und auf Dich aufpasst."

„Jens, jetzt mal ehrlich. In welchem Schlamassel steckst Du?"

„Ich weiß es nicht, Rika. Mein Hund hat im Park eine Leiche gefunden und mein Adoptivsohn hat mich um einen Gefallen gebeten. Das ist alles."

„Bist Du sicher?"

„Ja Rika, da bin ich sicher. Würde ich Dich belügen?"

„Nein Jens, belügen würdest Du mich nicht. Das hast Du auch nie. Aber dass Du mir nicht die ganze Wahrheit sagts, das würde ich Dir schon zutrauen."

Zum Glück hielt das bestellte Taxi neben den beiden. Damit ersparte Jens sich eine Antwort. Er öffnete galant die Autotür und stieg dann selbst ein, während der Fahrer den Koffer verstaute.

Keine zehn Minuten später standen Rika und Jens in der Lobby des Hotels an der Rezeption und checkten ein.

Jens war sich nicht sicher, ob Holgers Überwachungsaktion noch immer am Laufen war. Mit einem Hut, den er in

Rikas Kleiderschrank gefunden hatte, war er fast nicht zu erkennen. Außerdem hatte er das Zimmer auf Rika's Namen bestellt und beim Checkin trug sie nur ›mit Begleitung‹ in das Anmeldeformular ein. Selbst wenn Holgers Truppe noch aktiv observierte - sie würden nicht gleich Besuch von Holger bekommen.

Während sich Rika im Bad frisch machte, prüfte Jens seine Gerätschaften. Das Samsung durch seinen Sturz einen Riss abbekommen, der quer über das ganze Display lief. Ansonsten schien es noch zu funktionieren, denn er konnte seine Mailbox noch anrufen.

Das iPad hatte dank der Tasche und der Hülle die Attacke ohne jeglichen Schaden überstanden. Sein iPhone, das er ebenfalls in der Computertasche aufbewahrt hatte, war äußerlich unbeschädigt. Um seine Position nicht zu verraten nahm er keines der Geräte in Betrieb. Sicherheitshalber verpackte er die Teile wieder in der Metallbox, wie sie auch für den Transport von Filmen benutzt wurden, denn auch ein ausgeschaltetes Handy kann solange geortet werden, wie ein eingelegter Akku das Teil mit Strom versorgt.

Offenbar hinterließ Jens bei Rika einen ziemlich derangierten Eindruck, denn Rika hatte während Jens seine Geräte prüfte, beim Zimmerservice Essen bestellt. Jens befürchtete schon, dass Holger wieder vor der Türe stehen würde. Aber es war diesmal ein Unbekannter, wahrscheinlich ein Hausbediensteter, der das Abendessen auf einem Servierwagen ins Zimmer schob und den Tisch deckte.

Rika gab dem Kellner Trinkgeld und als der das Zimmer verlassen hatte, unterzog Jens den Servierwagen einer Inspektion. „Keine Wanzen, keine Minikameras. Trotzdem Vorsicht", schrieb er auf einen Zettel, den er Rika unter die Nase hielt.

Samstag, 30. November

Jens hatte tief und fest geschlafen und im Moment interessierte es ihn auch nicht die Bohne, ob und wie er die letzte Nacht seiner Frau erklären sollte. Seine Kopfschmerzen waren weg und er merkte nur mehr eine leichte Spannung an seiner Platzwunde. Rika war schon im Bad aktiv und ihr leises Summen nahm er als Zeichen äußerster Zufriedenheit.

Jens widerstand dem Drang nach einer Fortsetzung der nächtlichen Aktivitäten. Mit einem ›guten Morgen Spatzl‹ drängte er sich ganz schnell an Rika vorbei ins Bad. Für die Morgentoilette brauchte er diesmal keine zehn Minuten, dann war auch er geduscht, rasiert und angezogen.

Händchen haltend gingen die beiden ins Restaurant und bedienten sich ausgiebig am Frühstücksbuffet. Jens bestellte an der Rezeption ein Taxi. Gemeinsam fuhren sie in die Blumenstraße. In stiller Zweisamkeit bummelten sie über den Viktualienmarkt. In seinen Gedanken machte sich Jens schwere Vorwürfe, dass er Rika in die Angelegenheit reingezogen und damit unter Umständen in Gefahr gebracht hatte.

„Mach Dir keine Sorgen", sagte Rika urplötzlich, als hätte sie seine Gedanken körperlich wahrgenommen. „Mein Leben läuft in so tristen Bahnen, da kommt etwas Abwechslung gerade richtig." Sie war stehen geblieben und blickte Jens an. „Außerdem bist Du hier und da werde ich jede Sekunde genießen - und wenn es die letzte Sekunde meines Lebens ist."

Schnell wandte sie sich von Jens ab, damit er die aus ihren Augen herauskullernden Tränen nicht sehen konnte. Plötzlich war es Jens vollkommen gleichgültig was die um sie herumstehenden Menschen an diesem kalten Samstagvormittag über ein älteres, knutschendes Pärchen dachten. Er nahm Rika in den Arm und küsste sie und ließ sie erst wieder los, als einige Passanten anerkennend pfiffen und applaudierten.

Hand in Hand verbeugten sie sich wie zwei Schauspieler, die sich nach einer gelungenen Vorstellung für den Applaus bedankten. Dann gingen sie in Richtung Sendlinger Straße weiter. Am Sendlinger Tor stiegen sie in ein Taxi und Jens gab als Ziel die Arnulfstraße an. Am Steubenplatz ließ er den Fahrer anhalten, bezahlte und ging mit Rika im Schlepptau zu seinem Mietwagen.

Für ein vertrauliches Gespräch, hatten die Ausbilder immer gesagt, gibt es keinen besseren Ort als die freie Natur und freie Natur gab es im Schlosspark Nymphenburg zuhauf. In seinem früheren Leben, nach Rika und lange vor seiner jetzigen Frau, war die Ecke von München sein Jagdrevier. Da kannte er alle Straßen und alle Wege. Fünf Minuten, nachdem sie in Jens' Wagen umgestiegen waren, standen sie schon vor dem Portal zum Schlosspark.

In ihren Jacken eingemümmelt, den Kragen hochgezogen, so betraten sie den Park. Auf den weitläufigen Flächen des Parks bestand keine Gefahr, dass sich ein ungebetener Lauscher anschleichen konnte, aber Jens hatte trotzdem immer ein Auge auf seine Umgebung.

„Rika, ich war gestern bei Patrick in der Schweiz und habe ihn zu dem Fall mit den beiden Indern befragt. Patrick arbeitet für eine Organisation, die sich auch mit der Russenmafia beschäftigt."

„Okay", kommentierte Rika einsilbig.

„Patrick meint, es könnte durchaus ein Fall von illegalem Organhandel vorliegen. Aber …"

„Aber er meint, dass es eher unwahrscheinlich sei?"

„Richtig geraten, mein Schatz. Zuviel Aufwand, zuviel Risiko und zu wenig Gewinn. Das war sein Resümee. Er meint, wenn einer ein neues Organ braucht und die Kohle dazu hat, dann geht er nach Indien oder China. Er nannte das ›Medizintourismus‹ und ein Riesengeschäft für die beiden Länder."

„Stimmt, da hat er recht", kommentierte Rika. „Aber für diese Information hättest Du nicht in die Schweiz fahren müssen", grinste sie ihn an.

„Naja - Du kennst mich doch. Ich fahre nun mal sehr gerne Auto und für originales Rösti tu ich einiges."

„Und jetzt willst Du wissen, was noch infrage kommt?"

„Yep"

„Ich hab schon am Montag versucht, Dir das Thema näher zu bringen. Gentechnik. Salopp gesagt: wenn der Patient noch Zeit hat, züchtest Du aus embryonalen Stammzellen ein neues Organ. Nennt sich ›Tissue Engineering‹ oder abgekürzt ›TE‹. Wenn es aber schneller gehen muss, veränderst Du mit gentechnisch modifizierten Viren die Zellen des Spenderorgans so, dass es vom Empfänger-Immunsystem nicht mehr als fremd erkannt wird. Es gab auch schon Tierversuche, bei denen das Immunsystem des Tieres vor einer Transplantation völlig zerstört und zugleich mit der Transplantation aus embryonalen Stammzellen völlig neu aufgesetzt wurde. Das Verfahren mit den Stammzellen ist bei Leukämiepatienten fast schon Standard." Rika war wieder in ihrem Element. „Ohne Deinen Namen ins Spiel zu bringen, hatte ich Kontakt mit dem Berliner Kollegen aufgenommen und mit ihm die Fälle besprochen".

Jens sah sie verblüfft an.

„Kuck nicht so, er fand Dich ganz nett, obwohl Du offensichtlich mit dem undurchsichtigen Reuter von der Kripo rumhängst." Rika stieß ihn dabei kumpelhaft in die rechte Seite. „Musst ja einen ganz tollen Eindruck hinterlassen haben, dass der Kollege sich noch an Dich erinnerte."

„Die Befunde, mit Ausnahme der postmortalen Verletzungen, passen in allen drei Fällen zusammen und wir vermuten beide einen gentechnischen Hintergrund. Dafür sprechen auch die auffälligen Blutwert. Der Kollege hat es so formuliert: wenn man es nicht besser wüsste, könnte man fast annehmen, dass die beiden Inder sich selbst vergiftet haben und das mit einer Substanz, die wir heute noch nicht nachweisen können. Auch Escherichia coli und Aflatoxin B1 weisen in die gentechnische Richtung."

Die Beiden hatten inzwischen die ›Große Kaskade‹ im Schlosspark erreicht. Auf dem Weg dahin, entlang des ›Mittelkanals‹, hatte Jens sich öfter unauffällig nach möglichen Verfolgern umgesehen. Es sah aber so aus, als wären sie beide an diesem Samstagnachmittag die einzigen Besucher.

„Erinnerst Du Dich noch an unseren ersten gemeinsamen Spaziergang?", unterbrach er Rikas Vortrag. „Als wir beide Hand-in-Hand und nass bis auf die Haut fast an der gleichen Stelle standen?"

„Ich hatte schon geglaubt, Du hast es vergessen." Rika drehte sich zu Jens und wie von einem starken Magneten angezogen, fiel sie ihm um den Hals. „Wenn ich könnte, ich würde die Zeit zurückdrehen."

Rika löste sich aus Jens Armen und ging nach rechts in Richtung ›Pagodenburg‹. Sie hielt den Kopf gesenkt und an den zuckenden Schultern konnte Jens erkennen, dass sie weinte. Jens ließ Rika einen Vorsprung und folgte ihr in gleichbleibenden Abstand, bis sie das Lustschlösschen erreicht hatten.

Inzwischen wieder ganz die Wissenschaftlerin begann Rika Sehlert ganz unvermittelt weiter zu dozieren.

„Stellen wir doch mal die Hypothese auf, dass einer eine Lamda-Phage so verändert hat, dass die eine bestimmte Gensequenz in ihrem Wirt ablegt. Is'ja mögliche und wird auch teilweise schon gemacht. Nehmen wir also an, dass ein so verändertes Bakterium eine endokrine Substanz produziert, die die Entstehung von Antigenen durch transplantierte Organe unterdrückt und nehmen wir weiter an, dass bei der Übertragung der Gensequenzen oder auch schon vorher was schief gegangen war und das Bakterium nicht das endokrine Immunsupressivum sondern das toxische Aflatoxin B1 produzierte und das die beiden umgebracht hat."

Rika sah Jens fragend an.

„Okay - Du bist die Frau Professor und so wie Du es darstellst …" Jens ließ den Satz unvollendet und fuhr fort: „Aber auf welche Tatsache stützt Du diese Hypothese?"

„Hab ich das nicht gesagt?" Sie hatte wieder ihr jungmädchenhaftes Grinsen. „Der bakterielle Wirt der Lambda-Phage ist das Escherichia coli."

Jens war kein Biologe und kein Wer-weiß-was-immer, aber nach Rikas letzten Worten hatte er erstmalig das Gefühl einen Silberstreifen am Verbrechenshorizont zu sehen.

„Okay, liebste aller Freundinnen. Wenn Du mir jetzt noch sagst, wer das alles machen kann, wer die Ausrüstung dafür hat und dafür infrage kommt, dann hast Du mich ein gewaltiges Stück nach vorne gebracht."

„Jeder", kam ganz leise als Antwort.

„Jeder der sich dafür interessiert; jeder der lesen und zwei plus zwei addieren kann; jeder, der die heimatliche Küche längere Zeit am Stück nutzen kann und jeder, der ein paar Euros investieren kann und möchte."

Als wäre Jens gegen einen Baum gerannt, blieb er unvermittelt stehen.

„Jeder? Wie bitte? Wie bitte hä? Du nimmst mich jetzt aber schon wieder auf den Arm? Du verscheißerst mich doch?"

„Nein mein Lieber. Es ist mein voller ernst."

„Aber braucht man da nicht eines dieser Speziallabore? Eins von den Dingern, die zig Millionen teuer sind? BSL oder wie die Dinger heißen."

„Jetzt bin aber ich platt", erwiderte Rika. „BSL, biosafety level, definiert durch eine EU-Richtlinie aus dem Jahr 2005! Das wissen außerhalb der Branche aber nicht viele Menschen."

Ihre Stimme bekam erstmals, seit sie miteinander sprachen, eine belehrende und forsche Tonlage.

„Suche mal im Internet nach Begriffen wie DIYBio, Biohacker oder Garage biology. Du wirst erstaunt sein, was Du da alles findest."

„Schön, aber kannst Du mir das mal in einer simplen und einfachen Sprache erklären?"

„Wikipedia sagt, dass DIYbio eine Organisation innerhalb einer von Cambridge, Massachusetts, ausgehenden Bewegung von Amateur-Biologen ist. Ziel dieser Bewegung war und ist es, das gesellschaftliche Bewusstsein auf bestehende biotechnologische Praxis zu lenken und interessierten Laien einen Zugang zu wissenschaftlichen Fragestellungen zu ermöglichen. Das hab ich jetzt fast wortwörtlich aus Wikipedia zitiert." Rika Sehlerts Blick war plötzlich ganz kalt.

„Gut gemeint, aber scheiße gelaufen", dozierte sie weiter.

„Versteh mich jetzt nicht falsch. Nicht jeder, der sich der DIYBio angeschlossen hat ist ein Vollpfosten oder hat kriminelle Absichten, aber durch fehlende Sicherheitsmechanismen und Kontrollen in diesem Bereich steckt hier mehr Gefährdungspotential drin, als in einer A-Bombe.

Zwotausendzwölf erschien in einer Zeitschrift ein Artikel über einen Selbstversuch, den man als Bedienungsanleitung in die Garagen Biologie bezeichnen konnte. Anhand eines Beispiels aus der grünen Gentechnik wurde Schritt für Schritt erklärt, wie man sich die Mittel , die Geräte und das Ausgangsmaterial beschaffen kann.

Durch genetische Veränderung würde es auch einem Amateur gelingen, Futtermais davon zu überzeugen, dass er HTC, den berauschenden Wirkstoff von Cannabis erzeugt.

Und sag jetzt nicht, so etwas ist ausgeschlossen. Zwotausenddrei publizierte Spiegel-Online einen Artikel mit dem Titel ›Glimmender Fisch: Das erste Design-Haustier leuchtet rot‹. In dem Artikel wurde ein Aquarienfisch beschrieben, der entgegen seiner natürlichen Färbung, einem Silbergrau mit schwarzen Streifen, nunmehr in den Farben Signalgrün, Rot oder Gelb durch die Aquarien schwamm.

Eine Horrorvision.

Zugegeben, die humanen Gene sind deutlich komplexer als die eines Zebrabärblings, aber wer schützt uns vor dem genialen Fehlern dieser Hobbyfoscher? Versehentlich und unwissentlich auf den richtigen Knopf gedrückt und wir haben den biotechnischen Supergau.“

Rika war stehen geblieben und kuschelte sich an Jens.

„Jens, das macht mir Angst.“

Er sah sie fragend an.

„Sagt Dir ›Synthetische Biologie‹ was?“

Jens schüttelte nur mit dem Kopf. „Synthetische Biologie? Noch nie gehört.“

210

„Die Synthetische Biologie ist ein Fachgebiet im Grenzbereich von Molekularbiologie, organischer Chemie, Ingenieurwissenschaften, Nanobiotechnologie und Informationstechnik, in dem die meisten Biohacker aktiv beteiligt sind. Hier wird nicht daran gearbeitet bestimmte Gene von einem zum anderen Organismus zu übertragen. Vielmehr sollen komplette biologische Systeme erzeugt werden. Wenn man dann noch weiß, dass es Forschern schon länger gelungen war, bekannte Krankheitserreger wie den Poliovirus oder den Erreger der Spanischen Grippe künstlich herzustellen und dass ein Journalist des ›The Guardian‹ als Privatperson bei einer Gensynthese-Firma ein Fragment des Pockenvirus so einfach bestellen konnte, dann macht mir das eine höllische Angst."

Seit sie die Pagodenburg in Richtung Schloss verlassen hatten, hatte Jens sich nicht mehr um irgendwelche Verfolger gekümmert. Zum Teil, weil Rikas Informationen seine Aufmerksamkeit fesselten und die altvertraute Zweisamkeit mit Rika Sehlert seine Alarmmechanismen dämpfte. Jens steuerte die historischen Gewächshäuser an. Das Schlosscafé Palmenhaus hatte geöffnet. Jens suchte einen Tisch in der Ecke, der ihm trotzdem einen freien Blick durch die Fensterfront auf den abgetrennten Teil des Parks ermöglichte.

Jens bestellte für sich und Rika Kaffee und Kuchen. Schweigend saßen sie nebeneinander. Manchmal fanden sich ihre Hände zu einer kurzen zärtlichen Berührung, aber die meiste Zeit saßen sie bewegungslos nebeneinander und hingen ihren Gedanken nach.

Es war schon dunkel. Sein ›Zeiteisen‹ wie er seine Armbanduhr etwas zynisch nannte, zeigte siebzehnhundert. Er signalisierte der Dame vom Service, dass er die Rechnung haben möchte, bezahlte und beide verließen Arm in Arm das Café.

„Wann fliegst Du morgen?", fragte Jens.

„Neun Dreißig, Checkin-time zwei Stunden vorher."

„Musst Du nochmals in Deine Wohnung?"

„Nein, ich hab schon alles was ich brauche."

„Ich fahr Dich - wenn wir um Sechs Dreißig starten, reicht das?"

Wieder einmal nickte sie nur und klammerte sich noch fester an Jens.

Sonntag, 1. Dezember

Pünktlich um Sieben Uhr fuhr Jens auf den Kurzzeit-Parkplatz des Franz-Josef-Strauß-Flughafens Erding. Auf das Frühstück im Hotel hatten Rika und Jens verzichtet. Die Fahrt zum Airport verlief problemlos, schließlich war es Sonntag und das Verkehrsaufkommen auf der Strecke hielt sich in Grenzen.

Jens begleitete Rika noch zum Checkin, wartete bis sie die Sicherheitsprüfung absolviert hatte und sich im Sicherheitsbereich aufhielt. Hier war sie wieder die Frau Professor Rika Sehlert - stolz, aufrecht und unnahbar.

Jens machte auf dem Weg zum Parkplatz noch Station bei Starbucks und genehmigte sich einen Chai-Latte. Es war Neun Uhr Dreißig, als Jens den Flughafen verließ, die Parkgebühr bezahlte und mit dem Wagen wieder nach München fuhr. Den Gedanken, zur Tochter nach Stuttgart zu fahren, verwarf er ganz schnell wieder. Im Hotel angekommen ging er als erstes in den Frühstücksraum und bediente sich ausgiebig am Frühstücksbüffet, bevor er aufs Zimmer ging.

Jens hängte das Bitte-nicht-stören-Schild an den Türknauf. Dann packte er sein iPad aus, aktivierte die externe Tastatur und schaltete es ein. Außerdem nahm er sein Iphone wieder in Betrieb. Noch bevor das iPad über sein mobiles WLan die Verbindung zum Internet herstellen konnte, hatte sein Iphone bereits das Vorliegen von mindestens einem Dutzend Nachrichten angezeigt. Zwei waren von seiner Frau, eine Mitteilung war von einem Kunden, zwei von seinem Projektvermittler. Es waren auch einige Werbungen dabei und eine Nachricht wurde als verschlüsselt angezeigt.

In seinem Mailprogramm navigierte Jens auf die verschlüsselte Nachricht und öffnete sie mit einem Doppelklick. Sofort wurde der Dialog für die Eingabe eines geheimen Passwortes gestartet. Jens war jedes Mal überrascht, dass er sich das zwölfstellige Codewort aus Ziffern, Buchstaben und Sonderzeichen merken konnte, seine sechsstellige Kontonummer aber immer vergaß. Nach der Eingabe ließ er sich die Nachricht am Monitor anzeigen; die Nachricht war sehr kurz aber auch sehr kryptisch.

7375 7265 7368 426F 3574 3078 (sureshBo5t0x)

Jens startete einen VPN-Tunnel, eine verschlüsselte Verbindung, zu seinem Cloudspeicher. Im Verzeichnis ›whistler‹ fand er eine Datei mit dem Namen ›sc_1‹ vor. Jens öffnete ein weiteres Decodierungsprogramm und gab die Zahlenkombination und den Dateinamen ein. Danach wurde der Inhalt der Datei ›sc_1‹ angezeigt.

Jens Mander war nicht schlecht erstaunt über das, was er da zu lesen bekam.

Hey pangim. ein grosses ding am laufen. jungs aus essen. arbeiten für behörde. objektschutz, aufklärung, observierung. du wirst überwacht. silent-sms. irgend eine Behörde. habe neue infos. melde dich.

Nachdem Jens seine elektronische Post gelesen hatte, rief er seine Frau mit seiner Swisscom-Telefonnummer an. Mit diesem Trick verschaffte sich Jens noch ein paar Tage Freiraum, in denen er nicht von Familienproblemen erschlagen wurde.

In den letzten Tagen hatte er nicht mehr an der MindMap gearbeitet. Alle Informationen, die er so in sein Gedächtnis aufgenommen hatte, mussten nachgetragen werden und damit war er den Rest des Sonntagvormittags und den halben Nachmittag beschäftigt. An manchen Stellen ergänzte Jens die vorhandenen Informationen mit neueren Rechercheergebnissen, die er sich aus Yahoo, Google und Co. beschaffte. Als er nach mehrstündiger Arbeit des Eingebens, Gruppierens, Sortierens und Bewertens sein Werk betrachtete, konnte er einige Thesen endgültig über Bord werfen.

Beziehungstat, Drogenhandel und Schmuggel hatte er bereits am Anfang ausgeschlossen. Diese Thesen hatte er auch nie verfolgt.

Der indische Pate? D-Company?

In Berlin gab es eine relativ große Gemeinde an ›Indischen und Pakistanischen Leuten‹, wie Rahul immer zu sagen pflegte. Es gab auch Schiebereien, wenn es darum ging einem Inder oder Pakistani ein Einreisevisum zu verschaffen.

Die Russenmafia?

Alles, was er bisher dazu hatte, waren nur Vorurteile und Vermutungen. Als einzige Verbindung wäre die Person Alexander Müller, alias Alexej Melnikow gewesen. Aber jeder Kriminalist hätte die Indizienlage als dünn bezeichnet.

Mit einem ›vierzehn bitte dreiundzwanzig‹ machte sein Iphone auf sich aufmerksam. Es war eine Kurznachricht eingegangen. Jens gab den Code zum Entsperren ein und las die Mitteilung. Sie kam von Axel Reuter.

›ruf mich an‹ war da zu lesen. Keine Anrede, kein Gruß, nichts. Auffallend war, dass Reuter die Nachricht nicht über den offenen SMS-Kanal seines Telefonanbieters, sondern über Threema geschickt hatte. Threema hatte als Besonderheit die End-to-End-Verschlüsselung und daher war die Nachricht nur für Jens lesbar.

Jens ärgerte sich über sich selbst. Hatte er es doch versäumt sich mit Axel Reuter über das Verfahren einer gesicherten Telefonverbindung zu verständigen. Auf Gut Glück startete Jens an seinem Iphone die Signal-App und hoffte, dass Reuter ebenfalls diese Anwendung auf seinem Smartphone installiert und sich angemeldet hatte. Analog zu Threema bot Signal die Funktionalität der Verschlüsselung von Sprache. Zu seiner Erleichterung wurde Reuters Telefonnummer in der Liste der möglichen Kontakte angezeigt.

Jens legte den Finger auf die Anzeige von Reuters Telefonnummer und bereits nach dem zweiten Tuten meldete der sich.

„Was liegt an?", eröffnete Jens das Gespräch. „Was ist so dringend, dass Du mich über Threema kontakten musst?"

„Naja, ich habe gedacht, es interessiert dich vielleicht", und nach einer kurzen Pause, „Wir haben eine dritte Leiche."

„Okay", kommentierte Jens.

„Die Autopsie steht zwar noch aus, aber der Pathologe vermutet die gleiche oder vergleichbare Todesursache wie in den anderen beiden Fällen. Wie auch immer - ich hab mal bundesweit nach ähnlichen Fällen gesucht: ungeklärte Todesfälle mit Ausländern in den letzten fünf Jahren."

„Und? Mach es nicht so spannend!"

„Naja, in Dresden - zwei Inder und ein Pakistani, in München - ein Slowake, ein Serbe, ein Ungar und in Hamburg zwei Spanier und ein Franzose. Und das alles innerhalb der letzten zwei Jahre."

„Todesursache?"

„Weiß ich noch nicht genau. Mit den ermittelnden Kollegen konnte ich noch nicht sprechen und an die Akten komme ich momentan nicht ran."

„Ich weiß - Föderalismus oder so heißt das Hindernis." Jens vernahm ein gekünsteltes Hüsteln von der anderen

Seite des Telefons.

„Ich sehe, Du denkst mit. Aber Scherz beiseite. Ich habe einen Freund beim Berliner Staatsschutz gefragt. Aber der weiß auch nichts."

„Es muss doch aufgefallen sein, dass da jemand was gegen Menschen aus dieser Ecke der Welt hat." hakte Jens nach.

„Naja, ich hab' gedacht, Du solltest es zumindest wissen. Vielleicht hast Du ja noch'ne Idee oder ..." Reuter machte eine seine berüchtigten Kunstpausen. „Oder Du hast vielleicht noch andere Kanäle, über die Du das nachprüfen kannst."

Jens konnte sich das hämische Grinsen Reuters bildlich vorstellen.

„Axel, ich danke Dir für die Info. Heute bleibe ich noch in München. Morgen fahre ich wieder nach Berlin, werde aber einen Abstecher bei meiner Frau machen und wenn alles klappt, bin ich am Mittwoch wieder in Berlin."

Jens Mander hatte es plötzlich eilig das Telefonat zu beenden und so verabschiedeten sich die beiden mit der Absichtserklärung, sich am Mittwoch bei ›Dragan‹ zu treffen.

Jens Mander wählte sofort nachdem er Axel Reuter aus der Leitung gekickt hatte, die Nummer, die Holger Stadla ihm gegeben hatte. Zu seiner Verwunderung hatte er Holger auch gleich am Telefon.

„Ich bin immer noch in München. Können wir uns in einer Stunde im Drugstore am Wedekindplatz treffen?"

„Ich weiß mein Freund, dass Du noch hier bist." In seiner Stimme schwang ein gereizter Unterton mit. „Aber ich komme zu Dir ins Hotel. Da sind wir ungestört."

Obwohl Jens wusste, dass Holger im Holiday Inn eine

Überwachung laufen hatte, war er mit Rika in das Hotel gezogen und jetzt gestand er sich auch ein, dass er das nur gemacht hatte, um Holger eins auszuwischen. ›Kuck mal, ich bin wieder da und Rika und ich können immer noch miteinander‹ das war die Botschaft an Holger Stadla.

Jens bestätigte noch das Arrangement und die Zeit, bevor er das Gespräch beendete. Jens hatte nach dem Telefonat das Gefühl, dass Holger schneller hier sein würde, als die verabredete Zeit vermuten ließ. Schnell verpackte er sein iPad und das Mobiltelefon mit der Swisscom-Simkarte und verstaute beides in seiner Reisetasche.

Jens wollte gerade das Zimmer verlassen um an der Hausbar ein Clausthaler zu trinken, als es an der Türe klopfte. Er war nicht überrascht, dass Holger vor der Türe stand.

„Ich habe mir erlaubt ›unpünktlich‹ zu sein", grinste Holger. „Du weißt doch, auch wer zu früh erscheint, ist unpünktlich."

Ohne Jens' Erlaubnis abzuwarten, betrat er das Zimmer, schloss die Türe hinter sich, steuerte den Ledersessel an, der in der Ecke des Raums stand und ließ sich dort nieder.

„Was gibt es, dass Du mich aus meinem wohlverdienten Wochenende holst?"

„Sag du mir's", blaffte ihn Jens an. „Du lässt mich doch auf Schritt und Tritt überwachen. Würde mich nicht wundern, wenn der Überfall vorgestern auch auf Dein Konto ging."

„Jetzt bleib mal ganz ruhig. Ja - Du wirst von mir an der langen Leine geführt. Wenn was schiefgeht, soll keiner sagen, dass ich Dich unkontrolliert habe arbeiten lassen. Und trotzdem bist Du uns mehr als achtundvierzig Stunden entwischt. Und nein - wenn ich das eingefädelt hätte, dann wärst Du jetzt nicht mehr hier. Aber wir hatten Dich

218

im Auge, seit Du aus Österreich kommend wieder deutschen Boden betreten hast."

„Und warum hast Du den Überfall zugelassen?"

„Ganz einfach, Du bist Freelancer und damit kommst Du nicht in den Genuss meines Schutzes. Du musst also selbst auf Dich aufpassen."

„Nich' wirklich", höhnte Jens. „Wer hätte das gedacht."

Holger ließ sich nicht provozieren und er fragte nochmals: „Was willst Du?"

„Holger - wo ist Alexander Müller oder Melnikow, wenn's Dir so lieber ist?"

„Keine Ahnung - abgetaucht? Ich habe keine Ahnung." Holger versuchte einen unschuldigen Gesichtsausdruck zu zeigen.

„Das glaubst Du doch selbst nicht. Aber ich kann auch anders fragen: Wie kommt es, dass Brüderchen Alexej ausgerechnet dann spurlos verschwindet, wenn ich ihn mit einem beziehungsweise zwei Morden in Verbindung bringe?"

Ohne auf die Vorhaltungen einzugehen, grinste Holger Stadla nur. Obwohl Jens innerlich vor Wut kochte, versuchte er sich nichts anmerken zu lassen.

„Du und Dein sauberer Chef, ihr verarscht mich doch seit der ersten Kontaktaufnahme. Da ist euch Pennern wieder eine Operation aus dem Ruder gelaufen und ich doofe Nuss kam zur richtigen Zeit mit dem richtigen Stichwort." Jens holte tief Luft und wütete weiter. „Schön dass Du wieder da bist, lieber Jens. Brauchst Du was, lieber Jens? Informationen, lieber Jens? Was, Alexej Melnikow? Ach, da haben wir zwar nichts konkretes über ihn, aber vielleicht kriegst Du mehr raus, lieber Jens."

Jens Mander spielte jetzt die von ihm gewählte Rolle des

Wütenden weiter. „Schau mal lieber Jens, wir haben da ein paar Brosamen für Dich, vielleicht kannst Du uns mehr liefern."

Entgegen seiner sonstigen Angewohnheit saß Holger Stadla aufrecht in seinem Sessel. Seiner Mimik war keine Gefühlsregung anzumerken. Während seines übertrieben gespielten Wutausbruchs war Jens im Zimmer herumgegangen und stand jetzt direkt vor Holger. „Und die Schmierenkomödie gipfelte dann in ›Du bist wieder dabei, Sicherheitseinstufen wie gehabt, kein Gehalt aber Spesen und auch sonst blablabla."

„Und jetzt? Was willst Du? Wie soll's weitergehen?" Holger nutzte die Pause, die Jens eingelegt hatte. „Was hast Du vor?"

„Was ist das für eine Operation, die so beschissen gelaufen ist, dass ihr sie nicht intern begraben könnt?"

„Verdammt, ich habe es Germut vorhergesagt, aber er wollte es nicht glauben. Du hättest Dich geändert, meinte er. Du wärst ruhiger geworden, lenkbarer. Aber ich hab's ihm gesagt."

Holger ließ offen, was er genau gesagt hatte.

„Zwölf C und zwölf CC - erinnerst Du Dich noch daran?"

„Yep."

„Für unsere amerikanischen Freunde war es die SBO, die ›stay behind operations‹. Für die Presse war es, nachdem sie aufgeflogen war ›Gladio‹ und für alle anderen war es eine paramilitärische Organisation in Deutschland. Ursprünglich von den Amis ins Leben gerufen, von der NATO mit Waffen und Technik versorgt und von der ORG und später von uns angeworben und ausgebildet. Allzeit bereit den Sowjets, wenn sie uns denn mal überfallen hätten, mit Sabotagen und so'nen Scheiß das Leben schwer zu machen."

Jens kannte das schon. Seine eigene Anwerbung war im Rahmen des SBO gelaufen. Und er kannte auch die ›Field Manual Document‹ aus dem Jahr einundsechzig, die die Grundlage dieser SBO's darstellten.

„Als Zweiundneunzig die SBO's aufgelöst wurden, hat Germut das gleiche getan, was der General Vierundvierzig auch schon tat: er kopierte die Akten und brachte sie in Sicherheit."

„Schön für Germut. Aber Du willst mir doch nicht allen Ernstes verkaufen wollen, dass das eine SBO-Operation ist? Fast fünfundzwanzig Jahre, nachdem Gladio aufflog."

„Nun, es ist nicht direkt eine Operation. Es ist eher eine Sache, die sich nach zweiundneunzig selbständig gemacht hat. Ein SBO-Sprenkel, eine Splittergruppe, für die das ›Kalter-Krieg-spielen‹ nicht zu Ende war."

Jens musste unwillkürlich an den NSU, den Nationalsozialistischer Untergrund und dessen mörderische Umtriebe denken. Während seiner Beamtenausbildung und der anschließenden Instruktion in den Siebziger Jahren war Jens auf die demokratischen Grundwerte eingeschworen worden, aber auch darauf, diese Demokratie mit allen zur Verfügung stehenden Mitteln zu verteidigen. Mit Holgers letzten Worten entstand bei Jens aber eine völlig neue Sicht auf den NSU, das Mördertrio von Zwickau und dessen Umtriebe.

„Aber was hat das nun mit den beiden toten Indern zu tun?" Jens behielt vorerst mal die Information für sich, dass ein dritter Inder auf die vermutlich gleiche Art ums Leben gekommen war und dass die drei in Berlin wahrscheinlich zu einer bundesweiten Mordserie gehörten.

„Hoffentlich nichts. Aber wir wissen es nicht genau", antwortete Holger. „Wir wissen nur, dass sich die Gruppe im

Umfeld von Alexej Melnikow bewegt. Was die von ihm wollen ist uns immer noch unklar."

„Wenn Du es nicht weißt, wer dann? Was soll ich da machen?"

„Verdammt, bist Du so begriffsstutzig oder willst Du's mir besonders schwer machen?"

Jens grinste ihn nur an.

„Du hast doch seine Vita zusammengestellt und seine Verbindungen zum Militär und zum Militärgeheimdienst offengelegt. Außerdem kennst Du ihn persönlich und Du kennst sein Umfeld, zumindest den Teil, in dem er sich früher bewegt hat."

„Mag schon sein. Aber was er in den letzten Jahren getrieben hat und wo er heute seine Kasachen-Finger drin hat - keine Ahnung", blaffte er Holger an. „Und es gibt auch keine Indizien dafür, dass er mit den Indern mehr zu tun haben könnte, als sie für irgendwas zu casten."

Jens änderte ganz bewusst seine Körpersprache von wütend auf angespannt, aber etwas freundlicher. Vielleicht konnte er Holger damit etwas mehr Informationen entlocken.

„Ich habe noch nicht raus, für was die Inder gecastet wurden, aber das werde ich auch noch rausfinden", setzte Jens seine Rede fort.

„Jens, verschwende nicht zu viel Zeit mit den Indern. Die sind doch nur Kollateralschäden. Da ist was am Laufen, was ganz großes. Ich spür's beim Pissen."

Für einige Minuten entstand ein Schweigen zwischen den Männern.

„Nun sag schon, Holger! Welche Steine hast Du schon umgedreht und wo hast Du was gefunden?"

„Terror von Rechts, Terror von Links, Waffen und Drogen, Prostitution und Schutzgeld, Schleuser - alles negativ. Es gibt zwar bei Interpol immer noch die BlueNote über A.M. aber die kann auch politisch veranlasst worden sein. Wir haben von A.M. und der Gruppe alles abgehört, was wir technisch abhören konnten. Am Tag, bevor sie ihre Treffen haben, gibt es ein höheres Aufkommen an verschlüsselter Emails und ein höheren Datenverkehr über Threema, aber wir haben nie lange genug Zeit um die Nachrichten zu entschlüsseln. Nicht mal die Kollegen von der NSA sind schnell genug. Eine großes Observationsteam für die fünf Mitglieder der Gruppe können wir nicht rausjagen, das würde in der obersten Etage auffallen und Fragen aufwerfen."

„Und habt ihr die Leute mal direkt angesprochen? Schließlich standen die doch mal auf eurer Payroll. Da kann man doch mal anklopfen: Hallo, lange nicht gesehen, wie geht's euch? Was läuft den so bei euch? ›Auf Dummfang gehen‹ glaube ich heißt diese Technik."

„Ha ha. Du bist ein Schlaumeier. Ich habe sogar schon versucht, einen V-Mann in der Nähe der Gruppe zu platzieren. Aber die sind nicht zu knacken. Mein V-Mann hatte schon die Idee, ob die Geheimnistuerei der Gruppe nicht Tarnoperationen sind. Die Mitglieder sind schließlich alle schon über Siebzig, da könnten die Kinder oder Enkel schon das operative übernommen haben. Deshalb haben wir auch das familiäre Umfeld durchleuchtet. Heimlich und als Schulungsoperation für unsere Nachwuchsspione getarnt. Aber auch ohne greifbare Fakten."

„Okay Holger, jetzt hat Du mich dreimal vollgelabert", höhnte Jens, „aber Substanz hat das nicht, was Du da rum geeiert hast. Du kannst mich kaufen", grinste Jens, „dann bezahl aber mit handfesten Fakten. Keine Fakten, kein Jens. Das müsste euch eigentlich klar sein."

„Was willst Du wissen?"

„Fangen wir einfach mal mit den Namen an. Decknamen, Klarnamen, Standort. Seit wann gibt es die Gruppe? Wer hat die Gruppe angeworben? Wer hat sie zuletzt geführt? Wann war der letzte Kontakt und wer war der Kontaktmann?"

Holger zeigte keine Reaktion.

„Auf was ist die Gruppe spezialisiert, was war ihr Auftrag und welche Mittel standen dafür zur Verfügung?"

Holger reagierte noch immer nicht.

„Also Holger - Du hast jetzt genau eine Minute. Am Ende dieser sechzig Sekunden bist Du entweder draußen vor der Türe oder Du hast angefangen, mir die Infos zu geben. Und glaube nicht, dass ich Dein bisheriges Gesülze akzeptieren werde. Wenn ich merke, dass Du wieder um den heißen Brei rumredest, ist die Audienz sofort beendet und Du bist raus."

„Schneller als Du Amen sagen kannst", hängte Jens noch an.

Jens schaute auf die Uhr. Der Sekundenzeiger folgte unerbittlich seiner vorgegebenen Bahn auf dem Ziffernblatt. Zehn Sekunden, fünfzehn Sekunden, dreißig Sekunden, die Minute ging unerbittlich dem Ende entgegen.

Vierzig Sekunden, fünfzig Sekunden …

Jens war schon auf dem Weg zur Zimmertüre, als er aus Holgers Richtung ein gequältes ›Okay‹ vernahm.

Jens drehte sich um. „Okay leg los."

Jens griff zu seinen iPhone und startet die Voicerecorder-App. Seine Frau sagte zwar immer, er habe ein Gedächtnis wie ein Elefant, aber in diesem Fall wollte er sich nicht nur auf sein Gedächtnis verlassen. Außerdem steckte er schon zu tief in der Angelegenheit drin und da kommt es schon mal vor, dass Informationen unfreiwillig vom Gehirn gefiltert werden.

„Du hast doch nichts dagegen, wenn ich das Gespräch aufzeichne?"

„Das brauchst Du nicht", antwortete Holger Stadla. „Wir kennen uns jetzt seit Dreiundsiebzig und Germut kennt Dich schon länger."

Holger machte einen leicht geknickten Eindruck.

„Wir wussten beide, dass es zu diesem Gespräch kommen würde." Holger hatte während seiner letzten Worte aus der Innentasche seine Jacke einen USB-Stick gezogen.

„Nimm, da ist alles drauf was Du wissen willst", sagte Holger Stadla mit einem Seufzer. „Germut lässt Dir noch ausrichten, dass Du verantwortlich damit umgehen sollst. Die Dokumente sind FYEO-Classified - For Your Eyes Only - das Verzeichnis ist verschlüsselt. Die Dokumente sind nochmals einzeln codiert. Und jetzt schalt den Voice-Recorder aus. Den brauchst Du nicht mehr."

Dann reichte er Jens den Datenträger.

Nachdem Jens Aufzeichnung beendet hatte, nannte Holger ihm noch die beiden Codeworte. Es war ganz offensichtlich, dass Holger keine Lust mehr auf Small-Talk mit Jens Mander hatte, denn er verabschiedete sich ziemlich hastig mit den Worten: „Du weißt ja, wie Du mich erreichen kannst."

Jens ahnte, wie brisant die Daten wahrscheinlich waren. Wenn er sich nicht irrte und von Germut und Holger nicht wieder verarscht wurde, dann würde er erstmals einen tiefen Einblick in das SBO Netzwerk bekommen. Zugleich war ihm aber auch bewusst, welche Sprengkraft die Dokumente auch in der heutigen Zeit haben könnten.

Jens packte sein MacBook aus und startete den Rechner. Dieses Mal verzichtete er auf eine Verbindung zum Internet, indem er das WLAN deaktivierte. Danach startet er ein X-Terminal-Fenster. So konnte er Betriebssystembefehle eingeben. Er steckte den USB-Stick in den vorgesehenen Schlitz und wartete ab, bis der Datenträger vom System erkannt wurde. Ohne den Inhalt des Stick weiter zu beachten erstellte er einen Diskdump, eine Art Kopie, des Datenträgers die er in einem Arbeitsgang mit seinem persönlichen Key nochmals verschlüsselte. In dieser Situation war Jens immer dankbar, dass MAC OS ein unixoides Betriebssystem war. Damit war es ihm möglich, gewisse Operationen durchzuführen, die mit dem windigen Betriebssystem nicht so einfach möglich gewesen wären.

Nachdem die verschlüsselte Kopie auf seiner Festplatte gespeichert war, entfernte er den Stick, öffnete den Verschluss seiner Halskette, fädelte den Datenträger auf die Kette und hängte sie wieder um den Hals. Erst jetzt aktivierte er das WLAN seines Mac, stellte eine Verbindung zu seinem CloudSpeicher her und legte das kopierte Image dort ab, beendete die Verbindung zum Internet und deaktivierte das WLAN wieder.

Erst jetzt war ihm wohler und so bestellte er sich beim Zimmerservice ein leichtes Abendessen und eine Flasche Bordeaux.

Nach dem Essen setzte er sich an sein MacBook und entschlüsselte zuerst mit seinem eigenen Schlüssel die Kopie. Danach montierte er das Image an ein Arbeitsverzeichnis. Um auf die Daten zugreifen zu können gab er eines von Holgers Codeworten ein. Mit einem Leseprogramm lud er jedes einzelne Dokument, entschlüsselte und las es, Zeile für Zeile, bevor er mit dem nächsten Dokument weitermachte. Das war zwar ziemlich zeitaufwändig, aber nur so war er sich sicher, dass keines der Dokumente unverschlüsselt auf seiner Festplatte blieb.

Montag, 2. Dezember

Jens war seit den frühen Morgenstunden auf der Autobahn in Richtung Dresden unterwegs. München - Regensburg - Hof - Chemnitz - Dresden. Sein Navigationssystem sagte ihm zwar, dass diese Strecke über Nürnberg besser sei, aber wegen des geringeren Verkehrsaufkommens war diese mit Sicherheit die schnellere.

Was Holger ihm am Abend zuvor an Informationen gegeben hatte, hatte ihn schon um den Schlaf gebracht und seine grauen Gehirnzellen kamen auch nicht zur Ruhe.

Das ›Big Picture‹ das er sich von dem Fall gemacht hatte, bekam Risse. Fast wie eine alte Wandmalerei, von der an den Ecken der Putz bröckelte. Wenn der Gedankentumult zu heftig wurde, murmelte er ›Bullshit‹ und versuchte so, seine Gedanken wieder zu beruhigen.

Aus dem Autoradio tönte die Art von Musik die einen zu Depressionen neigenden Menschen dazu bringen konnte, von der nächsten Autobahnbrücke zu springen.

Mit der Verschlüsselungsapp ›Signal‹ rief er Axel Reuter auf dessen Handy an. Reuter meldete sich und es hörte sich an, als wäre er durch den Anruf aus dem Schlaf gerissen worden.

„Weißt Du eigentlich, wie spät es ist? Ich habe zur Zeit Nachtschicht und war gerade eingeschlafen", polterte Reuter.

„Tut mir leid, aber ich brauche einige Informationen von Dir und ich brauche sie dringend. Verdammt dringend, mein Freund."

„Na dann schieß schon los."

„Erstens, ich brauche die Namen von allen Toten, die Du mit unserem Fall in Verbindung gebracht hast. Wohnort - Geburtsdatum - Beruf - Arbeitgeber."

„Okay und weiter?"

„Gibt es Verbindungen zwischen den Toten? Familiär, Geschäftlich, Freundschaftlich oder wie auch immer?"

„Das ist aber keine Arbeit, die in ein paar Stunden zu schaffen ist. Außerdem muss ich dann den Kollegen Mäurer mit ins Boot holen. Natürlich werde ich das LKA und das BKA einschalten müssen. Bei einem Verdacht auf einen Serienmord. Die Jungs reagieren bei diesem Thema ganz schön angepisst, wenn sie nicht informiert werden. Und was noch?"

„Schick mir 'ne Tasse Kaffee durch die Leitung und überprüfe mal folgende Personen." Jens nannte ihm drei Namen und die zugehörigen Geburtsdaten.

„Okay, ich mach mich dran und wo bist Du? Kann ich Dich erreichen?"

„Ich bin auf dem Weg nach Dresden und ja, benutze ›Signal‹ oder ›Threema‹, wenn Du mich kontaktierst. Muss ja nicht jeder mithören oder mitlesen."

„Und was machst Du in Dresden?"

„Kannst Du schweigen?"

„Ja - und wie."

„Siehste, ich auch." Jens gluckste vor Vergnügen, weil wieder einmal einer auf diesen alten Gag reingefallen war. Dann kappte er die Telefonverbindung.

Es war elf Uhr Vormittags, als Jens nach vier Stunden Fahrt die Ortsgrenze von Dresden erreichte. Von Holger hatte er früher schon mal die private Anschrift von Petra Müller, als auch die ihres Büros an der Hochschule erhalten. Jens wollte es zuerst mal im Büro versuchen. Bei der Suche nach einem freien Parkplatz auf dem Campus stellte er sich die Frage, ob es den Studenten finanziell wirklich so gut gehe, dass so viele mit dem eigenen Auto zur Vorlesung fahren konnten.

Endlich, er war schon kurz vor einem Wutanfall, fand er dann doch einen Platz für seinen Mietwagen und das dann zum Glück relativ nah am Eingang zum Hauptgebäude. Um nicht zu sehr aufzufallen, schloss er sich einer Gruppe von Studenten an, die dem Eingang zustrebten. Mit seinem Aussehen hätte er als Dauerstudent durchgehen können.

Im Gebäude fragte er sich zum Büro von Frau Professor Müller durch. Mehrmals verlief er sich in den unübersichtlichen Fluren und Treppenhäusern. Einmal musste er sogar erklären, wer oder was Frau Professor war. Am Ende seines Marsches durch die Flure stand er vor einer Türe mit dem Namensschild Prof. stad. Dr. P. Müller - Anmeldung nächste Türe. Trotzdem klopfte Jens vorsichtig an die Türe und drückte die Türklinke nach unten, aber die Türe war verschlossen.

Es dauerte keine fünf Sekunden, dann vernahm Jens Mander das Geräusch eines drehenden Schlüssels und die Türe wurde einen Spalt geöffnet. Aus dem Inneren des Raums vernahm er eine weibliche Stimme. „Schon wieder so ein Blindfisch, der nicht lesen kann. Aber kommen Sie herein."

Jens betrat den Raum und wenn er die Chance gehabt hätte, wäre er wahrscheinlich schreiend davon gelaufen. Vor ihm türmte sich ein riesiger Müllberg.

„Stören Sie sich nicht an der Unordnung. Was für uns Normalsterbliche nach Chaos und Müll aussieht, ist in den Augen der Frau Professor eine Form eines chaosbasierten Ordnungssystems."

„Komm'se rein und machen'se bitte die Türe hinter sich zu."

Jens schloss wie befohlen die Türe und drehte auch den

Schlüssel im Schloss um. Dann musterte er die Frau, deren Stimme er vernommen hatte. Für seine Schnellcharakterisierung passte die Frau in die Schublade treue Sekretärin und Ersatzmutter, zwischen vierzig und sechzig Jahre alt, laufender Meter und für ihr Gewicht eher zu klein geraten.

„Mein Name ist Jens Mander. Ich hätte gerne die Frau Professor gesprochen."

„Frau Professor ist seit einer Woche krank", kam als Antwort zurück. „Kann ich ihr was ausrichten, wenn sie sich meldet?"

„Wenn Sie ihr bitte sagen, dass ich hier war und dass sie mich unter dieser Nummer anrufen könne. Frau …" Jens hielt der Frau seine vorbereitete Visitenkarte unter die Nase.

„Müller", sie grinste Jens an. „Liesbeth Müller, wie die Frau Professor. Aber nicht verwandt. „Und was kann ihr noch sagen? Um was geht es denn?"

Jens beschloss, einen Versuchsballon steigen zu lassen.

„Es geht um die Prüfunterlagen des Müller-Lobenstein-Verfahrens zur Sequenzierung von Antikörper-DNA." Jens hoffte, dass die liebe Liesbeth von der ganzen Materie keine Ahnung hatte, aber sein Pseudo-fach-chinesisch wichtig genug klang, um ihr damit weitere Informationen entlocken zu können.

„Ich werde es ausrichten. Aber Sie können auch mit einem ihrer wissenschaftlichen Mitarbeiter sprechen."

Offensichtlich hatte die liebe Liesbeth noch weniger Ahnung, als Jens.

„Das wäre ja ganz super, wenn das möglich wäre." Jens brachte jetzt einen Termindruck ins Spiel. Seine Ausbilder hatten immer gesagt: ›bring Termine und Zeitnot ins

Spiel. Menschen mögen keine verpassten Termine und kein Handeln unter Zeitnot. Dadurch, dass sie helfen wollen die Termine doch noch zu halten, können sie nicht über Sinn und Unsinn Deiner Fragerei nachdenken.‹

Auch bei Liesbeth klappte das, denn sie stürzte zu ihrem Schreibtisch und schrieb was auf einen Zettel.

„Das ist der Name des Assistenten, Etage und Raumnummer des Labors. Wenn Sie den Gang zurücklaufen und mit dem Aufzug zwei Etagen runter fahren, dann laufen Sie genau drauf hin."

Jens bedankte sich artig, um nicht zu sagen fast überschwänglich und verließ das Büro durch das Vorzimmer. Er hatte den Verdacht, dass die Liesbeth, verantwortungsvolle Sekretärin wie sie war, ihn im Labor anmelden würde. Wenn da etwas außerhalb der Regel laufen sollte, durfte er jetzt nicht zögern, den jede Minute des Zögerns, war eine Minute um etwas zu verbergen. Außer Atem, da er die Treppe benutzte, stand er schon nach kurzer Zeit vor der Türe des Labors. Neben der Türe war ein Kartenterminal angebracht. Trotzdem griff Jens zur Türklinke und erschrak, als sich unvorbereitet die Türe öffnete.

„Herr Mander?" Ein junger Mann, etwa einsachtzig groß, blondes Haar mit hoher Stirn, untersetzte Figur und einer Nickelbrille auf der Nase stand vor ihm. „Ich heiße Renè Stadler und Frau Müller hat sie telefonisch avisiert."

„Bingo", dachte Jens. Die brave Liesbeth hat gleich eine Warnung rausgegeben. Vermutlich: Achtung - Achtung, unbekannte Person im Anflug.

Jens Misstrauen nahm aber etwas ab, als der Assistent von Frau Professor Müller ihn sofort in den Laborraum einließ. Kein Zögern, kein verstohlener Blick über die Schulter, ob denn alles clean sei.

„Liesbeth, die gute Seele hat mir gesagt, sie wollen irgendwelche Verfahrensunterlagen abholen. Sie meinte, dass sie Sie so verstanden hätte."

„Also Herr Stadler, da muss ich einiges gerade rücken", wich Jens der Frage aus. „Mein Name ist Jens Mander. Ich bin Wissenschaftsjournalist und arbeite freiberuflich für verschiedene Zeitschriften, Zeitungen und öffentlich-rechtliche Sender." Jens nestelte seinen Presseausweis aus seiner Geldbörse und hielt ihn Stadler unter die Nase.

Jens versuchte sich zu erinnern, welchen Bären er der armen Liesbeth aufgebunden hatte. „Meine Redaktion hat Hinweise auf ein völlig neues Verfahren zur Bestimmung von Mitochondrialer DNA erhalten und da wollte ich mal mit Frau Professor drüber reden."

›Nur keine Pause aufkommen lassen‹ dachte Jens und fuhr fort: „Können Sie mir zu dem Thema was sagen? Wann kommt Frau Professor Müller wieder?"

Den Begriff ›Mitochondriale DNA‹ hatte Jens bei seinen Recherchen gelesen. Jetzt hoffte er, dass dieses Schlagwortwissen ihm die Türe zu mehr Informationen öffnete.

„Frau Professor Müller ist verreist. Aber ich werde im Rahmen meiner Möglichkeiten versuchen, Ihnen zu helfen."

„Vielen Dank", Jens zeigte seine artige Seite um aber dann wieder mit Penetranz eines Reporters nachzuhaken. „Darf man fragen, wann Frau Professor Müller wieder kommt?"

Renè Stadler war offensichtlich nicht der Mensch, der mit generös aufdringlichen Menschen umgehen konnte. Seiner Stimme war eine leichte Verärgerung anzumerken.

„Frau Professor ist auf einem Kongress in den Staaten."

Jens blieb hartnäckig: „Aber Sie kommt doch wieder? Für

wann wird sie erwartet. Soll ich vielleicht dann nochmals vorsprechen?"

Renè Stadler legte seinen ganzen Frust in seine Stimme, als er zu Jens mit ziemlich lauter Stimme sagte: „Ich weiß es auch nicht, wann Sie wieder kommt", und mit gedämpfter Stimme, „Und schön langsam ist es mir auch egal."

Jens schaltete seine Aufdringlichkeit etwas zurück. Leise und mit jeder Menge Verständnis in der Stimme fragte er: „Ist denn was passiert?"

Renè Stadler war stehen geblieben, reagierte aber nicht weiter. Jens Mander befürchtete, dass er zu leise gesprochen hatte. Unvermittelt drehte sich Renè Stadler. „Sie ist seit einer Woche weg. Einfach so. Keine Nachricht, nichts. Das letzte, was sie zu Liesbeth sagte war, dass sie übers Wochenende zu ihrem Mann nach Berlin fahren würde. Aber am Montag kam sie nicht zur Vorlesung und war auch telefonisch nicht erreichbar."

Renè Stadler ging weiter durchs Labor und Jens folgte ihm.

„Ich war am Abend bei ihr an der Wohnung, aber es war alles dunkel. Ihr Auto stand vor der Türe, aber die Fenster der Wohnung im ersten Stock waren alle dunkel. Eine Nachbarin erzählte mir, dass sie am Freitag von ihrem Mann in einem großen schwarzen Auto abgeholt wurde."

„Und weiter?", fragte Jens damit keine Pause entstand.

„Der Dekan meinte, er wolle nicht gleich die Pferde scheu machen und mit Gott-und-der-Welt telefonieren. Wahrscheinlich würde sich alles von selbst erklären."

„Und jetzt?", bohrte Jens weiter.

„Verdammt nochmal, ich weiß es doch auch nicht."

„Hat man mit dem Herrn Müller Kontakt aufgenommen

oder vielleicht mal mit Freunden oder Bekannten der Frau gesprochen?"

„Freunde? So etwas hat sie nicht. Petra ..." Er merkte, dass er da was gesagt hatte, was er eigentlich lieber verschwiegen hätte. „Frau Professor Müller ist ein Genie. Ein Genie auf ihrem Fachgebiet, aber in der Pflege zwischenmenschlicher Beziehungen sehr unbeholfen."

Jens hatte zwar den Versprecher registriert, aber ignorierte die Info.

„Wie geht es jetzt weiter?"

„Naja, ich werde heute nochmals zur Wohnung fahren und wenn sie immer noch nicht aufgetaucht ist, werde ich wohl eine Vermisstenanzeige bei der Polizei machen."

„Aber Herr Stadler, jetzt muss ich schon mal ganz neugierig fragen: Was ist denn das Fachgebiet von Frau Professor Müller?"

Jens bemerkte den überraschten Ausdruck auf Renè Stadlers Gesicht und fügte sofort an: „Humangenetik ist ein riesiges Forschungsgebiet. Mein Chefredakteur meint nur ›fahr nach Dresden zur Petra Müller, wenn die nichts zu dem Thema weiß, dann weiß es keiner‹."

„Okay, da hat ihr Chefredakteur wohl recht gehabt. Sie ist, was die Humangenetik betrifft, wirklich eine Art Doktor Faustus - ein Universalgenie." Seit Anfang des Gesprächs lächelte Renè Stadler das erste Mal. Jens hoffte, dass er jetzt den Zugang zu Renè Stadler hatte und die Informationen bekam, die er brauchte.

„Herr Mander, kennen Sie sich mit Mitochondrialer DNA aus?"

„Nur das, was man als Wissenschaftsjournalist so wissen muss", gab Jens vorsichtig zu. Genug um im Gespräch zu bleiben aber nicht mit Schlagwortwissen angeben, das einem früher oder später um die Ohren fliegen kann."

„In Wikipedia ist zutreffend in wenigen Sätzen zusammengefasst: das Mitochondrum ist ein Zellorganell mit eigener Erbsubstanz und kommt in den Zellen fast aller Eukaryoten vor. Mitochondrien werden nur von der Mutter vererbt. Über die DNA dieser Zellen können mütterliche Verwandtschaftslinien erforscht werden." Renè Stadler blickte Jens fragend an. „Wenn Sie mir Ihre Mail-Adresse geben, schicke ich Ihnen eine Liste mit Primär und Sekundärliteratur zu."

Die beiden Männer standen in einem zirka acht Quadratmeter großen Raum, den Renè Stadler offensichtlich als Büro nutzte. In einer Ecke war eine Kaffeemaschine und Renè Stadler steuerte darauf zu, füllte eine Tasse und einen Becher mit einer braunen, nahezu schwarzen Flüssigkeit und reichte Jens den Becher.

„Kaffee?"

Jens bedankte sich artig, war sich aber zu dem Zeitpunkt nicht sicher, ob das wirklich Kaffee war oder eher in Wasser gelöster Kohlenstaub. Zumindest war der Becher heiß und Jens hatte etwas zum Festhalten in der Hand.

„Soweit ist das nichts Neues. Salopp ausgedrückt, beschafft man sich Mitochondrialer DNA von zwei Menschen und nach einigen komplexen Prozessen kann man feststellen, ob sie miteinander verwandt sind und wie weit die Verwandtschaft zurück reicht." Renè Stadler war jetzt in seinem Element. „Das war jetzt maximal unwissenschaftlich aber, wie ich hoffe, allgemein verständlich formuliert."

Renè Stadler trank aus seiner Kaffeetasse.

„Eines unserer Forschungsprojekte …", er hob stolz den Kopf, „… mein Forschungsprojekt ist es, einen Biochip zu entwickeln, mit dem man Stammlinien automatisiert erstellen kann. Das ist auch Thema meiner Dissertation."

Jens Mander sah sich jetzt doch gezwungen, einmal mit Wissen zu glänzen und er hoffte, dass er sich nicht zu sehr blamierte.

„Sie sequenzieren also eine mtDNA einer beliebigen Person und der Chip soll dann, eingebaut in eine Messgerät, immer dann piepsen wenn eine verwandte DNA vorbei kommt?" Jens wartete gespannt auf eine Antwort.

„Stark vereinfacht könnte man das so formulieren."

„Schon klar", erwiderte Jens. „Aber wo liegt der Nutzen für solch ein System? Wer könnte damit was anfangen? Wenn man weit, ganz weit in der Geschichte der Menschheit zurückgeht, sind wir doch alle irgendwie miteinander verwandt."

„Sie sprechen jetzt die Archäogenetiker an. Gerade die haben ein Interesse möglichst schnell eine Stammlinie ermitteln zu können. Außerdem haben die Kollegen Vororort meist nicht die Ausrüstung um technisch aufwändige Verfahren zur Analyse einzusetzen."

Jens hatte schon über Archäogenetik gelesen und kannte auch das Genographic Project, das die Wanderwege von historischen Volksstämmen kartografieren sollte.

„Auch die Polizeibehörden könnten sich für ein solches Gerät interessieren", dozierte Renè Stadler weiter. Während Jens an die Massentests bei Mord, Totschlag oder Sexualdelikten dachte, war er wie vom Donner gerührt, als er Renè Stadlers weiteren Worte vernahm. „Damit können sie auch Ausländer identifizieren, woher sie kommen, ob sie berechtigt eingereist sind oder gar nicht die sind, für die sie sich ausgeben."

Nachdem der letzte Satz ausgesprochen im Raum stand, merkte Renè Stadler erst, dass er damit wieder einmal mehr gesagt hatte, als er eigentlich hätte sagen wollen.

Anstatt ein neues Thema anzufangen um den ›Lapsus lingue‹ zu übergehen, machte er den Fehler seinen Ausrutscher zu erklären. „Das ist aber noch Vision. Momentan ist da nichts geplant."

„Wie könnte so etwas aussehen? Ein Massen-Gentest an den Außengrenzen des Schengenraums? Ein Gadget am Arm und eine Smartphone-App für die Anzeige? Das klingt ja sehr interessant. Wie weit sind Sie denn schon mit Ihren Forschungen?", ging Jens auf die Aussage von Renè Stadler ein. „Gibt es schon Ergebnisse? Prototpyen?"

Jens merkte Renè Stadler an, dass er zwar auf seinem Fachgebiet weiter dozieren wollte, aber offensichtlich war ihm bewusst geworden, dass er sich da auf ›dünnem Eis‹ bewegen würde.

„Ich hab Ihnen doch schon gesagt, das ist Zukunftsvision. Nichts konkretes, nur Gedankenspiele." Er blickte auf seine Armbanduhr. „Ich habe jetzt gleich eine Vorlesung. Wenn Sie noch Fragen haben, müssten Sie über die Institutsleitung eine offizielle Interview-Anfrage stellen."

Während der letzten Worte hatte er Jens Mander in Richtung Ausgang gedrängt und dann regelrecht aus dem Labor geworfen. Mit dieser vergleichsweise heftigen Reaktion hatte Jens nicht gerechnet. Im Grunde genommen hatte er nur Informationen über die Frau Professor erwartet. Dass er dann quasi aus dem Labor fliegt und dabei eine Information bekommt, mit der er nicht gerechnet hatte, betrachtete Jens als absoluten Glücksfall.

Jens Mander zog sein Smartphone aus seiner Jackentasche. Kein Anruf, keine Nachricht und die Uhr zeigte vierzehn dreißig. Jens wollte noch die Gelegenheit nutzen, während seines Aufenthalts in Dresden das Labor ausfindig zu machen, von dem ihm seine Frau ein paar Tage zuvor erzählt hatte. Mit seinem PKW steuerte er einen Parkplatz am Terassenufer unter der Carolabrücke an. Nachdem er den Mietwagen dort abgestellt hatte, rief er mit seinem Smartphone ein Taxi.

Aufgrund der Angaben seiner Frau hatte er schon vorher mehrere Gebäudeobjekte in die engere Auswahl genommen, die er jetzt überprüfen wollte. Zum Glück war sein Fahrer einer von den Menschen, die sich sehr gerne mit ihren Fahrgästen unterhielt. Der Fahrer war noch ein alteingesessener Dresdner, der noch in der DDR als Taxler unterwegs war.

Jens hatte vor mit dem Taxi zu den verschiedenen Lokationen zu fahren. Dem Fahrer erzählte er, dass er im Auftrag einer Filmproduktion als ›Location-Scout‹ verschiedene Gebäude und Straßenzüge in Dresden auf die Tauglichkeit für Außenaufnahmen besuchen müsse.

Der Fahrer akzeptierte diese Erklärung. Wahrscheinlich rechnete er mit einer saftigen Gebühr und einem riesigen Trinkgeld.

Als erstes Ziel nannte Jens den Sternplatz, dann die Hoyerswerder Straße und schließlich den Postplatz. Bei jedem der genannten Ziele ließ er den Fahrer die Straßen um das Objekt herumfahren. Zu all den Straßen und Gebäuden auf ihrer Tour hatte der Fahrer etwas zu erzählen. Meist waren es belanglose Geschichten oder Geschichten, die nur für einen Historiker interessant waren.

Jens war schon fast eine Stunde mit dem Taxi unterwegs, als der Fahrer an einer Bushaltestelle stoppte und Jens fragte: „Wir sind jetzt schon eine Stunde unterwegs, aber Sie machen nicht den Eindruck, als hätten Sie das gefunden, was Ihnen so vorschwebt."

„Nein, bisher war noch nicht das richtige dabei." Jens grinste den Fahrer an.

„Was suchen Sie denn?"

„Ich suche ein Gebäude, das um das Jahr zweitausend ge-

238

baut oder rekonstruiert wurde, einen Innenhof hat und in dem Innenhof sich ein weiteres Gebäude befindet." Jens ließ dem Fahrer einige Sekunden Zeit zum Nachdenken. „Es soll ein geheimes Labor darstellen. Mitten in einer Stadt, offen und doch so, dass es nicht sofort als Labor erkennbar ist."

„Also sowas kenne ich nicht, habe ich auch noch nie gehört", antwortete der Fahrer und nach ein paar Sekunden Bedenkzeit, „aber von dem Gebäude am Sternplatz gab es mal Gerüchte, dass die oberste Etage ein Labor beherbergen würde. Alles nur Gerüchte. Keiner hat's bestätigt aber auch keinen Widerspruch eingelegt."

„Wissen Sie da mehr drüber?"

„Nö, nur das was man sich so am Fahrerstammtisch erzählte. Das Gebäude wurde von Fünfundneunzig bis Zweitausend restauriert. War ein ziemlich verkommener Bau und eine Schande für die Ecke. Obwohl es schon Neunundneunzig bezogen wurde, wurde noch ein ganzes Jahr drin gebaut."

„Innenausbau ist manches mal sehr aufwendig"

„Mag schon sein, aber Sie wissen ja wie die Leute reden. Zwei Einfahrten zur Tiefgarage. Von einer wird behauptet, dass man sie noch nie offen gesehen hat. Manchmal standen Transporter vor dem Rolltor, keine Beschriftung, meist aus dem Westen, aber keiner sah je einen rein oder raus fahren."

„Okay, das ist schon merkwürdig", gab Jens zu.

„Na und dann die Geschichte mit den Aufzügen. Manchmal fahren die Aufzüge einfach durch, ohne dass sie anhalten. Einmal hat einer behauptet, ein Mitfahrer sei im obersten Stockwerk einfach in der Kabine geblieben und man habe von außen gesehen, dass der Aufzug noch eine Etage nach oben gefahren sei. Aber verstehen Sie? Alles nur Gerüchte."

Da der Sternplatz die erste Station seiner Rundreise war, ließ Jens sich nochmals dort hin chauffieren. „Einmal um den ganzen Block bitte", forderte er den Fahrer auf.

Mit einem „Danke, das war's. Da ist nicht das Richtige dabei", ließ Jens Mander sich in die Nähe des Ausgangspunkt seiner Fahrt zurück bringen. Von früheren Besuchen wusste er, dass es in der Münzgasse einige gute Restaurants gab und da Jens Hunger hatte und außerdem niemanden den Standort seines PKWs verraten wollte, betrat er ein Steakhaus, suchte sich einen Fensterplatz und bestellte sich ein T-Bone-Steak mit Pommes und Speckbohnen. Danach schlenderte er die letzten Meter zu seinem Auto. Eigentlich hatte er vor, direkt nach Berlin zu fahren, aber dann überkam es ihn doch. Er rief seine Frau an.

„Hallo mein Schatz, ich bin in knapp zwei Stunden bei Dir."

Begeisterung hört sich anders an, dachte er, als ein lapidares „Okay, wenn Du meinst" aus dem Hörer zurück kam.

Jens wollte schon seiner Verärgerung Luft machen, behielt aber die Erwiderung für sich und sagte nur: „Dann fahr ich jetzt los", und legte auf.

Eigentlich wäre es für ihn möglich gewesen, die Strecke in neunzig Minuten zurückzulegen. Aber bei der Begrüßung, die er zu erwarten hatte, hatte er es auf einmal nicht mehr besonders eilig.

Einmal legte Jens eine Pause ein. Tanken, eine Tasse Kaffee und dann schrieb er Suresh in einer verschlüsselten Mail, dass er am nächsten Tag wieder bei Tiffany frühstücken würde. Dann versuchte er Axel Reuter zu erreichen, aber der meldete sich nicht.

Sein Ziel erreichte Jens Mander dann auch erst nach zweieinhalb Stunden.

Die Begrüßung durch seine Frau war sehr lau und wenn sein Hund nicht eine riesige Wiedersehensparty losgetreten hätte, wäre er am liebsten sofort weiter gefahren. Von den Kindern war keines da und auch so wirkte das Haus wie ausgestorben. Jens ließ seine Sachen im Auto. Seine Schuhe ließ er im Vorraum stehen und im Wohnzimmer setzte er sich auf einen der beiden Sessel. Seine Ayla bedrängte ihn immer noch und wollte von Jens gestreichelt und geknuddelt werden.

Jens wusste durch Erfahrungen aus der Vergangenheit, dass es keinen Sinn machte, jetzt mit seiner Frau ein Gespräch anzufangen. Deshalb beschränkte er sich darauf, von seinem Treffen mit Patrick zu erzählen und dass man wegen eines Projekts in Verbindung bleiben wolle. Von Patricks Rolle bei der Schweizer Abwehr wusste sie nichts und so sollte es auch bleiben.

Die Stimmung war so schlecht, dass er seinen Kurzbericht damit abschloss, dass er am folgenden Tag um sieben-dreißig einen Termin in Berlin-Köpenik habe und er deshalb nach dem Kaffee gleich weiter fahren müsse. Das war zwar beinhart gelogen, aber immer noch besser, als die lausige Stimmung zu ertragen.

Es war Zwanzig Uhr als Jens sich verabschiedete, wobei die Verabschiedung von seinem Hund den meisten Raum einnahm. Neunzig Minuten später stellte er den Wagen vor seiner Wohnung in der Freiherr-vom-Stein-Straße ab. Misstrauisch, wie er nun mal war, war er vorher zweimal um den Block gefahren. Es war ihm auf der Straße aber nichts ungewöhnliches aufgefallen.

Obwohl er müde war, nahm er sich die Zeit und überprüfte die angebrachten Sicherungen, die er zusätzlich zur Alarmanlage installiert hatte, bevor er das Appartement betrat.

DIENSTAG, 3. DEZEMBER (DER TAG)

Jens Mander hatte alles andere als ausgeschlafen, als ihn am Morgen das Klingeln seines Telefons aus dem Bett jagte. Am Display des Telefons wurde keine Rufnummer angezeigt. Gewohnheitsgemäß meldete er sich mit einem ›Ja bitte‹, doch da war keiner am anderen Ende der Leitung.

Verwählt? Vielleicht oder ein Kontrollruf? In der momentanen Situation war beides möglich. Noch im Bademantel setzte er sich an seinen Computer. Während des Startvorgangs rauchte er eine Zigarillo und wartete, dass er sich am Rechner anmelden konnte. Nachdem er eine verschlüsselte Verbindung zu seinem Server hergestellt hatte, überprüfte er seine verschiedenen Postfächer auf eingegangene Nachrichten. Er suchte und fand auf Anhieb die Bestätigung seiner Nachricht an Suresh. Okay war in die Betreffzeile eingetragen.

Eigentlich war es leichtsinnig von Suresh, eine unverschlüsselte eMail zu schicken, aber wer sollte von dem Okay auf eine Bestätigung zu einem Treffen schließen?

Alle anderen Nachrichten waren unwichtig. Jens meldete sich ab, schloss die Verbindung und schaltete den Rechner aus. Dann zog er sich an, nahm sein iPhone, die Autoschlüssel, machte die Alarmanlage scharf und verschloss die Wohnungstüre. Er entschied sich, für die Fahrt zum Tiffany's den Mietwagen zu benutzen. Dreißig Minuten später stand er vor dem Gebäude. Entgegen seiner Befürchtung fand Jens auf Anhieb einen Parkplatz. Diesmal fuhr er gleich in den fünften Stock und klingelte an der Wohnungstüre. Eine ziemlich leicht bekleidete ›Schönheit-der-Nacht‹ öffnete ihm und murmelte Jens nur ein verschlafen klingendes „Hinten rechts, er erwartet Dich schon".

Jens wollte gerade die Klinke drücken, als von innen die Türe geöffnet wurde. „Komm rein. Ich habe schon Kaffee gemacht", begrüßte ihn Suresh. „Lass uns gleich zur Sache kommen."

Jens setzte sich auf den einzigen freien Stuhl im Zimmer. Überall lagen Klamotten rum, es roch nach kaltem Zigarettenrauch und abgestandenem Bier.

„Hallo Suresh", begrüßte ihn Jens. „Soviel Zeit muss sein. Wie geht es Dir?"

„Hör mir nur auf mit Deinem ›wie-geht-es-dir‹. Ich will aus der Sache nur schnell wieder raus. Nicht mehr und nicht weniger."

„Was ist denn los, was hat Dich denn so erschreckt?"

„Du hast mir doch die Daten für die Detektei in Essen gegeben."

„Yep."

„Und ich hab mich da reingehackt."

„Yep."

„Also so wie das aussieht, ist das eine Tarnung für einen Nachrichtendienst."

„Yep."

„Aber es ist kein deutscher Nachrichtendienst. Die haben da ein VLAN, ein virtuelles Netzwerk am laufen."

„Also so ungewöhnlich sind VLAN's nun auch wieder nicht. Vor allem wenn Organisationseinheiten übergreifend zusammenarbeiten sollen und der Netzwerktraffic gegen Unbefugte gesichert werden muss, ist das ein probates Mittel. Also, woher die Panik in Deiner Stimme."

„Ach Herrje, behalte Dir Deinen Glauben. VLAN's sind nicht so häufig wie Du vielleicht annimmst. Virtuelle lokale Netzwerke können und sind meist ganz schön aufwändig. Das beginnt schon mit der Planung der Netze. Portbasierte, Tagged, Statische oder Dynamische VLAN's, dann müssen die meist veralteten Geräte ausgetauscht werden. Viele Kunden glauben, dass Sie mit ihren geswitchten Netzen vor Angriffen relativ sicher sind und sich deshalb den Aufwand sparen können. Aber seit es Layer-2-Attacken wie MAC-Flooding oder MAC-Spoofing gibt, ist diese Sicherheit nur mehr ein frommer Glaube."

„Okay - ich habe verstanden. Aber jetzt sag mir, warum Du die Panik schiebst?"

„Weil VLAN's normalerweise, wie schon der Name sagt, lokal sind. Bei unseren Freunden in Essen ist das aber nicht so. Da geht ein VLAN und zwar ein statisches VLAN in das WLAN und jetzt rate mal, wer am anderen Ende der Leitung sitzt?"

„Nun hör aber auf mit Deinem dämlichen ›rate-mal‹. Kotz die Info raus oder lass es."

„Mensch Jens, man wird doch noch etwas Spaß haben dürfen", tat Suresh beleidigt, aber Jens sah es ihm an, dass er stolz wie Bolle war.

„Glaub es oder nicht, das VLAN reicht nach Berlin in die m-face-casting." Suresh war jetzt sein Grinsen ins Gesicht tätowiert als er weiter berichtete.

„Ich habe, ohne Deinen Auftrag, diese angebliche Casting Agentur unter die Lupe genommen. Elektronisch versteht sich." Das Grinsen war jetzt so breit, dass er fast den ganzen Unterkiefer hätte aushängen können.

„Die Herrschaften hängen an einem VLAN, haben aber selbst kein IT-Personal und sind auch so unbedarft, dass sie ihre Mails und Dokumente unverschlüsselt auf einem Windowsserver abgelegt haben. Das Ding verfolgt zwei Routen: eine nach Essen, mit dem VLAN, und eine ins offene Internet."

„Sag mir nicht, wie Du da eingebrochen bist. Ich will das gar nicht wissen." Jens holte tief Luft. „Und außerdem war ich gar nicht hier."

„Ich sag nur ›KALI-Linux‹ plus nicht aktuelle Betriebssysteme. Das ist eine erfolgreiche Mischung", erwiderte Suresh und fuhr dann fort, „Ich habe mal einige Mails mitgelesen und bin da auf einige Interessante Sachen gestoßen."

Mit einen Schlag war Suresh wieder ernst und jetzt sah man ihm an, dass er sich wirklich vor irgendwas fürchtete.

„Ich habe die Daten kopiert und von der Festplatte eines Alexander Müller eine eins-zu-eins-Kopie erstellt. Eine Kopie habe ich hier auf meinem Rechner. Eine Kopie habe ich auf einem Server abgelegt und mit einer Totmann-Sicherung versehen. Wenn ich nicht mindestens alle vierundzwanzig Stunden einmal eine Nachricht an eine bestimmte Mailadresse schicke, wird innerhalb weniger Minuten das Material an verschiedene Personen und Medien geschickt. Eine Kopie liegt seit einer Stunde in Deinem Cloud-Laufwerk. Wenn mir was passieren sollte, dann hat es mich zwar erwischt, aber die anderen gehen auch nicht ohne Prügel vom Feld. Das garantiere ich Dir."

„Schön, dass Du das so arrangiert hast. Aber kannst Du mir eine kurze Zusammenfassung geben?"

„Ganz schlank gesagt, es geht um gentechnische Experimente an einem Institut in Dresden. Es geht da um Mitochondrialer DNA. Soweit ich das verstanden habe, ist das etwas, womit man Verwandtschaftsgrade zwischen Menschen ermitteln kann. Stammlinien-Forschung heißt das glaube ich."

„Und - weiter?", Jens hatte sein Pokerface aufgesetzt und

verzog keine Mine, während er Suresh weiter zuhörte.

„Das Anwendungspotential ist nicht so riesig, aber extrem gefährlich. Denk bloß an den genetischen Fingerabdruck oder die Abstammungslinien der Arten, oder ethnischer Gruppen. Denk nur an das Genographic-Projekt."

Jens Mander stellte sich dumm. „Und?"

„Das alleine wäre würde mir keine solche Angst einjagen, aber …", er machte eine bedeutungsvolle Pause, „… mit dem Chip wird die Abstammungsbestimmung massentauglich. ›Ach mein Schatz, ich war heute im Supermarkt und habe uns genetisch testen lassen. Mein Schatz, ich habe eine gute Nachricht, Du passt zu mir. Zur Feier des Tages habe ich eine Flasche Sekt mitgebracht. Da können wir gleich feiern, dass Du mir eine Niere spenden darfst." Sein Versuch, sarkastisch zu klingen war einfach nur jämmerlich. „Ach ja - und genetisch gesund werden unsere Kinder auch sein."

„Na das ist doch gut, wenn zwei so zueinander passen", versuchte Jens zu beschwichtigen, aber im Grunde genommen, hatte er seit seinem Gespräch mit René Stadler ähnliche Befürchtungen - Genetische Selektion. Trotzdem war ihm aber noch nicht klar, was das mit den beiden, besser gesagt drei Toten Indern zu tun haben sollte.

„Ich habe die Mails gelesen. Die erhalten per eMail die Anweisung verschiedene Personen unter dem Vorwand eines Castings für irgendwas, Film, Foto aber auch pharmazeutische Feldversuche zu finden. Dann werden die unter dem Vorwand eines Gesundheitschecks nach Dresden gekarrt, bekommen irgendwas gespritzt."

Jens hörte jetzt nur mehr mit halbem Ohr zu. Im Geiste begann er eine Theorie zu schmieden. Das, was er gerade von Suresh gehört hatte, passte wieder zu seiner Theorie vom Organhandel. Die Casting Agentur geht Spender fi-

246

schen und mit dem Argument eine Versicherung für sie abzuschließen, werden sie getestet und vorbereitet.

„… die beiden hier in Berlin sind keine Einzelfälle …"

Das Bewusstsein von Jens war intensiv mit der Frage beschäftigt: wie sollten Spender und Empfänger zueinander gebracht werden und passen drei Tote ins Bild und warum sind es nur Inder.

„… in Frankfurt waren es drei Rumänen …"

Nicht mal Rika hatte eine Idee, wie es zu dem Exitus der beiden hatte kommen können. Herzstillstand war die offizielle Todesursache und da würde kein Ermittler auch nur einen Euro für ein umfassendes Ermittlungsverfahren ausgeben und dann waren es ja nur Ausländer.

„… in Hamburg ein Spanier und zwei Franzosen …"

Patrick hatte eine Verbindung zur Russenmafia verneint, weil es nicht deren Geschäftsmodell sei; zu aufwändig, zu risikoreich. Zur indischen D-Company würde Organhandel eher passen, aber warum dann in Deutschland. Ist doch nicht deren Gebiet. Außerdem gibt es in Indien mehr freiwillige Spender, als unfreiwillige in Deutschland.

„… in München waren es drei, ein Slowake, ein Serbe, ein Ungar …"

Und China? Im Prinzip gilt da dasselbe wie für Indien. Wenn da was mit Organen läuft, dann im Land und nicht außerhalb.

„… und das alles innerhalb von zwei Jahren. Interessant aber ist, dass die einzige Verbindung zwischen all den Toten die Datenbank der m-face-casting ist."

Mit einem Paukenschlag befreite sich Jens' Bewusstsein aus der grüblerischen Umklammerung.

„Wie war das Suresh? Was hast Du in der Datenbank gefunden?"

„Hast Du mit offenen Augen gepennt oder was? Ich habe gesagt, dass die beiden Berliner Leichen nicht die einzigen sind. Über Deutschland verteilt gibt es da noch mindestens neun weitere Fälle, die in der Kartei der Agentur auftauchen und jetzt tot sind."

„Woher weißt Du, dass die alle tot sind?"

„Ich hab's bei INPOL nachgeprüft. Hat mich zwar drei Bitcoins und einen Gefallen gekostet, aber es hat sich gelohnt." Suresh war wieder der Hacker Pangim.

„Ich hab die Ermittlungsakten, die Obduktionsberichte und die Handakten der Staatsanwaltschaften. Alles feinsäuberlich in meinem Archiv und in Deiner Cloud gespeichert. Verschlüsselt, versteht sich."

Jens hatte sich gedanklich wieder in sein Schneckenhaus eingeschlossen. Die bisher einzige Verbindung zwischen den Toten war die Casting-Agentur. Aber diese Verbindung lieferte nicht das Motiv und deshalb musste es doch noch eine weitere Verbindung geben. Eine Gemeinsamkeit oder etwas, das so offensichtlich war, dass sie nicht ins Auge sprang.

„Suresh, du alter Hacker. Du hast doch die Dokumente gelesen. Wer war der Absender der Nachrichten; war es immer der gleiche oder wie; gab es verschiedene Anforderungsprofile?"

„Verdammt Jens, mach doch endlich Deine Arbeit selber. Durch den Mist musst Du Dich selbst arbeiten. Ich kann dir nur sagen, dass einige Mails auf Russisch waren", schimpfe Suresh. „Kyrillische Buchstaben, verstehst Du. Das einzige, was ich aus den Papieren rauslesen konnte: es war immer der gleiche Typus gefragt. Und jetzt, wo Du mich fragst: es waren nur Männer angefragt worden. Männer im Alter von Zwanzig bis Dreißig."

„Und? Was hast Du sonst noch gefunden?"

„Naja, wenn Du mich so fragst. Da sind noch zwei Sachen.

Zu Einen, betreibt einer aus dem Dresdner Labor, im Schriftwechsel wird er nur René genannt, ein geheimes Labor in Schöneberg. In mehreren Mails wurde vom ›Labor am Standort Berlin‹ gesprochen. Außerdem hat er sich einige Sachen schicken lassen, die an die Packstation 215 geliefert werden sollten."

Jens sah ihn fragend an.

„Die Packstation 215 steht in Wilmersdorf in der Wexstraße. Außerdem sieht es so aus, dass die auch in Sachen Geldwäsche unterwegs sind. Im letzten Jahr liefen fast einhundert Millionen über die Bücher. Merkwürdig viel für eine Firma, die nur aus fünf Mitarbeitern besteht. Ich hab' mir mal die e-Bilanz, die elektronische Bilanz, gezogen. Ich bin zwar kein Erbsenzähler, aber soviel kann ich auch erkennen, dass da was nicht koscher ist."

„Weil Du gerade sagst koscher. Was ist mit Deinem Kumpel im Krankenhaus. Den, wie heißt er nochmal?"

„Liebsmann. Moshe Liebsmann."

„Ja, was ist mit ihm? Wie geht es ihm? Und warum war er mit Deinen Papieren unterwegs?"

„Eigentlich geht es Dich ja nichts an, aber Moshe ist mein Bruder - um genau zu sein, mein Halbbruder. Mein Vater war im diplomatischen Dienst des António de Oliveira Salazar unterwegs. Goa war nun mal eine portugiesische Kolonie, da gibt's nichts zu deuteln. Und Papa war fleißig - in jeder Beziehung." Suresh machte mit der linken Hand eine obszöne Geste und grinste dabei süffisant. „Vor Jahren hat er in Berlin ein krummes Ding mit Immobilien gedreht. Hat seine Wohnung verkauft und zwar an jeden der sie haben wollte und von allen hat er kräftig Anzahlungen kassiert. Bevor die Polizei ihn festnehmen konnte, war er abgehauen. Seither wird er mit internationalem Haftbefehl gesucht und darf nicht offiziell einreisen bis alles verjährt ist."

„Verstehe. Dann kommt er zum Beispiel in die Schweiz oder so. Du schickst ihm Deine Papiere postlagernd und er reist dann offiziell mit Deinen Papieren ein. Stimmt's?"

„So ungefähr. Aber sag's nicht weiter. Das ganze funktioniert aber auch nur, weil wir uns so verdammt ähnlich sehen. Und, bevor Du mich wieder einem hochnotpeinlichen Verhör unterziehst, ich weiß nicht warum Moshe die Prügel seines Lebens bezogen hat. Ob er das Ziel war oder ob er die Prügel für mich bekommen hat - keine Ahnung. Aber ich bin vorsichtshalber mal abgetaucht", vollendete Suresh seine Erklärung.

„Jens, Du lässt uns doch jetzt nicht auffliegen?"

„Wo denkst Du hin, Suresh. Du kennst mich doch."

„Eben, weil ich Dich kenne. Du verpfeifst mich zwar nicht, aber ich schulde Dir wieder viele Gefallen. Is' doch so - oder ?"

„Jetzt vergiss mal das mit den Gefallen. Ich weiß von nichts und außerdem …", Jens machte eine bedeutungsvolle Pause, „ … außerdem war ich ja gar nicht da."

„Das sind ja ganz neue Töne von Dir", konterte Suresh. „Vielleicht bist Du doch die Hure mit dem Herzen aus Gold." Beide lachten über den Spruch und unterhielten sich noch einige Minuten über Belanglosigkeiten. Dann verabschiedete sich Jens Mander.

„Suresh, ich danke Dir. Pass auf Dich auf. Wenn ich Dir zum Abschied noch einen Tipp geben darf: Verschwinde von hier. Geh in Deckung und halt den Kopf unten."

Suresh unterdrückte den Impuls Jens zum Abschied zu umarmen. „Wenn ich über das Labor noch was rausfinde, dann kontaktiere ich Dich auf die bekannte Art", rief er Jens noch hinterher. Der war aber schon weg.

Jens blickte auf die Uhr seines Smartphone. Er hatte sich doch länger aufgehalten, als er eigentlich geplant hatte. Ohne die Sicherheitsprotokolle bei Verfolgung einzuhalten, verließ er das Haus, stieg in den Mietwagen ein und fuhr los.

An einer Bushaltestelle hielt er an und rief Axel Reuter über die Verschlüsselungs-App an.

„Hallo Axel, hier ist Jens", eröffnete Jens das Gespräch. „Wie weit bist Du mit Deinen Nachforschungen?"

„Ach, hör mir bloß auf. Ich hab schon Schwielen an den Fingerkuppen, vom vielen Schreiben. Außerdem gehen mir die Ausreden aus."

„Ausreden? Welche Ausreden?", fragte Jens.

„Die Ausreden, die ich dem Kollegen Mäurer serviere, damit ich ungestört die Nachforschungen für Dich betreiben kann."

„Das tut mir aber leid", heuchelte Jens Mitgefühl. „Höre ich da Frust in Deiner Stimme?"

„Jo, viel Frust", erwiderte Reuter. „Aber nicht wegen der Arbeit, sondern, dass wir es offensichtlich mit einer Mordserie zu tun haben. Und keiner hat's gemerkt. Daher kommt der Frust und der Ärger."

Jens wartete darauf, dass Axel Reuter weiter berichtete.

„Berlin, Dresden, Frankfurt, Hamburg, München: fünf Städte und insgesamt elf Leichen. Und ich wette mit Dir, wenn ich noch weitere Polizeidirektionen dazu nehme, kommen weitere Fälle dazu."

„Dann sollten wir uns aber ganz schnell treffen und uns gegenseitig auf den neuesten Wissensstand bringen", schlug Jens vor und bekam ein „Wo treffen wir uns?" zur

Antwort.

„Ich bin jetzt auf dem Weg nach Hause. Wie wäre es bei mir? Sagen wir in einer Stunde?", schlug Jens vor.

„In zwei Stunden, das könnte ich schaffen", schnappte Axel Reuter durchs Telefon. „Dann ist meine Schicht aus und ich habe Zeit."

Zwei Stunden? Jens nutzte diese Zeit um ein paar Vorräte einzukaufen. Bier, Kaffee, Brötchen zum Aufbacken und in Folie verpackten Schinken und Wurst. In der ›Trafik‹ nahm er dann noch fünf Päckchen Zigarillos mit. Trafik, bei dem Wort musste Jens immer wieder schmunzeln. Der Name ist in Österreich sehr gebräuchlich und bezeichnet ein Geschäft, in dem man Tabakwaren, Zeitungen und Zeitschriften kaufen kann. Für Berlin war dieser Begriff aber eher ungewöhnlich.

Jens hatte gerade seinen Einkauf verstaut, als es an der Türe läutete und Axel Reuter sich an der Rufanlage meldete. Jens betätigte den Türöffner und ließ die Wohnungstüre einen spaltbereit offen.

„Darf ich reinkommen?", kündigte Reuter sein Eintreffen an.

„Glaubst Du, ich führe ein offenes Haus?", höhnte Jens. „Heute freier Eintritt?"

„Kommen Sie rein Herr Kriminalobermeister Reuter und schließen Sie die Türe hinter sich."

„Hallo Jens. Du bist heute wieder mal zu liebenswürdig."

„Möchtest Du Kaffee oder ein Bier?", rief Jens aus der Küche.

„Kaffee, wenn's recht ist. Mit ohne-alles!"

„Wie bitte?"

Reuter grinste. „Pur, ohne Milch, ohne Zucker."

Während der Kaffeeautomat die Bohnen für eine frische Tasse von dem schwarzen Gebräu mahlte, sah Reuter sich im Appartement um.

„Setz Dich, Kaffee kommt gleich."

Einige Minuten später saßen die beiden an Jens' Schreibtisch. Ohne die übliche einleitende Konversation kam er gleich zur Sache.

„Wie kamst Du auf die Idee, dass unsere, inzwischen drei Berliner Toten nicht die einzigen sind?"

„Ganz ein einfach: Bauchgefühl mein Freund", antwortete Reuter, „Bauchgefühl und Erfahrung." Reuter schlürfte aus der Kaffeetasse. „Im Grunde genommen haben die Toten nichts gemeinsam, außer, dass sie männlich sind, alle zwischen Zwanzig und Dreißig Jahre alt und an etwas verstarben, was man als Vergiftung bezeichnen könnte.

Wenn Du die Bilder der Leichen nebeneinander legst? Waren sie alle vom gleichen Typus. Hätten Verwandte sein können."

„Und? Waren sie?", fragte Jens.

„Nein, nach den Papieren waren sie's nicht."

Jens hielt es nun für angebracht, Axel Reuter über seine neuen Erkenntnisse zu informieren. Ohne Namen und Orte zu nennen erzählte Jens von seinem Treffen mit Rika, Patrick, Suresh und Holger. Seine Stippvisite nach Dresden wollte er auch vor Reuter noch geheim halten. Es gab zwar keinen konkreten Grund dafür, aber er sah auch keinen Grund, Axel zu informieren.

„Also, wenn ich das so sehe", begann Axel Reuter das Gehörte mit seinen Worten zusammenzufassen, „dann haben wir elf Leichen über Deutschland verteilt. Alle starben an einer Vergiftung mit dem Mykotoxin des ›Aspergillus flavus‹ und alle waren bei der m-face-casting gelistet. Von zweien wissen wir, dass sie erst vor kurzem im Ausland waren, vermutlich mit dem Casting-Director. Der ist ein gebürtiger Russe, genauer gesagt Tschetschene, steckt wahrscheinlich mit der Russenmafia unter einer Decke und dürfte auch Verbindungen zum russischen Geheimdienst haben. Alles was wir im Moment wissen, manipuliert unsere Gedanken in Richtung Organhandel, gesteuert durch die Russenmafia, aber Deine Quellen schließen das aus."

Axel Reuter war aus seinem Stuhl aufgestanden und ging im Zimmer auf und ab.

„Also, verdammt noch mal. Was dann? Noch einmal einen NSU? Einen Nationalsozialistischen Untergrund, der mordend durch die Weltgeschichte zieht um die Welt von Ausländern zu befreien?"

Jens Mander war seinen eigenen Gedanken gefolgt. Aber diese Gedanken kamen auch nicht ans Ziel, brachten ihn einer Lösung nicht näher. „Es gibt kein perfektes Verbrechen, es gibt nur mangelhafte Ermittlungen", murmelte Jens.

„Axel? Was, wenn es gar nicht um die elf Männer geht? Wenn die nur Kollateralschäden sind? Wenn es um was ganz anderes geht?"

„Hab ich auch schon überlegt, aber ich wüsste nicht was."

Bevor Axel Reuter etwas erwidern konnte, klingelte dessen Diensthandy. Reuter nahm das Gespräch an, murmelte nur „Ja", „Nein", „Sofort?" und „Okay" ins Telefon.

„Sorry Jens, ich muss weg. Notfall. Alle Teams im Einsatz."

Ohne eine weitere Erklärung abzugeben war Reuter schon an der Wohnungstüre.

„Wenn ich nicht todmüde umfalle, ruf ich Dich später

nochmals an. Dann können wir das Thema noch vertiefen", sprach's und war schon die Treppe nach unten unterwegs.

Jens brachte die Kaffeetassen in die Küche und holte sich eine Flasche Bier aus dem Kühlschrank. Sein Reisegepäck stand noch immer ungeöffnet in der Ecke und eigentlich hatte er vorgehabt, erstmal seine Waschmaschine mit seiner getragenen Wäsche zu füttern und eine Runde zu waschen. Aber nach all den Neuigkeiten setzte sich Jens an sein MacBook, meldete sich an seinen Cloud-Drive an und nahm sich Holgers Dokumente nochmals vor.

Am zweiundzwanzigsten August Neunzehnhundertein-
unddreißig, genau an seinem fünfundzwanzigsten Geburtstag, wurde ein junger Mann aus einem kleinen frän-
kischen Dorf in Bayern Mitglied der NSDAP. In der Folge
der Weltwirtschaftskrise und des schwarzen Freitags war
er, der gelernte Schlosser, arbeitslos geworden. Die Mitgliedschaft in der Partei und der Dienst bei der Sturmab-
teilung, einer paramilitärischen Organisation innerhalb
der NSDAP, sicherten sein Überleben zu dieser Zeit. Er
konnte es sich sogar leisten Neunzehndreiunddreißig zu
heiraten. Vierunddreißig wurde dann der einzige Sohn
geboren.

Mit der Aufnahme einer Beschäftigung bei der Reichsbahn beendete er seine Mitgliedschaft bei der Sturmab-
teilung und trat bei der Hitlerjugend als Betreuer und
Jugendführer ein.

Auf Grund seiner Tätigkeit bei der Reichsbahn und seines
Engagements bei der Hitlerjugend war er vom Kriegs-
dienst befreit und blieb bis zum Ende des Krieges in einer oberpfälzischen Kleinstadt bei seiner Familie, wurde
im Rahmen der Entnazifizierung durch die alliierten Siegermächte als ›Mitläufer‹ nur gering belastet und durfte
einige Jahre nicht im öffentlichen Dienst arbeiten. Bereits
zwei Jahre später schaffte er es dann doch wieder, bei der
Bundesbahn angestellt zu werden. Achtundsechzig ging
er dann in Rente und Sechsundachtzig verstarb er nach
kurzer Krankheit an den Folgen eines Lungenkarzinoms.

Im Grunde ein Lebenslauf, wie er für die damalige Zeit
nicht so unüblich war.

Anlässlich der Einschulung seines Enkelsohnes kam es
zwischen ihm und dem ehemaligen Kreisjugendleiter
und damaligen Rektor der Schule, die sein Enkel besu-

chen sollte, zu einem Gespräch mit Folgen.

Bereits im Mai Fünfundvierzig, das Dritte Reich hatte eben erst kapituliert, begannen die westlichen Siegermächte des zweiten Weltkriegs sich mit einer Bedrohung durch ihren Kriegsverbündeten Russland auseinanderzusetzen. Der Brite Winston Churchill gab einen Kriegsplan in Auftrag. Großbritannien und die USA sollten die damalige Sowjetunion und damit auch Josef Stalin militärisch unterwerfen. Der als ›Operation Unthinkable‹ bekannte Plan wurde Churchill am zweiundzwanzigsten Mai Fünfundvierzig übergeben und in den Folgemonaten mehrfach ergänzt.

Britische und US-Truppen, verstärkt durch hunderttausende kriegsgefangene deutsche Wehrmachtsangehörige, sollten die Rote Armee aus den besetzten Gebieten des ehemaligen Dritten Reichs auf das Staatgebiet der Sowjetunion zurückdrängen.

Ähnliche Kriegsplanspiele trieben die US Amerikaner. Im Auftrag des amerikanischen Präsidenten Harry S. Truman plante Dwigth D. Eisenhower einen Angriffskrieg gegen die Sowjetunion. Der ›Plan Totality‹ sah vor, einen nuklearen Erstschlag gegen zwanzig russische Städte zu führen.

Während die ›Operation Unthinkable‹ mangels Durchführbarkeit ganz schnell auf Eis gelegt wurde, hatte ›Plan Totality‹ bis Neunzehnundsiebenundsiebzig Bestand.

Neunzehnachtundvierzig verabschiedete das US ›National Security Council‹ zwei geheime Dokumente mit dem Namen NSC 10-2 und NSC 68-48 und gaben damit die ›Operation Dropshot‹ zur Durchführung frei. Mit der ›Operation Dropshot‹ wollten die US Amerikaner auf die militärische Intervention der Sowjets in Europa, dem nahen Osten und in Teilen Asiens reagieren.

Neben dieser militärischen Option enthielt Dropshot auch eine paramilitärische Komponente. Kleine bewaffnete Zellen sollten im Falle eines militärischen Übergriffs durch die Sowjetunion hinter der Frontlinie aktiv werden. Schleusen - spionieren - sabotieren, das wäre die Aufgabe dieser Widerstandsnester gewesen. In Verbindung mit dem ›Field Manual Document‹ wurde die ›Operation Dropshot‹ der Geburtshelfer der paramilitärischen Stay-Behind-Organisationen in Italien, dem restlichen Europa und der Türkei.

Fünfundvierzig, nach dem Ende des Kriegs in Europa, besaßen weder die Amerikaner noch die Briten signifikante nachrichtendienstliche Quellen in der Sowjetunion und so war es ein ausgemachter Glücksfall, dass sich der von Adolf Hitler Anfang Fünfundvierzig geschasste Leiter der ›Abteilung Fremde Heere Ost‹, Generalmajor Reinhard Gehlen, den amerikanischen Besatzungstruppen stellte. Mit den von ihm kopierten Akten der FHO und den persönlichen Kontakten und Seilschaften bot sich den Amerikanern die Möglichkeit ein halbwegs funktionierendes Spionagenetz in der Sowjetunion zu übernehmen. Nach einer fast einjährigen ›Inquisition‹ in Fort Hunt, in den Vereinigten Staaten, kam Gehlen Neunzehnsechsundvierzig wieder nach Deutschland in den Camp King genannten Militärstützpunkt in Oberursel. Es war das selbe Lager, das in der Nazizeit als Durchgangslager für Kriegsgefangene und zur Vernehmung amerikanischer und britischer Piloten genutzt wurde.

Die Organisation Gehlen wurde zuerst aus den Mitteln des Nachrichtendienstes der US amerikanischen Streitkräfte ›G2-Section‹ und ab Neunzehnneunundvierzig durch die CIA verantwortet und finanziert. In diese Zeit fiel die Rekrutierung der ersten Mitarbeiter für den neuen deutschen Geheimdienst.

Neunzehnachtundvierzig entstand wegen der Berlin-blockade durch die Sowjetunion und den Februarum-sturz in der Tschechoslowakei in Europa das Bedürfnis, sich gegen eine russische Intervention zu verteidigen. Im März Achtundvierzig schlossen die Länder Frankreich, das Vereinigte Königreich, die Niederlande, Belgien und Luxemburg einen Vertrag über wirtschaftliche, soziale und kulturelle Zusammenarbeit, sowie zur kollektiven Selbstverteidigung.

Im April Neunundvierzig kam es dann zur Gründung der ›North Atlantic Treaty Organization‹ kurz NATO ge-nannt. Strategisch war dieses Bündnis darauf ausgerich-tet, einen sowjetischen Angriff soweit östlich wie möglich abzuwehren. Es gab aber auch Strategien für den Fall, dass die sowjetische Armee Europa ›überrollen‹ sollte.

Stay-behind-Organisations, SBO, geheime paramilitäri-sche Gruppen, die im Rücken des Feindes agieren sollten; spionieren, schleusen, sabotieren.

Die militärische Befehlsgewalt hatten die geheimen Kommandostellen Allied Clandestine Committee (ACC) und Clandestine Planning Committee (CPC) im NA-TO-Hauptquartier ›Supreme Headquarters Allied Pow-ers Europe‹ auch SHAPE im belgischen Mons und damit dem ›Supreme Allied Commander Europe‹ kurz SA-CEUR verantwortlich.

Die SBO's wurden als ›Quellennetz‹ bezeichnet. Dieses Quellennetz wurde von einer Stabsstelle der NATO bei den jeweiligen nationalen Nachrichtendiensten klandes-tine geführt und damit der parlamentarischen Kontrolle durch die jeweiligen Regierungen entzogen.

Für Deutschland waren zweihundert dieser ›Netzknoten‹ vorgesehen, fünfzig mit militärischen, hundertfünfund-zwanzig mit Beobachtungs-, Übermittlungs- und Betreu-ungsaufgaben. Fünfundzwanzig weitere Quellenknoten sollten als Transporteure von wichtigen Personen und abgesprungenen Piloten aktiv werden. Jeder Quellenknoten bestand aus zwei oder drei Kommando-/Einsatzgruppen mit bis zu fünfunddreißig Personen je Gruppe. Ihnen standen, je nach Aufgabengebiet, geheime Depots mit Funkgeräten, Waffen, Sprengstoffen und anderen nützlichen Gegenständen zur Verfügung. Neunzehnsechsundneunzig wurden in Berliner Grunewald zwei vollständige Depots entdeckt. Bereits Neunzehneinundachtzig war in der Lüneburger Heide ein Depot aufgeflogen.

In Deutschland hatte die SBO keine Personalprobleme. Bereits Neunzehnvierundvierzig hatte der Reichsführer SS die Bildung von Freischärler-Einheiten befohlen. Trainiert wurden die Werwölfe in den Lagern der SS-Jagdverbände und von der Wehrmacht wurden sie mit Material ausgestattet. Auch ehemalige Wehrmachtssoldaten, vor allem SA- und SS-Angehörige, die nach Kriegsende mit gefälschten Identitäten abtauchen konnten, waren sowohl für den Nachrichtendienst und insbesondere für die SBO begehrt. Militärisch ausgebildet, erhielten sie eine nachrichtendienstliche Zusatzausbildung. Ab Neunzehnfünfzig erfolgten die Anwerbungen von Quellen für die SBO, wie Rekrutierungen im Jargon genannt wurden, über den neu gegründeten Bund Deutscher Jugend BDJ und die paramilitärische Ausbildung ab Einundfünfzig über dessen Technischen Dienst BDJ-TD. Die Finanzierung der Organisation erfolgte zu großen Teilen über den CIC und die CIA, es flossen aber auch Geldmittel des Bundes und des Landes Hessen. Zweiundfünfzig flog die Verbindung des BDJ zur CIA auf. Bei einer Razzia wurde neben der finanziellen Unterstützung die Lieferung von Waffen und Sprengstoffen aufgedeckt. Außerdem fanden die Ermittler Attentatslisten mit vierzig Führungspersönlichkeiten der BRD. Neunzehndreiundfünfzig wurde dann der BDJ und der BDJ-TD verboten und aufgelöst. Die Mitglieder und Sympathisanten des BDJ schlossen sich in der Folgezeit anderen neofaschistischen, neonazistischen oder ultra-nationalistischen Vereinigungen an. Einige gingen aber auch in den Untergrund und wurde erst Jahre später als Berater und Ausbilder in Ausbildungslagern der Palästinenser identifiziert.

Ende der Sechziger Jahre entstanden im Untergrund die ersten Wehrsportgruppen in denen Wehrsport mit nationalistischen Ideologien verknüpft wurden. Die Wehrsportgruppe Trenck in Österreich, dreiundsiebzig eine Wehrsportgruppe in Nürnberg oder die Neunundsiebzig von Michael Kühnen gegründete Wehrsportgruppe Werwolf waren die bekanntesten ihrer Art.

Die Erschließung neuer SBO-Quellen erfolgte immer nach dem gleiche Muster: Tipp von V-Leuten in den Organisationen, Anbahnung durch Mitarbeiter des Nachrichtendienstes, Anwerbung, militärische und nachrichtendienstliche Ausbildung.

Die militärische Ausbildung erfolgte zum Teil bei den Wehrsportgruppen, aber auch in speziellen Lagern auf dem Gelände von amerikanischen Kasernen wie den Truppenübungsplatz Grafenwöhr, dem ›Dagger Complex‹ Griesheim, dem ›Military Training Area‹ in den Aschaffenburger Stadtteilen Gailbach und Schweinheim oder der Flint Kaserne in Bad Tölz. Neben dem Umgang mit Waffen und Sprengstoffen wurden hier auch die technischen Unterweisungen wie der Gebrauch von Morse- und Funkgeräten oder das kodieren/dekodieren von Nachrichten durchgeführt. Bei besonders wichtigen SBO-Quellen wurde das Training auch in der ›Weberei‹, dem Schulungszentrum des BND in Haar bei München vervollständigt.

Die SBO's flogen auf, nachdem der italienische Ministerpräsident Giulio Andreotti am dritten August Neunzig auf eine Parlamentsanfrage hin die Existenz einer „Operation Gladio" des italienischen Geheimdienstes bestätigte. Er gab damals an, dass Gladio auch in zahlreichen anderen europäischen Ländern existiere.

Nach heftigen Protesten des Europaparlaments, sowie der nationalen Parlamente wurden die Gladio genannten SBO's deaktiviert und galten seit Neunzehnzweiundneunzig als aufgelöst.

Soweit die offizielle Version.

Tatsächlich wurde nur der Teil der SBO-Einheiten aufgelöst, die bereits durch das Ministerium für Staatssicherheit identifiziert und damit ›verbrannt‹ waren. Ein weiterer Teil der Einheiten wurde deaktiviert und konnten so jederzeit reaktiviert werden. Aber einige der SBO-Gruppen, insbesondere die, bei denen eine Radikalisierung eingesetzt hatte, wurden einfach ›vergessen‹. Die Kontakte zu den Gruppen waren eingestellt und mit der Auflösung der Abteilung 12CC dann auch deren Akten vernichtet worden. Eine zweite Vernichtungsaktion erfolgte zehn Jahre nachdem die Verbände offiziell aufgelöst worden waren.

Dienstag, 3. Dezember (der Abend)

Jens Mander hatte mehrere Stunden mit Lesen verbracht. Vieles von dem, was er bisher gelesen hatte, war ihm schon bekannt, denn er hatte Anfang der Siebziger eine ähnliche Ausbildung genossen. Die Ereignisse in der Zeit nach Neunzig kannte Jens zum Teil aus eigener Erfahrung, aber auch durch Berichte in der Presse. Neu war ihm hingegen der Teil nach Kriegsende, aus welchen politischen Lagern die SBO-Quellen kamen und dass einige der SBO-Einsatzgruppen durch die Stasi enttarnt worden waren. Aber am meisten schockierte ihn die Erkenntnis, dass es die ›Vergessenen‹ gab.

Jens Mander ließ sich weitere Dokumente am Monitor anzeigen. Namenslisten und Lebensläufe, Berichte von durchgeführten Sicherheitsüberprüfungen, Ausstattungslisten, Gebiets- und Aufgabenbeschreibungen, aber auch Listen von Wortcodes und Erkennungszeichen.

Viele der Dokumente, aber auch Berichte waren als geheim klassifiziert und als Urheber der ›Professor‹ genannt. Jens musste urplötzlich laut lachen. Professor! Das war sein Deckname.

Zu Beginn seiner Studien war er aus purem Zufall auf die Dienstakte ›Rudolf Stadler‹ gestoßen. Stadler? Erst zwei Tage zuvor hatte Jens Mander mit einem Stadler zu tun.

Jens' Neugier war geweckt und er war jetzt der Analytiker, der Forscher, der Jäger. Nachdem er die restlichen Dokumente gesichtet hatte, setzte er das Studium der Akte Rudolf Stadler fort.

In den Wochen nach dem Gespräch mit dem Lehrer seines Enkels fand ein erstes Anbahnungs- und kurz danach ein Anwerbungsgespräch statt. Die Akte wies Rudolf Stadler als eingefleischten Nazi und glühenden Kommunistenhasser aus.

Technisch versiert und durch seine Tätigkeit in einem Ausbesserungswerk der Deutschen Bundesbahn an einer wichtigen Schaltstelle, wurde er ›als für Sabotagen besonders wertvoll‹ eingeschätzt. Nach seiner Anwerbung wurde Rudi, wie er in der Akte genannt wurde, in Trainingscamp Grafenwöhr im Gebrauch von Waffen und Sprengstoff ausgebildet. Aus Rudi wurde der Führungsoffizier einer paramilitärischen Einsatzgruppe.

Das funktionale ›Leben‹ der Gruppe verlief bis auf einige wenige Ereignisse äußerst unaufgeregt.

Eines der besonderen Ereignisse fand am einundzwanzigsten August Neunundsechzig statt. An diesem Tag marschierten Truppen des Warschauer Packt, das sowjetische Gegenstück zur NATO, in der Tschechoslowakei ein und beendeten den sogenannten ›Prager Frühling‹. An diesem Tag marschierte aber auch die SBO-Einsatzgruppe in Richtung tschechischer Grenze um die vom ›Dienst‹ vorgegebene Positionen zu besetzen und Sprengungen an Brücken und Bäumen vorzubereiten - für den Fall, dass es zu einer sowjetischen Intervention käme. Aus den Depots wurden die gelagerten Sprengstoffe zu strategisch wichtigen Brücken transportiert und dort in geheimen Sprengkammern zur Zündung vorbereitet.

Die anderen Dokumente zur Akte Stadler waren nur belanglose und völlig wertlose Berichte über regionale Ereignisse. Einige Dokumente enthielten auch Berichte über gemeinsame Übungen mit einer Wehrsportgruppe im Großraum Nürnberg, in Bamberg und Schweinfurt.

Neunzehnfünfundachtzig verstarb Rudolf Stadler an den Folgen eines Lungenkarzinoms und ein Mitglied der Gruppe nahm seinen Platz ein. Im August Neunzehneinundneunzig wurde die Gruppe aufgelöst. Laut einem Aktenvermerk sei die Gruppe Anfang der Achtziger Jahre durch Provokationen im Grenzgebiet aufgefallen, systematisch ausgeforscht und von einem Stasi-Agenten unterwandert gewesen.

Jens empfand es als merkwürdig, dass die Akten vieler SBO-Einheiten entsorgt worden waren, aber ausgerechnet die einer so unbedeutenden Gruppe waren der Aktenvernichtung entgangen. Er ging auch davon aus, dass Holger ihm nicht alle Dokumente gegeben hatte, sondern nur eine Auswahl. Eine Auswahl von der Holger und Germut offensichtlich annahmen, dass sie Jens nützlich wären, ohne aber zu viel zu verraten.

In den Unterlagen war auch eine Liste mit Namen. Jens überprüfte die Namen im Internet. Telefonbuch, 123people und andere Quellen. Zu keinem der Namen fand er Informationen, die annähernd gepasst hätten. Jens vermutete, dass es die Decknamen waren. Hier war er in einer Sackgasse.

Jens war, obwohl mit seinen Sechzig Jahren, durch seinen Beruf und aus Überzeugung, sehr internet-affine und deshalb ärgerte er sich darüber, dass die Ereignisse in der Vor-Internet-Zeit statt fanden.

Es machte ihn sauer, dass er die Arbeit an der Backe hatte, aber Holger würde die Lorbeeren ernten und Germut hätte wieder mal seinen intriganten Arsch gerettet. Jens griff zum Telefon und wählte Holgers Nummer.

„Hier ist Jens."

„Hast Du mal auf die Uhr gekuckt?", tönte es vom anderen Ende der Leitung. „Es ist Dreiundzwanzighundert. Verdammt noch Mal, schläft Du nie?"

„Wenn wir mal tot sind, können wir uns ausschlafen und jetzt hab dich nicht so. Ich brauch ein paar Daten."

„Ein paar Daten?", höhnte Holger durchs Telefon. „Er braucht nur ein paar Daten." Jens hörte durchs Telefon, wie Holger nach irgendwelchen Schreibutensilien kramte.

„Lass den Scheiss mit der Bleistift-Suche. Ich weiß, dass Du das Gespräch sowieso aufzeichnest. Ich hab das gleiche Headset", giftete Jens ins Telefon. Dann fing er an, die Namen der Führer und der Gruppenmitglieder durchzugeben.

„Und mach hurtig, ich brauch die Informationen so schnell wie möglich."

„Warum machst Du das nicht selbst? Ich habe Dir doch die Zugänge zu INPOL und NADIS gegeben", stänkerte Holger zurück. Aber Jens war gerade mal wieder auf Krawall gebürstet. „Du weißt doch selbst, wie das so ist, ›wer die Arbeit sieht und sich nicht drückt …! Außerdem sind das die Codenamen. Ich aber brauche die Klarnamen. Also mach hinne - ich ruf Dich in einer Stunde wieder an."

Noch bevor Holger etwas erwidern konnte, hatte Jens die Verbindung gelöst.

Jens war es in der Zwischenzeit gleichgültig, ob jemand seine Telefonate anhören konnte oder nicht. Er wählte die Nummer von Axel Reuter.

„Hier ist Jens", sagte er, als er die verschlafene Stimme von Axel Reuter am anderen Ende der Leitung hörte. „Schläfst Du schon?"

„Du…?", kam es drohend durch den Hörer. „Du bist eine Nervensäge."

„Und die Nervensäge sagt jetzt mal: Überprüfe mal bitte den René Stadler."

„René wer?"

„Stadler. René." Jens gab ihm die Daten durch, die er im Internet über den Doktoranden René Stadler gefunden hatte.

„Und wie soll ich jetzt an die Informationen kommen, Du Schlauberger? Ich bin zuhause und so ohne weiteres kann ich jetzt nicht im Büro reinschneien."

„Okay Axel, mach was Du kannst. Aber mach schnell."

Jens beendete die Verbindung, um weitere Proteste Reuters zu unterbinden.

MITTWOCH, 4. DEZEMBER

Es war Null Uhr fünfzehn - Dark Zero fifteen - als sein iPhone klingelte ›Berlin, Berlin, Du bist so wunderbar‹. Im Display wurde eine unbekannte Berliner Telefonnummer angezeigt.

Jens meldete sich mit dem üblichen ›Ja bitte‹.

„In fünfzehn Minuten wird Dir ein DHL-Express-Kurier einen Umschlag mit den angeforderten Informationen bringen. Es ist einer unserer Kuriere. Geh' sorgsam damit um." Dann war die Leitung tot.

Pünktlich fünfzehn Minuten später klingelte es an der Wohnungstüre. Jens meldete sich an der Sprechanlage und hörte ein „DHL-Express, eine Eilsendung für Mander, Jens Mander."

Jens drückte auf den Türöffner. Wenn es einer von Holgers Leuten war, wusste er in welcher Etage er seine Sendung abzugeben hatte. Eine Minute später stand der Kurier vor der Wohnungstüre, reichte Jens einen Umschlag und hielt ihm ein Klemmbrett unter die Nase. „Eine Unterschrift! Da!", und deutete mit dem Finger auf eine Stelle des Bretts. Dann war er auch schon wieder weg.

In dem Umschlag war ein USB-Stick, ein mobiler Datenspeicher. Jens hatte vergessen Holger nach dem Passwort zu fragen, aber er wollte zuerst mal das Passwort verwenden, das er schon kannte. Er verband den Stick mit seine Rechner. Nach ein paar Sekunden öffnete ein Fenster und forderte zur Eingabe des Passworts auf. Jens tippte die sechs Zeichen ein.

Bingo. Das Dokument wurde geöffnet und er bekam die Namensliste angezeigt. Name, Vorname, Geburtsdatum, bei einigen stand auch ein Sterbedatum und die letzte bekannte Anschrift und Funktion in der Gruppe.

Jens wunderte sich, dass auch die Prozeduren und Erkennungssätze für persönliche Treffen und die toten Briefkästen aufgeführt waren.

Jens ging die Liste Name für Name durch. Überprüfte jeden Namen über seine Quellen im Internet. Bei einigen Namen wurde er fündig, erhielt zusätzliche Informationen, aber bei den meisten... nichts.

Ein Abgleich mit seine Stasi-Offiziersliste brachte ihn auch nicht weiter.

›Scheiß Vor-Internet-Zeitalter‹ fluchte er leise vor sich hin. Er hatte auch keine Zeit um andere Quellen anzuzapfen und so musste er sich mit dem zufrieden geben, was er so fand.

Jens wusste, dass er das Dokument nicht auf seinem Rechner speichern konnte, aber er konnte von der Bildschirmanzeige ein Handyfoto machen.

Jens lehnte sich im seinem Bürostuhl zurück und schloss die Augen. Irgendwie war er in einer Sackgasse gelandet, hatte jede Menge Zeit und Geld ausgegeben, war quer durch die Republik gereist und hatte jede Menge kleiner Gefallen eingefordert.

Und das Ergebnis? Nichts, nada.

Jens war kurz vor dem Aufgeben, als fünf Minuten nach Zwei Uhr sein Telefon läutete.

„Jens Mander, Du bist mir ein Frühstück schuldig." Axel Reuters Stimme klang aufgeregt. „Wir haben eine Gemeinsamkeit zwischen den drei Toten in Berlin und den anderen Toten in Hamburg, München, Frankfurt und Dresden."

Reuter machte eine lange Pause.

„Die Toten Inder hier in Berlin sind gar keine Inder. Die drei stammen aus Pakistan. Sie kommen alle aus Haiderabad in der Provinz Sindh."

Erst jetzt fiel es Jens wieder ein - drei tote Inder?

„Tut mir leid, ich hab Dich ja noch gar nicht nach dem dritten Toten gefragt. Wann, wo und wie ist es passiert?"

„Schön, dass Du an unserem Fall auch noch Interesse zeigst", höhnte Axel Reuter. „Es war der vierundzwanzigste November, vier Uhr zwölf. Irgendjemand hatte den Leichnam vor die Türe des Supermarkts im Untergeschoss des Innsbrucker Platzes abgelegt. Der Obduktionsbericht könnte eine Kopie der anderen beiden Berichte sein, außer dass diesmal der Leiche keine postmortalen Verletzungen beigebracht wurden."

„Okay, das passt ja wieder zu einem Serienmörder. Aber Axel, wie kommst Du darauf, dass das Pakistani sind. Mindestens einer müsste nach meiner Meinung Inder sein, aus dem Punjab."

Jens hörte ein lautes Lachen aus dem Telefon.

„Da merkt man, dass Du in der Schule gepennt hast, Du Vollpfosten", höhnte Reuter durchs Telefon. „Es gibt ein indisches und ein pakistanisches Punjab. Viele Familien haben deshalb diesseits und jenseits der Grenze Verwandtschaft."

Jens verkniff sich einen Kommentar zu der Information. Eigentlich hätte er das selbst recherchieren müssen, scholt er sich im Stillen.

„Okay, Axel. Ich hab's kapiert. Aber was nutzt uns dieses Wissen? Viele Pakistani arbeiten in Deutschland, vor allem in indischen Restaurants; auf Wochenmärkten haben sie Stände mit Bekleidung."

„Ich fass es nicht, Jens. Du hast eine irrsinnig lange Leitung."

„Dann lass mich an Deiner Weisheit teilhaben, großer

Meister", stänkerte Jens zurück.

„Ich hab soeben die Nachricht erhalten, dass die anderen Toten in Hamburg, München, Frankfurt und Dresden Sinti sind und zu einer Großfamilie in Südfrankreich gehören."

Nach einer kurzen Pause sagte Reuter: „Klingelt's jetzt?"

Und ob es bei Jens klingelte.

„Ich habe mal gelesen, dass Sinti und Roma vor vielen Jahrhunderten aus Indien ausgewandert sind oder besser gesagt vertrieben wurden und sich über die ganze Welt verstreuten."

„Und damit hätten wir die Gemeinsamkeit und vielleicht auch ein Motiv."

„Also Motiv sehe ich noch keines", erwiderte Jens. „Aber was hast Du zu den beiden Stadlers rausgefunden? Soll ich raten? Nichts?"

„Du kannst mit Deinem Pessimismus aber jedem die Laune verderben. Aber im Ernst. René Stadler ist der Urenkel von Rudolf Stadler und Rudolf Stadler…"

„… heißt eigentlich Schlotter und ist ein Altnazi. Einer von den Unverbesserlichen und Unbelehrbaren", warf Jens Mander dazwischen. „Ist nach dem Krieg zum CIC übergelaufen und während Gehlen und dessen Stellvertreter aus der FHO-Zeit Baun ihre Anbiederungstour starteten, war Schlotter alias Stadler schon wieder im Geschäft. Spionierte im Auftrag des amerikanischen Geheimdienstes den Deutschen Geheimdienst aus. Sechzig ließ er sich dann für die SBO anwerben und führte dann eine Einsatzgruppe bis zu seinem Tod Fünfundachtzig. Offensichtlich war zu diesem Zeitpunkt die Gruppe personell schon stark dezimiert und für die ›Karl-Theodor-Straße‹ in München nicht mehr besonders wichtig. Als dann die SBO Neunzig aufflog und die Einheiten aufgelöst wurden, war die Restgruppe schon in Deckung gegangen. Im August Einundneunzig erhielt die Akte dann den ›aufgelöst‹ Vermerk und wurde danach von der Generaldirektion im ›Camp Nikolaus‹ einfach vergessen. Die Waffen- und Sprengstoffdepots hatte die Gruppe schon vorher sicherheitshalber verlagert, aber auch später hatte keiner mehr danach gefragt."

„Schau einer an, Du hast ja wirklich was drauf", höhnte Reuter am anderen Ende der Leitung.

Während Jens Mander mit Reuter telefonierte, kam an seinem Rechner die Mitteilung, dass ein von pandim@yahoo.com eine Datei im Cloudspeicher abgelegt worden war.

Jens sah auf die Uhr. Drei Uhr vierzig.

„Frag mich nicht, woher ich diese Informationen habe. Ich frage Dich auch nicht, wie Du um diese Zeit an Deine Informationen gekommen bist."

„Ich bin im Büro, wenn Du's wissen willst. Und die Kollegin von der Nachtschicht hat ganz belämmert gekuckt, als ich plötzlich mitten im Büro stand."

Jens wollte nicht, dass Reuter was von seinen anderen Quellen mit bekam.

„Sei mir nicht böse wenn ich Dich mal aus der Leitung schmeiße. Ich muss mal und dann brauche ich eine Tasse von dem stärksten Kaffee, den ich mit meiner Maschine brauen kann. Kannst Du in fünfzehn Minuten nochmals anrufen? Oder soll ich mich melden?"

„Na geh' schon, ich rufe nochmals an", erwiderte Axel Reuter.

Jens machte dann doch das, was er zu Reuter gesagt hatte. Mit eine Tasse vierfach Espresso auf dem Schreibtisch, begann Jens wieder die Prozedur des doppelten entschlüsseln der Nachricht von Suresh.

In der ersten Zeile einhielt die Nachricht einen Link auf eine Seite im deutschen Wikipedia: http://de.wikipedia.org/wiki/DIYbio.

Do it yourself Biology, umgangssprachlich Biohacker.

Jens begann sich in die Sache einzulesen, als das Telefon wieder klingelte. Er meldete sich mit einem ›Ja‹ aber die Leitung war tot. ›Verdammte Kontrollanrufe‹ fluchte Jens, aber das Telefon läutete schon wieder.

„Ich bin's Axel."

„Hattest Du gerade angerufen?"

„Nö, warum?"

„Ich hatte jetzt schon mehrfach Anrufe, ohne dass sich jemand gemeldet hat. Da scheint sich jemand dafür zu interessieren, ob ich zuhause bin."

„Vielleicht Deine Frau?"

„Die eher nicht, die pennt um die Tageszeit."

„Na dann ist das schon merkwürdig. Wo waren wir stehen geblieben."

„Bei der Akte Stadler."

„Okay. Wusstest Du, dass sich der liebe René Stadler in seinen frühen Jahren durch einige kriminelle Aktionen bei den Neonazis eine Jugendstrafe von 18 Monaten ohne Bewährung eingehandelt hat?"

„Jugendstrafe?", frage Jens. „Wann und wo war das?"

„In Sachsen. Anfang Zwotausend. War gerade strafmündig geworden. Warum fragst Du?"

„Ach nur so", erwiderte Jens. „Und Du bist sicher, dass es sich da um keine Namensverwechslung handelt?"

„Na hör' mal. Ich bin doch kein Anfänger."

„Sorry - hätte ja sein können."

„Der kleine Scheißer hat mit seinen Kumpels von einer Neonazivereinigung ›Sturm88‹ eine ganze Kleinstadt terrorisiert."

Axel legte eine Pause ein.

„Aber Du weißt ja, wie das mit den Jugendstrafen ist. Nach 'ner Zeit erscheinen sie nicht mal mehr im Führungszeugnis. Hat im Knast in Torgau sein Abi gebaut. Eigentlich hätte er die vorzeitige Entlassung auf Bewährung beantragen können, aber er hatte es immer abgelehnt. ›Ich sitze die Strafe bis zur letzten Sekunde ab‹ war immer sein Spruch und so war es auch.

Zwei Jahre nach seiner Entlassung begann er ein Biologiestudium in Dresden."

„Okay", kommentierte Jens die Information. „Das können wir ja noch vertiefen, wenn Du mich in einer Stunde abholst."

„Abholen? Warum?"

„Erstens, weil ich Dich zum Frühstück einladen möchte. Zweitens brauche ich einen Chauffeur nach Tegel und drittens möchte ich Dich mit einer Freundin bekannt machen."

„Na wenn das so ist. Ich bin zwar hundemüde, aber ein Frühstück aus Deiner Kasse und dann auch noch mit einer von Deinen Freundinnen. Da ist der Chauffeurdienst ein geringer Preis den es zu bezahlen gilt. Geht Deine Freundin mit frühstücken?"

„Yep, die kommt aus New York und dürfte ziemlich hungrig sein."

274

Donnerstag, 5. Dezember

Vor einem Monat hatte Jens die Tasche und die erste Leiche gefunden. Obwohl er nach seinem Naturell nicht zu Verzweiflung neigte, war er diesem Zustand doch ziemlich nahe.

Zusammen mit Axel Reuter war er am frühen Morgen zum Flughafen Tegel gefahren um Rika Sehlert abzuholen. Rika hatte per eMail angekündigt, dass sie am fünften mit der Maschine aus New York kommend am frühen Morgen in Tegel landen würde. Sie habe neue Informationen, die sie aber keiner eMail und dem Telefon schon gar nicht anvertrauen würde. Jens hatte zurückgeschrieben, dass er zum Flughafen einen Freund mitbrächte.

Da stand sie nun vor ihm. Beide unterdrückten den Impuls, sich um den Hals zu fallen und so begrüßten sie sich schon fast geschäftsmäßig distanziert. Dann stellte er Axel Reuter vor und informierte Rika über die Rolle, die Axel in dem Fall hatte.

Reuter übernahm sofort die Führung, während Jens mit Rikas Gepäck die Nachhut bildete. Es war natürlich von Vorteil, dass Reuter mit seinem Dienstwagen den Fahrdienst übernommen hatte. Nur so hatte er den Wagen gleich am Eingang der Ankunftshalle parken können, ohne abgeschleppt zu werden.

Nachdem Rikas Gepäck im Kofferraum verstaut war und alle im Auto saßen, ergriff Rika das Wort: „Und jetzt irgendwo hin, wo es guten Kaffee und ein noch besseres Frühstück gibt und wo wir ungestört reden können".

„Lass uns doch ins Robbengatter fahren, da gibt es gutes Frühstück und ausgezeichneten Kaffee und ungestört reden können wir da auch", schlug Jens vor.

Die Fahrt verlief ohne Störung und schweigend. Jens saß entgegen seiner Gewohnheit neben Rika auf dem Rücksitz und hatte sein Smartphone in der Hand. Er hatte die Kamera-App gestartet und auf die Insight-Camera umgeschaltet. So konnte er den rückwärtigen Verkehr verfolgen, ohne sich auffällig umdrehen zu müssen.

„Axel, am Bayerischen Platz findest Du am ehesten einen Parkplatz und von da aus können wir die paar Schritte laufen."

Axel Reuter hatte aber schon einen Parkplatz entdeckt und war gerade am einparken, als der Dienstwagen von einem anderen Fahrzeug gerammt wurde. Jens konnte gerade noch erkennen, dass Reuters PKW von einem schwarzen Mercedes Vicano gerammt worden war. Der Dienstwagen wurde auf der Fahrerseite getroffen, just in dem Moment als Reuter rückwärts einparkte und er mit der vorderen Hälfte des Wagens noch auf der Fahrbahn stand. Durch die Wucht des Aufpralls wurde der Passat in Richtung Fahrbahnrand gedrückt. Die Wucht war so groß, dass der Wagen über den Randstein auf den Gehweg gehoben wurde und ungebremst in das Schaufenster eines Bioladens donnerte.

Es war mehr als ein glücklicher Zufall, dass zum Zeitpunkt des Unfalls kein Passant auf dem Bürgersteig war. Auch im Bioladen waren keine Verletzten zu beklagen.

Jens war nicht verletzt. Er fand als erster seine Fassung wieder. Rika war ziemlich bleich, aber offenbar ebenfalls nicht verletzt, zumindest nicht äußerlich. Axel Reuter hing über dem Lenkrad und Jens befürchtete, dass der mehr abbekommen habe.

Jens Mander befreite sich von seinem Sicherheitsgurt und half Rika, den Gurt zu öffnen. Die Beifahrerseite des Wagens stand so im Schaufenster, dass die Tür durch einen Betonpfeiler blockiert war. Erst als Jens Mander sich mit beiden Füssen gegen die Türe auf der Fahrerseite stemmte, ließ diese sich öffnen. Einige Passanten kümmerten sich in der Zwischenzeit um Reuter. Jens vermutete, dass einer der Helfer die Polizei gerufen hatte, denn er hörte ein näher kommendes Martinshorn.

Jens half Rika aus dem Auto zu klettern. Mit einigen derben Flüchen, begleitet von ein paar spitzen Schmerzensschreien quälte Rika sich durch die Türe auf die Straße.

Erst jetzt sah Jens sich nach dem schwarzen Vicano um. Keine Spur von dem Mercedes; als hätte er sich in Luft aufgelöst. „Die sind einfach abgehauen, die Schweine", schimpfte eine ältere Frau aus dem Hintergrund. Axel Reuter war inzwischen mit Unterstützung eines Helfers auch aus seiner misslichen Position hinter dem Lenkrad befreit worden und stand angelehnt an der Wand des Supermarkts. Jens konnte nicht hören, was der Helfer zu Reuter sagte, aber Axel schüttelte nur den Kopf. Zwischen Mander und Reuter kam ein kurzer Augenkontakt zustande und Reuter machte mit den Augen eine rollende Bewegung, die Jens als Aufforderung zum Verschwinden interpretierte. Jens zuckte mit den Achseln und Reuter wiederholte die Augenbewegung und machte mit der rechten Hand die Geste des Telefonierens. Jens nickte unmerklich und wandte sich dann Rika zu. „Lass uns unauffällig verschwinden, Axel regelt das", flüsterte er ihr zu. Langsam schoben sich die beiden an den Rand der Schaulustigen und verschwanden dann in der Bozener Straße. Über Schleichwege erreichten die Beiden nach ungefähr zehn Minuten die Freiherr-vom-Stein-Straße. Jens kontrollierte die Sicherungsmerkmale, öffnete die Wohnungstüre und schaltete die Alarmanlage aus.

„Willkommen in meinem bescheidenen Heim." Seit sie sich vom Unfallort entfernt hatten, war es das erste, was Jens sagte. „Ist zwar nicht groß, aber gemütlich. Wenn Du Dich im Bad frisch machen willst, es ist alles da."

Rika Sehlert machte zwar einen stabilen Eindruck, aber

ihre professionelle Selbstbeherrschung hatte doch einige Risse abbekommen. Sie lehnte sich an den Türrahmen und urplötzlich kullerten einige Tränen über ihre Wangen.

Jens sagte nichts, nahm sie in den Arm und führte sie zum Sofa.

„Ich weiß Rika, das Leben ist hart und beschissen, aber es hat eine geile Grafik", sagte Jens und grinste Rika an.

Für einen kurzen Augenblick bestand die Gefahr, dass Rika richtig losheulen würde. Aber mit einem „das war heute Dein dämlichster" wischte sie sich die Tränen ab und grinste Jens an.

„Weist Du was das sollte?", fragte Rika.

„Ich fürchte, wir sind da jemand auf die Zehen gestiegen. Einem Jemand, der scheinbar was zu verlieren hat, jemand der jetzt sehr böse ist und sogar riskiert, am helllichten Tag so eine Attacke vor Zeugen loszutreten."

„Was wirst Du jetzt tun? Vor allem, was wird Dein Freund tun?"

„Na das, was ich immer getan habe", Jens grinste etwas verlegen. „Hinsetzen und in aller Ruhe eine Tasse Kaffee trinken." Während Jens in seiner kleinen Küche mit Tassen und dem Kaffeeautomaten hantierte, sah Rika sich in Jens' Behausung um.

„Milch und Zucker?", rief Jens aus der Küche und Rika antwortete mit einem „mit ohne-alles". Jens stellte den Kaffee auf ein Beistelltischchen, zog seinen Bürostuhl heran und setzte sich.

„Rika, ich glaube nicht, dass dieser Anschlag Axel und mir gegolten hat. Das wäre relativ unsinnig. Axel ist durch seine Arbeit bei der Polizei ständig auf dem Präsentierteller und dadurch relativ ungeschützt. Ich habe auf meiner

Tour lange genug eine gute Zielscheibe abgegeben. Okay, da war der Angriff vor Deinem Haus. Aber ich fürchte, wenn die ernst gemacht hätten, wäre ich jetzt nicht hier."

„Willst Du damit sagen...?"

„Ich will damit sagen, dass irgendjemand verhindern wollte, dass Du mit uns redest; dass Du uns etwas erzählst, was dann zu einer Gefahr für den Jemand werden könnte."

Bevor Jens weiter reden konnte, klingelte sein Smartphone. ›Berlin, Berlin. Du bist so wunderbar‹ tönte es aus dem Lautsprecher. Der Anruf kam über die offene Leitung und die angezeigte Telefonnummer gehörte zu Axel Reuter.

„Hallo Axel. Wie geht es Dir?", eröffnete Jens das Gespräch.

„Wie's mir geht? Du bist ein Scherzkeks. Mein Körper ist wie ein Schlachtfeld, aber ich stehe noch. Allerdings weiß ich nicht, wie ich meinem Boss erkläre, dass er jetzt einen Dienstwagen weniger hat."

„Du schaffst das schon. Rika und ich schmeißen jetzt unsere Informationen zusammen und dann schaung mer mal." Jens konnte sich ein Grinsen nicht verkneifen. Hatte er doch die Floskel benutzt, auf die Axel abonniert war. Dann war das Gespräch beendet. Keine dreißig Sekunden später kam über den verschlüsselten MessengerService Threema von Axel die Nachricht, er würde gegen Dreizehnhundert zu Jens in die Wohnung kommen und Rika's Gepäck mitbringen.

Es war dann doch fünfzehn Uhr geworden, als Axel Reuter mit Rika's Fluggepäck in der Hand vor der Wohnungstür stand.

„Sorry, hat länger gedauert. Ich war noch beim Staatsanwalt."

Jens sah ihn fragend an. „Und?"

„Der Berliner Staatsschutz ermittelt ab sofort und ich kleiner Kripobeamter bin den großen Brüdern zugeteilt. Quasi als stiller Laufbursche."

„Das macht nichts. Aber mit unserem Brainstorming haben wir auf Dich gewartet." Jens grinste ihn an. „Das ist doch nett von uns - oder?"

„Was hast Du denn wichtiges herausgefunden?" Jens Mander hatte sich Rika Sehlert zugewandt. „Was ist so wichtig, dass Du mit der Nachtmaschine aus den Staaten zu uns nach Berlin kommst."

„Na ganz einfach, ich habe die Todesursache meines Toten und vermutlich auch Deiner beiden."

„Drei", korrigierte Reuter. „Drei!"

„Ist ja auch gleichgültig ob zwei oder drei. Die Anzahl ist noch überschaubar, aber es könnten leicht mehr werden." Rika blickte lobheischend in die Runde.

„Es scheint um Bio-Waffen zu gehen."

Jens und Axel sahen sich überrascht an.

„Jetzt macht mal nicht die Nummer von überraschten Kindern, denen man erzählt hat, dass es den Storch gar nicht gibt."

„Na, dann lass das Tier mal raus", drängte Jens Mander „Nicht dass Du einen Elefanten ankündigst und eine Maus raus kommt."

„Also Mädels", Rika grinste in die Männerrunde, „Ich habe Dir doch schon mal von den DIYBio erzählt", wandte sie sich an Jens.

Jens nickte ganz laut mit dem Kopf.

Um Axel Reuter auf den gleichen Wissensstand zu bringen wiederholte er in Stenogrammstil Rikas Vortrag.

„Vor einiger Zeit gelang es den Amateur-Biologen den Poliovirus synthetisch zu erzeugen", übernahm Rika wieder die Gesprächsführung. „Innerhalb dieser DIYBio-Bewegung gibt es eine Gruppe die, angestachelt vom Erfolg mit dem PolioVirus, nun ihrerseits an einem Virus basteln, der auf einen oder eine Gruppe von Menschen programmiert werden kann. Wird das Objekt mit dem Virus infiziert, verändert es im Körper des Wirts verschiedene Zellen in der Art, dass die nicht mehr harmlose Hormone sondern gefährliche Toxine produzieren."

Jens erinnerte sich an die Nachricht von Suresh.

Bio-Hacker.

Als Rika während seines Aufenthalts in München die Begriffe zum ersten Mal erwähnte, konnte Jens wenig damit anfangen und so legte er die Information in die Schublade ›Kosmos-Biologie-Baukasten für Kinder ab‹. Interessant aber ungefährlich.

Als er von Suresh erneut auf die DIYBio gestoßen wurde und er sich im Internet, vornehmlich über die Suchmaschinen bing und Google weitere Informationen dazu holte, änderte er seine Einschätzung von ungefährlich auf höchst riskant.

Obwohl Reuter Jens fragend anschaute, bequemte Jens sich nicht zu einer Erklärung.

Rika holte tief Luft bevor sie weiter sprach.

„Jens, manche Mikroorganismen wie der HI-Virus überleben den Tod ihres »Wirts« nur wenige Stunden, andere dagegen wie Milzbrand oder Tuberkulose bleiben über Jahrzehnte im oder am Verstorbenen gefährlich. Auch die recht häufig vorkommenden Hepatitis-B-Viren sind bis zu 80 Tagen nach dem Tod ansteckend.

Unsere Leichen haben, soweit ich es bisher überblicken kann, eine Gemeinsamkeit - das ›Escherichia coli‹."

Rika blickte Jens fragend an. „Volle Dröhnung?", formulierte sie lautlos mit den Lippen. Jens nickte nur, dann dozierte sie weiter. „In der menschlichen Darmflora ist ›Escherichia coli‹ insbesondere als Produzent des ›Vitamin K‹ bekannt. Grundsätzlich verursacht die Spezies keine Krankheiten. Leider gibt es aber auch zahlreiche pathogene Stämme des ›Escherichia coli‹ und die wiederum zählen zu den häufigsten Verursachern von menschlichen Infektionskrankheiten.

Als Modellorganismus zählt es zu den am besten untersuchten Prokaryoten und hat eine wichtige Rolle als Wirtsorganismus.

Also, ich nehme eine Lamda-Phage, ersetze einen Teil der RNA mit der DNA eines Pilzes und infiziere damit einen Menschen, dann habe ich den perfekten Killer. Die Phage sucht sich ihren Wirt, in diesem Fall das im Darm angesiedelte ›Escherichia coli‹ und danach wird nicht mehr ›Vitamin K‹ sondern ein Gift mit dem Namen ›Aflatoxin B1‹ produziert. Das Toxin steht in dem Verdacht karzinogen, sprich krebserregend zu sein. Außerdem ist es relativ leicht herzustellen und etliche Regierungen auf dieser Welt haben sicher ein paar Tonnen davon als biologisches Kampfmittel im Waffenschrank. Die Wirkung ist todsicher und der Tod als Folge eines Multiorganversagens ist garantiert."

Jens erinnerte sich, dass Rika diesen Vortrag in ähnlicher Form schon mal gehalten hatte. Aber da war er so sehr auf illegale Transplantationen und Organhandel fixiert, dass er Rikas Worte total verdrängt hatte."

„Willst Du damit sagen… ?"

„Dass der mit dem Virus infizierte Organismus ›Escherichia coli‹ sich selbst umbringt. Ja - sas will ich damit sagen."

Axel Reuter blickte die beiden erstaunt an. „Jens? Gibt es da etwas, worüber ich informiert sein sollte?"

„Was heißt informiert sein sollte. Ein Virus war nicht einmal im entferntesten ein Gedankenspiel, geschweige denn eine Theorie oder ein Fahndungsansatz."

Unaufgefordert begann Rika alle ihre bisherigen Fakten zusammenzufassen. Sie berichtete von ihrem Fall und dass sie da bis heute keine eindeutige Todesursache feststellen konnte. Zum Thema Gentechnik gab Sie Reuter die selben Informationen, die sie Jens vorher schon gegeben hatte.

„Ich wollte eigentlich nicht auf den Kongress nach New York, aber der Dekan war der Ansicht, dass seine Uni mit einem ›Gesicht‹ vertreten sein müsse." Rika zwinkerte Jens zu und hoffte, dass dieses sehr persönliche Zeichen von Reuter nicht bemerkt wurde.

„Die Vorträge und das übliche Einladungsessen am ersten Tag war dann auch entsprechend langweilig und ich verzog mich an die Bar. Tag zwei war auch nicht besser und ich setzte mich vorzeitig ab. Ein Kollege vom Massachusetts Institute of Technology schloss sich mir an und so erkundeten wir die einen Nachmittag lang New York."

Jens merkte, dass eine leichte Eifersucht in seinen Gedanken mehr Platz einzunehmen drohte, als er sich erlauben wollte. Als hätte Rika diese Gedanken in Jens gelesen, fügte sie noch ein „alles kollegial und rein geschäftsmäßig" hinzu.

„Beim Abendessen ließ er aber dann die Katze aus dem Sack. Er wisse, dass ich mich für Gentechnik interessieren würde und er hätte da ein Angebot, was für mich vielleicht interessant sein könnte. Wir verzogen uns in die hinterste Ecke der Hotelbar und bei dem, was er mir dann erzählte lief es mir kalt über den Rücken." Rika sah Jens an: „Hast Du noch'nen Kaffee für mich?"

Bevor Jens aufstehen konnte, war Axel schon in Richtung Küche unterwegs, bediente den Kaffeeautomaten und kam mit zwei vollen Tassen wieder und gab Rika eine davon.

„Danke", sagte Rika und setzte ihren Bericht fort.

„Ob ich schon mal was von DIYBio gehört hätte und was ich davon halten würde. Schließlich gäbe es auch in Deutschland eine Amateur-Biologen-Szene und einige würden da ernsthafte Forschungen betreiben. Dann ließ er jede Menge Gedöns über die Wichtigkeit von eine solchen Bewegung ab. Blabla. Nach einer knappen Stunde kam er dann endlich zur Sache. Seine Geschäftspartner seien daran interessiert, dass eine Zusammenarbeit mit mir zustande komme. Meine Erfahrungen in der forensischen Pathologie wären für die Standardisierung und die Qualitätssicherung der Arbeitsergebnisse eine wertvolle Bereicherung und sehr wichtig. Blabla. Zwar ging mir sein Gerede ziemlich auf die Nerven, aber ihr wisst ja, wie das ist."

„Wie ist es denn?", antwortete Axel noch bevor Jens eine seiner zynischen Bemerkungen los werden konnte.

„Nur der gute Zuhörer bekommt gute Informationen", dozierte Rika weiter. „Lange Rede, seine Geschäftspartner seien eine Foundation und mehrere Privatpersonen, die sich der Förderung der DIYBiology verschrieben hätten und die weltweit aussichtsreiche Projekte in diesem Bereich fördern würden. Die LOTHAR FIDEL Foundation würde jedes Jahr mehrere Stipendien an Studenten der Biologie und der Chemie vergeben und mit ebenso viel Geld die DIYBio-Labore fördern."

Rika trank von ihrem Kaffee, griff nach Jens' Zigarillobox und zündete sich eine an.

„Ich war müde und ich hatte auch die Nase voll von seinem Gerede. Ich sagte ihm ich hätte Kopfschmerzen und ich würde es mir überlegen und wir könnten dann weiter reden."

Rika war aufgestanden und ging im Raum auf und ab.

„Ich hatte ein ganz mulmiges Gefühl. Als ich auf meinem Zimmer war, warf ich mein Vaio Notebook an und versuchte zuerst mal was über die LOTHAR FIDEL Stiftung rauszufinden.

Im Großen und Ganzen fand ich das bestätigt, was mein neuer Bekannte mir erzählt hatte. Typisch Ami: ›tue Gutes und rede drüber‹. Aber irgendwie war das alles zu sauber, zu glatt, zu geschliffen.

Vor allem der Name der Foundation machte mir zu schaffen. Ich fand keine biografischen Daten zu einem LOTHAR FIDEL; keine Abkürzung oder Pseudonyme.

In meiner Verzweiflung habe ich den Namen in einem Anangramm-Solver auflösen lassen und heraus kam: ADOLF HITLER".

Axel war entsetzt. „ADOLF HITLER - ein Zufall oder?"

„Den selben dummen Gesichtsausdruck dürfte ich auch gehabt haben. Mehr habe ich aber nicht rausbekommen", grinste sie verlegen. „Ich versuchte noch, den Kollegen nochmals zu erreichen, aber unter der Telefonnummer, die er mir gegeben hatte, meldete sich nur eine Stimme mit dem stereotypen ... the person you've called is just not available, please call later ..."

Keiner der Anwesenden wollte das bisher Gesagte kommentieren.

„Ich hab es über Stunden versucht den Kontakt herzustellen. Nichts. Als hätte sich der Kollege in Nichts aufgelöst. Ich habe dann die nächste Maschine nach Berlin gebucht und Dir eine Nachricht geschrieben, in der Hoffnung, dass Du wieder zurück bist."

Mit der Information hatte Jens wieder ein Teilchen, dass in das Puzzle passte. Er griff zu seinem iPhone und wählte die Nummer von Holger Stadla. Ein ziemlich verschlafenes "Ja" kam da über die Leitung. „Wenn es nicht wichtig ist, dann kannst Du Dich aber warm anziehen."

„Beschaff mir sofort Informationen über eine ›LOTHAR FIDEL Foundation‹ und wenn ich sage sofort, dann meine ich ZZ."

Axel Reuter verzog keine Mine.

„Wer war denn das und was heißt ZZ?", fragte Rika. „Ich glaube nicht, dass Du meinen Kontaktmann kennenlernen willst und außerdem ›ZZ‹ steht für ›ziemlich zügig‹", grinste Jens und hoffte, dass Rika nicht weiter nachfragen würde.

Es war kurz vor sechs als Jens' Iphone den ›Vierzehn-bitte-dreiundzwanzig‹ Klingelton abspielte. Jens öffnete die iMessage-App und fand unter Holgers Telefonnummer eine Nachricht. „Message from Sam", zitierte er den Titel eines Spielfilms und las laut vor: „Schau in Dein Postfach."

Jens setzte sich an sein Macbook, öffnete das Mail-Programm. Seitdem er das letzte mal seine Postfächer kontrolliert hatte, waren etliche neue Nachrichten eingetroffen. Eine der Nachrichten fiel ihm sofort auf. In der Betreffzeile stand nur ›Ihre Anfrage‹, hatte keinen Text, dafür eine Anlage. Der Absender der Nachricht war ihm unbekannt. Er hatte aber auch nichts anderes erwartet.

Obwohl Jens davon ausging, dass die Nachricht von Holger kam, ließ er den Anhang von einem Virenscanner prüfen. Bei verschlüsselten Datenfiles machte das wenig Sinn, aber es gehörte zu seiner Routine im Umgang mit

Mail-Anhängen und die wollte er auch jetzt nicht vernachlässigen. Erst als der Scanner ein ›Okay‹ meldete, öffnete er die Datei. Die Anwendung, mit der Jens schon Holgers anderen Dokumente gelesen hatte, verlangte wieder die Eingabe eines Passworts. Jens gab das bereits verwendete Passwort ein. Erst jetzt konnte er das Dokument lesen. Um die Klassifizierung ›Top Secret‹ kümmerte er sich nicht.

LOTHAR FIDEL Foundation.

gegründet am, gegründet von, Stiftungszweck, Kapital. Bis auf die kleinsten Kleinigkeiten war all das aufgeführt, was die Stiftung nach außen hin so ausmachte. Jens fand auch eine Liste der offiziell geförderten Projekte und eine weitere Aufstellung, wer von der Foundation in welchen Organisationen und Gremien aktiv war.

Die Aktennummer sowie alle anderen behördlichen Vermerke und Unterschriften mit dicken Balken geschwärzt.

Rika, aber auch Axel Reuter hatten mit stillschweigender Übereinkunft mit Jens Mander den angezeigten Text mit gelesen.

„Fuckin' Bullshit", knurrte Axel und schob ein „'Tschuldigung" nach, als ihm die Anwesenheit Rika's bewusst wurde.

„You're welcome", erwiderte Rika instinktiv.

Jens ging zu seinem Schrank und zog das Buch ›Das Personenbuch zum Dritten Reich‹ aus dem Regal und begann die Namen, die er wenige Momente zuvor gelesen hatte, nachzuschlagen.

Jens' Neigung zur Fassungslosigkeit war gegen null gehend, aber mit jedem Namen, zu dem er im Buch weitere Informationen fand, steigerte sich sein Bedürfnis laut und herzhaft zu fluchen. Rika, die offenbar emphatisch Jens' ansteigenden Wutpegel bemerkte, legte beruhigend ihre

Hand auf seinen Arm.

„Mengeles Erben."

„Was heißt Mengeles Erben? Meinst Du den Mengele? Den Nazi?", fragte Rika und Jens nickte nur.

„Das Dossier der LOTHAR FIDEL Foundation liest sich wie das Who-is-who der Nazi-Kriegsverbrecher. Aribert Heim alias Dr. Tod, Lindenberg, Luft, Schreiber - Nazis, die über die Rattenlinie ins sichere Ausland abgetaucht waren oder im Rahmen von »Project paperclip« oder »Project 63« der Strafverfolgung entzogen wurden. Viele der Namen auf der Gründungsurkunde der LOTHAR FIDEL Foundation findest Du auch auf einer Liste von Mitarbeitern der ›Aktion T4‹ (Ermordung von mehr als 70.000 Menschen mit geistigen und körperlichen Behinderungen)"

Jens' Wut hatte inzwischen solche Ausmaße angenommen, dass er sich nur mehr schwer beherrschen konnte. Ohne Rücksicht auf die beiden anwesenden zündete er sich eine Zigarillo an. Normalerweise beruhigte ihn dieses Ritual und nach den ersten fünf Lungenzügen hatte sich bisher immer eine gewisse Ruhe eingestellt. Diesmal blieb aber der cool-down-Effekt aus.

„Schaut Euch mal die Personendaten des Lothar Fidel an", polterte er los. „Geboren am Zwanzigsten April Achtzehnneunundachtzig in Braunau am Inn in Oberösterreich, gestorben am Dreißigsten April Neunzehnfünfundvierzig in Berlin."

Nun war es an Rika, herzhaft zu fluchen. „Was hat das zu bedeuten?" Sie sah Jens fragend an.

„Ich weiß es nicht und im Moment ist es auch nicht besonders wichtig."

Jens sah auf seine Armbanduhr. Neunzehnhundert - normale Zeit für ein kleines Abendessen, aber ihm war der

Appetit vergangen.

„Wenn ihr was essen wollt, neben dem Fernseher liegen die Prospekte von einigen Imbissbuden mit Lieferservice. Bestellt Euch was, ich lad' Euch ein."

Die Zeit für verschwörerische Spielchen war abgelaufen. Er griff zu seinem Iphone, startete die Messenger-App Threema und tippte ›melde Dich sofort über Signal‹ und schickte die Nachricht an eine Nummer aus seinem Telefonbuch.

Rika und Axel hatten sich auf Sushi festgelegt und Rika bestellte gerade über Festnetz, als Jens' Mobiltelefon klingelte. Jens war jetzt völlig gleichgültig, dass Axel Reuter mithören konnte. „Pangim, kannst Du für mich bitte was nachprüfen?", fragte Jens „Mach schnell und ich schulde Dir einen gefallen."

„Ein Gefallen von Jens Mander, das will was bedeuten", erwiderte Suresh. „Schieß los."

Jens Mander diktierte Namen und Daten. Jede Ansage bestätigte Suresh mit einem Okay und wiederholte die Angaben. Jens wusste, dass Suresh nichts aufschrieb, sondern sich auf sein Gedächtnis verließ und zur Sicherheit die Aufzeichnungsfunktion der App benutzte. Jens beendete mit einem „Ende-Over-and-out" seine Ansage und das Telefonat.

Axel Reuter und Rika Sehlert unterhielten sich leise. Jens war zu dem Zeitpunkt bereits mehr als achtundvierzig Stunden auf den Beinen. Er lümmelte sich in seinen Bürostuhl, und noch bevor er an irgendetwas denken konnte, war er eingeschlafen.

„Jens, wach auf." Rika rüttelte an seiner Schulter und hielt ihm sein Iphone unter die Nase. Obwohl Jens schon bei der ersten Berührung hellwach war, spielte er den Menschen, der langsam und widerwillig aus einem schönen

Traum gerissen wurde.

„Was ist denn los?"

„Dein Telefon hat mehrmals geläutet - es war immer die gleiche Nummer."

Jens hoffte, dass Suresh der Anrufer war, aber ein Blick in die Liste der Anrufer belehrte ihn eines Besseren.

„Die Nummer kenn ich auch nicht." Und an Axel gewandt fragte er, ob er über dessen Kanäle den Teilnehmer identifizieren könnte.

Ein Blick auf die Uhr sagte ihm, dass er fast zwei Stunden geschlafen hatte. „Wenigstens was", murmelte Jens. „Jetzt aber bloß keine Schwachheiten."

Rika hatte eine Tasse mit frischem Kaffee aus der Küche gebracht. Axel Reuter versuchte den Teilnehmer hinter der Rufnummer zu ermitteln.

„Die Mobilnummer ist auf eine Firma registriert." Axel Reuter hatte seine Telefonate beendet. „Ist eine Detektei aus Essen. Sagt Dir das was?", fragte Axel nachdem Jens auf die Information so gar nicht reagieren wollte.

„Yep, das sind die Jungs, die mich seit einiger Zeit beschatten. Aber bevor Du mich fragst, ich habe keine Ahnung warum die sich auf meine Fährte gesetzt haben."

„Dann solltest Du Dich mal drum kümmern", ätzte Reuter. „Das kann zu unangenehmen Streueffekten führen, wenn die zum unpassendsten Moment in unsere Ermittlungen reinplatzen."

„Yep", antwortete Jens knapp.

FREITAG, 6. DEZEMBER

Axel Reuter hatte sich kurz nach Mitternacht verabschiedet.

„Ich muss jetzt dringend ein paar Stunden ins Bett, sonst bin ich nicht mehr zu gebrauchen." Er gab Rika die Hand und hielt sie für Jens Geschmack etwas zu lange fest.

„Macht nicht mehr zu lange. Ruht Euch aus." Axel Reuter grinste wie ein Primeltopf, als er die Wohnungstüre hinter sich zuzog.

„Gott-sei-Dank, der ist weg", seufzte Rika. „Er mag ja ein guter Polizist sein. Vielleicht ist er auch ein netter Kerl, aber ich mag ihn nicht. Zu glatt, zu transparent und doch nicht durchschaubar."

Jens verkniff sich die Bemerkung, dass es gerade diese Eigenschaften seien, die einen brauchbaren Nachrichtendienstler im Außeneinsatz ausmachen. Als Jens die letzten Sätze Rikas nicht kommentierte, fügte sie hinzu: „Ich glaube, mit dem stimmt was nicht."

„Okay, vielleicht hast Du recht, aber momentan brauche ich seine Unterstützung", kommentierte Jens die letzte Bemerkung. „Außerdem braucht er mich für die Lösung seiner drei Mordfälle. Ohne meine Informationen wäre er noch ziemlich am Anfang."

Jens ging zum Kleiderschrank und holte ein schwarzes T-Shirt, eine schwarze Jeanshose, schwarze Socken und einen schwarzen Rollkragenpullover und schwarze Nike-Turnschuhe heraus und begann sich umzuziehen.

„Gehen wir noch raus?", fragte Rika.

„Yep, aber nicht wir. Nur ich. Du bleibst hier und hältst die Stellung", antwortete Jens.

Nachdem er sich komplett umgezogen hatte, holte er aus dem Tresor in seinem Schrank ein Schulterhalfter und legte es an. Dann steckte er die Glock, nachdem er das Magazin geprüft hatte, in die Haltevorrichtung und prüfte den Sitz der Waffe.

„Ich lasse Dir mein Iphone hier und nehme nur mein kleines Samsung mit. Der Code für den Sperrschirm ist Dein Geburtstag. Vierstellig." Auf einen Zettel schrieb er ihr noch die Nummer seines Samsung Smartphone auf. „Für den Notfall."

Rika sah in völlig verstört an.

„Du weißt meinen Geburtstag noch?"

„Warum sollte ich den vergessen? Dafür gab es nie einen Grund." Bevor Rika etwas erwidern konnte, gab er noch Anweisungen für die Zeit seiner Abwesenheit.

Jens schlüpfte in seine schwarze Lederjacke, die an der Garderobe hing und mit einem „Bis später" schnappe die Wohnungstüre hinter ihn zu.

Ohne Licht im Treppenhaus zu machen, ging er die vier Treppen von seiner Wohnung zur Haustüre, öffnete die gerade soweit, dass er durchschlüpfen konnte, wandte sich aber nicht nach links zur Hofeinfahrt, sondern nach rechts zum Nebengebäude.

Vor einiger Zeit hatte er entdeckt, dass er ohne Anstrengung über den Zaun auf das Nachbargrundstück und von da aus auf die Straße gelangen konnte. Am Rathaus, so der Straßenname, ging er in Richtung Badensche Straße. Trotz der späten Stunde, es war gegen ein Uhr nachts, erwischte er ein Taxi. Als Ziel nannte er dem Fahrer ›Potsdamer Platz‹. Dort angekommen, wechselte er das Taxi und ließ sich in die Ritterstrasse bringen. Jens, der auf dem Rücksitz des Wagens platzgenommen hatte, konnte im Rückspiegel des Wagens ein süffisantes Lächeln des Fahrers erkennen.

Vor dem Tiffany's standen etliche Taxen und einige PKWs

waren offensichtlich auf der Suche nach einem Parkplatz. Jens bezahlte den Fahrer, betrat das Haus und fuhr mit dem Aufzug gleich in die oberste Etage. Es dauerte ein paar Minuten bis sich die Türe öffnete.

„Hallo Suresh, wie geht es Dir?"

Suresh machte einen überraschten Eindruck, als er Jens vor der Türe erkannte.

„Ich wollte Dir gerade ein Datenpäckchen auf Deinen Cloud-Speicher legen. Aber komm erst mal rein - schwarzer Ritter!"

Suresh zog Jens am Arm durch die Türe und weiter in sein Zimmer.

„Du hast ja immer noch die gleiche Bleibe. Mein Rat, dass Du umziehen sollst, war ernst gemeint. Es liegt ein Unwetter in der Luft und ich möchte nicht, dass mein Lieblings-Hacker vom Blitz getroffen wird und dabei zu Schaden kommt."

„Schleim - schleim. Das glaubst Du doch selbst nicht", höhnte Suresh. „Du bist doch nur deshalb um mich besorgt, weil Du Dir dann einen anderen Blöden suchen musst, der Dir die Informationen beschafft", ätzte Suresh weiter. Jens machte ein betroffenes Gesicht und Suresh grinste hämisch. Aber für beide war dies so eine Art Ritual, mit dem sie Dampf ablassen konnten, sich aber keiner deswegen beleidigt fühlte.

„Schleich'de, Du Saupreiss Du indischer", grinste Jens und setzte sich auf einen Stuhl. Die Unordnung im Zimmer hatte sich seit dem letzten Besuch in Sureshs Zimmer noch mehr ausgebreitet.

„Also, ich habe ein paar Informationen um die Du gebeten hast. Mehr war in der kürze der Zeit nicht zu beschaffen und verifiziert sind sie auch noch nicht", begann Suresh.

Suresh war in das Wort verifiziert verliebt. Er benutzte es bei jeder passenden oder unpassenden Gelegenheit, aber jetzt war es irgendwie passend.

„Kein Problem. Ich werde keinem das Lebenslicht ausblasen, nur weil Du gesagt hast, dass er ein Bösewicht ist", grinste Jens. „Also leg los."

„Zuerst mal, was weißt Du von Adolf Hitler? Von seiner Abstammung, von seiner Familie?"

„Nur das, was in den Geschichtsbüchern steht und im Bildungsfernsehen so läuft. Warum?"

„Dazu komme ich gleich", bremste Suresh Jens' Neugier.

„Wenn Du Dich mit seiner Vita auskennst, dann kennst Du ja auch die Gerüchte um seinen angeblichen Sohn, den Franzosen Jean-Marie Loret?"

„Yep, da hab ich mal was gelesen, aber die Genetiker haben, glaube ich, die Abstammung ausgeschlossen." Jens wurde langsam ungeduldig. „Aber was hat das mit Deiner Recherche zu tun?"

„Nicht mehr und nicht weniger als dass Du auf eine Goldader gestoßen bist." Sureshs Augen bekamen einen eigenartigen Glanz aus Überheblichkeit und Geldgier.

„Lothar Fidel, geboren zwanzigsten September Neunzehndreiundvierzig als Lothar Lauber auf Gut Hohenhorst in Löhnhorst, dem heutigen Schwanewede im Landkreis Osterholz bei Bremen. Als Mutter findet sich in der Geburtsurkunde eine Angela Lauber, geboren achtundzwanzigster Juli Neunzehndreizehn. Die Mutter verstarb bei der Geburt, der Vater war unbekannt. Da keine Verwandten ausfindig gemacht werden konnten, wurde der Säugling der Stiftung St. Petri ›Waisenhaus von 1692‹ übergeben.

Neunzehnneunundvierzig wurde der kleine Lothar

mit richterlicher Genehmigung von einem amerikanischen Selfmade Millionär, der als CID-Angehöriger nach Deutschland gekommen war, adoptiert. Aufgewachsen in den Staaten, Militärdienst in Übersee, Studium der Biologie am MIT in Cambridge, Massachusetts. Bereits Ende der Sechziger Jahre investierte die Firma in biotechnische Forschung, die zum grossen Teil aus Forschung für den militärischen Sektor bestand. Nach dem Tod des Vaters übernahm der Sohn Lothar das Geschäft ein und baute den Laden zu einem führenden Konzerne für Biotechnologie aus. Supermarkt für Gentechniker, von Laborgeräten bis zu kompletten Laborausstattungen.

Dann plötzlich, verkaufte er seine Firmenanteile, änderte seinen Namen auf Lothar Fidel und brachte den Verkaufserlös in die Stiftung ein, die sein Vater Neunzehneinundsiebzig gegründet hatte. Ging es in der Stiftung vorher um die Förderung der biologischen Forschung, wurde der Stiftungszweck auf die Förderung von biotechnischen Projekten im Bereich der Genanalyse und Gentechnik ausgedehnt.

Zweitausendacht zog er sich aus der Öffentlichkeit zurück. Seither wurde er nicht mehr in der Öffentlichkeit gesehen."

„Okay", murmelte Jens. „Gut Hohenhorst? War das nicht eines der berüchtigten Lebensborn-Heime im Dritten Reich?"

„Mann, mann. Du bringst es aber immer noch. Du hast Recht. Jetzt kommt aber was seltsames: in den Archiven ist keine Geburt eines Lothar Lauber verzeichnet."

„Okay, wenn die Informationen belastbar sind, können wir das weiter später klären. Was gibt es zu den anderen Namen?"

„Nichts besonderes. Alles Privatpersonen, die mehr oder

weniger vermögend, Teile ihres Vermögens in die Stiftung eingebracht haben. Auffallend ist, dass alle politisch in der rechtsnationalen Ecke angesiedelt sind. Einige, unter anderem Lothar Fidel alias Lothar Lauber werden Verbindungen zum Ku-Klux-Klan und zu ›Blood and Honour‹ nachgesagt."

„Und? Was noch?"

„Nun, von Neunzehnsiebzig bis Zwotausendzehn hat die Stiftung mit knapp Dreihundert Millionen Dollar Stipendien vergeben, Startup's finanziert, die an der Entschlüsselung des menschlichen Genoms arbeiteten und DIYBiology-Projekte gesponsert. Mal mit Geld, mal mit Sachleistungen."

„Da wird aber ganz anständig Geld ausgegeben."

„Und ob. Der Geldregen hat auch good-old-Germany erreicht." Suresh blickte Jens wieder einmal lobheischend an. „Aktuell werden unter anderem ein Projekt in Dresden und eins in Berlin gefördert. Beide laufen auf den Namen René Stadler."

„Hast Du Adressen für mich? Telefonnummern, Mailadressen oder so?"

Suresh schob ihn einen Zettel mit den Daten hin.

„Mehr habe ich im Moment nicht. Ich bin zwar noch dran, aber das dauert noch etwas."

„Danke Suresh, das ist schon mal was. Lass uns nochmals zu Lothar Fidel kommen", sagte Jens. „So wie ich Dich kenne, hast Du aber noch mehr Informationen."

„Nicht so direkt. Die Informationen sind nur B-Ware. Gerüchte, Scheißhausparolen, nichts, was so einfach nachprüfbar wäre."

„Nun mach kein Drama draus, ich hab's vernommen und jetzt leg schon los."

„Also, unter Vorbehalt. Am Zwanzigsten März Dreiunddreißig beschloss der Bremer Senat den frisch gebackenen Reichskanzler Adolf Hitler das Ehrenbürgerrecht zu verleihen, das er auch annahm. Aber erst am Vierzehnten Dezember Vierunddreißig konnte man ihm anlässlich der Taufe des Frachtschiffs ›Scharnhorst‹ die Urkunde aushändigen. Augenzeugen hatten berichtet, dass er einem der Blumenmädchen, eine junge Frau von immerhin Zweiundzwanzig Jahren, besonders beeindruckt war und sie über seinen Fahrer Emil Maurice zu einer Zugfahrt nach Berlin einlud. Nach der Abfahrt hätten sich, so die Gerüchte, der Führer und die junge Frau fast zwei Stunden im Privatabteil aufgehalten."

Nach einer Pause fuhr Suresh fort.

„Quellen behaupten, dass die Frau etwa fünf Monate später spurlos verschwand. Andere Quellen behaupten, dass die Frau, die sich auf Gut Hohenhorst als Angela Lauber ausgab, eine verblüffende Ähnlichkeit mit dem verschwundenen Blumenmädchen hatte."

Jens war verblüfft. „Uff, das ist ja ein Ding." Und nach einer kurzen Pause: „Heißt das, was ich denke?"

„Was denkst Du denn?"

„Sag mir zuerst wie sicher sind die Informationen?"

„Besser als »nur Gerüchte«, aber weniger als Fakten."

„Und auf einer Skala von eins bis zehn?"

„sechs!"

„Das heißt also, es ist möglich, dass Lothar Fidel ein leiblicher Sohn von Adolf Hitler sein könnte."

Jens griff zu seinem iPhone und wählte die Nummer von Holger Stadla.

„Du schon wieder", murrte Holger am Ende der Leitung. „Du wirst langsam aber sicher zur Landplage."

„Halt Deinen Rand", schimpfte Jens ins Telefon. „Prüf mal nach, ob der US-Staatsbürger Lothar Fidel nach Deutschland eingereist ist. Ich bleib solange am Telefon."

„Du spinnst. Glaubst Du, ich bin allwissend und allmächtig. Die Einreise ist Sache der Bundespolizei und auf diese Daten habe ich keinen Zugriff."

„Komm Holger, verarsch mich nicht. Ich kenne das System genauso gut wie Du und weiß, dass es Dich ein Fingerschnippen kostet, die Information zu beschaffen. Also mach hinne."

Holger hatte offensichtlich das Mikrofon seines Handy ausgeschaltet, denn es war vom anderen Ende der Leitung kein Geräusch zu hören. Nach etwa zwei Minuten, die Jens wie eine Ewigkeit vorkamen, war Holgers Stimme wieder zu vernehmen.

„Lothar Fidel, geboren am zwanzigsten September Neunzehndreiundvierzig, US-Staatsbürger, ist am Mittwoch, den Einunddreißigsten Oktober aus New York kommend in Berlin angekommen und ist seither in der BRD."

„Okay, danke."

„War's das oder muss ich mit weiteren Störungen rechnen?"

Seinem Bauchgefühl folgend legte Jens nochmals nach: „Ich werde Dir in etwa einer Stunde eine Liste von Daten schicken. Schau mal bitte, ob Lothar Fidel, Alexander Müller alias Alexej Melnikow oder René Stadler an einem der aufgelisteten Tage an den gelisteten Orten oder nahliegenden Flughäfen waren."

Holger hatte abrupt die Leitung unterbrochen.

Jens klingelte sofort bei Axel Reuter an. „Axel, ich brauche dringend die Daten der anderen ungeklärten Todesfälle. Ich verfolge da eine Spur und dazu brauche ich die

Daten, wenn die Leichen gefunden wurden und die ungefähre Todeszeit."

Jens ließ Reuter nicht zu Wort kommen.

„Achja, schick mir die Daten auf Threema. Muss ja nicht jeder mitlesen können."

„Haben der Herr sonst noch Wünsche?", ätzte Reuter und hätte er ein altes Telefonmodell gehabt, hätte man den Hörer in die Gabel knallen hören.

Es war Drei Uhr morgens, als Jens sich von Suresh verabschiedete. Im Treppenhaus begegnete er ein paar Freiern, die sich noch einen ›Lustigen‹ machen wollten. Am Eingang wartete schon das Taxi, das er mit der myTaxi-App bestellt hatte und ließ sich in die Freiherr-vom-Stein-Straße fahren.

Noch während der Taxifahrt hatte Jens die Liste der Opfer und der wahrscheinlichen Todeszeitpunkte erhalten und sofort an Holger weitergereicht.

Leise öffnete er die Türe zu seiner Wohnung. Rika hatte sich in der Sofaecke eingekuschelt und schlief. Jens setzte sich in seinen Bürostuhl. Im Moment konnte er nur warten. Er löste die Sperre an der Rückenlehne seines Stuhls und kippte nach hinten.

Er wurde davon geweckt, dass ihm jemand sanft über die Haare strich.

Rika?

Für einen kurzen Moment war er ohne zeitliche und räumliche Orientierung. Rika?

Er blickte auf seine Armbanduhr. Vier Uhr zweiundvierzig. Er hatte fast eine Stunde geschlafen.

„Hab ich Dich aufgeweckt?"

„Leider nein", antwortete sie spitzbübisch. „Ich hatte mir vorgenommen, wach zu bleiben. Aber der Flug hängt mir immer noch nach." Rika legte sich auf die Rückenlehne und drückte sie noch weiter runter.

„Bist Du weiter gekommen?", fragte sie.

„Yep, meine Liebe. Ich fürchte, wir sind da einer großen Schweinerei auf der Spur."

Rika sah ihn fragend an und aus seiner fast liegenden Position hatte ihr Gesicht einen fast schelmischen Ausdruck angenommen.

„Yep", wiederholte er. „Die Angelegenheit beginnt im Dritten Reich." Dann wiederholte er alles, was Suresh ihm gesagt hatte. „Wenn mich nicht alles täuscht, war dieser Lothar Fidel während der ungeklärten Morde in Europa. Aber das prüft gerade ein Kumpel nach", endete Jens seinen Bericht.

Rika hatte ihm während der ganzen Zeit schweigend sanft seine Nackenmuskel massiert.

„Aber was steckt dahinter? Warum das ganze und das Risiko mit den Leichen?", sinnierte Rika.

„Ich habe keine Ahnung, aber ich glaube dass der Doktorand René Stadler den Schlüssel zu diesen Mordfällen besitzt. Ich verfolge da eine Spur, aber …"

„Du möchtest nicht darüber reden. Ich weiß, der einsame graue Wolf, der durch die Wälder streift."

„Mach Dich nur lustig über mich. Ich …"

Jens wurde vom Klingelton seines iPhones unterbrochen. ›Vierzehn bitte dreiundzwanzig‹. Die eingegangene Nachricht war kurz und bündig: › Null Fünfhundert UTC in der HBW‹.

„Sorry Rika, ich muss nochmal weg."

Jens schnappte sich den Schlüssel und die Fahrzeugpapiere des Mietwagens und machte sich auf den Weg in den Hohenzollerndamm.

Null Fünfhundert UTC - das sechs Uhr Ortszeit und da hatte Jens noch Zeit. Jens parkte in der Nähe der Einfahrt. Von seinem Standort aus konnte er sowohl die Einfahrt, als auch den Haupteingang beobachten. Insgeheim ärgerte er sich, dass er sein Fernglas nicht mitgenommen hatte.

Fünf Uhr zweiundfünfzig hielt ein dunkler Audi A8 vor dem Haupteingang. Zwei Personen verließen das Fahrzeug auf der Jens abgewandten Seite und strebten dem Haupteingang zu. Trotz des hell ausgeleuchteten Eingangsbereichs konnte Jens keinen der beiden Männer identifizieren. Nach Statur, Größe, Körperhalten und die Art des Gehens schloss Jens, dass einer der beiden Holger sein musste. Der zweite Mann war ihm gänzlich unbekannt.

Nachdem die beiden Männer im Gebäude verschwunden waren, verließ auch Jens seinen Posten, ging zum Haupteingang und wandte sich an den Wachmann am Empfang.

„Mein Name ist Jens Mander und ich werde von Holger Stadla erwartet."

Offensichtlich war der Wachmann informiert und hatte auch eine Personenbeschreibung von Jens vorliegen. Aus dem hinteren Bereich des Empfangs kam ein weiterer Wachmann. Mit einem „Bitte folgen Sie mir", lotste der Jens zu einer Sicherheitsschleuse. Jens war froh, dass er seine Glock im Auto deponiert hatte und so konnte er nach einer zweiten Visitation mit dem Handscanner die Sperre passieren.

Der Wachmann begleitete Jens bis zu dem Büro in der ersten Etage, das er schon kannte und verabschiedete sich. Jens verschwendete keine Zeit mit Höflichkeiten und trat ein, ohne anzuklopfen.

„Du glaubst wohl, dass Du in Deinem Passat nicht aufgefallen bist", begrüßte ihn Holger. „Nimm Platz".

Der zweite Mann hielt sich etwas abseits und deutete mit einem kurzen Kopfnicken eine Art der Begrüßung an, machte aber keine Anstalt sich vorzustellen. Auch Holger tat so, als wäre der andere Mann nicht anwesend.

Jens taxierte den Fremden kurz. Dunkelblauer Anzug, dem Schnitt nach ein Hugo-Boss-Modell, weißes Hemd mit Krawatte und militärischer Kurzhaarfrisur. Holger unterließ es, den Dritten Mann vorzustellen und so beschloss Jens, den Fremden vorerst zu ignorieren.

„Hallo Holger, was hast Du für mich?"

„Sag mit zuerst, wie Du auf Lothar Fidel und René Stadler gekommen bist und was Du hinter der Verbindung Fidel-Stadler-Melnikow vermutest."

„Aber Holger", sprach Jens im Ton gespielter Entrüstung, „Du weißt doch, dass das so nicht geht. Also lass uns nochmal von vorne anfangen und wenn's wieder nicht klappt - Du weißt ich finde es auch so raus und dann kannst Du Dir Dein ›classified top secret‹ klemmen." Jens hatte sein unverschämtestes Grinsen aufgesetzt.

Holger war offensichtlich kurz vorm explodieren.

„Willst Du immer mit dem Kopf durch die Wand. Aber das wird Dir nicht gelingen." Holger war bei diesen Worten lauter geworden.

„Ach Holger, Du weißt doch. Wer schreit hat auch nicht mehr Recht. Außerdem, wenn Du mir was sagst, kannst Du es classified tun und ich muss mich dran halten. Finde ich es selbst raus, dann fällt es unter Pressefreiheit. Das Thema hatten wird schon mal ausdiskutiert …"

„Und außerdem haben wir keine Zeit für irgendwelche Spielchen", mischte sich jetzt der Anzugträger ein. „Mein Name ist Matrka, Roman Matrka. Ich bin Vertreter des

Generalbundesanwalts beim Bundesgerichtshof. Zurzeit ermitteln wir in mehreren Fällen der Vorbereitung ›terroristischer Anschläge mit rassistischem Hintergrund‹. In den laufenden Verfahren stützen wir uns neben den Ermittlungen der zuständigen Staatsanwaltschaften auch auf nachrichtendienstliche Quellen."

Jens tat so, als wäre er überrascht. Insgeheim hatte er sich schon gefragt, wer an dem Fall noch dran war.

„Ihre, respektive die Anfragen des Herrn Stadla hatten eine Serie von Warnmeldungen ausgelöst, dass ein überdurchschnittliches Interesse an unseren Verdächtigen besteht. Aber das kennen Sie ja selbst, schließlich waren Sie an der Entwicklung einiger Software-Teile beteiligt." Roman Matrka hatte sich an die Kante des Schreibtisches gelehnt.

„Da es sich um eine strafrechtliche Ermittlung handelt, gibt es für ein Zeugnisverweigerungsrecht ganz genaue Regeln. Aber das wissen Sie sicher selbst. Kurzum, top-secret oder andere Sprechblasen mit der Botschaft ›ich sage nichts‹ sind bedeutungslos. Das einzige was zählt, sind die entsprechenden Bestimmungen der Strafprozessordnung." Er grinste Jens an. „Ich möchte aber lieber eine freiwillige Zusammenarbeit ohne Vorbehalte und uneingeschränkter Offenheit. Also werde ich anfangen. Unterbrechen Sie mich bitte an den Stellen, an denen Sie andere Informationen besitzen."

„Okay, denn mogt me dat", erwiderte Jens grinsend. „Fangen Sie an."

„Seit einigen Jahren verfolgen wir eine steigende Zahl von ungeklärten Todesfällen ausländischer Personen oder Personen mit Migrationshintergrund. Eine Abteilung des Bundeskriminalamts prüft die Fälle auf Ähnlichkeiten des Umfelds der Toten, soziale Beziehungen, Todesursache und so weiter. Vor sechs Monaten hatten wir dann eine gentechnische Untersuchung vom Material der Verstorbenen veranlasst. Auf den ersten Blick war das Ergebnis enttäuschend, es brachte keine neuen Kenntnisse. Erst die Analyse von mitochondrialer DNA brachte eine neue und vielleicht die wichtigste Erkenntnis: die Toten hatten dieselbe urzeitliche Abstammung. Nach dem Abgleich mit den Daten des Genographic Project ergab sich eine gemeinsame Abstammung aus der Region Sindh im Grenzgebiet Pakistans zu Indien.

Mit anderen Worten Sinti und Roma oder mit dem verpönten Wort : Zigeuner.

Da zwischen den Verstorbenen weder soziale noch wirtschaftliche Verbindungen bestanden und als Motiv ausschieden, blieb als mögliches Motiv Rassenfeindlichkeit über; um es mit einem Fremdwort auszudrücken: ein Genozid."

In weiten Teilen hatte Jens wortlos den Ausführungen des Bundesanwalts gelauscht. An einigen Stellen hatte er mit einer Nachfrage den Monolog unterbrochen und auch einiges von seinem Wissen preisgegeben.

„Soweit so gut, wir haben ein sehr wahrscheinliches Motiv. Aber wer dahinter steckt und wie der Genozid ablaufen soll: viele Theorien, einige realistische Hypothesen aber nichts Greifbares.

Das ist unser Problem und deshalb bin ich hier."

„Holger, kommt es nur mir so vor oder ist die Luft so trocken?"

Holger hatte sein ›aber-jetzt-bin-wirklich-verärgert-Gesicht‹ aufgesetzt.

„Mit mir kannst Du's ja machen, aber einen Generalbundesanwalt …?" Jens konnte es sich nicht verkneifen um gegen Holger zu schießen.

Holger griff zum Telefon und bellte ein paar Anweisungen in den Hörer. Dann legte er auf.

„Die drei Toten von Berlin", begann Jens seine Ausführungen, „wurden über eine Casting und Event Agentur, die m-Face-casting, eingesammelt. Castingdirector ist ein Alexander Müller. Alexej Melnikow, naturalisierter Kasache, ehemaliger Militär mit besten Verbindungen zum russischen Geheimdienst. Seine Frau ist ordentliche Professorin an der Universität in Dresden und betreut dort ein Projekt zum Thema ›Mitochondriale DNA‹. In diesem Projekt forscht der Doktorand René Stadler. Mag es Zufall sein oder nicht, René Stadlers Stammbaum scheint sehr arisch und seine Gesinnung sehr national zu sein. Über das Forschungsprojekt hinaus ist René Stadler als DIYBio unterwegs."

„DIYBio?", unterbrach Matrka.

„DIYBio steht für Do-It-Yourself-Biology; besser bekannt als Biohacker. Die Jungs und Mädels experimentieren mit Genmaterialen und versuchen neue biologische Systeme zu schaffen, die in der Natur nicht vorkommen. Unter nicht kontrollierten Bedingungen und in ungesicherten Umgebungen wird der Amateur zum Designer von einzelnen Molekülen, Zellen und Organismen mit neuen und zum Teil gefährlichen Eigenschaften."

Offensichtlich hatte der Bundesanwalt keinen auf die Juristerei begrenzten Verstand, denn bei den letzten Ausführungen Jens' hatte er einen erschrockenen Eindruck gemacht.

„Das Problem ist, dass Laboreinrichtungen und Materialen nicht gerade für kleines Geld zu haben sind", fuhr Jens fort. „Aber da kommt unser neuer Freund Lothar Fidel, oder besser gesagt die Lothar-Fidel-Foundation ins Spiel. Die fördert mit zum Teil ganz erheblichen finanziellen Mitteln solche DIYbio-Projekte."

„Okay, aber das machen doch andere auch - oder?"

„Yep, da gibt es noch ein paar Förderer und auch über das MIT kann man Mittel erhalten. Aber …"

Jens machte eine bedeutungsvolle Pause.

„Betrachtet man den Namen LOTHAR FIDEL genauer und löst den Namen als Anagramm auf, kommt der Name ADOLF HITLER raus."

Mit einem Schlag war die Lässigkeit, mit der Matrka an der Schreibtischkante lehnte, verschwunden und auch Holger hätte beinahe sein Smartphone, das er in der Hand gehalten hatte, vom Fußboden auflesen müssen.

Die Gesichter der beiden waren von einer Sekunde auf die andere grau geworden und Holger quetsche ein ›fuckin Bullshit‹ über die blutleeren Lippen.

Jens Mander sah jetzt die Zeit gekommen, einen weiteren Teil seiner Informationen aufzudecken. Vorsichtig und ohne seine Quellen bloßzustellen gab Jens die Informationen über René Stadler weiter. Am meisten waren Holger und der Bundesanwalt an den Informationen über Lothar Fidel interessiert.

Jens beendete seinen Bericht mit einer Bemerkung die keiner im Raum gewagt hatte auszusprechen: „Wenn das alles so stimmt, könnten wir auf einen leiblichen Sohn Adolf Hitlers gestoßen sein."

In den darauf folgenden fünf Minuten herrschte absolutes Schweigen im Raum. Jeder ging hing seinen Gedanken nach und keiner wollte diese Gedanken mit den anderen teilen.

Holger Stadla fand als erstes seine Stimme wieder.

„Wie willst Du jetzt weiter vorgehen?"

Mit diesem Satz hatte Holger sein Versagen zugegeben. Jens hatte längst die weitere Strategie geplant.

„Hast Du die Reisedaten der drei mit den Daten der Morde abgleichen lassen?"

„Hab ich."

„Und?"

„Naja, so hundertprozentig ist das Ergebnis nicht. Das hängt aber damit zusammen, dass wir nur Zugriff auf die Daten an Deutschen Flughäfen haben und bei einer Anfrage bei Partnern im Schengenraum dauert es halt."

„Okay, was hast Du jetzt vor?"

„Ich? Ich habe nichts vor", erwiderte Jens. „Wie könnte ich auch, ohne Legitimation, ohne Transla☐tio Impe☐rii."

„Transla☐tio was???"

„Das war im alten Rom die Bezeichnung für Übertagung von Machtbefugnissen."

„Ich fass es nicht. Gerade Du hast doch die besten Chancen, Du stehst draußen, bist unabhängig und in den Kreisen kennt Dich keiner."

„Von wegen, mich kennt keiner. Was ist mit den Detektiven aus Essen, die mir seit einiger Zeit am Allerwertesten kleben?"

„Ich kümmere mich drum", Holger schnappte sich das Telefon, wählte und sagte dann etwas, das in den Ohren von Jens wie ›gib mir Maus‹ klang.

Matrka, von der Generalbundesanwaltschaft, nutze die Zeit in der Holger anderweitig beschäftigt war. Im vertraulichen Ton fragte er Jens: „Wie sicher ist das, was Sie uns gerade erzählte haben?"

„Was ist denn heutzutage sicher? Sicher ist nicht mal, dass morgen die Sonne aufgeht, weil heute so ein verrückter Islamischer Krieger eine Atombombe zünden könnte."

Matrka zuckte mit den Schultern. „Dafür gibt es momentan keine Indizien und damit auch keine Ermittlungen, aber wenn ich jetzt loslaufe und es stellt sich alles als heiße Luft heraus, dann hab ich meine Karriere ruiniert."

Jens registrierte, dass Holger leise eine hitzige Diskussion am Telefon führte, aber er verstand die Worte nicht.

„Herr Matrka, ich glaube nicht, dass Sie Ihre Karriere riskieren, wenn Sie einem begründeten Verdacht nachgehen, aber wenn Sie nichts tun und es eskaliert, dann haben Sie die besten Chancen, den Schwarzen Peter zu ziehen."

Matrka sah in Richtung Holger.

„Wissen Sie, was da gerade läuft?"

„Nö", erwiderte Jens einsilbig.

„Hat das was mit dem Fall zu tun?", bohrte Matrka weiter.

„Weiß nicht. Fragen Sie ihn doch selbst."

„Was ist los?", wollte Holger wissen. Er hatte zwischenzeitlich das Gespräch beendet. „Um was geht es?"

„Nichts besonderes", Roman Matrka kniff.

„Also Jens, das mit der Detektei hast nichts mit uns zu tun. Ich habe mit Germut gesprochen und der lässt den Laden auseinander nehmen und gibt mir dann Bescheid."

Es war Null-Acht-fünfundzwanzig, als Jens das Gebäude am Hohenzollerndamm verließ.

Vom Bundesanwalt hatte er die mobile Telefonnummer und die Zusage, dass er jederzeit anrufen könne. Außerdem würde er auf Grund der bestehenden Verdachtsmomente Haftbefehle für René Stadler, Lothar Fidel und Alexander Müller alias Alexej Melnikow beantragen. Zusätzlich würde er veranlassen, dass bei Interpol Red-Note, ein sogenannter Internationaler Haftbefehl, gestellt werden würde.

Auf dem Rückweg war er noch zu Axel Reuter in den sechsundzwanzigsten Abschnitt gefahren. Der Wachhabende am Empfang hatte Jens gesagt, dass Axel Reuter sich Krank gemeldet habe.

„Sind Sie mit Ihrer Vermisstenangelegenheit weitergekommen?" Jens drehte sich um. Hinter ihm stand Kriminalkommissar Mäurer und streckte ihm die Hand entgegen. „Aber ich glaube nicht, dass Sie deshalb hier sind."

Jens hatte das Gefühl, dass ihm jetzt eine Information fehlte, die er für dieses zufällige Zusammentreffen mit Mäurer eigentlich gebraucht hätte.

›Einfach mal die Schnauze halten‹ war seine Devise.

„Der Kollege Reuter ist heute krank", erklärte Mäurer und mit gesenkter Stimme fügte er hinzu, „hat sich wohl etwas übernommen."

„Übernommen?", fragte Jens Mander.

„Naja, sie wissen schon: Doppelschichten und so. Da kommt es schon mal vor. Aber morgen müsste er wieder im Dienst sein."

Jens antwortete mit einem einfachen „Ja?"

„Soll ich ihm was ausrichten?"

„Nö danke."

Jens war schon wieder im Auto, als sein Smartphone läutete. „Ich bin bei Dir in der Wohnung. Rika hat Kaffee gemacht und jetzt warten wir auf Dich."

„Ich bin auf dem Weg", antwortete Jens.

Dass Reuter so einfach bei ihm auftauchte, hatte Jens nun doch misstrauisch gemacht und in Alarmstimmung versetzt. Sicherheitshalber würde er von seinem Gespräch mit Holger und dem Bundesanwalt nur die wichtigsten Teile weitergeben.

Zu seiner Verwunderung fiel ihm Rika um den Hals, als er die Wohnung betrat. „Ich war Brötchen holen und mach Dir gleich eine Tasse Kaffee."

Jens begrüßte Axel Reuter per Handschlag. „Ich war im Abschnitt sechsundzwanzig. Dein Kollege hat mir gesagt, dass Du krank bist." Er musterte Reuter von Kopf bis Fuß. „Für einen Kranken siehst Du aber ganz gut aus", höhnte Jens Mander.

„Mach Dich nur lustig über mich", erwiderte Axel Reuter, „aber ich habe momentan keinen Bedarf an einer ›Werner-Mäurer-Predigt‹. Der nervt mich wegen der toten Inder an. Wie weit bist Du? was gibt es neues? Haben wir schon was, das wir nach oben melden können?"

Reuter holte tief Luft. „Was er wissen muss, habe ich ihm gesagt und viel mehr weiß ich ja auch nicht. Und dass ich mit Dir rumhänge geht ihn nichts an."

Rika war offensichtlich am Innsbrucker-Platz einkaufen, denn sie hatte nicht nur frische Brötchen gekauft, sondern auch Butter und abgepackten Schinken. Außerdem hatte sie seine geliebten Biddies-fine-Sumatra Zigarillos besorgt.

Jens lümmelte sich in seinen Bürostuhl, zündete sich eine Zigarillo an und begann seinen zensierten Bericht. Im Verschweigen seiner Informanten hatte er inzwischen eine wahre Meisterschaft entwickelt und entsprechend fiel in den folgenden fünfzehn Minuten sein Bericht aus - kurz und knackig. Den Knalleffekt, das die Toten, wenn auch in grauer Vorzeit, miteinander verwandt waren, diese Info behielt er vorerst noch für sich.

Rika hatte zuerst den Schock überwunden.

„Jetzt wird ein Schuh draus", kommentierte sie. „Da bastelt ein Verrückter an etwas und sucht sich für seine Tests ahnungslose Probanden. Menschen, um die sich keiner kümmert und die auch bei den Behörden keine großartigen Ermittlungen auslösen."

Axel Reuter vermittelte im Moment nicht den Eindruck, als würde er großartig widersprechen wollen. „Da brauchst Du gar nicht so kucken, die Mordserie des Thüringer NSU haben doch der Welt gezeigt, wie blind die Sicherheitskräfte in Deutschland auf dem rechten Auge sind", herrschte sie Reuter an.

„Aber ...", sie hatte sich wieder an Jens gewandt, „… das war doch noch nicht alles. Du hast doch noch was auf Lager."

Axel Reuter hatte Rikas Ansage offensichtlich persönlich genommen und zeigte keine Anzeichen dafür, sich im Moment an der Diskussion zu beteiligen. Es hätte aber auch sein können, dass er eine Ahnung von dem hatte, was Jens als nächstes sagen würde.

„Du hast wieder mal Recht. Ich weiß, was die vielen Toten verbindet." Jens räusperte sich und machte eine seiner bedeutungsvollen Pausen. „Die Toten ..."

„... haben die gleiche Abstammung. Das Sinth in Pakistan. Sinth - Sinti und Rom - Zigeuner", ergänzte Axel Reuter.

Rika starrte ihn entsetzt an und auch Jens hatte sein jetzt-bin-ich-aber-von-den-Socken-Gesicht aufgesetzt.

„OKay, ich weiß es schon längere Zeit und ich hatte es für mich behalten, weil ich der Untersuchung nicht vertraut habe."

„Und was weißt Du noch, was wir vielleicht wissen sollten", ätzte Jens.

„Nichts. Ich vermute mal, dass Du mit Deinen Quellen über weitaus bessere Informationen verfügst", stänkerte Axel zurück.

„Jetzt reicht's mit eurer Stänkerei", mischte sich Rika ein.

„Okay, okay", signalisierte Axel einen Waffenstillstand. „Wie geht es jetzt weiter?"

„Von unserem Freund René Stadler habe ich hier zwei Adressen - eine Berliner und eine in Dresden. Nach meiner Meinung ist die Dresdner Adresse nicht so interessant, ist die offizielle Meldeadresse. Da unser Freund nicht dumm ist, hat er in Dresden wahrscheinlich nichts Interessantes deponiert. Die Berliner Anschrift könnte wesentlich interessanter sein. "

Beide, Rika und Axel sahen ihn fragend an.

„Fragt mich nicht, woher ich die Adresse habe." Wenn er mehr gesagt hätte, wäre wahrscheinlich seine Verbindung zum Dienst aufgeflogen. „In Berlin ist René Stadler nicht gemeldet und das legt den Verdacht nahe, dass er hier seine wichtigen Sachen deponiert hat."

„Es ist jetzt elfhundert. Axel Reuter, Deine Krankheit ist ab sofort beendet." Irgendwann in grauer Vorzeit hatte Jens sich diese militärische Art der Zeitansage angewöhnt und inzwischen pflegte er diesen Snobismus.

„Jawohl Chef", höhnte Axel Reuter. „Dein untertänigster Diener erwartet Deine Anweisungen."

„Du wirst mit Rika zu der Berliner Anschrift fahren und mal für etwas Wirbel sorgen. Nicht zu viel aber dafür nachhaltig."

„Und unter welchem Vorwand sollen wir da auftauchen?"

„Versuch's mal mit Fantasie", grinste Jens. „Schaut, dass ihr in die Wohnung kommt."

Beide schlüpften in ihre Jacken und verließen das Appartement. Rika hauchte Jens noch einen Kuss auf die Wange und er steckte ihr den Zweitschlüssel für die Wohnung zu. Dann waren die Beiden auch schon unterwegs.

Jens wartete noch ein paar Minuten um sicher zu gehen,

dass er ungestört war. Dann griff er zum Telefon und rief den Generalbundesanwalt an. Jens informierte ihn darüber, dass ein Kollege der Berliner Polizei sich mal die Berliner Wohnung von René Stadler ansehen würde. Nach dem Telefonat tätigte Jens einen weiteren Anruf. Dann steckte er seine Glock in das Schulterhalfter unter der Jacke und machte sich auf, die Wohnung zu verlassen. Fast hätte Jens vergessen, dass Rika von der Alarmsicherung nichts wusste und so verzichtete er diesmal darauf, sie einzuschalten als er die Türe hinter sich ins Schloss fallen ließ. Er verließ das Haus und wandte sich auf der Innsbrucker Straße in Richtung Bayerischer Platz. Auf der Strecke von knapp einem Kilometer wechselte er unvermittelt einige Male die Straßenseite. Aber er konnte keine Verfolger feststellen.

Am Bayerischen Platz ging er in den frisch umgebauten U-Bahn-Bahnhof, nahm die Treppe zur U7 und setzte sich auf eine der Holzbänke. Nach wenigen Minuten fuhr ein Zug in den Bahnhof. Nur wenige Passagiere verließen die Waggons. Jens war durch eine vorbeieilende junge Frau im super kurzen Minikleidchen, schwarzen blickdichten Strumpfhosen und eng anliegender Jacke einen Augenblick abgelenkt. Als sie aus seinem Blickfeld verschwunden war und er sich wieder auf seine Umgebung konzentrierte, saß neben ihm ein Mann im Trenchcoat. Unwillkürlich musste Jens lachen.

„Mander?", fragte der Mann. „Jens Mander?"

„Ent oder Weder, wer will das wissen?", erwiderte Jens.

„Ich soll Sie von Germut grüßen. Er meint, das könnte nützlich sein." Mit diesen Worten positionierte er einen kleinen schwarzen Koffer, der bisher rechts neben ihm stand zwischen ihnen, stand auf und betrat den Zug, der zwischenzeitlich eingefahren war. Für Jens blieb nicht mal die Zeit, eine zynische Bemerkung über das agentenmäßige Outfit des Mannes abzulassen.

Jens nahm den Aktenkoffer an sich. Er hatte keine Lust, den Weg zurückzulaufen. Deshalb benutzte er die Treppe zu U4, löste ein Ticket und fuhr die eine Station zum Rathaus Schöneberg.

Zuhause angekommen öffnete Jens den Koffer. Drinnen lag ein Briefumschlag mit einem Diplomatenpass, eine Codekarte mit Chip und Magnetstreifen, aber ohne Aufdruck und ein USB-Stick.

Seit Jens in die Geschichte reingeschlittert war, hatten Germut und Holger ihn schon mehrfach wichtige Informationen vorenthalten und er erwartete nicht, dass es diesmal anders sein könnte. Jens schloss den Stick an seinem Rechner an. Am Bildschirm öffnete sich ein Programmfenster und er wurde zur Eingabe eines Passworts aufgefordert. Auf gut Glück tippte Jens die Zeichenkombination ein, mit der er schon einige Male Dokumente von Holger entschlüsselt hatte. Bingo. Jens begann die Dateien zu entschlüsseln und las eines nach dem anderen.

Germut hatte mal wieder den Vogel abgeschossen - nichts, was er nicht schon selbst in Erfahrung gebracht hatte.

In seiner Verärgerung hätte er den Kommentar zu einer Textzeile beinahe überlesen:

„… Bahnhof Innsbrucker Platz, alter Tunnel …"

Jens wusste von dem alten, oder besser gesagt, nicht fertig gebauten Bahnhof unter dem Innsbrucker Platz. Irgendwann wurde das Teil im Rahmen des Berlin-200-Kilometer für eine künftige Line U10 geplant und auch gebaut. Der Mauerfall und die Reaktivierung der Ringbahn machte dann die Linie überflüssig und so geriet der Bahnhof in Vergessenheit.

Hatte er die Dokumente zuerst nur überflogen, nahm er sich speziell den letzten Bericht mit dem Hinweis auf den

Innsbrucker Platz nochmals vor.

Jens schimpfte sich einen Idioten. Schon beim Überfliegen hätte ihm der Verfasser des Berichts auffallen müssen.

„Scheisse, aber jetzt wird ein Schuh draus."

Es war ein Observationsbericht einer Essener Detektei, die selbe Detektei, die ihn seit einiger Zeit überwachte. Als Auftraggeber war nur eine siebenstellige Zahl angegeben. In dem Report wurde die überwachte Person nur als ›Objekt‹ bezeichnet. Jens studierte den Bericht Wort-für-Wort. Mit dem, was er bereits aus seinen anderen Quellen wusste, konnte er dem ›Objekt‹ einen Namen geben: René Stadler.

Über den Zeitraum von einer Woche waren alle Bewegungen des ›Objekts‹ aufgezeichnet. Die Fahrten von Dresden nach Berlin und wieder zurück - in der Woche immerhin dreimal, mehrmalige Besuche in Restaurants in Berlin, die Übernachtungen in einem Hostel in der Wexstraße. Alles war minutiös aufgezeichnet worden. Aber zweimal war das ›Objekt‹ seinen Überwachern entwischt. Beide Male war das ›Objekt‹ die Treppe zum U-Bahnhof Innsbrucker Platz gegangen. Als die Observanten unauffällig folgen wollten, war das ›Objekt‹ verschwunden. Im Bericht wurde vermutet, dass das ›Objekt‹ die Überwachung bemerkt und sich vermutlich über den Ausgang in Richtung S-Bahn abgesetzt habe. Alternativ, so die These im Bericht, wäre auch das Abtauchen in den Richtung Rathaus Schöneberg führenden Tunnel nicht ausgeschlossen worden. »Aber weg ist nun mal weg«, murmelte Jens.

Über den Threema-Messenger schickte Jens eine Nachricht an Suresh mit der Bitte, sich nochmals in den Rechner der Detektei zu hacken und die Kundennummer zu identifizieren.

Nachdem er sich eine Tasse Kaffee aus der kleinen Küche

geholt hatte, setzte er sich an seinen Rechner und begann mit seinen Nachforschungen über die Geschichte des Innsbrucker Platzes.

Die heutige Linie U4 war Neunzehnhundertdrei als erste kommunale U-Bahn von der Stadt Schöneberg geplant und von Siemens gebaut worden. Sie verband sie ab dem ersten Dezember Neunzehnhundertzehn den Nollendorfplatz mit dem heutigen Innsbrucker Platz. Südlich des U-Bahnhofs schloss sich ein Tunnel an, der zu einer Kehr- und Abstellanlage unter der Eisackstraße führte sowie zum Abzweig zur oberirdischen Betriebswerkstatt der Schöneberger U-Bahn. Es war vorgesehen, die Tunnelstrecke in der Eisackstraße langfristig in Richtung Schöneberger Südgelände in der Nähe des Grazer Damms zu verlängern.

Erst Neunzehnhundertdreiunddreißig erhielt der Platz, der bis dahin nur Haltestelle Hauptstraße hieß, seinen heutigen Namen.

Im Rahmen der 200-km-Planung der Berliner Verkehrsbetriebe von Neunzehnfünfundfünfzig wurde die Einbindung der U4 in die Linie U10 geplant. In der Zeit von Neunzehnzweiundsiebzig bis Neunzehnneunundsiebzig wurde im Rahmen des Baus der Stadtautobahn A100 unter dem bestehenden ein neuer Bahnhof errichtet. Aus wirtschaftlichen und politischen Gründen wurde die U10 nicht gebaut und der Bahnhof der U10 am Innsbrucker Platz nie in Betrieb genommen.

Jens gönnte sich eine Pause, legte eine CD der belgischen Sängerin Dana Winner ein und holte sich frischen Kaffee.

Kurz nach vier rief Rika an. „Wir sind auf den Heimweg. Möchtest Du was zum Essen?"

Essen? Jens hatte essen vollkommen verdrängt und urplötzlich meldete sich sein Hunger.

„Kommt ihr bei Max und Moritz in der Hauptstraße vorbei?"

Rika gab die Frage an Axel Reuter weiter und Jens hörte dessen Antwort. „Dann bringt für mich bitte einen Dürüm mit -mit allem, scharf und einen Salat."

Wenig später meldete das iPhone eine eingegangene Nachricht. Sie kam von Suresh und enthielt nur einen Namen ›ICTS International‹.

Eigentlich wollte Jens noch seine Sachen vom Tisch räumen, seine Tasse in die Küche bringen und den Aschenbecher leeren, aber neue Informationen waren wichtiger. Entgegen seiner sonstigen Angewohnheit, die Suchmaschine Google zu fragen bemühte er diesmal die Suchmaschine Bing für seine Nachforschungen.

„Autsch", murmelte Jens, „da hängen ja doch die Israelis mit drin." Nach ein paar weiteren Klicks und einem Quercheck über eine Spezialseite für Journalisten hatte er Gewissheit. Die ›ICTS International mit Sitz in den Niederlanden war eine Israelische Firma, die Sicherheit verkaufte, von einen ehemaligen ›Shin bet‹ Mitarbeiter gegründet wurde und wahrscheinlich als Tarnfirma der israelischen Geheimdienste fungierte.

„Welches Interesse haben die Israelis an einem Dresdner Doktoranden?" Jens konnte sich die Frage nicht mehr beantworten, da zwischenzeitlich Rika mit Axel im Schlepptau in der Zimmertüre stand.

„Hallo mein Schatz", sagte sie so, als wäre es die natürlichste Sache der Welt und wäre es schon immer gewesen. „Ganz schön schattig draußen." Axel Reuter wollte gleich mit einem Bericht über die Aktion loswerden, aber Rika stoppte ihn mit einem scharfen Blick und blockte ihn mit den Worten: „Hol uns mal Teller und Besteck aus der Küche, ich räume den Tisch ab." Ganz leise, selbst Jens konnte sie kaum hören, flüsterte sie: „Nichts."

Während sie aßen, berichtete Axel von der Tour.

„Das wichtigste schon mal vorne weg. Nichts neues." Axel hatte seinen Dürüm halb aus der Alufolie gewickelt, biss davon ab und sprach kauend weiter.

„Der Herr wohnt in einer Wohngemeinschaft in der Feurigstraße. Gute und ruhige Gegend. René Stadler war nicht anwesend. Unter dem Vorwand, wir wären Kollegen und verabredet, seien aber etwas zu früh angekommen und würden auf René warten wollen, drängten wir uns in die Wohnung. Zuerst warteten wir im gemeinsamen Wohnzimmer. Nach einer Viertelstunde wurde uns erlaubt in seinem Zimmer zu warten.

Das Zimmer war ganz einfach eingerichtet, Bett, Schrank, eine Kommode, ein Bistro-Tisch mit drei Stühlen, ein Schreibtisch, Bürostuhl - alles ›Made by Ikea‹. Keine Dokumente, keine Unterlagen, nichts. Nach einer Stunde des Wartens verabschiedeten wir uns unter dem Vorwand, wir würden jetzt zum Italiener essen gehen und wenn René käme, solle er doch einfach nachkommen."

Jens war von dem Ergebnis der Tour nicht überrascht. Aus den Dokumenten, die Germut ihm hatte zukommen lassen, wusste er, dass René Stadler am Freitag immer in Dresden war. Aber dieses Wissen wollte er mit Axel Reuter nicht teilen.

Reuter blickte auf seine Armbanduhr. „Sechs Uhr, ich mach mal los", sagte Reuter und verabschiedete sich. „Ich schau nochmal im Abschnitt rein und dann werde ich mich auf's Ohr legen - ich bin hundemüde."

Nachdem Reuter die Türe hinter sich ins Schloss gezogen hatte, giftete Rika ihn an. „Du hast es gewusst, Du Schuft. Wolltest uns aus dem Weg haben, wenn Du Deinen dunklen Geschäften nachgehst?" Dabei strahlte sie ihn an.

„Ich hab's erst später erfahren", konterte Jens. „War die Ausbeute meiner dunklen Geschäfte."

Beide machten es sich auf dem Sofa bequem und Jens erzählte Rika, was er während ihrer Abwesenheit erfahren hatte.

Rika begann nach Jens' Bericht nochmals die Fakten zusammenzufassen, aber irgendwie bekam Jens nicht mehr viel davon mit. Es war knapp Einundzwanzig Uhr als er eingeschlafen war.

Die Stimme von Axel Reuter passte so gar nicht in seinen Traum und er versuchte diese Stimme zu verscheuchen, aber sie war hartnäckig - wollte nicht verschwinden.

Irgendetwas rüttelte und zerrte an seiner Schulter und in seinem Traum versuchte er sich davon zu befreien und es dauerte mehrere Minuten, bis er, immer noch im Halbschlaf, die Anwesenheit von Axel Reuter wahr nahm.

„Wach endlich auf." Mit diesen Worten holte ihn Reuter aus Morpheus Armen. „Es ist Bewegung in den Fall gekommen."

„Bewegung", lallte Jens immer noch benommen.

„Es gibt Haftbefehle für René Stadler, Lothar Fidel, Frau Dr. Müller und Alexander Müller, alias Alexej Melnikow."

„Haftbefehle?"

„Ja, Haftbefehle! und jetzt wach endlich auf oder soll ich Dich unter die kalte Dusche stellen?"

„Lieber nicht. Gib mir ein paar Minuten."

Jens quälte sich aus seiner Sofaecke und verschwand in Richtung Bad. Er konnte gerade noch hören wie Reuter „Du solltest mal richtig ausschlafen" hinter ihn herrief.

Im Bad erleichterte sich Jens erst mal und am Waschbecken warf er sich fast wörtlich eine Handvoll Wasser ins Gesicht, trocknete sich ab und ging dann einigermaßen erfrischt ins Zimmer zurück.

„Wer hat die Haftbefehle beantragt?"

„'n Bundesanwalt. Für die drei gibt es bei Interpol auch eine BlueNotice und seit gestern auch eine RedNotice, einen internationlen Haftbefehl."

„Und was wird den Dreien vorgeworfen?"

„Vorbereitung einer schweren staatsgefährdenden Gewalttat. Paragraph neunundachtzig Klein-A Strafgesetzbuch"

„Aha. Und was heißt das genau?", wollte Rika wissen.

„Dass jemand von der Bundesanwaltschaft entweder eigene Ermittlungen angestellt hat oder …" Reuter machte eine Pause.

„Oder?", fragte sie.

„Oder jemand kennt den Stand unserer Ermittlungen und will jetzt die Ernte einfahren und den Siegerkranz für sich beanspruchen."

„Wie auch immer", sagte er zu Jens Mander gewandt. „Die Bundesanwaltschaft hat beim Amtsgericht Berlin-Schöneberg einen Haftbefehl und eine Reihe von Durchsuchungsbefehlen beantragt und erhalten."

„Und dann?", fragte Jens. „Wie geht's dann weiter? Willst Du mit der Kavallerie ausrücken und einen Krieg anfangen?"

„Drei Teams, eins zur Wohnung, eins zum Uni-Labor und ein Team hier in Berlin. SEK und Bundespolizei. Das volle Programm"

„Ich fürchte, das geht so nicht. Wir wissen, dass in der Berliner Wohnung keine Unterlagen sind. Die Unterlagen im Uni-Labor dürften eh nur die offiziellen Inhalte des Projekts wiedergeben. Ich nehme an, das ganze Zeug und die Beweise liegen im einem geheimen Kellerlabor hier in

Berlin."

„Könnte sein, dass Du Recht hast. Aber wo ist dann dieses verdammte Labor? Kannst Du mir das sagen?" Axel Reuter war ziemlich laut geworden.

„Wollt ihr zwei euch streiten?", tönte Rika aus ihrer Ecke des Sofa. „Das könnt ihr machen, wenn ich wieder weg bin."

„'Tschuldigung", murmelte Jens und auch Reuter presste ein „Sorry" über seine Lippen, aber so ganz konnte er sich doch nicht beruhigen.

„Ich habe das Gefühl, jeder weiß mehr als ich und ich gebe die Nummer vom Laufburschen. Axel, mach mal das, he Reuter, tu mal jenes." Axel Reuter kotzte seinen Frust aus. „Das nervt auch die unteren Polizeiränge."

Trotz Axel Reuters Gefühlsausbruch war Jens Mander immer noch nicht bereit, alle Informationen mit ihm zu teilen. Aber so wie es sich anhörte, wollte Axel Reuter sich nicht mehr mit Brosamen abspeisen lassen. Jens überlegte kurz.

„Also lass mal die Luft raus", begann Jens. „Ich kann Dich auf den neuesten Stand bringen."

„Kurz nachdem ihr weg wart, bekam ich einen Anruf. Ein Kontakt aus früheren Tagen bat um ein schnelles Treffen." Jens hatte Reuter nicht aus den Augen gelassen, der verzog jedoch keine Mine. Auch nicht, als Jens mit weiteren Informationen auspackte.

Dass er dabei die Informationen seiner Quellen vermischte und zusammenfasste, hätte nur Rika bemerken können und die hatte die Augen geschlossen.

Am Ende des halbstündigen Monologs war Reuter auf einen halbwegs aktuellen Stand. Jens hatte ihn über die Ermittlungen des BKA und der Bundesanwaltschaft informiert. Seine Kenntnis der Überwachungsprotokolle der Essener Detektive und deren Verbindung zum israelischen Geheimdienst-Universum behielt er lieber für sich und liess nur durchblicken, dass sich offenbar verschiedene andere Interessenkreise an einer Überwachung des René Stadler versucht hatten. Jens schloss seinen Bericht noch mit der Info zu den Recherchen, die ihn bis kurz vor Reuters Rückkehr beschäftigten.

Reuter hörte dem Bericht ohne erkennbare Regung zu.

„Stadler ist seinen Überwachern zweimal entkommen. Der Bahnhof Innsbrucker Platz hat nur fünf offizielle Ausgänge. Zwei zur Hauptstraße Richtung Zentrum, zwei in Richtung Friedenau/Steglitz und einen in Richtung Wexstraße. Mit dem Warenaufzug zum Supermarkt im Untergeschoss sind es sogar sechs."

„Den Warenaufzug? Mit einem Aufzug verschwinden kann sehr zeitaufwändig sein und damit relativ riskant, erwischt zu werden", gab Reuter zu bedenken."

Jens hatte während seiner letzten Worte die Kartenapp seines IPad gestartet. Nach einigem Hin und Her hatten sie drei Objekte ausgemacht, die als Verstecke infrage kamen: die Schuppen und das Stellwerk am ehemaligen Wilmersdorfer Güterbahnhof, den Bahnhof der nie fertiggestellten U10 unter dem Innsbrucker Platz oder der stillgelegte Tunnel unter der Eisackstraße, der durch den Bau der Stadtautobahn vom Innsbrucker Platz abgetrennt und teilweise zugeschüttet worden war.

Rika hatte sich aus allem rausgehalten und begründete ihre Zurückhaltung damit, dass sie sich hier nicht auskennen würde. Reuter hielt alle Lokationen für gleich wahrscheinlich und so traf Jens die Entscheidung: „Wir fangen mit dem Bahnhof der U10 an, danach den Eisacktunnnel der U4 und zum Schluss den Wilmersdorfer Güterbahnhof."

„Dann müsst ihr Zwei euch sputen. Kurz nach Mitternacht, wenn die letzte U-Bahn durch ist, wird der Bahnhof abgeschlossen und dann könnt ihr erst wieder gegen fünf Uhr Morgens rein." Rika hatte die Fahrpläne der Berliner Verkehrsbetriebe aus dem Internet geladen und studiert.

„Was heißt hier zwei? Willst Du nicht mit?", fragte Jens.

„Und ob ich will. Außerdem bin ich die von uns, die wenigstens etwas Ahnung von Bakterien und Viren hat.

Samstag, 7. Dezember

Jens Mander, Rika Sehlert und Axel Reuter hatten sich kurz nach Mitternacht auf den Weg zur U-Bahnstation Rathaus Schöneberg gemacht, eine Fahrkarte für Kurzstrecken gelöst und waren mit der letzten Bahn zum Innsbrucker Platz gefahren.

An anderen Tagen beförderte die letzte Bahn nur mehr einen oder zwei Passagiere. Nun hatten sie aber das Glück, dass eine Gruppe lärmender Jugendlicher im hinteren Doppelwagon der Bahn auf dem Weg in das Hostel an der Wexstraße war. Während die lauthals grölend dem Ausgang zustrebten, verschwanden Rika, Axel und Jens unauffällig im Tunnel der Bahn und gingen da in Deckung.

Etwa fünfzehn Minuten später war das Geräusch von zuschlagenden Eisentoren zu hören. Dann erloschen die Deckenlampen und die Notbeleuchtung wurde eingeschaltet.

Vorsichtig kamen die Drei aus ihrer Deckung. Während seiner Recherchen über den Innsbrucker Platz hatte er auf Youtube ein Video über den Geisterbahnhof unter dem Innsbrucker Platz entdeckt, auf dem ganz deutlich der Zugang zu sehen war.

Als sie vor der Türe standen zog Axel Reuter aus der Innenseite seiner Bomberjacke ein Etui, mit Werkzeugen - mit Dietrich- und Pickset und machte sich an dem Zylinderschloss zu schaffen.

„Professionelles Einbrecherwerkzeug - gibt es das bei der Polizei als Sonderausstattung?", frotzelte Jens um die Anspannung aufzulockern. „Wenn das vorbei ist, müssen wir uns mal darüber unterhalten."

„Shut up! Geh mir mit Deinen dämlichen Bemerkungen nicht auf den Zeiger."

Es dauerte keine Minute, dann gab die offene Türe den Blick auf eine, nach unten gehende Betontreppe frei. Links und rechts an den Handläufen waren verschiedene Waren gestapelt, die wahrscheinlich vom letzten ›Tag des offenen Denkmals‹ über geblieben waren; zwei Holzböcke, gestapelte Holzstühle und verschiedene andere Sachen waren da entlang der Mauer aufgereiht.

An der Innenseite der Türe befand sich eine Klinke, so dass die Türe ohne Probleme von innen zu öffnen war.

Axel hatte seine MagLite mitgenommen; Rika und Jens verfügten über einfache LED-Lampen. Die Akkus von Rikas und seiner Taschenlampe waren voll, aber Jens hatte sicherheitshalber noch zwei frisch geladene SechsundzwanzigSechsfünfziger Lithium-Ionen-Akkus eingesteckt.

Die Drei Taschenlampen tauchten die Treppe in ein gleißendes Licht. Axel vorne weg, Rika hinterher und Jens als Schlusslicht schlüpften durch die Türe. Jens prüfte noch schnell die Funktionalität der Türklinke. Falls sie sich schnell aus dem Untergrund zurückziehen mussten, wollte er nicht vor einer verschlossenen Türe stehen. Dann zog er die Türe hinter sich zu und stolperte den beiden hinterher.

Am Fuß der Treppe präsentierte sich ein großer Raum. Linker Hand zwei einfache Türen und ein Fahrkartenautomat, eine doppelte Stahltüre an der Vorderseite des Raums, daneben eine an der Wand befestigte Holzleiter, mehrere Feuerlöscher, mehr war im Licht der Taschenlampen nicht zu sehen. Instinktiv steuerten Reuter und Mander die doppelte Stahltüre an. Überraschenderweise ließ sich ein Flügel der Türe öffnen. Ohne es abgesprochen zu haben, ging Axel Reuter voraus und Jens sicherte den Rückzug. Beide achteten darauf, dass die zwischen ihnen gehende Rika nie in die eigene Feuerlinie geriet.

Reuter hatte inzwischen seine Waffe aus dem Schulter-halfter gezogen.

„Das ist aber nicht die typische Dienstwaffe der Polizei", höhnte Jens. „'ne Beretta? James Bond lässt grüßen!", setzte Jens noch nach.

„Eine Dreiundneunzig R, neun Millimeter, zwanziger Magazin", gab Reuter zurück. „Deine Glock Siebzehn ist aber auch nicht das, was man so Zuhause im Besteckkasten findet", stänkerte Reuter zurück. „Ich hoffe nur, Du kannst damit umgehen."

Während Reuter und Jens die Freundlichkeiten über die Schusswaffe des anderen ausgetauscht hatten, waren sie durch die offene Stahltüre in einen weiteren Raum vorgedrungen. Die Mauer, in der die Türe eingebaut war bestand aus unverputzten Kalksandstein, wahrscheinlich nur dafür gedacht, den Zugang zu den folgenden Räumlichkeiten zu verhindern. Ansonsten war nur unverputzter grauer Beton zu sehen.

Nach den Plänen, die Jens im Internet gefunden hatte, befanden sie sich in einem Zwischentunnel zwischen der U4 und der U10. Vor ihnen lag der Rohbau der U10 mit den Bahnsteigen, den Zwischengeschossen und diversen Kammern die später die technische Ausrüstungen hätten aufnehmen sollen. Jens ärgerte sich insgeheim, dass er in der Vergangenheit an den Führungen zum Tag des offenen Denkmals nicht teilgenommen hatte.

Außerhalb der Lichtkegel der Taschenlampen war es stockdunkel. Axel Reuter hatte die Führung übernommen. In der Dunkelheit war nicht erkennbar, ob Reuter Rika beruhigen oder provozieren wollte, als er eine Bemerkung über Ratten los ließ.

„Kannst ja eine fangen. Gegrillt und mit viel Knoblauch schmecken sie sogar" konterte Rika schlagfertig und Jens musste grinsen.

Langsam bewegten sie sich zu einer offenen Betontreppe. Reuter leuchtete durch das Treppenauge in das Untergeschoss.

„Verdammt tief, das geht ja ganz schön nach unten", konstatierte Reuter. „Bist Du sicher, dass wir da unten irgendetwas finden werden?"

„Sicher? Nein, ich bin nicht sicher, aber die Nachricht lautete: ›Innsbrucker Platz. alter Tunnel.‹ Und das ist er einzige Zugang, den ich kenne. Es gibt zwar noch einen Tunnel hinter der S-Bahn, der Eisacktunnel, aber der gehört zur U4. Vor allem hat der keine direkte Verbindung zum Bahnhof; wurde in den Siebzigern zugeschüttet, als die Stadtautobahn gebaut wurde."

Auf den Plänen, die Jens im Internet recherchiert hatte, gab es eine Übergangsebene zwischen U4 und U10. Über eine Zwischenebene sollten dann die Passagiere auf zwei Bahnsteigen - stadteinwärts und stadtauswärts verteilt werden. Die Orientierung in der Dunkelheit war relativ problematisch, aber im Licht der starken Taschenlampen folgten sie den Fußspuren auf dem Betonboden. Wahrscheinlich noch von der letzten öffentlichen Begehung, dachte Jens.

„Wie bescheuert muss einer sein, in dieser Umgebung ein Labor zu betreiben. Kein Strom, kein Wasser, kein Tageslicht." Rika schien entsetzt. „Überall Dreck und Staub. Jedes Teil muss mühsam rangeschafft werden." Ein heftiger Niesanfall unterbrach ihren Monolog. „Seht ihr, das meine ich, wenn ich sage, dass es bescheuert ist, hier ein Labor zu installieren. Die Staubpartikel nehmen sich gegen die Genstränge wie ein Berge aus. Sauberes arbeiten ist da nicht möglich."

Axel Reuter hatte sich über die Treppe ins untere Zwischengeschoß entfernt. „Eigentlich müssten doch hier irgendwelche Lüftungsschächte sein. Erstens ist die Luft hier zu frisch und zweitens dienen die Dinger auch als Ausstiege, wenn es im Tunnel zur Katastrophe käme."

Rika und Jens gingen ebenfalls die Treppe hinunter. Zusammen gingen sie dann die Stufen zur Bahnsteig-Ebene weiter.

„Nord oder Süd. Einwärts oder auswärts. Wo sind wir?", fragte Rika.

„Wenn ich mich nicht täusche, dann ist das die Richtung nach Steglitz", meinte Reuter. Mit ihren Lampen leuchteten sie in jede Ecke des Tunnels - oben, unten, rechts und links, aber sie konnten keine verdächtigen Spuren entdecken; keine Hinweise auf versteckte Hohlräume oder getarnte Eingänge.

Mit einem „Fuckin' Bullshit" bekundete Axel Reuter sein Missfallen, als sie an dem zugemauerten Ende des Tunnels standen. „Hier ist nichts. Jedenfalls nichts, was wir mit unseren Mitteln entdecken könnten."

„Dann machen wir uns doch mal auf und untersuchen den Tunnel stadteinwärts", sagte Rika nur um etwas zu sagen. Sie kannte Jens, aber Axel Reuter hatte sie kurz zuvor kennen gelernt. Vielleicht vertraute Jens seinem neuen Kumpel, aber sie hatte beschlossen erst mal auf Distanz zu bleiben.

„Wird uns auch nichts anderes übrig bleiben", sinnierte Jens. „Denn mogt me dat." Jens nahm Rika an der Hand und ging mit ihr durch eine Aussparung in der betonierten Trennwand zwischen den Gleisen. "Und jetzt alles mir nach".

Auf halber Strecke, gefühlt in der Hälfte der unterirdischen Anlage, kam Licht von der Tunneldecke. "Schau, schau, ein Notausstieg. Lass uns den mal genauer untersuchen."

Noch bevor Jens seinen leicht bis mittel übergewichtigen Luxuskörper auf die Stufen der Leiter setzten konnte, war Axel Reuter schon den Schacht zum Gitter hoch geklettert. "Nüscht, nada, nur ein paar Graphitti. Wenn mich nicht alles täuscht, dann ist das der Ausstieg an der Postsäule in der Hauptstraße." Reuters Stimme klang irgendwie frustriert.

„Wenn man etwas finden will, sollte man auf keinen Fall angestrengt danach suchen, sagte mein alter Herr immer", zitierte Jens, wohlwissend, dass sein Vater, den er respektvoll auch seinen ›alten Herrn‹ nannte, dieses Zitat nie ausgesprochen hatte.

Sie gingen noch bis zum zugemauerten Ende des Tunnels. Über zwei Stunden hatten sie sich in der Tunnelanlage aufgehalten, hatten aber nichts gefunden, was auf versteckte Kammern oder getarnte Hohlräume gedeutet hätte. Deshalb wurde Rikas Vorschlag, wieder zum Eingang des Tunnels zurückzugehen, schweigend angenommen.

Auf einen unbeteiligten Beobachter hätten Rika, Jens und Axel Reuter einen leicht bis mittel gefrusteten Eindruck hinterlassen. Obwohl sie von Anfang wussten, dass die Suche erfolglos sein könnte, hatten sie doch auf ein anderes Ergebnis gehofft.

„Was haltet ihr davon, den Notausgang in der Nähe des Warenaufzugs zu nehmen", schlug Jens vor. „Von da aus könnten wir …"

„… den Eisacktunnel untersuchen, wolltest Du doch sagen?", unterbrach ihn Rika. Reuter schaute ihn im schwachen Licht der Notbeleuchtung fragend an, gab aber keine Widerworte.

„Denn mogt me dat", witzelte Jens und schob Rika vor sich her.

329

Wenig später, Axel hatte das Vorhängeschloss am Ausstieg geknackt und den Sensor der Alarmanlage geschickt überbrückt. Vorsichtig, immer darauf achtend nicht von zufällig vorbeifahrenden Autos oder von Fußgängern bemerkt zu werden, stiegen sie aus dem Schacht und standen auf einer Grünfläche zwischen der Auf- und Abfahrt der Stadtautobahn auf der Südseite des Innsbrucker Platzes in Richtung Tempelhof. Obwohl der Bahnhof und der Geisterbahnhof nicht beheizt waren, war es da noch wärmer als an der Oberfläche.

Jens orientierte sich. Rika hatte nach Jens' Hand getastet. Händchenhaltend gingen sie mit Axel im Schlepptau in Richtung Eisackstraße. „Falls es jemand interessiert. Hier an dieser Straße gibt es einen Friedhof." Aus seinen Recherchen wusste Jens, dass es in der Otzenstraße noch einen Zugang zum alten Tunnel gab. Im gedämpften Licht einer Taschenlampe fingerte Axel Reuter am Schloss herum. Nach einigen Sekunden war auch dieses Hindernis überwunden und die drei, Axel mit der Waffe in der Hand voraus, kletterten den Schacht bis zum Tunnelboden hinab.

Der Tunnel war mit einer geschätzten Länge von nicht mal Zweihundert Meter relativ kurz und übersichtlich. Von ihren Standort aus konnten sie die verschlossenen Enden des Tunnels sehen. Im Abstand von zwei Metern gingen sie zuerst in die eine Richtung, zurück in die andere Richtung und dann wieder zum Ausstieg. An einigen Stellen konnte man erkennen, dass der Tunnel bis vor kurzem als Quartier von Wen-auch-immer benutzt worden war. Heute war aber keiner da und auch sonst entdeckten sie nichts als Unrat und Abfall. Die Spuren um den vermutlichen Schlafplatz ließen eher auf die Schlafstatt eines Obdachlosen schließen, als darauf, dass ein Jungakademiker sich ein lauschiges Nachtquartier eingerichtet hätte.

Neunzig Minuten nachdem sie in den Tunnel abgestiegen waren, standen sie wieder auf der Straße und Axel verschloss den Eingang wieder.

„Nada - nichts", bemerkte Axel konsterniert. „Also bleibt nur noch der alte Rangierbahnhof."

Jens übernahm wieder die Führung. Auf der Rubensstraße erreichten sie die Hauptstraße. In Höhe der Hausnummer fünfundsechzig überquerten sie die Fahrbahn. Jens lotste die Beiden an der Videothek vorbei in die Seitenstraße und dann nach rechts auf die ehemalige Gleisanlage des Güterbahnhofs. Auch wenn die Gefahr einer zufälligen Entdeckung gering war, leuchteten sie das Gelände nur kurz ab.

„Die Schuppen sind teilweise an Firmen vermietet", sagte Jens. „Manchmal gehe ich hier mit meinem Hund spazieren."

Axel ließ den Strahl seiner Maglite über das Gelände streichen. „Was ist da rechts von uns für ein Turm?", wollte Rika wissen.

„Das alte Stellwerk."

Axel Reuter marschierte los, immer in Richtung des Stellwerks.

„Mensch Axel, mach langsam, ich bin nicht mehr so schnell", knurrte Jens.

„Dann bleib stehen und wart auf mich." Mit diesen Worten verschwand Axel Reuter in der Dunkelheit. Rika und Jens zogen sich ein Stück in die Büsche zurück, aber nur soweit, dass sie Reuter nicht aus den Augen verloren.

Aus der Entfernung, es waren zwischen hundert und hundertfünfzig Meter, konnten sie beobachten, dass Axel Reuter sich an einer Türe zu schaffen machte und im Gebäude verschwand.

Jens hielt das Gelände unter Beobachtung und Rika blickte in Richtung Stellwerk. „Ich glaube, mit Axel ist was." Aus Richtung Stellwerk kamen Lichtzeichen: dreimal kurz, dreimal lang, dreimal kurz.

So schnell er mit seinem kaputten Knie laufen konnte, stürmte Jens los. Stürmen wäre zu viel gesagt gewesen, es war mehr ein humpeln. Aber es war ein verdammt schnelles humpeln. Als er Axel erreicht hatte, wies der ihn mit dem Strahl der Taschenlampe an das Stellwerk zu betreten.

„Kennst Du den?"

„Und ob. Das ist unser Doktorand aus Dresden. René Stadler", erwiderte Jens. Trotz des total verdreht liegenden Oberkörpers, eines hässlichen kleinen Lochs zwischen den Augen und einer noch hässlicheren großen Schusswunde im Bereichs des Brustkorbs war der Tote leicht zu erkennen.

Axel Reuter wollte Rika abhalten, ebenfalls das Gebäude zu betreten, aber da kannte er Rika schlecht. „Ich glaube als anatomische Pathologin habe ich schon mehr Leichen auf dem Tisch gehabt. Also lass mich rein."

Axel suchte den Blick von Jens und als dieser ein Nicken andeutete, gab Axel den Eingang frei.

„Na schön, aber nichts anrühren, Frau Doktor", rief er noch hinterher. „Ich hole jetzt die Kollegen vom Kriminaldauerdienst. Sollen die sich drum kümmern."

„Okay, gib uns zehn Minuten Vorsprung bevor Du anrufst. Ich habe keine Lust schon wieder in einem Protokoll zu erscheinen und noch weniger Lust, Deinem neugierigen Kollegen zu erklären, warum ich mich um diese Zeit mit einer Pathologin im Schlepptau auf dem alten Wilmersdorfer Güterbahnhof rumtreibe."

„Einverstanden, aber so wie Du in der Gegend rum stolperst, geb ich Dir lieber Zwanzig", witzelte Axel Reuter. „Wenn alles gelaufen ist, komme ich zu Dir in die Wohnung."

Jens zog Rika am Arm aus dem Gebäude. Sie hatte von dem Gespräch mit Reuter nichts mitbekommen und wollte sich gerade darüber beschweren, so rüde aus der Arbeit gerissen zu werden.

Noch bevor die zwanzig Minuten vorbei waren, hatten Jens und Rika das Wohnhaus in der Freiherr-vom-Stein-Straße betreten.

Beide waren hundemüde und Jens ärgerte sich lautstark darüber, dass er seinen Wunschverdächtigen verloren hatte. Während Jens »jähte und zornte«, hatte sich Rika in die Sofaecke gekuschelt und war eingeschlafen. Auch Jens' Wut war langsam verflogen. Er zog seinen Bürostuhl zum Schreibtisch. Bevor er sich in den Stuhl setze, zog er die Glock aus dem Schulterhalfter und legte sie auf den Bürocontainer unter dem Schreibtisch. Griffbereit, aber nicht sofort sichtbar.

Kurz nachdem er sich in den Bürostuhl gesetzt hatte, war auch er eingeschlafen.

Jens wurde davon wach, dass an der Wohnungstüre Sturm geklingelt wurde. „Wer stört?", fluchte Jens, quälte sich aus seinem Stuhl und meldete sich an der Türsprechanlage.

„Ja, bitte", meldete sich Jens

„FedEx Expresszustellung für Jens Mander", kam aus dem Hörer.

„Zweiter Stock - Mitte", erwiderte Jens, drückte den Türöffner. Mit der Glock in der rechten Hand stellte er sich so neben den Türrahmen, dass selbst eine volle Ladung aus einer Pumpgun ihn nicht hätte erreichen können. Dann öffnete er die Türe einen spaltbreit.

Durch den offenen Türspalt konnte er einen jungen Mann in der typischen Uniform eine FedEx-Kuriers erkennen. Jens steckte die Glock in den Hosenbund, öffnete die Türe ganz, nahm den Umschlag in Empfang und quittierte die Zustellung.

„Du traust aber auch niemand." Rika war aufgewacht und mit Schlaffalten im Gesicht, den kleinen Augen und den zerzausten blonden Haaren sah sie einfach süß aus.

„Ne, es gibt wenige Menschen, denen ich vertraue", erwiderte Jens, „und Fremde an der Türe gehören nicht dazu."

Rika war aufgestanden und in die kleine Küche gegangen. „Kaffee?", rief sie Jens zu.

„Würde Richard Burton nein zu Liz Taylor sagen?"

Jens hatte sich wieder an den Schreibtisch gesetzt und betastete den Umschlag. „Keine Kabel, keine Knubbel, alles eine einheitlich glatte Fläche", murmelte Jens. Rika hatte die Kaffeetasse auf seinem Schreibtisch abgestellt und sich wieder auf das Sofa gesetzt. „Muss ja ganz schön wichtig sein, wenn am Samstag um acht Dokumente zugestellt werden", sinnierte Rika.

„Werden wir gleich wissen", antwortete Jens und öffnete den Umschlag und zog einen Brief und einen Schnellhefter heraus. Dann begann er zu lesen.

„René Stadler" „blablabla und so weiter."

„Dresden, am sechsten Dezember blablabla"

„Sehr geehrter Herr Mander"

Jens las schweigend weiter. Er hatte das Gefühl, dass es auf jedes Wort in dem Schreiben ankam; er las den Brief mehrfach, bevor er ihn an Rika weiter reichte.

„Ich weiß eigentlich müsste das ganze Zeug zuerst zur KTU. Fingerabdrücke und das ganze andere Zeug. Aber …", er ließ den Satz unvollendet und machte sich daran, den Inhalt des Hefters zu studieren. Im Verhältnis zum Brief, dauerte es diesmal länger, den Inhalt des Hefters zu lesen. Vieles war Jens Mander schon durch seine Recherchen bekannt und einiges, was für Jens bisher nur unbestätigte Hypothese war, wurde durch die Lektüre bestätigt.

„Sei vorsichtig mit dem Zeug." Trotz der angespannten Situation brachte Jens ein Grinsen zustande, als er den Ordner an Rika weiter gab. „Du hältst das Kochrezept für eine Waffe in der Hand."

Rika sah ihn fragend an.

„Ja, liebste aller Freundinnen. Für eine Massenvernichtungswaffe. Eine Waffe, die sich ihre Opfer selbst sucht. Kollateralschäden so gut wie ausgeschlossen, sauber und nicht zu sagen klinisch rein und chirurgisch präzise."

Jens Mander nahm sein Smartphone und wählte die private Nummer des Bundesanwalts.

„Matrka"

„Mander. Jens Mander."

„Ich weiß: ›ent oder weder‹". Der Bundesanwalt hatte ganz geschickt den Wortcode für die Identifikation in das beginnende Gespräch eingebaut.

„Ich habe Dokumente erhalten und brauche einen Kontakt, der verschlüsselte Dokumente empfangen oder transportieren kann."

„Wie wichtig?"

„Sehr wichtig."

„Okay, ich ruf Sie in ein paar Minuten zurück." Dann war die Verbindung abgebrochen.

Jens nahm ein Blatt Papier aus dem Drucker und schrieb stichwortartig ein Protokoll über die Ereignisse der Nacht nieder.

Jens war immer noch am Schreiben, als sein Iphone einen eingehenden Ruf signalisierte.

Neben der Nummer des Anrufers wurde der Name angezeigt. Deshalb meldete sich Jens nur mit einen knappen „Ja."

„In zirka zehn Minuten wird ein Kurier vom Berliner Büro die Dokumente abholen."

„Und wo sind Sie jetzt?"

„Herr Mander, das geht jetzt doch etwas zu weit. Sie haben zwar eine einwandfreie Reputation erhalten, aber die Frage war etwas daneben. Da könnten wir gleich am Potsdamer Platz über mein Liebesleben diskutieren."

„Sorry, ich wollte nur wissen, wie schnell Sie hier sein können, wenn es die Angelegenheit erfordert."

„Verlassen Sie sich darauf, dass ich schneller bei Ihnen sein kann, als Ihnen lieb sein dürfte." Wieder hatte Matrka das Gespräch beendet, ohne dass Jens was nachschieben konnte.

„Oha - ich glaube, da bin ich gerade ins Fettnäpfchen getreten", sprach Jens. Innerhalb der nächsten Minuten vollendete Jens seinen Bericht. Rika hatte wortlos den Schnellhefter auf den Schreibtisch gelegt.

Seit seinem Gespräch mit dem Bundesanwalt waren bereits fünf Minuten vergangen. Eigentlich wollte er die Dokumente noch einscannen, aber das würde zu lange dauern. Deshalb nahm er sein Smartphone und startet die CamScanner-App, eine Art Fotokopierer für Smartphones und begann die Dokumente abzufotografieren.

Jens war gerade fertig geworden und hatte die Dokumente wieder in den Umschlag von FedEx gepackt, als es klingelte. Jens stapfte zur Türe, drückte den Knopf für den Türöffner und wartete bei halb geöffneter Türe auf den

Besucher. In der Linken hielt er den wieder verschlossenen Umschlag und in der rechten umklammerte er die Griffschalen seiner entsicherten Glock.

„Hier kommt der bestellte Kurier." Der junge Mann hielt Jens eine Ausweiskarte unter die Nase. „Sind Sie Jens Mander?"

Jens nahm den Ausweis, reichte ihn an Rika weiter. „Mach ein Foto von dem Ausweis und schick es an die Nummer, die ich zuletzt gewählt habe."

„Tut mir leid, dass ich Sie jetzt aufhalte", wandte Jens sich an den Kurier. „Aber Sie wissen doch: die Welt ist schlecht und es gibt viele Gauner in dem Zoo da draußen."

„Macht nichts, wenn Sie mich überprüfen lassen. Da weiß ich auch, dass Sie der sind, bei dem ich was abholen soll." erwiderte der Kurier und lächelte freundlich. „Da sind wir beide auf der sicheren Seite".

Jens' Handy klingelte. Rika nahm das Gespräch an und hielt Jens das iPhone an das linke Ohr.

„Ja?", meldete sich Jens.

„Identität bestätigt", vernahm Jens die Stimme Matrkas aus dem Lautsprecher. „Gibt es sonst noch was zu besprechen?"

„Nö", erwiderte Jens.

Rika nahm das Smartphone von Jens' Ohr. Jens gab dem Kurier den Umschlag und ohne ein weiteres Wort war der schon wieder unterwegs.

„Was hältst Du von der Geschichte?", fragte Jens als sie beide wieder in ihren Ecken auf dem Sofa saßen. Jens hatte vorher noch seine Glock gesichert und wieder auf dem Rollcontainer abgelegt.

„Ich kann es nicht glauben", erwiderte Rika. „Wie pervers und moralisch verkommen muss jemand sein, der so ein Ding entwickelt?" Trotz aller ihrer akademischen Neugier und Bereitschaft, das Machbare zu erforschen, war Rika ein höchst moralischer Mensch geblieben. Dem entsprechend war sie auch ziemlich fassungslos.

„Klar, Viren sind keine eigenständigen Organismen wie Bakterien oder Zellen. Zur Vermehrung benötigen sie einen Wirt. Aber Viren zu designen, die sich auf mitochondrale Genstränge programmieren lassen, ist verdammt mehr als pervers."

Rika hatte angefangen, im Zimmer auf und ab zu laufen.

„Stell Dir mal vor, jemand hat Dich auf dem Kieker. Er beschafft sich DNA-Material von Dir und bastelt dann ein Virus. Ein Virus, das nur Dich infiziert, für das es kein Gegenmittel gibt und das nur Dich umbringt."

Bei den letzten Worten war Rika vor Jens stehen geblieben.

„Ich hoffe, Deine Frau hat nichts gegen Dich und Deine Erben können abwarten, bis Du eines natürlichen Todes stirbst. Andernfalls wäre ich an Deiner Stelle sehr vorsichtig. Pathologen schreiben nicht gerne ›Multi-Organversagen als Folge einer Virusinfektion aus unbekannter Quelle‹ in ihren Autopsiebericht. Wenn es überhaupt zu einer Autopsie kommt und nicht andere Krankheitssymptome die eigentliche Todesursache überlagern."

Rika hatte sich in Rage geredet und wollte gerade ihren Monolog fortsetzen, als sich Jens' Iphone meldete.

„Heute geht es zu wie in einem Taubenschlag", schimpfte Jens bevor er das Gespräch annahm.

„Ja bitte", bellte er ins Mikrofon.

„In fünf Minuten hält ein schwarzer BMW vor Ihrem Haus. Steigen Sie ein, die Fahrt geht nach Dresden", vernahm er die Anweisung des Bundesanwalts Matrka aus dem Lautsprecher. „Und nehmen Sie Frau Professor Sehlert mit. Es kann sein, dass wir auf Ihre Kenntnisse zurückgreifen müssen." Matrka nannte zum Schluss noch das KFZ-Kennzeichen. Dann war die Verbindung beendet.

„Auf Wiederhören, Tschüss oder so ähnliche Höflichkeitsfloskeln scheinen unmodern geworden zu sein", schimpfte Jens.

„Rika, mach Dich ausgehfertig, wir fahren nach Dresden."

Zehn Minuten später saßen Rika und Jens im Fonds des BMW. Der Fahrer lenkte den Wagen auf die Stadtautobahn und fuhr mit Höchstgeschwindigkeit in Richtung Dresden.

„Glaubst Du, dass der Fahrer weiß, dass es außer dem Gaspedal auch noch ein Bremspedal gibt?", flüsterte Rika Jens leise ins Ohr.

Als Jens auf ihre Bemerkung nicht reagierte, wurde sie wieder geschäftsmäßig. „Ich habe die Leiche gesehen und den Brief gelesen. Aber so ganz habe ich die Zusammenhänge nicht begriffen und ich verstehe auch nicht, warum er die Dokumente Dir übergeben hat."

„Begreifen? Ich glaube da gibt es nichts zu begreifen", antwortete Jens. „Der einzige der vermutlich was begriffen hatte, war offensichtlich der arme René.

Er hatte begriffen, wohin die Umsetzung seiner Dissertation hinführte. Mord und Massenmord und er hatte begriffen, dass die Dokumente ihn nicht schützen könnten und die »Bewegung«, wer auch immer das ist, ihn zwingen würde einige Zeit in Deckung zu bleiben."

„Und, weiter?"

„Vermutlich galt er schon längere Zeit als ›unsicherer Kandidat‹ und ich vermute, dass er das auch wusste. Als ich dann im Labor auftauchte, erschien ihm das als Zeichen, das Projekt zu beenden."

„Okay, soweit bin ich auch Deiner Meinung. Aber es war doch nur ein Labor-Experiment. Zugegeben, mit einigen ›Unfällen‹, aus der Sicht eines ambitionierten Forschers sogenannte, wie sagst Du immer, Kollateralschäden?"

„Rika, Du vergisst etwas wichtiges. Die Toten in den anderen Städten. Das waren kein Labor-Experimente mehr, das waren Tests für die Massentauglichkeit."

„Massentauglichkeit?"

„Nun, alles, was unser René Stadler in seinem Uni-Labor theoretisch erforschte, hat offenbar jemand nach außen getragen und das wurde in Küchen- und Gartenhauslaboren von Amateuren nachgebaut und wahrscheinlich sogar verbessert. Ich schätze, dass das Labor hier in Berlin als Referenzinstallation für die anderen Hobby-Labore geplant wurde. "

„Du hast natürlich auch eine Theorie, wer der Informant ist oder war und wer ihn umgebracht hat?"

„Umgebracht? Umgebracht ist nicht der richtige Begriff. Ich würde eher sagen hingerichtet." Jens grinste verschmitzt. „Und wenn er nicht regelrecht hingerichtet wurde, dann war es zumindest der grausamste Selbstmord, den ich je gesehen habe."

„Jetzt wirst Du aber zynisch."

„Ach Rika, vielleicht hast Du sogar recht. Vielleicht …" er ließ den Satz unvollendet. Sein Blick suchte den Innenspiegel des BMW. Offensichtlich war der Fahrer so konzentriert oder tat bewusst unbeteiligt, weil er kein einziges Mal seinen Blick in den Rückspiegel warf.

„Ich glaube nicht, dass jemand von der Uni der Informant war. Klar, die Frau Dr. Müller und deren russischer Ehemann könnten die Informanten sein, aber ich vermute eher einen rechtsradikalen Hintergrund. Darauf deutet auch das Interesse des Israelischen Geheimdienstes, die Verbindung zur Lothar Fidel Foundation und als wichtigstes Indiz die familiäre Vergangenheit des René Stadler." Jens überlegte kurz, bevor er weiter sprach. „Wenn ich einen Kompass habe und dessen Nadel zeigt in eine bestimmte Richtung, dann vermute ich da der Nordpol. Wenn ich in einigem Abstand einen weitern Kompass stelle und dessen Nadel in die gleiche Richtung wie der erste zeigt, dann weiß ich zwar immer noch nicht ob da Norden ist. Ich weiß aber, dass sich in der Richtung ein starkes Magnetfeld befindet."

„Wenn der Fahrer weiterhin so rast, dann sind wir um Elf in Dresden." stellte Rika nach einem Blick auf ihre Armbanduhr fest.

„Ich weiß nicht, was wir da sollen. Mein Bauchgefühl sagt mir, dass wir eigentlich in Berlin und nicht im ›Tal der Ahnungslosen‹ sein sollten."

„Im Tal der was?" Rika war irritiert.

„Der Ahnungslosen." Jens grinste wieder. „Das war zu DDR-Zeiten der Spitzname von Dresden. Durch die Tallage, wie in einem Kessel, war es nicht möglich, Westfernsehen zu empfangen. Deshalb waren die Dresdner von der großen weiten Welt isoliert - halt ahnungslos"

„Okay. Aber Du hast mir immer noch nicht gesagt, was es mit den Toten auf sich hat."

„Du hast doch die Dokumente im Hefter gelesen."

Mit einem Blick aus dem getönten Seitenfenster des BMW versuchte Jens sich zu orientieren. Mit hoher Geschwindigkeit, es waren mit Sicherheit mehr als die in der Stadt erlaubten Fünfzig Stundenkilometer, flog linker Hand der Dresdner Hauptbahnhof vorbei. Jens warf einen Blick auf seine Uhr. Elf-Fünfzehn. Für die knapp Zweihundert Kilometer von Berlin hatte der Fahrer Siebzig Minuten gebraucht. Er hatte immer noch keine Vorstellung vom Ziel der Fahrt. Sekunden später schoss der schwarze BMW auf der Brücke über die Elbe. Der Wagen war so schnell, dass nicht genügend Zeit war, Rika auf das Terrassenufer, eine der Sehenswürdigkeiten Dresdens, hinzuweisen.

Als der Wagen an einer großen Kreuzung nach links abbog, konnte Jens den Namen ›Freiberger Straße‹ lesen.

„Hier war ich vor Kurzem schon mal", sagte er zu Rika. „Nicht weit von hier vermutet man im Innenhof eines Gebäudes ein Versuchslabor."

„Wie kommst Du darauf?"

„Ein verflossener Liebhaber meiner Frau wollte bei ihr angeben und hat sie auf den Bau mitgenommen. Hat ihr dem vernehmen nach eine wüste Story über ein geheimes Hochsicherheitslabor aufgetischt. Ich glaube, der Kerl hatte sie wirklich damit beeindruckt, denn kurz nachdem wir uns kennen lernten, hat sie mir die Story erzählt."

„Und?"

„Na, als die ganze Sache mit den toten Indern losging, war meine erste Theorie, dass es dabei um Organhandel gehe. Irgendein Medikament, das die Organe eines Spenders so vorbereitet, dass bei einer Transplantation nur mehr geringe oder sogar keine Autoimmunreaktionen mehr ausgelöst werden. Dresden war durch die Frau von Alexej Melnikov, alias Alexander Müller respektive durch den Job an der Uni in den Fokus meiner Nachforschungen gelangt und da fiel mir diese alte Geschichte von dem Labor wieder ein."

Rika sagte nichts weiter und so fuhr Jens fort.

„Auf dem Rückweg aus der Schweiz und der Station bei Dir habe ich halt noch einen Abstecher nach Dresden

342

gemacht und mich von einem Taxler durch die Gegend fahren lassen. Der hat mir dann eine ähnliche Story aufgetischt. Alles nur Gerüchte, versteht sich."

„Und Du meinst, wir fahren jetzt da hin?"

Inzwischen war der Fahrer noch zweimal nach Rechts abgebogen und hatte den Wagen auf den Innenhof eines Gebäudekomplexes gestoppt. Ohne aufgefordert worden zu sein, stiegen Rika und Jens aus. Auf dem Hof standen noch weitere PKWs. Einigen der Fahrzeuge war anzusehen, dass es sich um zivile Polizeifahrzeuge handelte. Zwei Fahrzeuge fielen durch die dezenten Merkmale einer Panzerung auf. Mitten im Hof stand ein Gebäude. Vor dem Eingang war ein weißes Zelt aufgebaut worden, so dass der direkte Blick auf den Eingang versperrt war.

Aus dem Zelt kam ein Mann auf Rika und Jens zu. In seiner lässigen Sportbekleidung hätte Jens den Bundesanwalt Matrka fast nicht erkannt.

„Frau Professor, Herr Mander. Schön dass Sie kommen konnten", begrüßte er die Beiden.

Jens wäre nicht Jens Mander gewesen, wenn er diese durchaus höfliche Begrüßung nicht gleich als Vorlage für eine seiner sarkastischen Bemerkungen genutzt hätte.

„Hatten wir eine Chance nein zu sagen?", ätzte er sofort los. Rika drückte Jens ihren Ellenbogen in die Rippen und erwiderte die Begrüßung mit ihrem freundlichsten Lächeln.

„Nicht der Rede wert. Wenn wir helfen können."

Matrka führte die beiden in das Zelt, wobei er für Rika die Plane hoch hielt und schlagartig fallen ließ, als Jens hinterher gehen wollte.

„Autsch", kommentierte Jens die Situation. „Bin ich da wieder in ein Fettnäpfchen getreten?"

Während Rika sich offensichtlich ein Grinsen verkneifen musste, war von Matrka nur ein Brummen zu vernehmen. Ein lautartiges Geräusch, aus dem man ›war ein versehen‹ hätte raushören können.

Matrka ging weiter in Richtung Hauseingang. Die Haustüre war halb geöffnet, der dahinter liegende Flur in gleißend helles Licht getaucht. Noch bevor die vorausgehende Rika den Flur betreten konnte, erschien eine, in einem weißen Schutzanzug gehüllte Person. Mit den Worten „Rechts in der Ecke liegen Schutzanzüge" und mit Blick auf Jens Mander fügte er hinzu „Für Ihre Größe müsste ist auch was dabei sein." verwehrte er den beiden den Zutritt.

Jens und Rika schlüpften in die Schutzanzüge, nahmen noch je ein paar blaue Überschuhe und einen Satz OP-Handschuhe mit. An der Türe zogen sie die Schutzbezüge über die Straßenschuhe und schlüpften in die Handschuhe. Rika, mit ihrer schlanken Figur hatte kein Problem, die halboffene Türe zu passieren. Jens tat sich da etwas schwerer, aber auch er schaffte es, ohne die Türe zu bewegen.

Hinter der Türe bot sich beiden ein Bild, das sich ihnen in ähnlicher Art vor nicht mal zwölf Stunden schon mal geboten hatte. Auf dem Boden lag ein Frauenkörper, in einer total verdrehten Position. Die Beine waren an den Körper angezogen, die Knie blockierten die Türe.

Bevor Jens etwas sagen konnte, sprach es Rika aus.

„Kreisförmige Wunde, vermutlich durch Projektileintritt im Gesichtsbereich des Schädels am Os nasale, nahezu symmetrisch zwischen dem linken und dem rechten Os lacrimale. Blutspuren auf dem Fliesenboden lassen eine Austrittswunde vermuten, ist aber aufgrund der Lage des Schädels nicht erkennbar." Rika war jetzt in ihrem Element. Mit wissenschaftlicher Akribie untersuchte sie die

Frauenleiche, ohne diese zu berühren.

„Wunde im Brustkorb Höhe des Sternum. Eintritt und Austritt nicht erkennbar, starke Blutung, aufgrund der Beschädigung der Bekleidung der Toten im Verletzungsbereich könnte es sich um multible Projektil-Eintritte handeln."

Wahrscheinlich hätte Rika noch lange so weiter gemacht, aber Jens hatte das Gefühl, dass ihnen langsam aber sicher die Zeit davon lief. Deshalb unterbrach er Rika, die diese Störung mit einem bösen Blick quittierte.

„Wer die Frau umgebracht hat, der hat auch René Stadler gekillt."

„Gibt es noch etwas, was wir wissen sollten?", fragte Jens wohlwissend was.

Der Bundesanwalt nickte nur kurz, als ihn der Mann im weißen Schutzanzug anblickte. Dann zupfte er Rika am Ärmel und deutete ihr an, ihm zu folgen.

Nach einigen Metern standen sie vor einer geteilten Türe, wie sie bei Aufzügen üblich ist. „Das ist der einzige Zugang zu den beiden oberen Etagen. Ein Tiefgeschoss gibt es hier nicht. Drunter ist die Tiefgarage des Wohn- und Geschäftshauses." Er drückte einen Knopf, die Türe öffnete sich und sie betraten den Aufzug.

„In der ersten Etage sind nur Büros, die untersuchen die Kollegen noch. Interessant ist die zweite Etage - ein Hochsicherheitslabor".

Er ließ die Worte durch eine lange Pause wirken. Als sich der Aufzug öffnete, verstanden Rika und Jens was der Polizist gemeint hatte. Die Wände waren mit verchromten Metallplatten verkleidet. In die Wände eingelassene Fenster aus Mehrschicht-Sicherheitsglas gaben den Blick auf die Funktionsräume frei. Vorreinigung, Reinigung, Dekontaminierung. Dahinter die Labortische, Geräteschränke und Abzugshauben. Alles war da. Von ihrem Standort aus konnten sie einen Glaskasten ausmachen. „Isolationsraum im Reinraum. Dahinter die Käfige für die Versuchstiere. Da hat jemand an was ganz gefährlichen gearbeitet", erklärte Rika. „Leider kann ich Ihnen keinen Zugang zu den Räumen gewähren, wir kommen im Moment selbst nicht rein und den Betreiber konnten wir noch nicht erreichen", entschuldigte sich der Polizist. „Wir haben noch keine Ahnung, ob da drinnen nicht noch'ne Leiche auf dem Boden rumliegt."

„Wissen Sie schon, wer die Leiche im Hausflur ist?", fing Jens an zu bohren. Der Polizist begann sich darauf rauszureden, dass er das mit Unbeteiligten nicht besprechen dürfe.

„Jetzt hören Sie mal junger Mann. Glauben Sie wirklich, dass uns ein Bundesanwalt extra aus Berlin holen lässt, damit Sie uns gegenüber was geheim halten sollen." Der Polizist blickte etwas verlegen. „Nach den Papieren, die wir bei der Leiche gefunden haben, handelt es sich um eine Frau Professor Doktor Petra Müller."

Jens hatte es geahnt. Ja, er hatte es befürchtet und jetzt war seine Befürchtung zur Sicherheit geworden.

Mit dem Fahrstuhl fuhren sie eine Etage tiefer.

„Erste Etage - Schreibwaren, Bücher und Märchenbücher", versuchte ihr Begleiter zu witzeln. „Alles nur Büros."

Die Kriminalbeamten, die mit der Durchsuchung der Büros beschäftigt waren, kümmerten sich nicht um die Besucher; zumindest so lange nicht, wie keiner ihnen den Weg verstellte.

Jens ging in jedes der Zimmer, blickte auf jeden Schreibtisch, betrachtete jedes Dokument, das offen rum lag. War ein Schrank offen, warf Jens einen Blick auf die Sachen, die darin lagen. Obwohl er die Latexhandschuhe noch an hatte, berührte er keinen der herumliegenden Gegenstände. Rika stand immer noch im Eingangsbereich und unterhielt sich mit dem Beamten, der sie nach oben gebracht hatte. Nach zwanzig Minuten hatte Jens seine Untersuchungen abgeschlossen.

„Ich bin fertig, lass uns verschwinden", forderte er Rika auf und gemeinsam fuhren sie im Aufzug nach unten.

„Ist der Durchsuchungsbeschluss für die Wohnung von René Stadler noch gültig?", fragte Jens Mander den Bundesanwalt.

„Aber ja, ein Team von der Spurensicherung ist schon unterwegs." Er blickte an Jens vorbei auf die Leiche. „Ich weiß nicht, ob es Sie interessiert. Die Frau ist schon seit ungefähr einer Woche tot. Und den Betreiber dieses Labors konnten wir bisher nicht kontaktieren."

Jens tat so, als würde ihn diese Information nicht interessieren.

„Kann Ihr Fahrer uns zu Stadlers Wohnung bringen, oder muss ich mir ein Taxi holen?"

„Nein, geht schon in Ordnung." Er winkte dem Fahrer zu, deutete auf Rika und Jens und streckte den Daumen nach oben. Wenige Augenblicke später rollte der BMW vom Hof und bewegte sich in Richtung Dresdner Neustadt zu Stadlers Wohnung. Vor dem Haus standen zwei Fahrzeuge auf dem Gehweg.

„So bescheuert parken nur Einsatzkräfte"

Seit sie das Labor verlassen hatten, war Rika sehr still gewesen.

„Jens?"

„Ja!"

„Was meinst Du? Verlassen die Ratten das Schiff und ei-

ner räumt auf?" Sie hatte einen nachdenklichen Gesichtsausdruck. „Ich meine einen Killer, einen Hitman, der alles
beseitigt, was quatschen könnte."

„Schon möglich. Ich habe diese Hypothese auch schon
in Erwägung gezogen. Wie auch immer, wenn wir hier
durch sind, müssen wir schleunigst wieder nach Berlin.
Ich werde das Gefühl nicht los, dass der Schlüssel da
liegt."

„Wie meinst Du das?"

„Ich weiß es nicht. Nenn es Bauchgefühl, nenn es siebter
Sinn. Es ist nichts Konkretes. Ich fürchte, ich habe da was
übersehen."

Rika blieb im Auto sitzen, während Jens die zwei Etagen
zur Wohnung hoch stieg. Offensichtlich waren die Beamten in der Wohnung schon von seiner Ankunft informiert
worden, denn jeder nickte Jens einen kurzen Gruß zu, ließen ihn ansonsten ungehindert in der Wohnung umher-
gehen.

Wie schon zuvor im Labor betrachtete er die Dinge, die offen rumlagen, ohne sie anzufassen. Als Jens mit der Wohnung fertig war und mit Rika wieder beim Auto stand,
richtete der Fahrer das erste Mal, seit sie in Berlin in den
Wagen gestiegen waren, das Wort an Jens. „Wenn Sie wollen, bringe ich Sie jetzt nach Berlin zurück. Sie können
alle technischen Einrichtungen im Fonds benutzen." Es
war das erste mal, dass er seinem sonst so unbewegten
Pokerface ein Lächeln erlaubte. „Außerdem soll ich Sie
von Holger Stadla grüßen."

Jens versuchte seine Überraschung zu verbergen. „Ein
Mann von Holger als Fahrer bei … ?"

„Bei der Fahrbereitschaft der Bundespolizei", fiel er Jens
ins Wort. „Mein Name ist Karl Engels. Ich kenne Holger
seit Jahren und immer wenn er in Berlin ist, fordert er

mich als Fahrer an."

Bei Jens schrillten die Alarmglocken. Nichts sagen, was nicht gefragt wird, hatten in grauer Vorzeit seine Ausbilder immer wieder gesagt und wenn jemand was sagt, was nicht gefragt wurde, dann will er von etwas ablenken.

Jens zauberte sein scheinheiligstes Lächeln auf sein Gesicht und bedankte sich artig für das Angebot, die Grüße und die Erklärung. Insgeheim beschloss er aber, die technischen Möglichkeiten des Wagens nicht zu nutzen und auf sein eigenes Equipment zurückzugreifen.

Es war dreizehnvierundvierzig, als sich der BMW wieder in Bewegung setzte.

Jens griff zu seinen Iphone und schickte mit der Threema-App einige verschlüsselte Nachrichten los.

Die erste war an Suresh gerichtet, in der er ihm die Firmendaten des Labors schickte und um mehr Information bat.

Die zweite Nachricht sandte er an Axel Reuter. ›Petra Müller tot. sind in Dresden. treffen in einer Stunde.‹

Jens hatte sich, während der BMW mit Höchstgeschwindigkeit wieder in Richtung Berlin raste, in die äußerste Ecke der Rückbank gelehnt. Mit seinen geschlossenen Augen hatte er signalisiert, dass ihm jetzt jede Störung zu einer gereizten Reaktion veranlassen würde.

Vor seinem geistigen Auge begann Jens die Fakten der letzten Tage in die MindMap, die er am Anfang auf seinem MacBook erstellt hatte, einzufügen. Einiges von dem was er bisher zu wissen glaubte, war nicht mehr richtig: die Theorie von Organhandel, die pharmazeutischen Versuche. Die Informationen über die Nazi-Vergangenheit des Doktoranden erhielten eine neue Wertigkeit. Trotz der neuen Fakten und der geänderten Betrachtungsweise seines MindMap war eine innere Stimme nicht verstummt.

›Jens, denk nach, Du hast was übersehen‹ quälte sie ihn. ›Denk nach!‹

„Verdammt nochmal, es muss noch einen weiteren Zugang zum Untergrund am Innsbrucker Platz geben", legte Jens los. „Einen, der so nicht auffällt." Er sah aus dem Autofenster um sich zu orientieren. „Wir sind jetzt auf der A13 in Höhe der Ausfahrt Mark/Baruth und so wie es aussieht, sind wir in maximal dreißig Minuten am Innsbrucker Platz. Wir müssen nochmal in den Untergrund."

„Zwanzig Minuten", korrigierte der Fahrer.

Die restliche Zeit verbrachten Jens und Rika schweigend auf dem Rücksitz des BMW.

„Wie weit gilt ihr Fahrauftrag?", fragte Jens den Chauffeur unvermittelt.

Der Wagen hatte soeben den Britzer Tunnel verlassen.

„Holger meinte, Sie bräuchten etwas Hilfe und deshalb solle ich meine Order großzügig auslegen."

„Okay, danke."

„Wo soll's denn hingehen?"

„Zum sechsundzwanzigsten Abschnitt."

Bereits wenige Minuten später stoppte der Wagen vor dem Portal des Polizeireviers. „Dauert nicht lange."

Er jagte förmlich den Weg zum Eingang der Wache, riss die Türe fast aus der Angel und pflanzte vor dem Wachhabenden auf.

„Axel Reuter?. Ist Axel Reuter in seinem Büro?"

„Jetzt mal langsam junger Mann." Der Wachhabende grinste. „Wer sind Sie und was wollen Sie."

„Mein Name ist Jens Mander. Ich muss …"

„Sie müssen mit mir kommen, Herr Mander. Sie werden schon erwartet."

Jens ließ sich seine Überraschung nicht anmerken. „Was liegt an? Wer will was von mir?", konterte Jens. Kriminalkommissar Werner Mäurer stand hinter Jens und hatte ihm die Hand auf die Schulter gelegt und schob ihn durch die Absperrung in den Flur zu den Büroräumen. Er landete im selben Büro, in dem Jens vor einigen Wochen schon mal saß.

„Warum bin ich nicht überrascht?", höhnte Jens, als er Holger Stadla auf dem Besucherstuhl sitzen sah. „Hatte der Tag schon bescheiden angefangen, den ganzen Tag nur Scheiße an der Backe gehabt und jetzt Du auch noch." Jens fühlte sich richtig angepisst.

„Danke, mir geht's auch gut", grinste Holger. „Nicht nur Du hast einen Katastrophentag am Laufen."

„Was willst Du?", fragte Jens.

„Den René Stadler hat heute Nacht jemand über die Wupper gehen lassen. Der Frau Professor Müller hat jemand das Lebenslicht ausgeblasen und unser kleiner kasachische KGB-Agent ist und bleibt verschwunden." Nach einer Pause fuhr er fort. „Germut macht mir die Hölle heiß und will ständig irgendwelche Ergebnisse von mir hören."

„Und? Wollen wir uns über Einzelschicksale unterhalten? Wenn ich Zeit habe, schick ich Dir eine Mitleidskarte!", ätzte Jens. „Glaubst Du, ich habe da nur'ne Bohne Mitgefühl?"

„Seid ihr beide immer so nett zueinander?", mischte sich Mäurer ein. „Das kann ja heiter werden."

„Dann schießen Sie mal los", wandte sich Jens an Mäurer. „Was liegt an?"

„Da kann ich auch nicht helfen. Ich habe die Anweisung, mit Ihnen Beiden zusammenzuarbeiten. Angeblich kommt noch ein Bundesgeneralanwalt namens Matrka mit einem Sack voll Haftbefehlen und Durchsuchungsbeschlüssen", erklärte Mäurer. „Außerdem soll ich ein SEK-Team und eine Einsatzhundertschaft der Bereitschaftspolizei in Bereitschaft halten."

„Kann mir jetzt jemand mal erklären, was da abgeht? Meinen Kollegen Reuter sehe ich auch nur mehr sporadisch und wenn er mal da ist, ist er gleich wieder weg oder vergräbt sich hinter seinen Monitor. Tischt mir dubiose Geschichten auf, wenn ihn nach dem Sinn seiner Aktivitäten frage und wenn er wieder weg ist, dann höre ich nur von verunfallten Autos oder neuen Leichen." Mäurer hatte offensichtlich beschlossen, mal Dampf abzulassen. „Und dann sitzt so ein Etappenhengst", er wies mit dem Kopf auf Holger, „und ein ich-weiß-immer-noch-nicht-was-Amateur in meinem Büro und tauschen Höflichkeiten aus."

Holger, der einsah, dass er so nicht weiter kommen würde, fing als Erster an, die Situation zu entspannen.

„Mein Name ist Holger Stadla", er hielt einen Dienstausweis des Bundesministeriums des Inneren unter die Nase. „Wir haben geheimdienstliche Erkenntnisse, dass heute ein Anschlag geplant ist."

„Schön und warum sitzen wir dann noch hier? Warum sind nicht alle Polizeiabschnitte alarmiert? Warum ist nicht die gesamte Bundespolizei auf den Beinen?" Obwohl Jens von Anfang an keine besonders gute Meinung von Werner Mäurer hatte, musste er ihm in diesem Fall doch Respekt für seine offene Art zollen.

„Das stinkt doch nach einer Geheimdienstscheiße, die da am kochen ist."

„Und wenn es so wäre, ist es unwichtig, denn jetzt ist es eine Sache des Generalbundesanwalts", tönte aus Richtung der Türe die Stimme des Bundesanwalts Matrka. Er reichte Mäurer seinen Dienstausweis, begrüßte Holger mit Handschlag und nickte Jens freundlich zu. „Lassen Sie sich nicht stören meine Herren. Tun sie so, als wäre ich nicht hier."

„Auf die genauen Umstände möchte ich jetzt nicht eingehen. Nur soviel, es geht um biologische Waffen. Made in Germany. Viren, die darauf programmiert sind, Menschen eines bestimmten genetischen Musters umzubringen", führte Holger Stadla seine Erklärung fort.

„Jetzt mal Halt - ich fürchte, ich bin im falschen Film." fuhr Mäurer dazwischen. „Ich verstehe ja nicht viel von Gentechnik, aber wenn mir die Gerichtsmediziner immer wieder erzählen, dass Rassen aus der genetischen Perspektive nicht existieren und es innerhalb einer Gruppe eine höhere genetische Variabilität gäbe als zwischen ethnischen Gruppen, dann würde ich mal annehmen, dass ich hier verscheißert werde."

„Nehmen Sie es, wie Sie wollen", mischte sich der Bundesanwalt ein. „Wichtig ist nur, dass wir mit Ihrer Unterstützung und Loyalität rechnen."

„Hab' ich die Chance, Nein zu sagen?" So einfach wollte er doch nicht nachgeben.

„Nein, haben Sie nicht", erklärte ihm der Bundesanwalt. „Sie können zwar quer schießen, aber ich garantiere Ihnen, dass sie dann bis zu ihrem Ruhestand auf Eckwarderhörne Knöllchen an Deichschafe verteilen werden."

„Naja, ich glaube, da gibt es auch noch einen Dienstweg und so einfach ..." Mäurer ließ den letzten Satz unvollständig.

Holger Stadla hatte von seiner Position aus die Szene nahezu tiefenentspannt verfolgt. Durch die eingetretene Stille sah er sich nun veranlasst, wieder das Wort zu ergreifen.

„Glauben Sie's oder glauben Sie's nicht. Das interessiert im Moment so viel, wie das Hochwasser an der Kölner Domplatte. Auf jeden Fall haben die beiden Toten aus Dresden so viel von dem Dreckszeug hergestellt, dass der Dritte Mann …" Holger hatte die Analogie zu dem berühmten Orson-Wells-Film bemerkt und grinste breit. „… dass dieser Dritte Mann einen Teil des Bestandes an einen amerikanischen Kunden verkaufen konnte."

„Du meinst die Lothar Fidel Foundation?" Holger Stadla war jetzt total verblüfft. „Ja! Aber woher …"

„Du hältst mich wohl für total bescheuert. Klar, nach Deinen Ablenkungsmanövern hätte ich den Namen nicht ausfindig machen können. Mit Deinen Informationshäppchen hätte ich mir die Hacken abgelaufen ohne jemals die wahren Hintergründe zu erfahren."

„Ja, ja, ja. Du hast ja Recht. Aber jetzt halt einfach mal die Schnauze", herrschte er Jens Mander an. „Gibt es hier keinen Kaffee?", schnauzte Holger ein imaginäres Gegenüber an.

„Kaffee gibt's gegenüber in der Küche. An der Türe ist ein Liste und für jede Tasse machen Sie einen Strich bei Gäste", erklärte Mäurer.

Wie auf Kommando standen alle Konferenzteilnehmer vor der Kaffeemaschine. Zehn Minuten später waren sie wieder im Büro versammelt.

Holger sah in die Runde und als alle nickten, nahm er seinen Vortrag wieder auf.

„Wie wir heute erlebt haben, ist die Gruppe dabei ihre Zelte abzubrechen. Ein Hitman, ein Killer, ist unterwegs und knipst bei den Mitwissern das Lebenslicht aus. Zeugen beseitigen, Spuren verwischen."

Holger wandte sich an Jens. „Unsere Freundin Rika ist in Sicherheit. Karl Engels heißt auch im wirklichen Leben

Karl Engels und Karl ist einer unserer versiertesten Personenschützer. Sein Auftrag war und ist sie ...", er deutete auf Jens, „... und Dich vor Gefahren zu beschützen." Er blickte fragend in Richtung Matrka und als der nickte, fügte Holger hinzu: „Kasernengelände an der Treptower Straße."

„Na schön, aber was hat das alles zu bedeuten?" Mäurer hatte alle Ungeduld in seine Stimme gelegt. „Wo kommen wir ins Spiel und für wen sollen wir die Kastanien aus dem Feuer holen?"

„Naja, das ist nicht so ganz einfach zu sagen."

„Dann ist es jetzt wohl Zeit, meinen Teil dazu beitragen", übernahm der Bundesanwalt das Wort. „Wir haben aus verschiedenen Quellen Hinweise erhalten, dass heute Nacht ein geheimes Labor hier in Berlin gesprengt werden soll. Nach unseren Ermittlungen wurden da bis vor ein paar Tagen biologische Kampfstoffe, sogenannte ethnische Waffen, hergestellt und gelagert." Matrkas weiterer Vortrag dauerte dann knapp dreißig Minuten, in denen er in einem Juristendeutsch Mäurer mit den Fakten bekannt machte. Holger war offensichtlich nichts peinlich, denn nicht mal, als der Bundesanwalt die Rolle Stadlas breit trat, kam bei Holger so was wie Verlegenheit auf. An einigen Stellen fügte Jens Mander sein Wissen hinzu. Einige Male versuchte Holger Stadla diesen Informationsfluss zu behindern, aber er holte sich bei Matrka immer eine Abfuhr. Während Mäurer versuchte, das soeben gehörte zu verarbeiten, zog der Bundesanwalt sein Blackberry-Handy aus der Sakkotasche, wählte eine Nummer und legte nach dreimaligem Klingeln wieder auf. Es dauerte keine fünf Minuten, als sich die Bürotüre öffnete. Matrka stellte die beiden Männer, die den Raum betraten, als Mitarbeiter des Bundeskriminalamts vor. Jens war aufgefallen, dass Matrka die beiden Kollegen weder mit Namen noch mit Dienstrang sondern nur mit ihrer Funktion vorgestellt hatte - Einsatzleiter und sein Assistent. Er konnte sich gut vorstellen, dass die Beiden irgendwelche Spezialisten waren, die nach diesem Job wieder in der Tarnung verschwanden; anderer Ort, andere Aufgaben.

In mageren, dürren Worten erläuterte der Einsatzleiter das ›Drehbuch‹ für die geplante Aktion.

„Der Erfolg der Aktion hängt stark davon ab, dass alles, was ich Ihnen gesagt habe, auf die hier anwesenden Personen begrenzt bleibt. Muss der Personenkreis erweitert werden, werden mein Assistent oder ich die Person instruieren. Need-to-Know. Sie kennen alle dieses Prinzip - halten sie sich bitte dran.“

Zu Mäurer gewandt fügte er hinzu: „Ihren Kollegen Reuter werden Sie zur Begleitung und zum Schutz von Herrn Mander einteilen.“

Mäurer hatte kein Bedürfnis gegen die Anweisung zu protestieren und bestätigte mit einem knappen „Okay“ die Instruktion.

„Denken sie dran, um Zweiundzwanzig Uhr ist der Aufmarsch abgeschlossen. Ich erwarte, dass bis dahin jeder seine Hausaufgaben gemacht und seine Position bezogen hat.“

Mit einen „Guten Tag meine Herren“ verließ er mit seinem Assistenten den Raum.

Jens verspürte kurz das Bedürfnis, die beiden zu verfolgen. Er unterdrückte aber diesen Impuls und lümmelte sich in seinen Besucherstuhl. Der Auftritt erinnerte Jens an eine QB30-Aktion, eines geheimen Observationskommandos, das unter anderem mit der Überwachung der eigenen Mitarbeiter beschäftigt war. ›Wenn der Spion dem Spion misstraut‹ dachte Jens.

Bevor Holger weiter sprechen konnte, öffnete sich die Tür

und Axel Reuter stand im Raum.

„Ist hier eine Verschwörung zugange? Hab ich was verpasst?", fragte er im lockeren Plauderton und winkte allen anwesenden einen Gruß zu.

„Der Herr Kollege Reuter. Du hast mir noch zu meinem Glück gefehlt", höhnte Mäurer.

Reuter angelte sich einen Stuhl, setzte sich rittlings darauf und blickte erwartungsvoll in die Runde. Als hätte jemand mit einem geheimen Zeichen die Runde aufgelöst, hatten es plötzlich alle eilig die Besprechung zu verlassen.

„Reuter, Du kommst mit mir. Wir haben heute einen Einsatz und dazu muss ich Dich noch briefen." Dann hatte auch Mäurer das Büro verlassen.

Reuter zuckte mit den Achseln und trottete hinter seinem Kollegen her. Nur Jens Mander blieb sitzen und dachte über das Gehörte nach.

Es war exakt Zweiundzwanzig Uhr, als von den Streifenführern der einzelnen Abschnitte die Vollzugsmeldungen eingingen. Obwohl Jens auf Anweisung des Generalbundesanwalts Matrka nur den Status eines Beobachters hatte, sass er im Kommandowagen der Berliner Polizei direkt neben dem Einsatzleiter. Jens hatte zwar kein Mandat um Aktionen anordnen zu können, aber er war am Brennpunkt aller Entscheidungen. Für den Fall, dass er auf Ergebnisse seiner Recherchen zugreifen musste, hatte er seinen Aktenkotter mitgenommen. In dem Seitenfach hatte er vorsichtshalber auch seine Glock siebzehn verstaut.

Die Planung sah vor, dass zeitgleich alle Zufahrtsstraßen zum Innsbrucker Platz gesperrt wurden. Es sollten aber nicht nur die Zufahrt sondern auch die Abfahrten gesperrt werden. Die Einsatzfahrzeuge, die diese Sperren errichten sollten, warteten in den Seitenstraßen auf ihren

Einsatzbefehl. Aber nicht nur der Innsbrucker Platz, auch die darunter befindliche Stadtautobahn war in die Sperrungen einbezogen worden.

Im Minutenabstand trafen die Meldungen über die Position der Objekte ein. Teilweise wurden auch Videobilder übertragen.

Zweiundzwanzig Einundvierzig - das südliche Objekt hatte auf der A113 die Abfahrt Waltersdorf passiert und fuhr weiter in Richtung Norden.

Zweiundzwanzig Dreiundvierzig - das nördliche Objekt verließ den Parkplatz ›Raststätte Avus‹ und bewegte sich auf dem Stadtring A100 in südlicher Richtung.

Zweiundzwanzig Dreiundvierzig - eine Gruppe Jugendlicher verließ die S-Bahn-Station Innsbrucker Platz, überquerte die Straße und zog lärmend in Richtung Wexstraße zum Hostel weiter.

Zweiundzwanzig Sechsundvierzig - ein Taxi hält, aus Richtung Hauptstraße kommend in der Wexstraße, nahe bei der Bank.

Zweiundzwanzig Achtundvierzig - das südliche Objekt verliess die Stadtautobahn an der Ausfahrt Innsbrucker Platz, überquerte den Platz und parkte hinter dem Taxi an der Bushaltestelle bei der Bank. Der Fahrer stieg aus dem Autor und überquerte die Wexstraße zum Eingang U-Bahnhof Innsbrucker Platz.

Zweiundzwanzig Achtundvierzig - auf der Bundesstraße 1 aus Richtung Steglitz kommend erreichte ein Transporter mit verdunkelten Seitenscheiben den Innsbrucker Platz, bog nach rechts ab stellte das Fahrzeug auf dem Parkplatz unter der S-Bahn-Brücke ab. Der Fahrer verließ den Transporter und schlenderte in Richtung des Warenaufzugs zum Supermarkt unter dem Innsbrucker Platz. Da hantierte er an der Aufzugtüre, die sich nach mehreren Sekunden öffnete. Die Gestalt sprang mit einem Satz in den Aufzugschacht.

Zweiundzwanzig Neunundvierzig - das nördliche Objekt verließ die Stadtautobahn an der Ausfahrt Innsbrucker Platz. Vor erreichen des Platzes lenkte der Fahrer den PKW nach rechts auf den Parkplatz am Damm neben den Gleisen der Ringbahn, direkt neben einem Blumengeschäft

Wie schon der Fahrer des südlichen Objekts, überquerte auch er die Richtungsfahrbahn und verschwand auf der Treppe zur U4.

Auf drei Flachbildschirmen des Einsatzfahrzeugs flimmerten Bilder aus dem Untergeschoss des Bahnhofs; die Gleise mit den ein- und ausfahrenden Zügen; die Gänge zu den Ausgängen, die Treppen, den Aufzug. Jens wusste, dass die Einsatzplanung keine eigene Videoüberwachung im Untergeschoss des Bahnhofs vorsah. Offensichtlich kooperierten die Verkehrsbetriebe. Freiwillig oder per richterlichen Beschluss? Jens wusste es nicht, nahm sich aber vor, demnächst noch vorsichtiger in Bereichen mit öffentlicher Videoüberwachung zu sein.

Obwohl sich mindestens drei Personen im Geschoss unter dem Innsbrucker Platz hätten aufhalten müssen, war auf den Monitoren nichts zu sehen. Der Supermarkt hatte pünktlich um Zweiundzwanzighundert geschlossen. Das Personal hatte den Laden verlassen und in den Geschäftsräumen blieb nur die Notbeleuchtung eingeschaltet.

Zweiundzwanzig Fünfzig - der Einsatzleiter gab die Order zur Sperre des Innsbrucker Platzes. Die Straßensperren waren so ausgelegt worden, dass die Zufahrten zum Platz innerhalb von Sekunden gesperrt werden konnten. Damit war aus keiner Richtung das Einfahren auf, aber auch das Abfahren vom Innsbrucker Platz möglich gewesen. Auf der Stadtautobahn waren durch Baustellenfahrzeuge die drei Fahrspuren auf je eine Spur verengt worden.

Noch während die Meldungen im Leitstand eintrafen, war Axel Reuter in den Kommandowagen eingetreten und klopfte Jens auf die Schulter. Dann signalisierte er mit Handbewegung, dass Jens mitkommen solle. Im Schatten des Einsatzwagens griff Reuter unter seine Jacke und zog ein Pistole aus dem Gürtel.

„Ist zwar nur eine Walther PPK, aber vielleicht brauchst Du eine."

Jens steckte die Waffe in den Hosenbund. Mit seiner Glock hatte Jens jetzt zwei Waffen am Mann. Schweigend entfernten sie sich vom Kommandowagen, der auf dem Parkplatz des ehemaligen Gesundheitsamts Ecke Erfurter Straße/Wexstraße geparkt war, ironischer Weise keine hundertfünfzig Meter von der Stelle entfernt, an der das südliche Objekt seinerseits sein Fahrzeug abgestellt hatte.

Axel Reuter trug seinen Dienstausweis an einem Schlüsselband um den Hals, aber keiner interessierte sich für die Beiden. Ohne hektische Bewegungen und immer auf Deckung durch die Häuser achtend, gingen Axel Reuter und Jens Mander innerhalb des Sperrkreises zum Eingang an der Innsbrucker Strasse.

„Ein neues Spiel, ein neues Glück", flüsterte Reuter und Jens flüsterte: „Gibt es etwas, was ich wissen müsste", zurück.

„Ich hatte die Chance, die Baupläne der U-Bahn-Station einzusehen."

„Und?"

„Es gibt einen weiteren Eingang in die Unterwelt." griente Reuter. „Hauptstrasse, südlicher Zugang, direkt neben dem Warenaufzug zum Supermarkt und auch vom Supermarkt aus zu erreichen."

360

Reuter machte ein Zeichen des Schweigens, indem er den ausgesteckten Zeigefinger auf die Lippen legte. Dann zog er einen Schlüssel aus der Jackentasche und öffnete die Eisentüre und betrat den dahinter liegenden Raum. Jens wollte nach der Herkunft des Schlüssels fragen, aber Reuter zischte nur ein leises »psst«. Nachdem Mander ebenfalls in dem lagerartigen Raum stand, schloss Reuter die Türe wieder ab. Just in diesem Augenblick wurde Jens durch das gleißende Licht einer Taschenlampe geblendet.

„Hello Mister Mander. Nice to meet you"

Die Stimme klang kalt und hatte einen überheblichen Unterton. Jens Mander hatte beschlossen, vorerst nicht zu reagieren.

„Sie haben uns ziemliche Schwierigkeiten gemacht. Wir mussten unsere Pläne ändern."

Jens schwieg immer noch.

„Wollen Sie nicht was sagen?"

„Was soll ich sagen?" Jens hatte eine Ahnung, wer ihm da gegenüber stand. „Was soll ich einen Yankee sagen, der sich hinter einer Taschenlampe versteckt und sich nicht mal vorstellt."

„Mutige Worte Mister Mander. Das gefällt mir." Und nach einer Pause: „Mutig aber sinnlos."

„Well." Irgendwie klang seine amerikanische Aussprache aufgesetzt. „Well, my name is Lothar Fidel"

„Ich weiß", erwiderte Jens. „Aber ich weiß nicht, ob Sie ein übrig gebliebener Nazi oder nur eine billige amerikanische Kopie eines Möchtegern-Nazi sind."

„Jetzt werd' aber mal nicht komisch", mischte sich Axel Reuter ein. „Du sprichst mit dem einzigen Nachkommen des Führers. Also benimm Dich."

„Und wenn schon." Jens wandte sich aus dem Lichtstrahl

in Richtung Reuter. „Das ist doch Vergangenheit. Schnee von gestern. Die Welt ist in den letzten Jahrzehnten nicht stehen geblieben." Jens hatte beschlossen, seinen Konfrontationskurs fortzusetzen. „Unsere Welt hat sich verändert. Vielleicht nicht immer zum Besseren, aber doch so, dass wir auf einen größenwahnsinnigen Wichser verzichten können."

Im Moment war es Jens gleichgültig, dass im Moment in Europa ein Rechtsruck durch alle Gesellschaftsformen lief. NSU - National Sozialistischer Untergrund, eine neue Partei, die rechts von Rechts war. Vereine, die gegen eine angebliche Überfremdung auf die Straße gehen. All das ignorierte Jens bei der Wahl seiner Worte. Er wollte nur provozieren.

Axel Reuter war kurz davor, mit Jens lauthals zu streiten, aber der Ami bremste ihn.

„Wie schon gesagt, Sie haben unsere Pläne gestört und uns jede Menge Kosten verursacht. Was sagen Sie dazu?"

„Einzelschicksale", ätzte Jens weiter. „Wer sich so dämlich anstellt - wer brisante Geschäfte mit Amateuren macht, der darf sich nicht wundern." Jens hörte hinter sich ein Klicken, das verdächtig nach dem Spannen eines Waffe klang.

„Keep cool, Axel", meldete sich der Ami wieder. „It's not the right time. Lass uns zuerst unseren Deal zu Ende bringen. Dann ist immer noch Zeit für erzieherische Maßnahmen."

„Ja Axel, über Deine Erziehung müssen wir wirklich nochmals reden. Jetzt aber hör mal auf die Worte Deines großen Meisters, den ehrenwerten Lothar Fidel. Du kleiner dummer Wasserträger", höhnte Jens Mander.

Reuter war an Jens herangetreten und hatte ihm die Walther PPK aus dem Gürtel gezogen. Ohne sich umzudrehen, interpretierte er die Geräusche hinter sich als Magazin entfernen und die Patrone aus dem Lauf nehmen. Dann spürte er, wie die Waffe wieder in seinen Gürtel gesteckt wurde.

„Jens, ich weiß, dass Du keinen Scheiß machst, aber so hundertprozentig vertraue ich Dir nicht. Genauso wie Du mir nie getraut hast."

Die Lampe, die Jens blendete, war ausgeschaltet worden und so konnte er sich langsam orientieren. Hinter dem Amerikaner standen noch zwei Gestalten. Typische Bodyguards - Rammböcke, die mit reiner Muskelkraft für ihren Kunden eine Gasse durchbrechen würden, wenn's ihnen jemand sagt. Schwarze Hose, schwarzes T-Shirt, das keinen der gestylten Muskeln verdeckte und ein ebenfalls schwarzen Blouson darüber, unter dem man eine Schusswaffe gut verstecken konnte. Am Kragen trugen die Beiden ein silbrig glänzendes Abzeichen, das Jens entfernt an die Runen der Waffen-SS erinnerte.

„Okay - jetzt sind wir hier. Vier gegen einen, wie geht's jetzt weiter", nahm Jens das Gespräch wieder auf. „Wollen wir rumstehen und Maulaffen-feil-halten? Wie geht's jetzt weiter."

„Wir holen das, was uns gehört, wofür wir bezahlt haben und dann sind wir weg. W wie wech." Der Amerikaner grinste Jens auf eine nahezu unverschämte Art an.

›W wie wech‹ Jens startete einen Gedächtnis-Suchlauf. Manchmal benutzte Jens die selbe Formulierung und er hatte sie von Anderen auch schon gehört. Aber Tonfall und Aussprache kamen Jens doch bekannt vor.

„Mach keine Faxen, dann kommst Du ungeschoren aus dieser Nummer raus", flüsterte Reuter in Jens' Ohr und schob ihn von den Aufzugstüren weg.

›W wie …‹. Jens versuchte sich an den Menschen zu erinnern, von dem er das ›W wie wech‹ zum ersten Mal gehört hatte.

Lothar Fidel zog einen Schlüssel aus der Tasche und steckte ihn in das Schloss einer unscheinbaren Holztüre an der Seitenwand. Fidel blickte in Richtung Reuter, der nickte fast unmerklich und dann drehte der Ami den Schlüssel und die Türe öffnete sich einen Spalt.

Jens hatte nicht die Absicht, sich vorzudrängen. Von der Position auf die ihn Reuter bugsiert hatte, konnte er alles und alle beobachten. Während einer der beiden Rambos als Vorhut in den Raum hinter der Türe ging und der Zweite seinem Boss den Rücken deckte, nahm sich Jens vor den angeblich einzig legitimen Nachkommen Hitlers in Augenschein zu nehmen. Größe und Habitus konnten hinkommen. Mehr erinnerte Jens aber nicht an die Bilder, die er vom ›Führer‹ gesehen hatte. Wäre da nicht der bürstenähnliche Schnauzer auf der Oberlippe gewesen - es hätte jeder sein können. Wie das Original - ein Jedermann, ein Nichts, ein Niemand, ein österreichisches Großmaul. Trotz seines Roy Robson Outfits machte er auf Jens keinen besonderen Eindruck. Wenn die Daten aus den Lebensborn-Akten stimmten und Suresh hatte sich dafür verbürgt, dann war der Mann, der mit dem Rücken vor ihm stand, jetzt siebzig Jahre alt; einsiebzig bis einsfünfundsiebzig groß und zirka neunzig Kilo schwer.

Irgendjemand hatte in dem Kellerraum das Licht eingeschaltet. Jens sah gefliesten Boden und gefliese Wände. Eigentlich hatte er erwartet ein voll oder zumindest gut ausgestattetes Labor zu sehen, aber scheinbar war der Raum nur als Lager und gelegentliche Übernachtungsmöglichkeit benutzt worden.

Fidel und seine Leibwache waren bereits durch die Türe, Reuter schob Jens vor sich her und als auch Reuter im Raum war, zog der die Türe hinter sich ins Schnappschloss. Gegenüber befand sich eine weitere Türe. Auch dafür hatte der Amerikaner einen Schlüssel, mit dem er das Schloss öffnete. Durch die geöffnete Türe konnte man, nachdem der eine Rambo das Licht eingeschaltet hatte, einen Blick in den Raum werfen. Jetzt wusste Jens wo René Stadler seine Berliner-Nächte verbracht hatte. Hier. In einem Labor unter dem Innsbrucker Platz. Jens war keine Laborratte, wie er scherzhaft die Labormitarbeiter früher bezeichnet hatte. Deshalb wusste er mit einem Teil der Laborgeräte nichts anzufangen. Aber allein die Masse der Geräte, die da rumstanden, hatten ihn mächtig beeindruckt.

Als hätte der Ami Jens Manders Gedanken hören können, kommentierte er den Anblick, der sich den vier Männern bot. „Alles, was gut und teuer ist." Und um nach einer kurzen Pause: „Die Lothar Fidel Foundation lässt ihre Leute nicht im Stich. Gute Leute, gutes Arbeitsmaterial und gutes Gehalt. Das sind die Garanten für gute Ergebnisse."

Die vier Männer standen mitten im Raum an einem weiß gefliesten Tisch.

„Falls es Dich interessiert. Schau mal nach rechts, die Türe führt zu dem zugemauerten Tunnel an der Eisackstraße." Wieder einmal hatte er ein hämisches Grinsen im Gesicht. „Wenn Du Klugscheißer Dich selbst um die Suche gekümmert und nicht mir die Aufgabe überlassen hättest, dann wäre Dir die Türe von der Tunnelseite aufgefallen."

„Ich weiß, aber dann wäre auch Dein Boss heute nicht hier um die Ernte seiner Investition einzufahren. Oder soll ich vielleicht ›Dein Vater‹ sagen?"

Bei den letzten Worten Jens' zuckten beide, Lothar Fidel und Axel Reuter, zusammen. Erschrocken wischte der Amerikaner einige der auf dem Labortisch stehenden Gegenstände zu Boden.

365

Axel Reuter fand als erste die Fassung wieder. „Dad? Wie kommst Du da drauf?"

„Ach, wie immer, wenn sich ein Klugscheißer wie ich so seine Gedanken macht, zuhört, nachfragt und jedes Fitzelchen an Information sammelt und Mosaiksteinchen zu Steinchen setzt", erläuterte Jens. „Es war Zufall, dass ich den ersten Toten unter der Weide mit der Nummer Zweihundertzwölf, zwo-eins-zwo, im Park gefunden hatte. Auffällig war dann schon, dass ich kurz danach erneut über eine Leiche gestolpert bin. Als dann nach Deiner ›Lebensbeichte‹ und dem Essen bei ›Dragans‹ plötzlich sich alle Welt für meinen Freund Zdravko interessierte, fing ich an, nach dem Ausgangspunkt der Störung zu suchen. Egal wen ich fragte, jeder zeigte mit dem Finger auf einen Typen, der so aussah wie Du, der einen schwarzen Passat fuhr und der mit seinen guten Beziehungen zu den Behörden prahlte."

Der alte Amerikaner hatte offensichtlich kein besonderes Interesse an diesen Informationen. Mit an Überheblichkeit grenzender Selbstsicherheit und der festen Ansicht, dass Jens Mander Geschichte eh' keinen Schaden mehr anrichten könne, ignorierte er auf eine aufreizend überhebliche Art das Gespräch zwischen Mander und Reuter.

„Du warst einfach zu dämlich bei Deinen Nachforschungen; für einen ehemaliger Agenten im Feld sogar ausgesprochen dumm. Nach vierundzwanzig Stunden warst Du identifiziert. Nach weiteren vierundzwanzig Stunden wusste ich nahezu alles über Dich. Außerdem wurde ich per ›Silent SMS‹ überwacht. Dein Pech dabei: für den Düsseldorfer Mobilfunkanbieter hatte ich vor Jahren mal ein Projekt gemacht. Ein ehemaliger Kollege hat mich darüber informiert und wieder führten die Informationen zu Dir."

„Fuck, wo ist nur das Zeug", tönte Fidels Stimme aus der

anderen Ecke des Raums.

„Und Zdravko wird auch immer nervös, wenn plötzlich in seiner Vergangenheit gestochert wird und so hat er Dich beschatten lassen. Es gibt eine Menge Menschen, von denen Zdravko einen Gefallen einfordern kann. Menschen denen es gleichgültig ist, ob andere leben oder sterben, solange sie selbst überleben."

„Okay", erwiderte Reuter nur. „Aber viel weiter bringt Dich dieses Wissen auch nicht." Er drehte sich in die Richtung, aus der das Geräusch fallender Gläser gekommen war.

„Und wie kommst Du drauf, dass Lothar Fidel mein Vater ist?" Reuter schien das mehr zu interessieren, als die Umstände, die zu seiner Enttarnung geführt hatten.

„Eigentlich ganz einfach: Menschen hinterlassen Spuren. Sie werden gezeugt, geboren, gehen in den Kindergarten, zur Schule, studieren, arbeiten, lieben und heiraten und sterben."

„Ich will keine philosophische Erklärung der menschlichen Existenz" erwiderte Reuter zynisch. „Sag mir einfach die Fakten."

„Okay. Fakt ist, dass Lothar Fidel in den Jahren von Dreiundsiebzig bis Fünfundsiebzig in Berlin im Headquarters als GI stationiert war. Fakt ist ferner, dass ab Sechsundsiebzig von der US-Army Unterhaltszahlungen an eine Pia Lauber überwies, die aber nach zwölf Monaten eingestellt wurden. Nach weiteren zwei Jahren als allein erziehende Mutter heiratete sie einen Berliner Kunstschmied, der ihr und auch Dir seinen Namen gab. Ab Siebenundsiebzig flog dann Dein Stiefvater mit Dir einmal im Jahr in dem Sommerferien für vier Wochen nach Amerika."

„Ja und?"

„Und jedes Mal wurden die Flugkarten von der Lothar

Fidel Foundation bezahlt. Muss ich noch weiter reden?"

„Na, gerichtsverwertbar ist dieser Beweis aber nicht."

„Och, das würde ich drauf ankommen lassen. Aber das ist ja auch nicht das Ziel, es ist eher Beiwerk - ein Nebenschauplatz dieses Kriegs."

Der Amerikaner schien inzwischen etwas gefunden zu haben. Zumindest konnte man das anhand seiner grunzenden Laute annehmen. „You're fucking son of a bitch", murmelte er. Er hatte einen Ordner geöffnet, den er im Schnellverfahren durchblätterte. Offensichtlich hatte er etwas entdeckt, was nicht so oder so ähnlich seinen Vorstellungen entsprach.

Während Jens kurz abgelenkt war, hatte Axel Reuter weiter gesprochen. Er hörte noch wie Reuter sagte, dass in der Zeit viele Deutsche Jugendliche auf Einladung amerikanischer Firmen und Familien in den Staaten waren. ›Bla bla bla‹ dachte Jens. ›Zu einem Prozess wird es sowieso nicht kommen‹.

„Axel, was Du da laberst, geht mir so am Arsch vorbei. Mich interessiert eigentlich nur die Rolle von Alexej Melnikov. Wie passt der ins Bild?"

„Was interessiert Dich das noch?"

„Ganz einfach - weil der mit dem Anführer und Gründer der RNE, Alexander Barkaschow, befreundet war. Oder vielleicht sogar ist."

„Jens Mander, Du bist sowas von unschlau. Glaubst wohl, ich fall auf das Spiel rein. Der Sieger plaudert aus purer Überheblichkeit noch irgendwelche Stories aus. Für wie doof hältst Du mich eigentlich." Jens bemerkte Spuren von sogenannten Hektikflecken an Reuters Hals. „Aber weil Du's bist. Alexej geht es gut. Der sitzt in seiner Datsche und freut sich über die Kohle, die er dafür erhalten hat, dass er uns seine Identität zur Verfügung gestellt hat und sich noch ein paar Monate nicht aus Russland raus bewegt."

Noch bevor Mander antworten konnte, barsten mit heftigem Getöse die Türen zum Raum. Binnen weniger Sekunden war das Labor mit, in schwarze Kampfanzüge gekleideten Einsatzkräften der Polizei geflutet.

Axel Reuter veränderte seine Position in Richtung des Tunnelausgangs. Die Polizisten warfen nur einen kurzen Blick auf den Dienstausweis, den Reuter immer noch an einem Band um den Hals trug und ließen ihn unbehelligt ziehen.

Jens, der in einigen Abstand Reuter folgte, hatte seine Glock aus dem Gürtel gezogen, den zweiten Ladestreifen in den Griff gesteckt und den Lauf einmal durchgezogen. Die Waffe war geladen. An Tagen wie diesen verfluchte Jens seine bequeme Lebensweise. Mit mehr Sport und weniger Gewicht hätte er Reuter besser verfolgen können. So aber wurde der Abstand zwischen ihn und Reuter schnell größer.

Jens wusste aus der Einsatzbesprechung, dass nach dem Aufbrechen der Türe der unterirdische Teil des alten U-Bahn-Tunnels unbewacht wäre, um so einem Komplizen eine gesteuerte Flucht zu ermöglichen. Jens wusste auch, dass es neben dem Eingang, den Rika, Reuter und er vor ein paar Tagen benutzt hatten, noch zwei andere Ausstiege gab. Reuter strebte dem Ausgang entgegen, der zum ehemaligen Werkhof ging.

In der staubig trockenen Luft des Tunnels konnte Jens einen schwachen Lichtpunkt erkennen, auf den sich auch Reuter hinbewegte. Jens folgte ihm im sicheren Abstand. Reuter der seinen Verfolger bemerkt hatte, wurde schneller. Als Jens Mander das Licht erreichte, war Reuter bereits durch den Schacht verschwunden.

Jens ärgerte sich, dass er sein iPhone nicht eingesteckt hatte. War Reuter mal auf der Straße, standen ihn alle Fluchtwege offen. Aber noch mehr als das fehlende Telefon ärgerte sich Jens darüber, dass das Schlupfloch, durch das Reuter entkommen war, nicht bewacht war. Das war in dem Drehbuch der Einsatzleitung nicht vorgesehen.

War es der sprichwörtliche Siebte Sinn, war es Bauchgefühl oder war es einfach der Wunsch, dass er sich nicht irren würde - Jens schleppte keuchend seinen »übergewichtigen Luxuskörper« in Richtung Innsbrucker Platz. Da, wo sich sonst tausende von Fahrzeugen an den Ampeln stauten, Radfahrer über Autofahrer schimpften und Fußgänger sich über Auto- und Radfahrer aufregten, da war Totenstille.

Jens Mander hatte die Verkehrsinsel mitten auf dem Innsbrucker Platz erreicht. ›Luft, Luft. Ich muss wieder ins Fitness-Studio‹ murmelte er ›abspecken‹. Jens warf einen Blick auf seine Armbanduhr. Dreiundzwanzigdreißig. Vor knapp einer halben Stunde hatte die Aktion begonnen.

Aus dem Verdacht, dass Axel Reuter ein Doppelspiel spielen würde, war Gewissheit geworden. Die Entdeckung des Labors und die Festnahme von Lothar Fidel konnten ebenfalls als Erfolg verbucht werden. Jens war aber nicht so vermessen zu glauben, dass die Festgenommenen die einzigen Verantwortlichen waren. Einzig und allein der Umstand, dass die Ampullen mit den gentechnisch veränderten Viren noch nicht gefunden worden waren, bereitete ihm Sorgen.

Erst jetzt bemerkte Jens - da wo vorher Streifenwagen Posten bezogen hatten, war alles leer. Hier war etwas anders, als es hätte sein sollen und er wusste nicht warum. Während der Einsatzbesprechung war festgelegt worden, dass der Platz hermetisch abgeriegelt werden sollte, alle

Ein- und Ausgänge zur U-Bahn sollten durch Posten gesichert werden.

Hinter sich vernahm Jens die Geräusche eines startenden PKW. In Actionfilmen beschleunigen die Stuntmen ihre Fahrzeuge dann so sehr, dass die Reifen quietschen und qualmen, wenn sie auf ihr Opfer zu rasen. Im wirklichen Leben ist das alles ganz anders. Der Wagen rollte fast in Schrittgeschwindigkeit aus dem Parkplatz unter der S-Bahn in Richtung Jens.

Seit dem Geräusch, das der Anlasser gemacht hatte, hatte Jens Mander nichts mehr gehört und wenn er nicht ein merkwürdiges Kribbeln im Nacken verspürt hätte, er wäre über den ›Jordan‹ gegangen, ohne eine Chance gehabt zu haben.

Jens drehte sich auf dem Absatz um. Keine Zwanzig Meter von seiner Position beschleunigte ein schwarzer Mercedes Vicano. Der Fahrer hatte offensichtlich das Ziel Jens Mander wie einen Bowling-Pin aus dem Spiel zu kicken. Zwanzig Meter wären auch für die Reaktionsfähigkeit eines Formel-eins-Fahrers eine Herausforderung gewesen, aber Jens schaffte es irgendwie, dem Fahrzeug auszuweichen. Sein Überleben schuldete er nicht so sehr seinen körperlichen Fähigkeiten, sondern mehr dem Umstand, dass der Wagen einen Teil seiner Geschwindigkeit beim Sprung auf die Verkehrsinsel einbüßte.

Als wäre die Attacke ein Signal gewesen - innerhalb weniger Sekunden war der Platz fast überfüllt. Aus allen Ecken und Seitenstraßen strömten die Einsatzfahrzeuge auf den Platz.

Obwohl durch den Sprung über den Randstein die Reifen des Mercedes Luft verloren hatten und auf der Vorderachse fast auf den Felgen unterwegs war, beschleunigte der Fahrer nochmals. Die Polizisten bildeten eine Gasse und ließen den Wagen in Richtung Wexstraße passieren.

In Höhe der Bank stoppte der Fahrer unvermittelt, sprang aus dem Wagen und lief in die Erfurter Straße. Mehrere Polizisten spurteten hinter dem Mann her, als er versuchte durch die Erfurter Straße zu entkommen.

Jens Mander nutzte die Ablenkung, um einen Blick durch die offene Fahrertüre in dem Vicano zu werfen. Auf dem Beifahrersitz lag eine Zeitung und darunter, nur an einer kleinen Ecke zu erkennen, ein brauner Briefumschlag. Jens war alleine am Auto und so fiel es nicht auf, dass er den Umschlag unter seine Jacke steckte. Als die Polizisten den festgenommen Fahrer in Handschellen an Jens vorbei führten, war er nicht schlecht erstaunt.

Eigentlich hatte er Axel Reuter erwartet, aber der Mensch, den man in Handschellen an ihm vorbeigeführte, den kannte er nicht.

Jens ging schnurstracks in Richtung des Kommandowagens auf dem Parkplatz des ehemaligen Gesundheitsamtes. Auf sein mehrmaliges klopfen wurde die Türe geöffnet. Der Assistent des Einsatzleiters erkannte Jens und ließ ihn in den Wagen steigen.

„Wo ist Reuter?" Jens griff zu seinem Aktenkoffer und legte den Umschlag hinein. „Verdammt noch mal, wo ist der Kerl?"

„Seit seiner Flucht haben wir ihn aus den Augen verloren. Aber er muss noch auf dem Innsbrucker sein", erwiderte der Einsatzleiter ohne seinen Blick von den Bildschirmen zu lösen. „Runter kann er nicht. Alle Straßen sind gesperrt."

„Ich gehe nochmal los. Richtung S-Bahn, über die Hauptstraße und dann weiter zur Eisackstraße. Mal seh'n wo das Aas sich verkrochen hat."

Aus einem Seitenfach seines Koffers zog er ein »Blackberry Neuntausend Bold« Mobiltelefon, tippte eine Nummer ein, schloss ein Headset an und steckte sich den Hörstöpsel ins rechte Ohr.

„Sie wissen aber schon, dass Sie keine Polizeigewalt haben?"

„Ich weiß und der Papst ist katholisch", höhnte Jens zurück, verließ die fahrbare Einsatzzentrale und machte sich auf den Weg. Er zwängte sich durch die Büsche und überquerte die Wexstraße zum Mittelstreifen über die Stadtautobahn. ›Gespenstisch‹ dachte er, als er von der Brücke aus, einen Blick auf die darunter liegende Straße warf. Jens wollte gerade seinen Weg zur anderen Straßenseite fortsetzen, als er die Stimme Reuters aus der Dunkelheit vernahm.

„Setz Dich zu mir. Wir müssen reden."

Die Auf- und Abfahrt zu Stadtautobahn war in zweispurige Richtungsfahrbahnen geteilt und als kleine Parkanlage gestaltet. Eine Bushaltestelle mit Überdachung war zugleich ein Eingang zum U-Bahnhof.

„Na klar, ist ja genau die richtige Tageszeit. Wenn Du uns noch zwei Caffé-to-go holst, einen Heizstrahler aufstellst, dann könnte es noch ein netter Plausch werden", provozierte Jens.

„Du bist ein gottverdammtes Arschloch. Kannst Du nicht einmal ernst bleiben."

„Doch, kann ich. Aber bei Dir tue ich mich sehr schwer. Vor allem wenn ich mir vorstelle, wie Du Deinen Vater begrüßt. ›Heil Fidel‹ oder ›mein geliebter Führer‹ oder so ähnlich pathetisches Zeugs."

„Mach Dich nur lustig."

„Ich doch nicht. Ich versuche alle Menschen ernst zunehmen. Meistens gelingt mir das auch. Aber neben Menschen gibt es auch noch Leute und da gelingt es mir meistens nicht."

„Menschen? Leute? Was macht das für einen Unterschied?"

„Für Dich vielleicht keinen, aber für mich einen großen."

Axel Reuter hatte seine Beretta aus dem Gürtelhalfter gezogen. Die Lamm-gefütterte Bomberjacke ließ er offen.

Es war mit Sicherheit nicht die kälteste Nacht dieses Winters, aber ein eisiger Nord-Nord-Ost-Wind ließ Jens trotz seiner Jack-Wolfskin-Jacke frösteln. Jens erinnerte sich an das Doppelsemester Psychologie, das er vor vielen Jahren absolviert hatte. ›So sieht einer aus, der Klarschiff machen wird. Siegerpose und doch die Körpersprache eines Verlierers‹ dachte Jens.

„Axel, sag mir nur eins. Warum?"

„Ich versteh' euch nicht. All die Klugen, die Anständigen, die Angepassten. Wie kommt es, dass ihr euch immer nur für das Warum interessiert. Nicht das Wie, nicht das Wer, vielleicht mal das Wer-noch, aber immer das Warum."

„Vielleicht liegt es daran, dass wir Klugen, wir Anständigen, wir Angepassten verstehen wollen, was so weit außerhalb unserer Moral stattfindet."

„Dass ich nicht lache - Moral. Moral ist doch nur ein Mangel an Gelegenheit", lachte Axel bitter.

„Also jetzt mal Butter bei die Fische. Eine philosophische Diskussion bringt uns hier nicht weiter und Du hast mich angesprochen." Obwohl Jens von Anfang an das Gespräch auf die Psychoschiene gelenkt hatte, versuchte er den rhetorischen Druck zu erhöhen. „Was willst Du von mir?"

„Nichts, außer dass Du mich über das Drehbuch dieser Aktion informierst", schnaubte Axel. „Das, was ich im Sechsundzwanzigsten gehört habe, ist nicht das, was hier abläuft. Und das was hier abläuft ist eher eine nachrichtendienstliche als eine Polizeiaktion."

Jens antwortete mit Schweigen.

„War ich Dir ein so schlechter Partner, dass Du mir die Antwort auf diese einfache Frage verweigerst?"

Jens stand so still wie ein Bestattungsunternehmer; als könne ihn Nichts und Niemand aus der Ruhe bringen.

„Worauf wartest Du? Willst Du mich auf diese Art weichkochen? Da kannste aber lange warten." Axel Reuter wiegte die Beretta in seiner Hand.

In der Dunkelheit konnte Jens nicht erkennen, ob die Waffe schon entsichert war. Trotz der kritischen Situation war Jens' Antwort ein erneutes Schweigen.

„Jetzt sag mir doch, wie soll's weitergehen? Was habt ihr geplant?"

Schweigen.

„Ich könnte jetzt versuchen, mir den Weg freizuschießen. Ich könnte Dich als Geisel nehmen und mir den Weg freipressen. Ich könnte Dir auch eine überbraten und dann versuchen im Untergrund zu verschwinden."

Sie standen nebeneinander und fast, aber nur fast sah es aus, als würden sich zwei Freunde unterhalten.

„Axel. Ich kann Dich nicht festhalten und ich kann Dir auch keinen Deal anbieten", begann Jens. „Den musst Du für Dich ganz alleine aushandeln. Und Du musst auch entscheiden, mit wem Du über was redest."

„Bullshit", fluchte Reuter. „Fuckin' Bullshit."

„Um Dad mach ich mir keine Sorgen. Dem könnt ihr nichts anhaben. Das, was Du im Jahr verdienst, kann er an einem Tag für Anwälte ausgeben. Meinen Dad? Da mach ich mir keine Sorgen. Außerdem habt ihr keine Beweise für irgendwas."

„Na dann gibt es ja keine Probleme", erwiderte Jens.

Und wieder Schweigen.

„Warum fragst Du mich nicht?", begann Axel wieder.

„Hab ich doch. Warum? das war die Frage und Schweigen war Deine Antwort."

„Warum was?"

„Die vielen Toten? Und überhaupt. Warum diese gentechnische Scheiße?"

„Hast Du Dich mal mit Rassen, mit Rassenreinheit, mit Eugenik beschäftigt?"

Jens schüttelte leise den Kopf.

„Das ist auch gut so, denn mit all den Gedöns hat das hier gar nichts zu tun. Hier geht es um das nackte Geschäft, Profit, Gewinn. Und es geht um Macht."

„Sowas habe ich mir schon gedacht", erwiderte Jens.

„Ach ja Mister Schlauberger? Dann kannst Du Dir den Rest denken."

Jens ärgerte sich, dass er durch seine vorlaute Bemerkung aus der gewählten Rolle des neutralen Berichterstatters gefallen war und um das Gespräch am Laufen zu halten: „Nö, so war das nicht gemeint. Das war eine rein rhetorische Bemerkung."

„Das Bedürfnis, sich seiner Feinde mit Mitteln zu entledigen, die für diesen Feind ganz speziell sind, liegt ganz weit in der Geschichte der Menschheit zurück. In den Töpfen der Hexen, Zauberer, Kräuterkundigen und Alchemisten wurde gemixt, gerührt und gekocht." Reuter machte eine Pause. „Aber es waren und blieben doch nur Giftcocktails; mehr oder weniger tödlich für jeden, der damit bedacht wurde."

Reuter hatte den Anfang für seine Lebensbeichte gefunden. Instinktiv verleitete ihn Jens zum Weiterreden, indem er in neutralster Tonlage nur ein fragendes ›und‹ über seine Lippen ließ.

„Und? Ethnische Waffen. Ganze genetische Stammlinien. Einfach so eliminiert. Die Borgias hätten wahrscheinlich ein Vermögen gegeben, wenn sie ihre Feinde bis in die x-te Generation hätten ausrotten können. Wer hätte da wen noch rächen können? Kurden? Palästinenser? Alles kein Problem mehr. Man identifiziert eine genetische Gemeinsamkeit, programmiert den Virus darauf und das Problem löst sich wie von Geisterhand."

Jens raffte sich zu einer bestätigenden Bemerkung auf um danach wieder in ein interessiertes Schweigen zu versinken.

„Erste konkrete Überlegungen zum Bau einer solchen ethnischen Waffe gehen auf die Zeit der Humanexperimente in den Konzentrationslagern des Dritten Reichs zurück. Auf den Ideologien des Schriftstellers Houston Stewart Chamberlain und den Arbeiten des Anthropologen Theodor Mollison begannen Mediziner wie der KZ-Arzt Josef Mengele oder die Anthropologin Sophie Ehrhardt ihre Forschungsarbeiten."

Jens fror. Nicht die Kälte der Dezember-Nacht machte ihm zu schaffen. Es der geschäftsmäßige Tonfall, in dem Reuter die Geschichte erzählte. Jens griff in die Innentasche seiner Jacke und fischte seine Packung Zigarillos und das Feuerzeug raus. Reuter wartet geduldig, bis er sich eine Biddies angezündet hatte.

„Nach dem Krieg setzten sich die Einen über die Rattenlinie ins Ausland ab, die Anderen blieben im Land und machten im Untergrund weiter oder wurden von den Siegermächten für eigene Ziele eingespannt. Grandpa war bei der OSS als er meinen Dad adoptierte und mit in die Staaten nahm. Er hinterließ nach seinem Tode meinem Dad ein Vermögen und einen Tresor voll Dokumente. Unter den Dokumenten war viel pseudowissenschaftliches Zeug, teilweise der blanke Nonsens. Aber einiges, insbesondere Arbeiten des Eugenikers Hans F. K. Günther, des Hirnforschers Julius Hallervorden und des Mediziners, Humangenetikers und Zwillingsforschers Otmar von Verschuer war dann doch als Grundlage für weitere Forschungen verwertbar. Unter den Deckmantel einer Stiftung zur Förderung der Genforschung trieb die Lothar-Fidel-Foundation eigene Forschungen." Reuter machte eine Pause.

„Die Entdeckung der Mitochondralen DNA durch Margit M. K. Nass und Sylvan Nass; Neunzehndreiundsechzig, die Reaktivierung des Influenzavirus (Subtyp A/H1N1); der Nachbau des PolioVirus; Anfang Zwoteuasend die Entdeckung der Clustered Regularly Interspaced Short Palindromic Repeats (CRISPR) und des CRISPR/Cas-Systems als biochemische Methode zur gentechnischen Veränderung oder Erzeugung von Organismen - all das waren die viele Einzelschritte auf dem Weg zu einer ethnischen Waffe."

Jens wusste, dass Reuter Nichtraucher war. Trotzdem hielt er ihm die Zigarillopackung hin.

„Nö danke." Und nach einer kurzen Pause: „Vor etwa zwei Jahren wurde man in der Foundation auf die Arbeit des René Stadler aufmerksam, als die Uni Dresden Fördergelder für seine Forschungsarbeiten beantragte. Das letzte Modul für eine ethnische Waffe war gefunden: ein einfach funktionierendes Verfahren für die DNS-Sequenzierung. Die Lothar Fidel Foundation vergab einen Forschungsauftrag und richtete zugleich zwei Labore ein. Ein offizielles in Dresden und das geheime als Testlabor unter dem Innsbrucker Platz in Berlin."

Jens vermutete, dass Reuter bisher nur das zugegeben

hatte, das er auch hatte zugeben wollen und das ohnehin bekannt geworden wäre. Jetzt war es an Jens, die nächste Phase einzuleiten.

„Aber letztlich bleibt das Hauptproblem doch nicht lösbar", provozierte jetzt Jens. Das Problem heißt: die genetische Diversität innerhalb einer menschlichen Population."

„Wer hat Dir das vorgeplappert? Rika? Deine Freundin Rika?", höhnte Reuter. „Dass ich nicht lache."

„Durch die Förderung von DIYBio-Projekten haben wir auch Zugang zu deren Forschungsergebnissen und da haben wir Methoden entwickelt, um mit der Diversität umgehen. zu können"

Man merkte jetzt, dass Reuter die Grenze des Verschweigen-wollens überschritten hatte. Jens feuerte jetzt seine Frage ab.

„Schön, aber wo stehst Du? Ich habe Deine Vita gecheckt. Realschule, Wehrdienst, verlängert als Zeitsoldat auf zwei Jahre und anschließend nochmals um vier Jahre. Dann vom BFD auf die Beamtenlaufbahn bei der Polizei geschickt und seither dümpelt Deine Karriere so vor sich hin. Einen Lebensstil wie Krösus. Wenn Dein Dad nicht öfter mal größere Summen zugeschossen hätte, wärst du schon in der Privatinsolvenz. Und von wegen Firma, Camp Nikolaus, Generalagentur, ORG und so. Bereits der MAD hat Dich als unsicheren Kandidaten für eine NATO Versetzung durchfallen lassen."

„Schau schau, der Herr hat mich überprüft. Hast mich dann auch gleich verpfiffen?"

„Aber wo. Als ich mit meinen Recherchen anfing, gab es ohne mein zutun beim Staatsschutz und beim BKA längst eine Akte Reuter. Aber man ließ Dich an der langen Leine laufen." Jens zog die kalte Luft durch die Nase. „Aber welche Rolle spielten die Russen?"

„Die Russen? Petra? Als Chefin von René wusste sie zu viel. Sie war zu geldgeil und sie hat zu viele Fragen gestellt; es war zu befürchten dass sie den Uni-Ethik-Rat einschalten würde. Zudem hatte Alexej von ihr die Nase voll." Reuter schnippte mit dem Finger. „Scheidung auf russisch und in der kleinen verschwiegenen Luxuswohnung am Rand von Moskau wartet eine kleine Natasha darauf, dass ihr lieber Alexej ein neues Spielzeug mitbringt."

„Und die m-face-casting?"

Reuter lachte schallend. „Würdest Du mir glauben, dass das eine Kontaktstelle für ehemalige KGB und MfS Angehörige ist?"

Reuter blickte Jens nachdenklich an, bevor er weiter redete. „Was bist Du eigentlich? Polizei, Verfassungsschutz, ein Spion?", wollte Reuter plötzlich wissen.

„Warum willst Du das wissen? Es hilft Dir so und so nicht, egal zu welcher Gattung ich gehöre."

„Doch mein Freund, das Wissen hilft mir." Trotz der kritischen Situation brachte er ein Grinsen zustande. „Ich kann künftig solchen Leuten wie Dir aus dem Weg gehen."

Neben ihnen stand, wie aus dem Nichts ein PKW. Vermutlich ein Elektroauto; es sah aus wie ein Tesla Model S und hatte ein Diplomatenkennzeichen. Jens konnte das Kennzeichen nicht vollständig identifizieren, O-irgendwas, dreistellig, eins-zwei – die dritte Ziffer konnte Jens nicht erkennen.

Reuter richtete die Beretta auf Jens.

Jens legte den Kopf etwas zur Seite, als würde angestrengt auf irgendwas aus dem Kopfhörer lauschen, nickte ein-

mal und flüsterte dann ein kaum vernehmliche »Okay«
ins Mikrofon.

„Das war's dann. Ich steige jetzt in den Wagen. Diplomat.
Du verstehst?" Mit der Linken Hand zog Reuter einen Di-
plomatenpass aus der Jacke und hielt ihn Jens unter die
Nase.

„Immunität. Diplomatenpass", grinste er Jens an, drehte
sich zur Seite um die Türe zu schließen.

„Axel!", rief ihm Jens noch hinter her. „Axel Reuter"

Reuter hatte sich nochmals umgedreht. „Was ist denn
nun noch?"

In einer einzigen, fliessenden Bewegung hatte Jens die
Glock Siebzehn aus dem Schulterhalfter gezogen und
zielte auf Reuter.

„Herr Axel Reuter! Ich soll Dir mitteilen, dass Deine dip-
lomatische Immunität soeben aufgehoben wurde."

Jens Mander feuerte einen einzigen Schuss ab, der Reuter
am Hals in Höhe des Adamsapfels traf und auf der Stelle
tötete.

Sonntag, 8. Dezember

Als Jens aufwachte, war es immer noch dunkel. Mit einem Blick auf sein Smartphone stellte er fest, dass er keine drei Stunden geschlafen hatte.

Seine Klamotten lagen verstreut auf dem Teppichboden. Der Umschlag mit den Dokumenten lag immer noch auf seinem Schreibtisch, oben drauf die Glock siebzehn und der Ladestreifen, aus dem eine Patrone fehlte. Entgegen seiner sonstigen Angewohnheit schaltete er den Fernseher ein und suchte einen Nachrichtensender. Es lief Werbung für eine Automarke. Die Weiß-Blaue Automarke aus dem Süden der Republik. »Bei Mercedes weggeworfen« dachte Jens und kicherte leise, dann ging er in seine kleine Küche um sich eine große Tasse Kaffee zu holen.

„In der Nacht zum Sonntag den achten Dezember kam es in Berlin zu einem Großeinsatz von Polizei und Rettungskräften.

Der Innsbrucker Platz in Berlin-Schöneberg sowie die darunter verlaufende Stadtautobahn waren über Stunden komplett gesperrt. Der Verkehr wurde in Richtung Norden an der Anschlussstelle Sachsendamm und in Richtung Süden der Ausfahrt Detmolder Straße in die Stadtteile Wilmersdorf und Schöneberg abgeleitet.

Ein Großaufgebot an Polizeikräften hatte den Platz weiträumig abgeriegelt. Wegen einer möglichen gesundheitlichen Gefährdung war der Platz komplett abgeriegelt.

Neben den Einsatzfahrzeugen der Polizei waren auch Fahrzeuge der Berliner Verkehrsbetriebe, der Feuerwehr, des Technischen Hilfswerks, sowie des Roten Kreuzes anwesend.

Anwohner hatten gegen dreiundzwanzig Uhr mehrere Detonationen gehört. Zu dem Zeitpunkt war der Innsbrucker Platz offensichtlich bereits abgeriegelt und die Rettungskräfte vor Ort. Mit Lautsprecherdurchsagen wurden die Anwohner aufgefordert, die Fenster geschlossen zu halten und die Wohnungen nicht zu verlassen."

Während die Nachrichtensprecherin den Text vom Teleprompter ablas, wurden im Hintergrund Filmaufnahmen vom Einsatzort gezeigt.

„Von den Einsatzkräften vor Ort war nichts Näheres in Erfahrung zu bringen. Ein Pressesprecher des Berliner Polizeipräsidenten erklärte, die Polizei sei um zweiundzwanzig Uhr fünfundvierzig gerufen worden und es sei unter dem Innsbrucker Platz zu mehreren Detonationen gekommen. Mehr sei momentan nicht bekannt. Die Einsatzkräfte würden in diesen Minuten den Tunnel betreten. Danach würde man mehr wissen."

Die Studiokamera wechselte die Aufnahmeposition. Im Hintergrund erschien das Bild des Berliner Polizeipräsidenten."

„Wie wir soeben erfahren haben, verunfallte gestern auf dem Innsbrucker Platz ein Mercedes Vicano. Der Transporter hatte radioaktive Substanzen geladen, wie sie in Krankenhäusern zur Diagnostik benutzt werden. Zu dem Umfall kam es, als der vermutlich übermüdete Fahrer des Transporters aus Richtung Dresden kommend mit zu hoher Geschwindigkeit die Autobahn verließ und auf die Verkehrsinsel geriet. Der Mercedes geriet in Schlingern und stürzte um. Der Fahrer wurde bei dem Unfall nur leicht verletzt und konnte nach einer ambulanten Versorgung entlassen werden. Bei den Explosionen habe es sich nach Angaben des Einsatzleiters um abgesprengte Sicherheitsventile von medizinischen Sauerstoffflaschen gehandelt. Eine Gesundheitsgefährdung, wie sie ursprünglich befürchtet wurde, habe doch nicht bestanden.

Die Sperrungen würden, so ein Sprecher der Verkehrsleitstelle, bis spätestens Neun Uhr aufgehoben. Die S-Bahn, die von den Sicherheitsmaßnahmen ebenfalls betroffen war, konnte bereits kurz nach Mitternacht ihren Dienst wieder aufnehmen."

Jens Mander hatte sich an den Rahmen der Küchentüre gelehnt und von dort aus die Nachrichten verfolgt.

„Tja liebe Leute - eine Wahrheit ist eine dreischneidige Angelegenheit: die Sicht des Reporters, die Sicht des Zuschauers und was wirklich geschah."

Jens ging zu seinem Schreibtisch, nahm den Umschlag mit den Dokumenten, seine Waffe mitsamt der Munition, öffnete den Einbauschrank und legte die Sachen in den Möbeltresor seines Kleiderschranks. Am Montag würde er die Sachen, einschließlich einer Datensicherung seines MacBooks und der Daten aus dem Cloud-Speicher in sein Bankschließfach bringen.

Rika schien noch zu schlafen. Zumindest hatte sie die Augen geschlossen. Gegen Abend würde er den Mietwagen an der Station abgeben und dann mit Rika ein ausgiebiges Dinner in einem Restaurant in der Friedrichstraße genießen. Danach würde er sie zum Flughafen begleiten und der startenden Maschine hinterher schauen.

„Ich habe meine Bringschuld zum Großteil abgetragen", murmelte er in seinem Drei-Tage-Bart, „und jetzt sehne ich mich nach einem Stück Verantwortungslosigkeit". Jens Mander stellte seine Kaffeetasse beiseite, schaltete den Fernseher aus und schlüpfte wieder unter die Bettdecke.

KLEINES LEXIKON DER VERWENDETEN BEGRIFFE
UND ABKÜRZUNGEN

12CC

Abteilungsbezeichnung innerhalb des BND.

Abt 12C in der Karl-Theodor-Strasse 55 - München (12CC Heidehaus Aussenstelle Hannover, Emmich-Cambrai-Kaserne) zuständig für die„DDR Aufklärung und Stay Behind Operations"

2nd Cavalry Regiment

Das 2nd Cavalry Regiment (deutsch 2. US-Kavallerieregiment) ist ein Regiment der US Army. Das Regiment ist der am längsten ununterbrochen bestehende Verband der US Army. Das Regiment hat sein Hauptquartier in den Rose Barracks in Vilseck (Deutschland).

Am 23. Mai 1836 wurde das 2. Dragonerregiment von US-Präsident Andrew Jackson aufgestellt.

Im Kalten Krieg war das Regiment seit 1952 für die Sicherung des Eisernen Vorhanges im bayerischen Grenzabschnitt zur DDR und zur CSSR verantwortlich. (Quelle : Wikipedia)

ACA-Analyzer

ein neuartiges Messgerät zur Bestimmung von Gesamtfüllstoffgehalt und der prozentualer Verteilung der Einzelkomponenten.

ACC

Allied Clandestine Committee, eine NATO-Organisation zur Koordination von Stay behind-Aktivitäten im Kalten Krieg, koordiniert über das Netzwerk Gladio

Aflatoxine

Aflatoxine sind natürlich vorkommende Pilzgifte (Mykotoxine), die erstmals beim Schimmelpilz Aspergillus flavus nachgewiesen wurden. Sie wurden entsprechend nach dieser Art benannt („A-fla-toxin"). Aflatoxine können jedoch auch von anderen Arten der Gattung Aspergillus wie Aspergillus parasiticus, Aspergillus tamarii, Aspergillus nomius und weiteren Arten gebildet werden. Man unterscheidet mindestens 20 natürlich vorkommende Aflatoxine, von denen Aflatoxin B1 als das für den Menschen gefährlichste gilt.

(Quellen : Wikipedia, Pschyrembel)

Anonymisierungsserver

Ein Anonymizer bzw. Anonymisierer ist ein System, das Benutzern hilft, ihre Anonymität im Internet, vor allem im World Wide Web zu wahren. Sie sollen damit helfen, Datenschutz und Datensicherheit beim Surfen zu bewahren. In ihrer Funktion ähneln sie Remailern, welche zur Anonymisierung von

E-Mails dienen.

Aspergillus flavus

Aspergillus flavus (auch Penicillium rubrum) ist ein Schimmelpilz der Gattung Aspergillus. Aspergillus flavus wurde als Ursache für den „Fluch des Pharao" diskutiert.
(Quellen : Wikipedia, Pschyrembel)

Bacterius Phagus

Als Bakteriophagen oder in der Kurzform einfach Phagen (Singular: Phage, der; von altgriechisch baktérion „Stäbchen" und altgriechisch phageín, „fressen") bezeichnet man eine Gruppe von Viren, die auf Bakterien und Archaeen als Wirtszellen spezialisiert sind. Diese Wirtsspezifität wird bei der taxonomischen Einordnung der Phagen zu Rate gezogen. Man unterscheidet also zum Beispiel Coli-, Staphylokokken-, Diphtherie- oder Salmonella-Bakteriophagen. Mit einer geschätzten Anzahl von 1030 Virionen im gesamten Meerwasser sind Phagen häufiger als jede Art von Lebewesen (Viren werden nicht zu den Lebewesen gezählt) und bilden das sogenannte Virioplankton.

Barschel-Affäre

Barschel-Affäre (auch Barschel-Pfeiffer-Affäre) ist die Bezeichnung für einen politischen Skandal, der sich 1987 in Schleswig-Holstein ereignete. Ihren Namen erhielt die Affäre nach dem damaligen Ministerpräsiden-ten Schleswig-Holsteins, Uwe Barschel (CDU Schleswig-Holstein), dem manipulatorische Maßnahmen ge-gen seinen politischen Gegner zur Last gelegt wurden. Vorkommnisse im Wahlkampf vor der Landtagswahl in Schleswig-Holstein 1987 führten zum größten politischen Skandal in der schleswig-holsteinischen und einem der größten politischen Skandale der bundesdeutschen Geschichte. (Quelle : Wikipedia)

Berlin Headquarters

Das Hauptquartier der amerikanischen Streitkräfte in der Clayallee. Im Sommer 1945 beschlagnahmen die Amerikaner das Luftgaukommando III. Drei Jahre später, Juni 1948, greift General Lucius D. Clay in diesem Gebäude zum Telefonhörer und befiehlt die legendäre Luftbrücke.
BerufsFörderungsDienst / BfD
abgekürzt BfD, ist zuständig für die schulische und berufliche Bildung der Soldatinnen und Soldaten. Seine Aufgabe ist es, die ausscheidenden Soldaten auf Zeit (SaZ) erfolgreich in einen Zivilberuf einzugliedern und ihnen die Chance zu ei-

nem beruflichen und sozialen Aufstieg mit auf den Weg zu geben.

BKA

Das Bundeskriminalamt (BKA) ist eine dem Bundesministerium des Innern nachgeordnete Bundesoberbehörde der Bundesrepublik Deutschland mit Standorten in Wiesbaden (Hauptsitz), Berlin und Meckenheim bei Bonn. Zusammen mit der Bundespolizei und der Polizei beim Deutschen Bundestag ist es eine der drei Polizeien des Bundes. Es hat die Aufgabe, die nationale Verbrechensbekämpfung in Deutschland in enger Zusammenarbeit mit den Landeskriminalämtern zu koordinieren und Ermittlungen in bestimmten schwerwiegenden Kriminalitätsfeldern mit Auslandsbezug zu (Quelle : Wikipedia)

BSL-4

Die Biologische Schutzstufe (englisch: biosafety level, BSL) ist eine Gefährlichkeitseinstufung biologischer Arbeitsstoffe, insbesondere von Mikroorganismen. Diese wird durch die EU-Richtlinie 2000/54/EG über den Schutz der Arbeitnehmer gegen Gefährdung durch biologische Arbeitsstoffe bei der Arbeit für die Europäi-sche Union normiert und in der Biostoffverordnung in Deutschland eingeführt. Eine vergleichbare Einteilung wird auch von den Centers for Disease Control and Prevention in den USA verwendet. Laboratorien, in denen mit biologischen Arbeitsstoffen umgegangen wird, müssen bestimmte Schutzmaßnahmen treffen. Dem entsprechend werden die Laboratorien in vier definierte Schutzstufen eingeteilt, wobei Schutzstufe 4 die höchsten Anforderungen aufweist. Die Schutzstufen bauen aufeinander auf, so dass die Regelungen der niedrigeren Schutzstufen auch für die höheren Stufen gelten. (Quelle : Wikipedia)

Carrieranfrage

Abfrage von Verbindungsdaten bei einem (Telefon)Leitungsanbieter

CIC

Das Counter Intelligence Corps (CIC; deutsch Spionageabwehr) war ein Nachrichtendienst des Heeres der Vereinigten Staaten von Amerika, der während des Zweiten Weltkrieges als polizeiähnliche Spionage-Abwehrabteilung des Heeres gegründet wurde. Das CIC ist in personeller und organisatorischer Hinsicht Vorgänger der Defense Intelligence Agency. (Quelle : Wikipedia)

COCOM

Das Coordinating Committee on Multilateral Export Controls (dt. Koordinationsausschuss für multilaterale Ausfuhrkontrollen, anfangs Coordinating Committee for East West Trade Policy, dt. Koordinationsausschuss für Ost-West-Handel, meist kurz CoCom) diente im Kalten Krieg der Regulierung des Exports westlicher Technologie in die Staaten des Ostblocks. (Quelle : Wikipedia)

CRISPR

CRISPR (Clustered Regularly Interspaced Short Palindromic Repeats) sind Abschnitte sich wiederholender DNA (repeats), die im Erbgut von vielen Bakterien und Archaeen auftreten. Sie dienen einem Mechanismus, der Resistenz gegen das Eindringen von fremdem Erbgut durch Viren oder Plasmide verschafft, und sind hierdurch ein Teil des Immunsystem-Äquivalents von vielen Prokaryoten. CRISPR ist Teil des CRISPR/Cas-Systems, das in der Gentechnik zur Erzeugung von gentechnisch veränderten Organismen genutzt wird. (Quelle : Wikipedia)

CRISPR/Cas-Systems

Das CRISPR/Cas-System ist eine biochemische Methode zur Erzeugung von gentechnisch veränderten Organismen.

Dark Zero fifteen

Im Sprachgebrauch der US-Streitkräfte übliche Form der Zeitangabe : hier 00:15 Uhr

die »Grünen«

ältere umgangssprachliche Bezeichnung für Polizei, andere Begriffe Oberförster, Bulle, Schupo, Schmutzmann, Cop,

DIYBio

DIYbio (von Do It Yourself und Biologie) ist eine Organisation innerhalb einer von Cambridge (Massachus-etts) ausgehenden Bewegung von Amateur-Biologen, die mehr als 1600 Anhänger in den Vereinigten Staa-ten und weltweit hat. Es gibt Treffen in Nordamerika, Großbritannien, Frankreich und Dänemark. Ziel ist es, das gesellschaftliche Bewusstsein auf bestehende biotechnologische Praxis zu lenken und interessierten Laien einen Zugang zu wissenschaftlichen Fragestellungen zu ermöglichen. Die Initiative arbeitet mit Kon-zepten der Synthetischen Biologie. Die Laien-Forscher organisieren u.a. Projekte zum kostengünstigen Bau von Laborgeräten (z. B. OpenPCR). Häufig werden dabei die Versuche dieser sog. Bio-Hacker in Privat-räumen (z. B. Küchen, Garagen) mit un-

zureichender biotechnischer Sicherheit durchgeführt.
(Quelle : Wikipedia)

DNA-Sequenzierung

DNA-Sequenzierung ist die Bestimmung der Nukleotid-Abfolge in einem DNA-Molekül. Die DNA-Sequenzierung hat die biologischen Wissenschaften revolutioniert und die Ära der Genomik eingeleitet. Seit 1995 konnte durch DNA-Sequenzierung das Genom von über 1000 (Stand: 2010) verschiedenen Organis-men analysiert werden. Zusammen mit anderen DNA-analytischen Verfahren wird die DNA-Sequenzierung u. a. auch zur Untersuchung genetisch bedingter Erkrankungen herangezogen. Darüber hinaus ist die DNA-Sequenzierung als analytische Schlüsselmethode, insbesondere im Rahmen von DNA-Klonierungen (engl. molecular cloning), aus einem molekularbiologischen bzw. gentechnischen Laborbetrieb heute nicht mehr wegzudenken. (Quelle : Wikipedia)

DVP - Digital Voice Protection

Gerätschaften zur Verschlüsselung (sog. option boards) von Übertragungen per Funk. Von diesen verwendeten die folgenden patentierte, firmeneigene Standards sind DVP, Digital Voice Protection und DVP-XL mit erweitertem Schlüsselraum

Eckwarderhörne

Der Ort Eckwarderhörne, früher Eckwarderhörn genannt, liegt an der Südwestspitze der Halbinsel Butjadin-gen im Landkreis Wesermarsch in Niedersachsen, Deutschland. Bei Eckwarderhörne befindet sich der Übergang vom Jadebusen zur Nordsee.

Ehrhardt, Sophie

Sophie Ehrhardt (* 31. Oktober 1902 in Kasan; † 2. Oktober 1990) war eine deutsch-russische Anthropologin und rassenideologische „Zigeunerforscherin" in der Zeit des Nationalsozialismus. Für die Rassenhygienische Forschungsstelle unter der Leitung von Robert Ritter hatte Ehrhardt Tausende von „Zigeunern" – insbeson-dere deutsche Sinti – erfasst, kategorisiert und selektiert. Größtenteils wurden diese Menschen deportiert und in Konzentrationslagern ermordet. Nach 1945 arbeitete sie an der Universität Tübingen als Dozentin. (Quelle : Wikipedia)

Eigensicherung / SI

Die Eigensicherung (SI) ist für die Sicherheit und Spionageabwehr innerhalb des BND zuständig.

Escherichia coli

Escherichia coli (abgekürzt E. coli) ist ein gramnegatives, säurebildendes, stäbchenförmiges und peritrich begeißeltes Bakterium, das im menschlichen und tierischen Darm vorkommt. Auf Grund dessen gilt es auch als Fäkalindikator. E. coli und andere fakultativ anaerobe Organismen machen 0,1 Prozent der Darmflora aus.Innerhalb der Familie der Enterobakterien (griech. „enteron": Darm) gehört es zur bedeutenden Gattung Escherichia und ist deren Typspezies. Benannt wurde es nach dem deutschen Kinderarzt Theodor E-scherich, der es erstmals beschrieb. (Quellen : Wikipedia)

Eukaryoten

Unter Eukaryoten oder Eukaryonten werden alle Lebewesen zusammengefasst, deren Zellen einen Zellkern besitzen. Neben den Bakterien und Archaeen (gemeinsam Prokaryoten genannt) sind die Eukaryoten eine der drei Domänen in der Systematik der Lebewesen.
(Quellen : Pschyrembel, Wikipedia)

FakeBox

Name und Anwendung eines Sozialen Netzwerks, Vom Autor erfundenes Netzwerk, technisch und funktional an real existierende Netzwerke angelehnt.

Freiheitsglocke

Die Freiheitsglocke in Berlin hängt seit 1950 im Turm des Schöneberger Rathauses, das zu dieser Zeit Sitz des Regierenden Bürgermeisters von Berlin war. Sie ist die größte profan genutzte Glocke Berlins

Generalbundesanwalt

Der Generalbundesanwalt beim Bundesgerichtshof (GBA) ist in der Bundesrepublik Deutschland das Strafverfolgungsorgan des Bundes und nimmt Aufgaben neben der Justizgewalt der Länder wahr. Der Generalbundesanwalt ist eine Institution für sich; die von ihm geleitete Behörde hat offiziell keine eigene Bezeichnung. In der Fachliteratur und in der Umgangssprache wird sie jedoch gemeinhin als „Bundesanwaltschaft" bezeichnet. (Quelle : Wikipedia)

Glock siebzehn

Die Glock 17 ist eine halbautomatische Pistole im Kaliber 9x19 mm. Hersteller ist die österreichische Glock GmbH. Sie wurde zuerst 1983 beim österreichischen Bundesheer eingeführt..
(aus der Werbung)

Grafenwöhr

eine Stadt in der Oberpfalz, gehört zum Landkreis Neustadt an der Waldnaab.

Militärstandort der amerikanischen Armee. Militärkaserne und Truppenübungsplatz.

GSG 9

Bezeichnung für die Antiterroreinheit der Bundespolizei (ehemals Bundesgrenzschutz)

Günther , Hans F. K.

Hans Friedrich Karl Günther (* 16. Februar 1891 in Freiburg im Breisgau; † 25. September 1968 ebenda) war ein deutscher Eugeniker, der in der Weimarer Republik und in der Zeit des Nationalsozialismus als „Rasseforscher" tätig war und als „Rassegünther" oder „Rassenpapst" bekannt wurde. Er gilt neben Houston Stewart Chamberlain[1] als einer der Urheber der nationalsozialistischen Rassenideologie.

(Quelle : Wikipedia)

Hallervorden, Julius

Julius Hallervorden (* 21. Oktober 1882 in Allenberg, Kreis Wehlau, Ostpreußen; † 29. Mai 1965 in Frankfurt am Main) war ein deutscher Arzt und Hirnforscher. In der Zeit des Nationalsozialismus arbeitete er am Kai-ser-Wilhelm-Institut für Hirnforschung in Berlin-Buch. Nach Kriegsende war er am Nachfolgeinstitut, dem Max-Planck-Institut für Hirnforschung beschäftigt.

(Quelle : Wikipedia)

Immunsuppressiva

Medikamente, welche die Funktionen des Immunsystems vermindern. Eine immunsuppressive Therapie wird bei folgenden Indikationen angewendet um die Abstoßungsreaktionen nach einer Gewebs- oder Organ-transplantation zu kontrollieren, zur Behandlung von Autoimmunerkrankungen oder Erkrankungen, deren Ursache eine Fehlfunktion des Immunsystems ist, Therapie von nicht autoimmunen Entzündungsreaktionen, etwa schweres allergisches Asthma
Influenzavirus (Subtyp A/H1N1)
Die Spanische Grippe war eine Pandemie, die zwischen 1918 und 1920 durch einen ungewöhnlich virulenten Abkömmling des Influenzavirus (Subtyp A/H1N1) verursacht wurde und mehrere Dutzend Millionen To-desopfer forderte.

(Quelle : Wikipedia)

INPOL

Bundesweites einheitliches Informationssystem der Polizei.

Basiert auf der Siemens BS1000 Architektur und entstand in den 70er Jahren. in den 90er Jahren abgelöst durch IN-POL-neu mit den Bereichen INPO-zentral und INPOL-Land (POLAS und POLIS) (Quelle : Wikipedia)

klandestine

Ein Geheimnis ist eine meist sensible Information, die einem oder mehreren Eigentümern zugeordnet ist. Es soll einer fremden Personengruppe, für die es von Interesse ist/sein könnte, nicht bekannt oder einsehbar sein. Die entsprechende Information wird häufig absichtlich in einem kleinen Kreis Eingeweihter gehalten. Sie kann durch äußere Umstände auch vollkommen verloren gehen. Im politischen Bereich wird für den Begriff auch der aus dem Angelsächsischen re-importierte Ausdruck klandestin (ursprünglich von lateinisch clandestinus ‚heimlich', ‚geheim') verwendet. Als Gegenbegriffe gelten Öffentlichkeit, Transparenz und In-formationsfreiheit (Quelle : Wikipedia)

KSK

Kommando Spezialkräfte, eine militärische Spezialeinheit der Bundeswehr nach dem Vorbild des britischen SAS (Special Air Service)

KGB

Das KGB (dt. Komitee für Staatssicherheit) war zwischen 1954 und 1991 der sowjetische In- und Auslandsgeheimdienst

KTU

Polizeijargon für kriminaltechnische Untersuchung
Eine Kriminaltechnische Untersuchung (KTU) ist eine auf naturwissenschaftlichen Verfahren basierende Analyse von sächlichen Beweismitteln oder auch Indizien im Rahmen des Strafprozesses. (Quelle : Wikipdia)

Krösus

Letzter König des in Kleinasien gelegenen Lydien, * um 590 v. Chr.; † um 541 v. Chr. Wird heute als Synonym für einen extrem reichen Menschen verwendet

Layer-2-Attacken

Layer-2-Attacken sind Techniken um Netwerke anzugreifen. MAC-Flooding (auch als Switch-Jamming bekannt) oder MAC-Sppofing sind Techniken, um in Computer-netzwerke einzudringen.

Legion

Fremdenlegion, militärischer Großverband der französischen Armee in dem Freiwillige aus 136 Nationen als Zeitsoldaten dienen.

LinkedIn

LinkedIn ist ein webbasiertes soziales Netzwerk zur Pflege bestehender Geschäftskontakte und zum Knüp-fen von neuen geschäftlichen Verbindungen. Es ist mit über 364 Millionen registrierten Nutzern in mehr als 200 Ländern (Stand: Mai 2015) die derzeit größte weltweite Plattform dieser Art und gehört laut Alexa zu den 20 weltweit meistbesuchten Internetseiten. (Quelle : Wikipedia)

LKA

Ein Landeskriminalamt (LKA) ist eine deutsche Polizeibehörde, die in jedem Land vorhanden ist.

Die Landeskriminalämter versehen neben Aufgaben der Gefahrenabwehr in besonderen oder herausragen-den Fällen Aufgaben bei der Strafverfolgung. Als Serviceleistung werden umfangreiche überregionale Ermitt-lungstätigkeiten in den Bereichen Sexualstraftaten, Organisierte Kriminalität, Rauschgift, Falschgeld und Staatsschutz für die Polizeibehörden vor Ort wahrgenommen. Kriminaltechnische Untersuchungen (Fo-rensik) erfolgen in den Kriminaltechnischen Instituten (KTI), beispielsweise für Niedersachsen im KTI-Niedersachsen. (Quelle : Wikipedia)

MAD

Das Amt für den militärischen Abschirmdienst (MAD), ist der Nachrichtendienst der Bundeswehr, der dort die Aufgaben einer Verfassungsschutzbehörde wahrnimmt.

Mengele, Josef

Josef Mengele (* 16. März 1911 in Günzburg; † 7. Februar 1979 in Bertioga, Brasilien) war ein deutscher Mediziner und Anthropologe. Er wurde 1937 Assistent des Erbbiologen und Rassenhygienikers Otmar von Verschuer und meldete sich 1940 freiwillig zur Waffen-SS. Nach einem Fronteinsatz als Truppenarzt bei der 5. SS-Panzer-Division „Wiking" wurde Mengele von Mai 1943 bis Januar 1945 als Lagerarzt im Konzentrati-ons- und Vernichtungslager Auschwitz eingesetzt. In dieser Funktion nahm er Selektionen vor, überwachte die Vergasung der Opfer und führte menschenverachtende medizinische Experimente an Häftlingen durch (Quelle : Wikipedia)

Mitochondrialer DNA

Als mitochondriale DNA, kurz mtDNA, manchmal auch als Chondriom bezeichnet, wird die zumeist zirkuläre, doppelsträngige DNA im Inneren (Matrix) der Mitochondrien bezeichnet. Die mtDNA wurde 1963 von Margit M. K. Nass und Sylvan Nass mit elektronenmikroskopischen Methoden und 1964 von Ellen Haslbrunner, Hans Tuppy und Gottfried Schatz aufgrund biochemischer Messungen entdeckt. (Quelle : Wikipedia)

MfS

Das Ministerium für Staatssicherheit der DDR (MfS oder umgangssprachlich Stasi),war der Inlands- und Auslandsgeheimdienst der DDR und zugleich Ermittlungsbehörde für „politische Straftaten".

Mykotoxin

Mykotoxine (Schimmelpilzgifte) sind sekundäre Stoffwechselprodukte aus Schimmelpilzen, die bei Wirbeltie-ren bereits in geringsten Mengen giftig wirken. Im Unterschied dazu werden die toxischen Inhaltsstoffe von Großpilzen als Pilzgifte bezeichnet. Eine durch Mykotoxine verursachte Erkrankung wird Mykotoxikose genannt. (Quellen : Wikipedia, Pschyrembel)

Nass, Margit M. K. und Sylvan

1963 wiesen Margit M. K. Nass und Sylvan Nass mit elektronenmikroskopischen Methoden die Existenz der mitochondriale DNA nach.

NADIS

Informationssystem der Nachrichtendienste. Architektur analog zu INPOL, 2012 überarbeitet und NADIS-WN mit Volltextsuche ausgestattet.

NATO CTS

zweithöchste Geheimhaltungsstufe der NATO = Cosmic Top Secret

need-to-know-Prinzip

Das Need-to-know-Prinzip (Kenntnis nur bei Bedarf) beschreibt ein Sicherheitsziel für geheime Informatio-nen. Auch wenn eine Person grundsatzlich Zugriff auf Daten oder Informationen dieser Sicherheitsebene hat, verbietet das Need-to-know-Prinzip den Zugriff, wenn die Informationen nicht unmittelbar für die Erfül-lung einer konkreten Aufgabe von dieser Person benötigt werden.[1] Das Prinzip ist unter anderem eines der grundlegenden Konzepte für die interne Arbeitsweise von Geheimdiensten.

NSA

Die National Security Agency (deutsch Nationale Sicherheitsbehörde), offizielle Abkürzung NSA, ist der größte Auslandsgeheimdienst der Vereinigten Staaten. Die NSA ist für die weltweite Überwachung, Ent-schlüsselung und Auswertung elektronischer Kommunikation zuständig und in dieser Funktion ein Teil der Intelligence Community, in der sämtliche Nachrichtendienste der USA zusammengefasst sind. Die NSA ar-beitet mit Geheimdiensten befreundeter Staaten zusammen. (Quelle : Wikipedia)

NSU - National Sozialistischer Untergrund

Nationalsozialistischer Untergrund (Abk. NSU) bezeichnet eine im November 2011 öffentlich bekannt gewor-dene rechtsextreme terroristische Vereinigung in Deutschland, der nach bisherigen Erkenntnissen Uwe Mundlos, Uwe Böhnhardt und Beate Zschäpe angehörten
(Quelle : Wikipedia)

OpenMind

Kommerzielle Anwendungssoftware zu Erstellung von Mind Maps (kognitive Technik, die man z. B. zum Erschließen und visuellen Darstellen eines Themengebietes verwendet)

Operation Overcast

(engl. overcast = bewölkt, wolkenverhangen) war ein militärisches Geheimprojekt der USA im Jahr 1945, um nach dem Niedergang des Dritten Reiches am Ende des Zweiten Weltkriegs deutsche Wissenschaftler und Techniker und deren militärtechnisches Können und Wissen zu rekrutieren. Unter dem Codenamen Operati-on Paperclip (engl. paperclip = Büroklammer) fand darauf die Verlegung deutscher Kriegsgefangener in die USA statt, die meisten waren Wissenschaftler oder in der Industrie tätig. Später wurde der Begriff Project Paperclip für die Einbürgerung der Wissenschaftler und die Fortsetzung der Operation Overcast verwendet, und auch heute werden die Begriffe oft fälschlich vertauscht.
Eines der vielen Unterprojekte für die Anwerbung von Spezialisten ist Project 63 (Personal für Lockheed, Martin Marietta, North American Aviation und andere Luftfahrtkonzerne)
(Quelle : Wikipedia)

ORG

steht für Organisation Gehlen und war die Bezeichnung des deutschen Nachrichtendienstes in der Zeit von 1956 bis 1956

OSINT

Open Source Intelligence (OSINT) ist ein Begriff aus der Welt der Nachrichtendienste, bei dem für die Nach-richtengewinnung Informationen aus frei verfügbaren, offenen Quellen gesammelt und durch Analyse der unterschiedlichen Informationen verwertbare Erkenntnisse zu gewinnen. Dabei werden frei zugängliche Massenmedien genutzt, wie die Print Press mit Zeitschriften, Tageszeitungen sowie Radio und Fernsehen, aber auch das Internet und Web-basierte Anwendungen wie Google Earth. (Quelle : Wikipedia)

OSS

Das Office of Strategic Services (OSS), deutsch: Amt für strategische Dienste, war ein Nachrichtendienst des Kriegsministeriums der Vereinigten Staaten von 1942 bis 1945.

PolioVirus

Das Poliovirus ist ein Virus aus der Familie der Picornaviridae, das beim Menschen die Kinderlähmung oder Poliomyelitis auslöst. Es handelt sich um ein sehr einfaches Virus ohne Hülle mit einem Genom aus einzel-strängiger plus-RNA. Es kommt beim Menschen und manchen anderen Primaten vor; die Ausrottung des Poliovirus durch Impfung ist ein Ziel der Weltgesundheitsorganisation. (Quelle : Wikipedia)

Pickset

Ein Satz von verschiedenen Werkzeugen, mit denen (nahezu) alle Schlösser geöffnet werden können, oh-ne dafür einen passenden Schlüssel zu haben. Das sog. Lockpicking wird sowohl als legaler Sport als auch von Kriminellen, Nachrichtendiensten, Schlüsseldiensten und der Polizei betrieben.

postmortalem Trauma

Verletzung, die einem Körper nach dem Eintritt des Todes beigebracht wurde

QB 30

Observationskommando zur Überwachung eigener Mitarbeiter „QB 30".

Das Observationskommando befand sich bis 1997 in der Schubertstraße 12 in München. Seitdem befindet sich das Observationskommando an der Dachauer Straße 128 als Untermieter des MAD. (Quelle : Wikipedia)

Rafid Ahmed Alwan

Rafid Ahmed Alwan oder auch Rafid Ahmed Alwan El Dschanabi, auch unter dem Pseudonym Curveball bekannt, ist ein Deutscher irakischer Herkunft, der in Deutschland Asyl beantragte. Er behauptete, an irakischen Programmen zur Entwicklung von Massenvernichtungswaffen beteiligt gewesen zu sein. Sein bürgerlicher Name wurde erst Anfang November 2007 enthüllt.[1] Obwohl alle seine Aussagen erlogen waren,[2] diente er der Bundesrepublik Deutschland als Informant, die seine Äußerungen an die US-Regierung weitergaben. (Quelle : Wikipedia, Spiegel-Online)

RIAS

Radio im Amerikanischen Sektor.

Nach dem 2.Weltkrieg gegründete Rundfunkanstalt in Berlin-Schöneberg. War von 1946 bis 1993 mit 2 Hör-funk- und 1 TV-Programm (nur bis 1992) aktiv.

Bekannte Moderatoren: Friedrich Luft (Theaterkritiker), Hans Rosenthal, Curth Flatow, Lord Knud, Nero Brandenburg u.v.a.

root-Server

In der Webhosting-Branche wird der Begriff des dedizierten Hosts häufig für Mietangebote benutzt. Dabei vermietet der Internetdienstanbieter einen Computer inklusive Stellplatz, Klimatisierung und Energieversor-gung oder eine virtuelle Maschine. Einige Anbieter bezeichnen dedizierte Hosts, auf denen der Kunde selbst das Root-Konto benutzt, irreführend als „Root-Server". (Quelle : Wikipedia)

Roy Robson

Die Roy Robson Fashion GmbH & Co. KG ist ein Bekleidungshersteller für Männermode mit Hauptsitz in Lüneburg.

Signal

Instant-Messenger auf Smartphones zur verschlüsselten Übertragung von Sprache (Telefongespräche).

Silent-SMS

Eine Stille SMS, auch Stealth Ping oder Silent SMS, bezeichnet eine spezielle Form einer SMS. Diese Nach-richt wird nicht auf dem Bildschirm des Mobiltelefons angezeigt und löst kein akustisches Signal aus, beim Mobilfunkanbieter fallen jedoch Verbindungsdaten an, die anschließend ausgewertet werden können. Ur-sprünglich sollte der Dienst nur für Sonderdienste der Netzbetreiber eingesetzt werden.

Special Air Service

Der Special Air Service (SAS) ist eine Spezialeinheit der British Army, die 1941 während des Zweiten Welt-kriegs von dem schottischen Lieutenant Colonel David Stirling aufgestellt wurde. Der SAS operiert weltweit und ist bei dem Dorf Credenhill in der Nähe von Hereford stationiert. Er gilt als eine der erfahrensten und ältesten noch existierenden Spezialeinheiten der Welt.

(Quelle : Wikipedia)

Tajbeg-Palast

Der Tajbeg-Palast oder Tapa-e-Tajbeg-Palast ist die Ruine eines Palastes 10 km südlich von Kabul, der Hauptstadt Afghanistans. Er liegt nur wenige Meter vom Darul-Aman-Palast und war der Palast der Königin Afghanistans.

Der Palast wurde, wie der Darul-Aman-Palast, im Zuge der Reformen des Königs Amanullah Khan erbaut. Im Zuge seiner Reform widmete sich König Amanullah auch der Stadtentwicklung Kabuls. Er ließ 11 km vom alten Stadtkern entfernt den neuen Stadtteil Darulaman errichten, mit dem gleichnamigen Palast im Zentrum. Der Tajbeg-Palast wurde nur 800 m davon entfernt errichtet. Der im Stil eines europäischen Herrenhauses errichtete Palast stand an der Stelle, wo die königliche Familie zu jagen und zu picknicken pflegte.

Später wurde der Palast bis zur Invasion der Sowjetunion von Hafizullah Amin als Präsidentenpalast genutzt. Am 27. Dezember 1979, dem Tag der Invasion, stürmten im Rahmen der Operation Storm-333 etwa 700 sowjetische Fallschirmjäger sowie Angehörige von SpezNas- und KGB-Einheiten der Gruppen ALFA und ZENITH den Palast und töteten Amin. Während des folgenden Sowjetisch-afghanischen Krieges war der Palast Hauptquartier der 40. Sowjetischen Armee. Nach dem Abzug der Sowjetunion wurde der Palast in den 1990er Jahren durch Artilleriebeschuss der Mudschahiddin endgültig zur Ruine. (Quelle : Wikipedia)

Threema

Instant-Messenger auf Smartphones. Versendet Textnachrichten, Bilder u.a., Speziell für Threema ist die End-to-End-Verschlüsselung. Übertragene Daten werden so verschlüsselt, dass sie nur vom Empfänger ge-lesen werden können. Andere Messenger mit End-to-End-Verschlüsselung sind iMessage (Apple) und Telegram (OpenSource auf allen Geräten)

The Lancet

die älteste medizinische Fachzeitschrift der Welt (seit 15.10.1823, wöchentliches Erscheinen)

Tito (Marschall)

Josip Broz Tito (* 7. Mai 1892 als Josip Broz in Kumrovec, Österreich-Ungarn; † 4. Mai 1980 in Ljubljana, Jugoslawien) war ein jugoslawischer kommunistischer Politiker und als Generalsekretär des Bundes der Kommunisten Jugoslawiens, Ministerpräsident und Staatspräsident von 1945 bis 1980 der langjährige diktatorische Staatschef Jugoslawiens.Das

Pseudonym Tito nahm Josip Broz 1934 an, als er Mitglied des Polit-büros der Kommunistischen Partei Jugoslawiens wurde und in den politischen Untergrund ging. Als Mar-schall führte Tito im Zweiten Weltkrieg die kommunistischen Partisanen im Kampf gegen die deutschen und italienischen Besatzer Jugoslawiens sowie die faschistischen Ustascha und die königstreuen Tschetniks. Nach dem Krieg wurde er zunächst Ministerpräsident (1943–63) und schließlich Staatspräsident (1953–80) seines Landes; ein Amt, das er bis zu seinem Tod bekleidete. (Quelle : Wikipedia)

Tomcat-Server
der Apache Tomcat Webserver, der Java Servlets und JavaServer Pages unterstützt

UDBA
UDBA, war der „Staatssicherheitsdienst" und somit die Geheimpolizei Jugoslawiens. Die UDBA wurde im Jahr 1946 gegründet und mit dem Zerfall Jugoslawiens Anfang der 1990er Jahre aufgelöst

US Special Operations Forces
Die United States Special Operations Forces (SOF) sind gehören zum Department of Defense United States Special Operations Command (USSOCOM). Es handelt sich dabei um Spezialeinheit der Waffengattungen Heer, Marine und Luftwaffe.

Verschuer, Otmar von
Otmar Freiherr von Verschuer (* 16. Juli 1896 in Richelsdorfer Hütte; † 8. August 1969 in Münster in Westfalen) war ein deutscher Mediziner, Humangenetiker und Zwillingsforscher. Verschuer war einer der führenden Rassenhygieniker der NS-Zeit. Einer seiner Doktoranden war Josef Mengele. (Quelle : Wikipedia)

VLAN
Ein Virtual Local Area Network (VLAN) ist ein logisches Teilnetz innerhalb eines Switches oder eines gesamten physischen Netzwerks. Es kann sich über einen oder mehrere Switches hinweg ausdehnen. Ein VLAN trennt physische Netze in Teilnetze auf, indem es dafür sorgt, dass VLAN-fähige Switches die Frames (Datenpakete) eines VLANs nicht in ein anderes VLAN weiterleiten und das, obwohl die Teilnetze an gemein-samen Switches angeschlossen sein können.

Weberei
Tarnbezeichnung für die zentrale Ausbildungsstelle des Bundesnachrichtendienstes

Witebsker Luftlandedivision
>Eliteeinheit der russischen Armee

Xing
>Soziales Netzwerk, deren Mitglieder ihre beruflichen Kontakte verwalten, pflegen oder neu aufbauen. Firmensitz in Deutschland

Z12
>Bundeswehrjargon für Soldaten, die sich freiwillig für eine 12-jährige Dienstzeit verpflichtet haben.
>Z4 = 4 Jahre, Z8 = 8 Jahre

Zellorganell
>Ein Organell (Diminutiv zu Organ, also „Orgänchen") ist ein strukturell abgrenzbarer Bereich einer Zelle mit einer besonderen Funktion. Die Definition ist uneinheitlich: Manche Autoren bezeichnen nur Strukturen mit Membran als Organellen, also beispielsweise Zellkern, Mitochondrien, den Golgi-Apparat und das endoplasmatische Retikulum. Andere fassen den Begriff weiter und schließen auch andere Strukturen ein, beispielsweise Centriolen. Bei Einzellern wird „Organell" in diesem Sinn als Bezeichnung für komplexe Strukturen wie Geißel und Augenfleck verwendet (Quelle : Wikipedia)